서브 남주가
파업하면 생기는 일
2

숙임 장편소설

서브 남주가 파업하면 생기는 일

문학수첩

목차

1. 황자는 잠 못 이루고 ··· 7
2. 제국에서는 마수가 사람을 ··· 28
3. 놓치지 않을 것 ··· 61
4. 프레데리크 리에스테르 ··· 93
5. 즐기시게 놔둬 ··· 134
6. 북부 대공의 영지 ··· 175
7. 세상에 나쁜 신물은 없다 ··· 205
8. 나만 아니면 돼 ··· 248
9. 참관 수업 ··· 288
10. 기사의 명예와 중년의 낭만 ··· 308
11. 악녀라고 하기엔 ··· 368
12. 파드트루아의 유령 ··· 399

1. 황자는 잠 못 이루고

"할 말은 그게 전부인가?"

"네, 전부입니다."

황자의 퉁명스러운 물음에 크리스텔이 산뜻하게 대답했다. 꼭 쿨거래를 마친 중고나라 회원들 같았다. 내가 생각했던 것만큼 낭만적인 분위기는 아닌데… 아무렴 모태 솔로인 나보다는 로판의 두 주인공이 더 잘 알겠지 싶었다.

"그럼, 물러가 보겠습니다."

세드리크 황자가 가볍게 턱짓했다. 크리스텔은 재빨리 절을 올리고 마차에서 멀어졌다. 함께 돌아갈까 하다가, 나 역시 황자에게 용건이 있었다는 사실을 기억해 냈다. 나는 크리스텔의 작아지는 뒷모습을 확인한 뒤 마차에 가까이 붙었다.

"황자님, 저도 드릴 말씀이 있습니다."

그가 말없이 한쪽 눈썹을 올렸다. 정말 보디랭귀지에 능한 놈이었다. 나는 차분히 말을 이었다.

"부티에 추기경 전하께서 전해주셨겠지만, 그래도 제 입으로 알려드려야 할 것 같아서요."

황자는 내가 자신에게 협력하기로 했다는 사실을 알고 있을 것이다. 유의미한 보탬이 될 수 있을진 모르겠으나, 나는 그가 '마수 대토벌'에서 우승해 '화성의 혜검'을 얻는 데 도움을 주겠다고 선언했다.

하지만 당사자에게 직접 말한 적은 없었다. 이번 기회에 내 동기와 의사를 확실히 밝히는 게 좋을 듯싶었다. 나는 일단 황자의 맞은편에 앉아있는 시종, 다비드의 눈치를 살폈다.

"세이디와 관련된 일인데, 다비드가 함께 들어도 괜찮습니까?"

"콜록, 콜록! 콜록! 컥!"

다비드가 격하게 기침을 시작했다. 그는 몹시 당황한 얼굴로 품에서 손수건을 꺼내더니, 입을 가리고 계속 기침했다.

"다비드, 괜찮으십니까? 태의를 불러드릴까요?"

중년인이 숨넘어가는 소리를 내자 절로 걱정이 됐다. 내 물음에 그가 고개를 저으며 힘겹게 말을 뱉었다.

"침에, 콜록! 사레가 들렸습, 콜록콜록! 신경 쓰지 마십, 쿨럭!"

"다비드는 알고 있으니 의식할 것 없어."

황자가 나직하게 말했다. 하긴, 황자를 오랫동안 보필했다는 사람인데 사생아가 있는 걸 모를 리 없었다. 나는 고개를 주억거리며 좌우를 살폈다. 다들 출발 준비를 하느라 정신없이 바빴고, 황자의 마차 근처에는 마침 아무도 없었다. 내 목소리가 더욱 작아졌다.

"저는 명목상 고해 신관으로 마수 대토벌에 참여하지만, 황자님이 혜검을 얻으시길 바랍니다. 그 신물을… 세이디를 위해 쓰실 테니까요."

그가 즉시 미간을 찌푸렸다. 황자는 무슨 말을 하고 싶은 표정이었는데, 정확히 무엇을 어디부터 짚어야 할지 모르는 사람처럼 쉽사리 입을 떼지 못했다. 나는 괜히 불안해져 질문을 보탰다.

"제 말이 틀립니까?"

"…이론적으로는 맞는 말이지."

그가 한참 만에 낮게 대답했다. 맞으면 맞는 거지, 이론적으로 맞는 건 또 뭔데. 나는 그의 불성실한 대답에 혀를 차며 가장 중요한 문장을 말했다.

"그럼 저도 어떻게든 돕겠습니다. 황자님의 아드님이 더는 아프지 않았으면 좋겠거든요."

"지금 뭐라고,"

"예서 왕자님?"

그때, 멀리서 나를 찾는 마부의 목소리가 들렸다. 이제 정말로 떠날 시간이 된 모양이었다. 또 나 때문에 늦어졌다는 말을 듣고 싶진 않았으므로, 나는 서둘러 황자에게 묵례하고 걸음을 옮겼다. 마지막으로 본 다비드는 손수건에 얼굴을 묻고 있었는데, 정말로 괜찮은 건지 마음이 쓰이기는 했다.

* * *

"왕자님, 저기 영주성이 보입니다!"

―끼이

가나엘이 밝은 목소리로 외쳤다. 나는 창문으로 기어오르는 데미의 까만 배를 받쳐 바깥을 볼 수 있게 해주었다. 뱅자맹도 가나엘의 손끝을 따라 시선을 돌렸다.

"와…"

"황궁과는 많이 다르지요. 뒤엠 후작가의 성은 무척 오랜 역사를 자랑하는 곳입니다."

뱅자맹이 자상하게 설명했다. 감탄이 절로 나오는 풍경이었다. 은은한 안개를 망토처럼 두른 프랑수아 뒤엠 후작의 영주성이, 고고하고 위엄 있는 자태를 자랑하고 있었다. 전체적으로 갈회색인 성城 뒤로는 짐승의 송곳니를 닮아 뾰족하고 거대한 산맥이 보였다. 꼭대기에 조각구름 몇 점을 걸친 모양새가 꼭 웅장한 병풍 같았다. 뤼카 마을을 떠나 사흘을 달린 끝에, 우리는 드디어 뒤엠 후작령에 도착했다.

"황도는 대체로 평지던데, 동쪽엔 산이 많네요."

"예. 국경으로 가는 방향에 큰 산맥이 있습니다. 강이 흐르는 제국 남단을 제외하면, 동부는 대부분 이런 지형이라고 보시면 됩니다."

그렇게 말하는 뱅자맹은 마치 숙련된 여행 가이드 같았다. 내게 무언가를 가르쳐 줄 때마다 즐거운 기색이라, 나도 궁금한 게 있으면 그에게 물어 답을 얻곤 했다.

"혜검은 저기쯤에 꽂혀있을 겁니다. 멀어서 잘 보이지 않는군요."

그가 덧붙이며 손가락으로 영주성 앞 평야를 가리켰다. 갈대 비슷한 식물들이 바람의 박자에 맞춰 너울거렸다. 나는 고개를 끄덕이며 가까워지는 영주성을 열심히 구경했다. 역시, 은서와 형이 같이 봤으면 더 좋겠다는 생각이 들었다.

"내일까지 영주성에서 푹 쉬시면 됩니다, 왕자님. 오늘 뒤엠 후작이 주최하는 환영연歡迎宴이 있기는 합니다만, 황자 전하께서 사람이 많은 것을 좋아하지 않으시니 규모는 작을 겁니다. 마수 대토벌은 모레 오전에 시작됩니다."

가나엘이 조곤조곤 일정을 일러주었다.

"황자님 이야기가 나와서 말인데."

내가 약간 인상을 찡그리며 입을 열었다.

"요 며칠 좀 이상하시지 않습니까?"

내 말에 두 사람이 고개를 갸웃했다. 아니, 이걸 나만 느꼈을 리가 없다고.

"평소에도 그렇긴 한데, 한 사흘 전부터 유독 냉랭하신 것 같아서요. 머무는 여관마다 주인들을 달달 볶으시고, 밤낮으로 뜰에서 검을 휘두르시지 않았습니까."

"음."

"글쎄요…"

반응이 영 시원찮았다.

"뤼카 마을에서 겪으신 일이 있으니, 다른 마을의 여관 장부를 훑으시거나 주인들을 압박하신 부분은 이해가 됩니다."

뱅자맹이 침착하게 답했다. 그 점이야 나도 동의했다. 훗날 황제가 될 사람으로서 클로딘 그린 사건은 용납할 수 없는 일이었을 테고, 같은 악행이 반복되고 있지는 않을까 염려도 했을 터였다. 하지만 그렇다고 해도 황자의 언행은 평소보다 훨씬 차가운 데가 있었다. 밥이 입에 안 맞나?

"그리고…"

가나엘이 조심스럽게 운을 뗐다.

"황자 전하께서는 원래 그러셨습니다, 왕자님."

"응?"

"그러고 보니 왕자님께서 입궁하신 즈음부터는 많이 누그러지신 것 같기도 하네요."

그게 누그러진 거라고? 내 표정을 본 뱅자맹이 부연했다.

"전하께 간단한 말이라도 붙일 수 있는 사람이 흔치 않았지요. 황제 폐하와 추기경 전하, 엘리자베트 경과 다비드 님 정도였을 겁니다. 뒤엠 후작조차도 전하 앞에선 얌전해지곤 했습니다."

"〈격주간 리에스테르〉에서 전하께 붙인 별칭도 있습니다. '빙점 하의 귀공자'였나…"

손발이 오그라들었다. 아무래도 이상한 별명 만들길 좋아하는 벨리아르 경의 작품이지 싶었다…

"때마침 저기, 뒤엠 후작이 보이는군요."

뱅자맹이 손짓했다. 나는 다시 창밖을 내다보았다. 그곳에는 연분홍색 눈동자를 벚꽃처럼 반짝이며, 화려한 팔놀림으로 인사하는 남자가 있었다. 저 사람은 여전하네.

* * *

"다시 한번, 제 성에 오신 황자 전하와 여러분을 진심으로 환영합니다. 감사합니다!"

"황자 전하 만세!"

"건배!"

프랑수아 뒤엠 후작이 시원하게 외치며 와인 잔을 치켜들자, 우레 같은 박수와 함성이 터져 나왔다. 레크리에이션의 귀재인 후작은, 대답 한마디 없는 황자를 주빈으로 두고도 밝고 떠들썩한 분위기를 만들어 냈다. 저런 인싸는 태어나서 처음 봤다.

가나엘의 말대로 환영연에 초대된 이는 많지 않았다. 나를 포함한 황자 일행, 후작가의 사람들과 그 측근까지 대충 50명 안쪽인 듯했다. 연회장 맨 앞의 기다란 귀빈석 끝에 앉은 나는, 구석자리의 여유를 누리며 포식 중이었다. 내 왼쪽엔 엘리자베트 경이 앉았다. 귀빈석 우단右端에는 뒤엠 후작과 크리스텔이 자리를 잡았는데, 둘은 벌써 술을 말고 있었다. 맥주에 와인을 섞네…

"기본적으로는 산에서 보물찾기를 하는 것과 비슷합니다."

"엘리자베트 경, 마수는 보물이 아닌데요."

"하지만 한 마리를 잡을 때마다 점수가 올라가고, 최고점을 받으면 우승하니까요. 보물과 다를 게 없습니다."

부근위대장이 활짝 웃으며 셰리를 홀짝였다. 후작령에 도착해 마침내 퇴근한 엘리자베트 경은, 봄 무도회 다음 날만큼이나 개운한 얼굴로 음주를 만끽하는 중이었다. 그녀는 황실 근위대에 소속된 뒤로 마수 대토벌을 관전한 적이 없다고 했지만, 제국의 귀족답게 대회 규칙과 방식은 달달 외우고 있었다.

"오면서 커다란 산맥을 보셨을 겁니다. 그중 가장 낮은 봉우리에 큼직한 동굴이 있는데, 저희는 그곳을 '뒤엠 던전'이라고 부릅니다."

던전… 진짜 있을 건 다 있는 세계관이네. 나는 부드러운 오리구이를 씹으며 이어질 말을 기다렸다. 육즙도 육즙인데, 곁들인 비가라드 소스가 너무 맛있었다.

"던전의 마수들은, 1년 중 이맘때가 되면 밖으로 나와 영주성과 주변 도시를 공격합니다. 매년 다른 종류의 마수가 출몰하기에 결계를 쳐도 별 소용이 없습니다. 그중 몇 놈은 반드시 산을 탈출하니까요. 산에서 시작하는 대회가, 결국 영주성 평야에서 끝나는 것도 그 때문입니다."

이건 나도 알고 있었다. 황족과 귀족이 떼로 덤벼도 틈을 타 달아나는 마수가 있는데, 놈들은 반드시 한 번은 화성의 혜검에 접근한다고 했다. 신물에 본능적인 거부감을 느끼고 공격하기 위해서였다.

"마수를 많이 잡은 사람도 유리하지만, 보통은 가장 크고 흉포한 마수를 잡은 사람에게 가산점이 붙습니다. 양보다는 질이죠."

"그렇군요."

나는 그렇게 대답하며 엘리자베트 경 좌측에 앉은 황자를 흘끔 살폈다. 잘난 얼굴에 웃음기라고는 1도 없었다. 원래도 저기압인 놈이 남쪽으로 오더니 열대성 저기압이 되어가는 모양새였다.

"황자님이 우승하실 수 있다 보십니까?"

"물론입니다."

엘리자베트 경이 즉답했다.

"인정하려니 속이 쓰리지만, 현재 전하를 무력으로 이길 수 있는 사람은 제국에서도 극소수에 불과하니까요."

"요즘 상태가 안 좋아 보이셔서 말입니다."

"전하께서요?"

그녀가 회색 눈동자를 똥그랗게 뜨며 자신의 왼편을 돌아보았다. 시선을 느낀 황자가 우리를 응시했다. 여전히 눈빛이 사나운 게, 아무리 봐도 우승에 대한 압박감으로 긴장한 낯이었다. 그게 아니고서는 요사이의 날 선 태도가 이해되지 않았다. 나는 주황색 눈길을 가볍게 무시하며 오렌지 주스로 목을 축였다. 자식, 스물넷인 티를 내네.

* * *

"…나를 내 아들이라고 믿고 있던데."

"악! 드디어 알았냐! 하하하하!"

엘리자베트가 웃음과 비명을 동시에 내질렀다. 그녀는 귀빈용 응접실이 떠나가라 가가대소하다가, 다비드가 급히 쥐여준 소파 쿠션에 얼굴을 처박았다. 소리가 너무 크면 뒤엠 후작이 무슨 일이냐고, 같이 웃자고 건너올지도 몰랐다. 엘리자베트는 거의 울다시피 하며 옆에 선 다비드의 팔뚝을 철썩철썩 때렸다. 시종은 오랜 세월 튼튼해진 맷집으로 그녀의 손을 버텨냈다.

"다비드 님, 어떻게 참으셨습니까. 이 재밌는 걸 왜 혼자만 알고 계셨어요."

"소백작님, 제 인생 최대의 난관이었다고 자신합니다."

"아! 어떡해! 예서 왕자님!"

"조르주."

세드리크가 끓는 듯한 목소리로 그녀의 중간 이름을 불렀다. 적당히 하라는 뜻이었으나 엘리자베트는 참지 못하고 쿠션에 다시 고개를 묻었다. 예서 왕자가 그런 오해를 했을 때도 웃다가 기절할 뻔했는데, 드디어 당사자가 전말을 알았다니 배가 터져 죽을 것만 같았다. 이건, 이건 정말 과했다. 기어코 눈물이 나왔다.

"내가, 흑, 내가 말했지. 나 같으면 그런 오해받느니 사실대로 고백한다고."

"…왜 동일 인물이라고 생각하지 않지?"

"그건 또 무슨 소린데! 차라리 들키고 싶다는 거야?"

엘리자베트가 이제는 삿대질을 하며 흐느꼈다. 황자는 복잡한 심경으로 친우를 내려다보았다. 실은 지난 사흘 내내 심정이 소란스러웠다. 이런 오해를 지금까지 숨긴 엘리자베트에게 화를 내야 할지, 자신에게 감히 사생아가 있다고 추측한 왕자를 매몰차게 대해야 할지 알 수 없었다.

그녀의 단서에 귀를 기울이지 않은 건 자신이었고, 왕자의 호의에 판돈을 건 것 또한 자신이었다. 이토록 불확실한 부정형의 상태라니. 이래서야 어린아이로 변했을 때와 다를 게 없지 않은가.

"흠, 크흠. 그런데 왕자님도 이해되지 않아? 에테르 고갈 증세가 다양하지만, 네가 겪는 건 유일무이한 경우잖아. 책에도 없어."

엘리자베트가 가까스로 목을 가다듬고 말을 이었다.

"게다가 네가 에테르를 쓰는 건 비밀이니까. 다른 사람이라고 믿는 것도 일리 있지."
"결국 내 탓이라는 거군."
"<u>으흐흐, 흐흐. 흑흑.</u>"
소백작이 다시금 쿠션에 눈물을 찍어내기 시작했다. 황자는 작게 한숨을 내쉬었다.

* * *

"영주성은 마음에 드십니까? 물론 마음에 안 들기가 어렵겠지만 말입니다!"
이미 결론 냈으면서 왜 물어보는 건데?
"근사합니다. 한 폭의 그림 같은 곳이에요."
"하하하! 그런 이야기를 자주 듣습니다. 심미안이 탁월하시군요, 왕자님."
나는 대낮부터 높은 텐션을 자랑하는 프랑수아 뒤엠 후작과 함께, 화성의 혜검을 찾아 영주성 앞을 거닐고 있었다. 시야를 가득 메운 억새 비슷한 식물들이 쉬지 않고 사락사락했다. 후작 또한 오디오를 꽉 채워 수다를 떨었다. 이런 상황에 처한 계기는 별것 아니었다. 어젯밤 환영연이 끝난 후, 나는 아침 열 시 반까지 늦잠을 자고 느릿느릿 식사하며 휴식을 만끽하다가…
-꾸르르르!
'맞다, 데미. 네 친구들 보러 가야 하는데.'
밥상머리에서 업어 달라 조르는 데미를 보고 나서야 기억해 냈다. 내가 여기 온 목적 중 하나는 데미의 레서판다 가족, 두 마리의 신수를 만나는 것이었다. 데미와 녀석들이 간만에 인사할 자리도 만들어 주고, 잘 지내고 있는지 확인도 할 겸 해서였다. 당연히 뱅자맹과 가나엘이 동행할 예정이었으나 우연히 뒤엠 후작을 복도에서 마주쳤고… 그 뒤는, 뭐. 예상 가능한 전개였다.

'부디 저에게, 영광을 내려주시겠습니까?'

후작은 자신이 신수들과 가장 자주 접촉하는 사람이라며 나를 직접 에스코트하겠다 나섰고, 나는 다소 피곤해 보이는 두 시종을 방에서 쉬게 두었다. 그리하여 지금의 서먹한 조합이 탄생했다. 물론 나만 어색했고 후작은 참 즐거워 보였다.

-끼이이!

"데미, 말 위에서 장난치는 거 아니야. 말 친구 일하네."

-다그닥, 다그닥…

나는 말의 머리를 기어오르려는 데미를 빠르게 붙잡아 품에 가뒀다. 말을 타는 건 난생처음이었는데, 기적적으로 예서 왕자의 몸이 기마술을 기억하고 있었다. 하마터면 스물여덟이나 먹고 말에도 못 오르는 왕자 취급을 받을 뻔했다. 이런 것도 할 줄 알면서 단검 던지기는 왜 못하냐고…

"천막을 치고 있으니, 이쪽으로 돌아가시는 것이 좋겠군요."

"아, 네."

후작이 드라마틱한 손동작으로 한편을 가리켰다. 영주성을 출발할 때만 해도 평야에 사람이 많은 것 같지 않았는데, 가까이 와보니 내일 있을 '마수 대토벌'을 준비하는 이들로 발 디딜 틈도 없었다.

나는 후작의 안내를 따라 천막 너머로 이동했다. 이내 입이 떡 벌어지는 광경이 펼쳐졌다.

"…이게 다 관중석입니까?"

"그렇습니다! 놀라셨나요? 놀라셨겠죠! 이번 대회는 사상 최대 규모가 될 겁니다."

후작의 연분홍색 눈동자가 초승달처럼 휘어졌다. 나는 평야를 길게 두 줄로 가로지르는, 드높은 관중석을 번갈아 보며 턱을 다물지 못했다. 두 객석은 가운데 100미터 정도의 간격을 두고 마주 보는 형태로 배치되어 있었는데, 각각 길이가 500미터는 될 성싶었다. 누가 봐도 거대한 야외 경기장 같은 모습이었다.

5월의 볕을 막아줄 하얀 천막은, 객석의 위는 물론이고 뒤와 옆까지 확실히 가리는 모양새였다. 천을 팽팽하게 잡아 늘이는 사람과 말뚝을 박는 사람, 뭐라고 소리를 지르는 사람과 팔로 동그라미를 그리는 사람이 여기저기 가득했다. 그들 중 일부는 나와 후작을 발견하고 허리를 숙여 절했다. 나는 마주 인사하며 산맥과 경기장을 눈으로 훑었다.

"산에서 나온 마수를, 양 객석의 중앙으로 끌어들이는 거군요."

"정확히는 마수가 참가자를 끌어들인답니다. 저기에 '화성의 혜검'이 꽂혀있으니까요."

뒤엠 후작이 경기장의 한복판을 향해 손짓했다. 멀리, 따사로운 햇빛을 받아 빛나는 흑색의 무언가가 보였다. 나는 조금 멍한 기분이 되어 그곳으로 말을 몰았다.

-끼이

"그래, 다 왔어."

더는 참을 수 없었는지, 품에 있던 데미가 가슴팍을 타고 올라 내 어깨 위에 안착했다. 나는 녀석을 한 팔로 지탱하고 후작을 따라 말에서 내렸다. 풀숲에 시선을 고정한 채 걷고 있으니, 얼마 지나지 않아 신물이 모습을 드러냈다. 일순 호흡이 멎는 것 같았다.

흙바닥에 아무렇게나 꽂힌 검신은, 어떤 빛도 꿰뚫을 수 없을 만치 새카만 색이었다. 절반쯤 묻혀있었으나 보이는 부분만큼은 먼지 한 톨 없이 깨끗했다. 칼자루와 날밑 역시 광택이 없는 검정이었고, 칼자루 끝에는 핏방울처럼 새빨간 보석이 박혀있었다. 꼭 어제 찔러 넣은 것처럼 생생한 모습인 동시에, 가장 먼저 이곳에 온 존재처럼 오래된 모습이었다. 1,000년이 넘는 세월 동안 숱한 이가 뽑고자 했으나, 누구도 주인으로 삼지 않았다는 신검神劍. 화성의 혜검.

"…엄청난 에테르네요."

내가 한참 만에 소감을 말했다. 아침부터 데미가 유독 쫑알쫑알한 것도, 지금 내가 거대한 화톳불을 마주한 느낌을 받는 것도 모두 이 검 때문일 터였다. 덥거나 뜨겁진 않았지만 압도적인 불 속성 에테르의 존재감이 느껴졌다. 새삼 신물이 이런 거구나 싶었다. 인간이 직접 만들고 스스로의 편의를 위해 쓰는 물건들과는, 존재 이유부터가 다른 것들. 주신의 의지이자 능력의 현현顯現.

"신관님들은 모두 그런 말씀을 하시더군요."

후작이 흥얼거리듯 입을 열었다.

"아름답지 않습니까? 마수는 신물을 공격하기 위해 최소 한 번은 이곳을 거치고, 참가자는 그런 마수를 쫓아 내려옵니다. 혜검이야말로 대회의 꽃이라고 할 수 있지요."

그렇게 말한 그가 수풀 한쪽을 눈짓했다. 나보다 데미의 반응이 더 빨랐다.

-끼이!

-뀨우!

-꾸릇!

순식간에 레서판다 두 마리가 모습을 드러냈다. 신수가 늘 신물 가까이에 머무른다는 후작의 말이 사실이었던 듯했다. 다행히 둘 다 건강해 보였다. 나는 오른팔에 대롱대롱 매달린 데미를 부드럽게 땅에 내려주었다. 머나먼 후작령에서 녀석들을 다시 만나니 절로 웃음이 나왔다.

"안녕."

-꾸르르르…

-끼이?

-꾸르릇!

헤어지던 그날처럼, 세 마리는 다시 한 뭉치가 되어 데굴데굴 바닥을 굴렀다. 혹시 혜검에 밸까 싶어 주의 깊게 보고 있는데 후작이 다시 말을 이었다.

"그리고 보니 한 조로 출전하신다고 들었습니다. 황자 전하와 왕자님, 엘리자베트 경, 그리고 크리스텔 공녀 말입니다."

나는 그를 돌아보았다. 이건 또 금시초문인데… 내가 황자를 돕는 건 기정사실이고 엘리자베트 경도 마찬가지인 데다, 크리스텔은 만능 깍두기라 어디든 낄 수 있으니 결국 그렇게 될 듯싶었다. 어차피 황궁으로 돌아가면 해체할 일시적 동맹이겠지만.

"틀린 말은 아니네요."

에둘러 대답하자, 그는 빙그레하며 질문을 바꾸었다.

"제가 왕자님을 믿어도 되겠습니까?"

"…뭐라고 하셨죠?"

내가 되물었다. 나는 그가 어느 순간부터 입으로만 웃고 있었다는 사실을 깨달았다. 연분홍의 눈이 희미한 의심의 빛을 띠었다. 저런 표정도 할 수 있는 사람이구나.

"죄송합니다. 두 분 전하께서 왕자님을 택하신 것은 알고 있습니다. 하지만… 저는 프레데리크 폐하께 충성을 맹세한 몸입니다. 그분께서 왕자님을 완전히 신뢰하시지 않는 한, 저 역시 긴장을 놓을 수가 없는지라."

후작은 화사하게 눈웃음치며 고개를 숙였다. 사과의 표시였다. 나는 그를 길게 바라보며 생각을 정리했다. 그러니까 부티에 추기경이나 세드리크 황자와 달리, 황제는 아직 나를 믿지 않는다는 뜻이었다.

솔직히 황자 놈이 나를 믿는다는 것도 받아들이기 힘든 판에 황제까지 언급되니 조금 부담스러웠다. 내가 뭘 했다고 황제가 나를 좋게 보겠느냔 말이다. 어떤 식으로든 안 보는 게 제일 낫지.

"후작께선 폐하의 최측근이시니, 황자님의 비밀도 알고 계시겠죠."

하지만 그렇다고 해서, 후작에게 미심쩍은 구석을 남길 생각은 없었다. 나는 이곳에서 적을 만들면 안 되는 처지였다.

"비밀이라면…"

"아픈 아이를 못 본 척할 수는 없지 않습니까."

"맙소사."

여유로운 어른의 낯이 삽시간에 굳었다. 후작은 한 손을 들어 입을 가린 채 떨리는 눈빛으로 나를 바라보았다. 역시 이 인간도 알고 있군.

"폐하나 황자님께 무언가를 바라고 하는 행동은 아닙니다. 그냥 제 마음이 불편해서 돕는 거니까요. 복잡하게 생각하지 않으셔도 됩니다."

"…왕자님께서 알고 계실 줄은 몰랐습니다. 세상에!"

"어쩌다 보니 그렇게 됐습니다. 아무에게도 발설하지 않았으니 걱정 마세요."

그러자 후작이 빠르게 내 앞에 한쪽 무릎을 꿇었다. 나는 식겁해서 한 걸음 물러났다.

"왜 이러십니까, 사람들이 봅니다."

"과연, 황자 전하께서 왕자님을 의지하시는 이유가 있었습니다."

"누가 누구를 의지해요? 우리 지금 같은 황자 이야기하는 거 맞습니까?"

"티 없이 맑은 선의로 전하를 도우시는 줄도 모르고… 우매한 저를 용서해 주십시오!"

아니, 3분 전까지만 해도 분위기 좀 싸하지 않았냐? 알고는 있었는데 사람이 왜 이렇게 극단적이야?

"아까는 저를 의심하신다고,"
"오늘 고해 성사를 하러 가겠습니다. 네 죄가 무엇이냐고 물으신다면, 왕자님을 만나고…"
"반성하시는 동안 저는 혜검 좀 만져보겠습니다."
 에라, 모르겠다. 중간을 모르는 사내를 내버려 두고, 나는 서둘러 화성의 혜검을 잡았다. 좀 여유 있게 확인해 보려고 했는데 저 인간의 주접 때문에 어쩔 수가 없었다. 젠장.

* * *

"근데 칼이 안 뽑혀서, 발로 찼어요. 잘못했어요."
 [그랬구나. 그건 소피가 잘못했네.]
 내가 최대한 부드럽게 대답했다. 그러자 나무창 건너편의 아이가 발을 동동 구르는 소리가 들렸다. 나는 겨우 웃음을 참으며 다음 말을 골랐다. 그간 많은 고해 성사를 진행해 봤지만, 이렇게 귀여운 고백자는 또 처음이었다.
 나는 지금 뒤엠 후작령에 온 '본분'을 다하는 중이었다. 신관으로서의 내 일이란 마수 대토벌에 참가하는 이들의 고해를 들어주는 것이었는데, 낮에 후작이 영주성 고해소를 개방하면서 일정이 한나절 당겨졌다. 나도 내일은 바쁠 예정이라 마침 잘된 일이긴 했다. 하지만 후작은 정말… 멀쩡한 얼굴에 그렇지 못한 뇌를 가진 자였다.
 덕분에, 작은 고해소 앞은 초저녁부터 문전성시였다. 영주성에

객으로 온 귀족들이 너 나 할 것 없이 몰려들어 길게 줄을 섰다. 그리고 현재 고백자의 자리를 차지한 손님은, 곧 다섯 살이 된다는 소피였다. 대회 참가자인 엄마와 함께 왔다는데 우리 나이로는 여섯 살쯤 됐을 터였다. 은서도 이만할 때가 있었지.

"저 이제 벌 받아요?"

[큰 벌은 아니야. 소피는 아직 어리니까 작은 벌을 받아야지.]

"작은 벌도 싫어요…"

[사실 삼촌도 아까 혜검을 잡아봤는데, 잘 안되더라.]

"왕자님도 발로 칼 찼어요?"

[아니, 어떤 아저씨가 보고 있어서 못 찼어.]

내 말에 아이가 까르르 웃었다. 나는 쓴웃음을 지었다. 정확히 말하면, 나는 검을 뽑으려던 것이 아니라 검에 소원을 빌었다. 내 말을 신물이 못 알아먹을까 봐 먼저 주신에게 기도를 올렸고, 혹시나 하는 심정으로 에테르까지 불어넣었다. 그러고는 검을 꾹 붙든 채 속으로 아주 간절히 기원했다. 집에 돌아가게 해달라고. 결과는? 요 모양 요 꼴이었다. 그래. 그렇게 쉽게 귀가할 수 있을 턱이 없지.

[소피는 오늘부터 일주일 동안 채소를 남김없이 먹어야 해. 그리고 공을 찰 때는 꼭 밖에서, 아무도 없는 방향으로만 차도록 하자. 이게 보속이야.]

"우… 피망 맛없는데…"

짐짓 엄한 내 태도에 아이가 잔뜩 기운 빠진 목소리를 냈다. 소피는 한참 부스럭거리다 고해소를 나가더니,

-덜컹!

"안녕히 계세요, 왕자님!"

급히 다시 문을 열고 내게 예를 올렸다. 어머니가 인사는 드리고 나왔냐며 물은 게 분명했다. 나는 결국 웃음 반, 대답 반으로 아이와 작별했다. 직후 바깥이 몹시 소란해졌다. 새로 도착한 손님이 있는 모양이었다. 그래도 한 사람만 더 받고 쉬러 가야지 싶었다.

-덜컹!

그때, 또다시 거칠게 옆 칸이 열렸다. 누군가의 옷깃이 스치는 소리가 났다.

"소피?"

"그건 또 누구지."

익숙한 중저음이 고막을 찔렀다. 당황해서 절로 시선이 돌아갔다.

"황자님?"

"소피라는 자에게도 말했나?"

이건 또 무슨 소리야. 나는 빠르게 몸을 기울여 나무창 너머를 살폈다. 빽빽한 문양 사이, 데일 듯 뜨겁게 타오르는 주황색 눈동자가 보였다. 커다란 몸이 작은 의자를 고문하고 있었다. 이놈이 여기 왜 있는지 순간 이해가 되지 않았다. 내일 있을 마수 대토벌 때문인가?

"고해하러 오신 겁니까? 근데 혹시 새치기하셨어요?"

"이제 후작까지 알고 있더군."

"뭘 말입니까?"

"…"

세드리크 황자가 입을 딱 다물었다. 네 살배기 소피도 또박또박 말은 잘했다. 고해하러 왔으면 고해를 하고, 따질 게 있으면 제대로 따질 것이지 황자는 꼭 제 아들내미처럼 굴었다. 이건 명백한 영업 방해였다.

2.   ✦ 제국에서는 마수가 사람을

"그래서 어떻게 하셨습니까?"

"솔직하게 말씀드렸습니다. 계속 아무 말 안 하실 거면 가달라고요."

"푸흐흐흑!"

엘리자베트 경이 빠르게 손수건을 꺼내 얼굴을 묻었다. 그녀는 아침부터 컨디션이 상당히 좋아 보였는데, 내가 무슨 말만 해도 빙글빙글하거나 이렇게 웃음을 터뜨리곤 했다. 나는 허벅지를 꾹꾹 누르는 데미의 등을 천천히 쓰다듬었다. 단상 앞에서는 프랑수아 뒤엠 후작이 '마수 대토벌'의 개회식 축사를 하고 있었다.

"신분 고하, 남녀노소를 막론하고! 토벌을 위해 와주신 기백의 고결한 영혼이…"

"그랬더니 황자 전하께서 가시던가요?"

내 오른쪽에 앉은 크리스텔이 소곤소곤 물었다. 나는 고개를 끄덕였다.

"정말로 용건이 없으셨던 모양입니다. 왔을 때처럼 벌컥 나가시던데요. 나중에 보니까 고해소 문이 반쯤 떨어져 있었습니다."

"어머, 성질난다고 남의 집 살림까지 해 드셨네."

크리스텔의 감탄에 엘리자베트 경이 소리죽여 흐느꼈다. 우리는 단상 뒤편의 귀빈석을 차지했는데, 가장 높은 자리엔 세드리크 황자가 특유의 조각상 같은 무표정으로 앉아있었다.

그의 컨디션이 어떤지는 모르겠지만, 엘리자베트 경은 황자의 우승이 사실상 확실하다고 여러 번 이야기했다.

"무한한 격려와 응원을 위해 와주신 귀족분들, 그리고 사랑하는 영지민 여러분! 환영합니다!"

그때 뒤엠 후작이 마지막 멘트를 뱉었고,

"와아아아아!"

"황자 전하 만세!"

"우승! 우승! 우승! 우승…!"

이어 귀가 먹먹할 정도의 함성이 쏟아졌다. 크리스텔과 엘리자베트 경이 허리를 꼿꼿이 세우며 표정 관리를 했다. 나는 빙의하고 나서 처음 보는 인파에 오늘만 여섯 번째 경악했다. 황도에도 사람이 많았지만, 이렇게 수천 명이 격앙된 채 한데 모여있지는 않았다. '르고 종합 무역소'에서 본 건 그야말로 약과였다. 지금 이들에게서는 거의 한일전 수준의 광기가 느껴졌다.

"뒤엠! 뒤엠! 뒤엠!"

"뭉치면! 앵간치! 흩어지면! 디비진다!"

연고지를 알 수 없는 구호들이 평야를 쩌렁쩌렁 울렸다. 맑디맑은 5월의 하늘로 후끈한 열기가 치솟았다. 대문짝만한 종이에 문구를 써온 사람들, 꽃다발과 수건을 흔드는 사람들로 객석이 총천연색이었다. 끝날 때까지 내 한 몸과 데미 건사하기가 목표인 나조차 가슴이 떨릴 정도의 에너지였다.

"황자 전하, 귀빈 여러분. 이쪽으로 내려가시지요!"

어느새 단상 뒤쪽으로 온 뒤엠 후작이 우아하게 계단을 가리켰다. 황자가 가장 먼저 일어나 그의 호위를 받으며 이동했다. 나는 크리스텔을 앞세우고 걸으며 티 나지 않게 사방을 살폈다.

"리에스테르 제국 만세! 만세! 만세!"

"세드리크 황자 전하 만세! 만세…!"

두 줄의 관객석은 좌측이 귀족석이고 우측이 평민석이었는데, 양쪽 모두 관중이 빼곡히 들어찬 탓에 입석도 상당했다. 대체로 평민들의 응원이 더 크고 거칠었으나 의외로 귀족들도 빠지 않았다.

참가자의 대부분이 귀족 검사나 마법사이다 보니, 그들의 가족과 친지 역시 이런 분위기에 익숙한 모양이었다. 벌써 술을 마시며 큰 소리를 내는 자도 여럿이었다.

"저기, 가운데 있는 포털로 가시면 됩니다."

후작의 긴 손가락 끝이 경기장 중앙을 가리켰다. 약 100미터 너비의 평야를 사이에 두고 마주 앉은 양측 관람객이, 우리를 보자 더욱 크게 환성을 질렀다. 나는 아침에 붙인 포털 멀미약을 재차 확인했다.

대회를 위해 제작된 일회용 포털 100여 개가, 하룻밤 새 맨땅이 된 바닥을 가득 채우고 있었다. 다른 참가자들은 모두 포털에 올라

선 상태였고, 마지막으로 우리가 한가운데 있는 포털에 오르면 개회식은 끝이었다.

"참가자들이 떠날 준비를 마쳤습니다!"

"와아아아!"

후작이 길쭉한 마도구에 대고 말하자, 그의 목소리가 경기장을 쩽쩽 울렸다. 후작씩이나 되는 사람이 행사 진행을 봐도 되나 싶은데, 저 인간 성격상 저렇게 재밌는 일을 남에게 맡길 것 같지도 않았다.

"이렇게 또 뵙네요."

"하하하하."

포털에 들어온 크리스텔이 능청을 떨었고, 엘리자베트 경은 소리 내어 웃었다. 익히 들은 대로 두 사람과 나, 데미, 황자가 한 조였다. 서로 합의한 적도 없는데 이렇게 모인 걸 보니 우습기도 하고 어이가 없기도 했다. 뭐, 누구 하나 죽지는 않겠네.

"왕자님, 여기 가방입니다."

귀족석 1층에 앉아있던 뱅자맹과 가나엘이, 서둘러 다가와 짐을 내밀었다. 간단한 음식과 물, 상비약 등이 담긴 가죽 꾸러미였다. 나는 그것을 가슴에 둘러 등 뒤로 걸쳤다. 주변을 보니, 다른 이들도 막간을 이용해 무기와 식량을 점검하는 모양새였다.

"고맙습니다. 무사히 다녀올 테니 걱정 마세요."

"네, 기도하겠습니다."

"걱정은 마수가 해야죠. 힘내세요, 왕자님!"

두 사람이 다정하게 응원해 주었다. 나는 씩 웃으며 데미를 내려다 보았다.

"데미, 지금이라도 내릴래? 위험하니까 같이 안 가도 돼."

-꾸르르르르

레서판다가 내 어깨를 아프지 않게 깨물었다. 검정콩 같은 두 눈에 불만이 가득했다.

"알았어, 헛소리 안 할게."

내가 녀석의 귀 사이를 문질렀다. 가나엘과 뱅자맹은 다시 자리로 돌아갔다.

"자, 그럼 포털을!"

-우르르릉…!

후작의 말을 끊고, 산맥 쪽에서 천둥소리가 났다. 이어 지진이라도 난 듯 땅이 흔들렸다. 비틀거리다 넘어지는 참가자들도 보였다. 관객석이 불안과 흥분으로 술렁였다.

"…1차 산울림이군요. 예언이 적중했습니다! 마수들의 진격이 머지않았습니다!"

뒤엠 후작이 한층 높아진 목청으로 외쳤다.

"와아아아아!"

"토벌! 토벌! 토벌!"

객석은 마치 출정 직전의 스파르타 군대 같았다. 나는 무심코 마른침을 삼키며 벼락치기 한 내용을 복습했다. '산울림'이란 마수 대토벌이 시작되기 전, 그러니까 마수들이 '던전'에서 나오기 전에 발생하는 전조前兆였다.

보통 세 번의 산울림이 있고 나서 마수가 등장하는데, 참가자는 그전에 산을 타서 자리 잡고 전투태세를 갖추는 게 최선이었다. '예언이 적중했다'라는 말은, 오늘 마수들이 나타날 것이라 예측한 마법사들이 옳았다는 뜻이었다.

"전략을 세워야 하지 않겠습니까?"

내가 입을 열었다. 어느새 포털로 다가온 마법사들이 마나 주입을 준비하고 있었다. 순식간에 산의 아무 곳으로 이동하게 될 텐데, 뭐라도 의논을 해놓는 게 좋을 듯싶었다. 크리스텔과 엘리자베트 경이 진중한 눈빛으로 나를 바라보았다.

"속성별로 어떻게 대응할지 간단하게라도,"

"두려운가?"

낮은 목소리가 귓가를 파고들었다. 나는 맞은편에 태양처럼 뜬 주황색 눈동자를 올려다보았다. 어제 그렇게 사라지더니 처음으로 건다는 말이 시비였다.

"아뇨, 전 보기보다 꽤 강한 신관이라서. 다만 우리 중에 할 말도 못 하는 사람이 있는 것 같아 물어본 겁니다."

"크흐흐흑."

엘리자베트 경이 다시 얼굴을 무너뜨렸다. 황자가 작게 미간을 구겼다.

"…그렇다면 염려할 건 없겠군."

-우르르릉!

2차 산울림이 경기장과 객석을 진동했다. 수천의 웅성거림이 파도처럼 퍼졌다. 주위를 둘러보니, 벌써 참가자의 절반 정도는 포털을 타고 산으로 이동한 상태였다. 어려 보이는 마법사 하나가 내 뒤에서 어쩔 줄 모르는 얼굴로 눈치를 보고 있었다. 이분이 오늘의 비번이겠구나.

"화, 황자 전하. 포털에 마나를 주입하겠습,"

"필요 없다."

"괜찮습니다. 가서 쉬십시오."

"예? 하, 하지만…"

이어지는 황자와 내 말에 마법사가 눈을 똥그렇게 떴다. 이제는 예고도 없이, 황자 놈이 붉고 화려한 마나를 흩뿌렸다. 작은 포털은 용광로에 든 쇠처럼 순식간에 달아올랐다.

-우우웅…!

-끼이이

"미안하다, 데미. 승차감이 영 별로지?"

품으로 파고드는 레서판다를 보듬으며, 나는 들릴 듯 말 듯 속삭였다. 이내 시야가 하얗게 변했다.

* * *

"…아직 아무것도 없네요."

가장 먼저 들린 건 크리스텔의 맑은 목소리였다. 눈을 떴을 때는, 남빛의 채찍을 손에 쥔 그녀가 발밑을 고르고 있었다. 이끼 낀 자갈이 많아 미끄러지기 쉬워 보였다. 나는 데미를 조심스럽게 내려주고 사위를 관찰했다.

다소 경사진 바닥과 넓적이 흐르는 개울, 크고 작은 바위와 나무

그늘이 눈에 들어왔다. 산 위에서 선선한 바람이 불었다. 우리가 도착한 곳은 계곡이었다.

"물이 많아서 저야 편하겠는걸요."

"그렇군요, 크리스텔 공녀. 잘 부탁드립니다."

엘리자베트 경이 쾌활하게 대답하며 검을 빼 들었다. 확실히 크리스텔에게 유리한 조건이었다. 그녀는 적응력이 좋았고, 내가 있으니 에테르 걱정을 할 필요도 없었다. 바닥이 고르지 않다는 단점이 있지만 두 검사에게는 큰 방해가 되지 않을 터였다.

-우르르르릉…!

"큭."

그 순간, 세 번째이자 마지막 산울림이 귓가를 때렸다. 평야에서 들을 때와는 비교도 되지 않을 만큼 크고 격렬한 공명이었다. 나는 본능적으로 인상을 찌푸리며 몸의 균형을 잡았다. 계곡물이 엉망으로 흘러넘쳐 네 사람의 부츠를 적시고, 돌멩이와 흙이 춤을 추듯 튀어 올랐다. 위아래로 너무 흔들려서 골이 울릴 때쯤 산의 움직임이 멎었다. 엘리자베트 경이 가볍게 머리를 내저었다.

"시작 한번 요란하네요."

"오는군."

-사아아…!

황자가 중얼거림과 동시에 나는 성소를 개방했다. 마수를 감지하진 못했지만, 3차 산울림이 끝나면 마수들의 첫 진격이 시작되는 것은 책으로 읽어 알고 있었다. 데미가 꼬리를 바짝 세우고 입을 벌렸다.

"다들 일단 서클 안에 계십시오."

"네."

-푸드드득!

-끼야아아오-!

그 순간, 우듬지에서 새카만 날짐승 떼가 우리를 덮쳤다. 엘리자베트 경이 재빨리 전방을 막아섰다.

-서걱!

-콰과강!

그녀의 검이 망설임 없이 허공을 갈랐다. 눈에 보이지도 않는 속도로 뻗어나간 검기가, 팔뚝만 한 마수 수십 마리를 순식간에 해치웠다. 박쥐 비슷하게 생긴 괴수들이 바닥으로 후드득 떨어졌다.

"…이상합니다."

엘리자베트 경이 검을 털며 인상을 찡그렸다. 나는 즉각 그녀의 말뜻을 이해했다. 그도 그럴 것이,

-꺄야아오!

-파드드드득…!

놈들이 전부 우리를 지나쳐 가고 있었다. 무리 일부가 죽은 것엔 신경도 쓰지 않았다. 끝도 없이 날아오는 마수 중, 일행에게 관심을 보이는 놈은 한 마리도 없었다. 쌩하니 산 밑으로 향하는 녀석들은 하나같이…

"도망치는 겁니다."

내가 중얼거렸다. 네 쌍의 시선이 빠르게 교차했다.

-쿠궁…!

다시금 땅이 울렸다. 하지만 달랐다. 이건 산울림이 아니라, 육중한 무언가가 대지를 딛고 서는 소리였다. 예컨대…

-쿠웅!

〈쥬라기 공원〉에 나오는 효과음과 유사했다. 빌어먹을.

-쿵…!

-끼이이!

데미가 흉악한 소리를 내며 뒷발로 몸을 지탱해 벌떡 섰다. 녀석의 주변에서 굵직한 가시덩굴이 피어올랐다. 나는 손바닥 위로 여러 개의 에테르 구슬을 틔워냈다. 눈이 마주친 크리스텔은, 이미 굵다란 물줄기로 우리 앞을 에두르고 있었다.

-쿵…!

-스릉!

황자가 왼손으로 발검했다. 나는 이런 타이밍에 놈이 왼손잡이임을 깨달았다.

-우지끈!

-빠지지직…

근처의 나무가 꺾이고 짓이겨지는 소음이 들렸다. 상대가 코앞이었다. 데미의 덩굴에서 솥뚜껑만 한 파리지옥이 자라나기 시작했다. 나는 어떻게든 성소의 면적을 더 늘려보고자 했지만, 여전히 직경은 30미터가 최대였다. 망할 주교급.

-쿵-!

-크어어어어!

공기를 찢는 울부짖음과 함께, 드디어 놈이 나무숲을 헤치고 모습을 드러냈다. 세 사람의 입이 저절로 벌어졌다. 우리 앞에는 아파트 4층 높이의 누런 몸뚱어리와, 핏대를 세운 채 세로로 깜빡이는 노란 눈이 있었다. 두툼한 뒷다리와 위협적인 꼬리는 스치기만 해도 뼈가 부서질 것 같았다. 원뿔 모양의 무시무시한 이빨과 짧은 앞다리가, 영원히 잊지 못할 부조화를 자아냈다. 뭔가가 잘못됐다.

"저거 티라노…"

"폭군 전룡電龍."

크리스텔이 멍하니 중얼거리는데, 황자가 단호하게 말했다.

"폐하의 우승 제물이었다는 마수인가."

너희 어머니께서 혼자 황금 티라노를 잡으셨다고?

"말도 안 됩니다, 전하. 저만한 마수는 200년에 한 번 나온다고 하지 않았습니까. 어떻게 2년 만에 또…"

엘리자베트 경의 눈이 사정없이 떨렸다. 황자는 대답하지 않았다. 이미 던전에서 탈출한 마수를, 다시 집어넣을 방법 따위는 존재하지 않을 터였다.

"전기 속성이니 물을 쓰긴 까다롭겠군."

그가 우리 셋을, 정확히는 나를 돌아보았다.

"전략이 필요해."

-쿵!

-쿠어어어어-!

티라, 아니 폭군 전룡이 움직이기 시작했다. 뇌가 땀을 흘리는 기분이었다. 미쳐버린 상황을 뚫고, 내 입은 기어코 한국인의 정서를 토해냈다.

"그걸 지금 말합니까, 미친놈아!"

"…화가 났군."

"그럼 지금 화가 안 나게 생겼,"

-콰앙!

깜짝이야! 우리는 빠르게 하늘을 올려다보았다. 어느새 다가온 '폭군 전룡'의 거대한 턱이, 내가 전개해 둔 성소를 사정없이 내리치고 있었다. 놈은 마치 스노 글로브 안의 인형을 꺼내려는 아이처럼 무자비하게 이빨을 찍어댔다.

-쾅! 쿵!

"왕자님… 듣던 대로 정말 강한 신관이시군요."

엘리자베트 경이 한숨처럼 감탄을 토해냈다. 이제껏 위에서 공격받아 본 적이 없어 몰랐는데, 전룡이 물리력을 가할 때마다 내 성소 위쪽으로 황금빛 돔이 반짝거리고 있었다. 서클이 지상뿐 아니라 공중에서도 방패 역할을 해내는 것이었다.

성소는 신관에 대한 모든 위력을 막아내는 서클이지만, 오직 자신보다 신력이 약한 상대에게만 절대적이었다. 전룡은 마수이니 당연히 나보다 신력이 떨어질 수밖에 없었다. 게다가 내 에테르는 지금 충만하다 못해 줄줄 넘치는 상태였다. 진짜로, 천만다행이었다.

-쾅! 콰앙! 쾅!

-크어어어어…!

조금의 흔들림도 없는 성소에 분노한 듯, 놈이 커다랗게 입을 벌리며 괴성을 토했다. 데미가 내 발치에 몸을 웅크리고, 황자를 제외한 세 사람은 반사적으로 귀를 틀어막았다. 이러다가는 놈에게 물리거나 잡아먹히기 전에 고막이 터져 죽을 것 같았다.

-쾅! 쾅!

"마수는 물과 불에 약한데, 물의 힘이 전혀 통하지 않는 겁니까?"

"제가 한번 해볼게요!"

내가 황자에게 소리치듯 묻자, 크리스텔이 대답했다. 청회색 눈동자가 묘하게 들떠있었다. 그녀는 조심스레 오른손 끝을 움직였다. 그러자 조금 전부터 우리를 보호하듯 감싸고 있던 물의 장벽이, 서서히 몸을 일으켰다. 전룡은 우리에게 집중하느라 그를 눈치채지 못한 듯싶었다.

-콰앙! 쿠웅!

-촤아아아-!

전룡의 거대한 대가리에 물벼락이 쏟아졌다. 그러자,

-치지지지직…!

-크어어어어!

사람 넷쯤은 거뜬히 구워버릴 스파크가 튀며, 전룡이 재차 포효했다. 물방울이 깨끗하게 증발한 놈의 표피엔 흠집 하나 없었다. 나는 머리가 차갑게 식는 것을 느꼈다.

"…전기 속성이 물이라는 약점을 상쇄하는군요."

-콰앙! 쿵! 쿵!

도발당한 것이 분한지, 전룡이 아까보다 더욱 빠르게 허공을 내리쳤다. 귀가 따갑고 발밑이 웅웅거렸다. 같은 전기 속성이더라도, 상대가 작고 만만했다면 상황은 달랐을지 모른다.

하지만 전룡은 본래 200년에 한 번 나타나는 전설상의 마수라고 했다. 왜 이렇게 짧은 주기로, 그것도 1차 진격 때부터 등장한 것인지는 모르겠으나… 한 가지 더 확인해야 할 게 있었다. 나는 세드리크 황자를 바라보았다.

"금속에는 어떻게 반응하는지 봐야겠습니다."

주황색 홍채가 내 말을 이해한 듯 빛을 냈다. 곧이어,

-파밧!

그의 부츠 옆면에 달린 단검이 하늘로 솟구쳤다. 정확히 전룡의 눈을 향해 달려든 날붙이가,

-치지지지직!

-크어어어…!

허공에서 스파크를 맞고 새카맣게 튀겨져 추락했다.

-뗑그렁!

"하."

그러니까… 검을 쥐고 성소 밖으로 잘못 나갔다간, 피뢰침 잡고 벼락 맞는 꼴이 된다는 뜻이었다. 물은 유의미한 타격을 주지 못하는 것 같지만, 적어도 놈의 시선을 끌거나 화를 돋울 순 있을 성싶었다. 우리에게는 MVP 신수님도 있고.

-콰앙! 쾅! 쾅!

"뒷다리를 노려야겠습니다. 무게중심이 그쪽일 테니까요!"

내 외침에 엘리자베트 경이 검을 고쳐 잡았다. 크리스텔이 내게 뭐라고 의견을 개진했고, 황자는 그저 차분한 시선으로 나를 응시할 뿐이었다. 나는 이런 와중에도 동생을 떠올렸다. 일곱 살 때까지 꿈이 티라노사우루스였던 꼬맹이를.

* * *

"데미, 할 수 있겠어? 오늘도 네가 톱타자야."

-끼이이이!

레서판다가 흉포한 얼굴로 두 앞발을 바동거렸다. 하얀 뺨과 파르르 떨리는 수염에 의욕이 가득했다. 나는 데미를 품에 안고 녀석의 에테르를 꼭꼭 채워주었다. 크리스텔이 나와 데미의 상황을 확인하며 서서히 물방울을 키워냈다.

-쾅! 쾅! 콰앙!

"야! 용가리 통뼈!"

용가리 통뼈… 그녀가 외쳤다. 전룡은 정말로 그 말에 비위가 상했는지 주둥이를 크게 벌리고 으르렁거렸다. 크리스텔이 씩 웃으며, 얇은 물줄기로 놈의 대가리를 왼쪽에서 콕콕 찔렀다.

-크어어어!

-치지지지짓!

놈이 좌측으로 고개를 돌려 스파크를 쏘았다.

"데미, 지금!"

-끼잇!

-콰르르르…!

전룡의 오른쪽 흙바닥에서, 거대한 파리지옥이 급속도로 자라났다. 두께가 1미터는 될법한 녹색 덩굴이 하늘을 향해 쑥쑥 솟았다. 바로 옆에서는 유창목癒瘡木 한 그루가 성장하고 있었다. 심상치 않은 소음에 전룡이 반대 방향으로 대가리를 틀자,

-촤아아악-!

-크르르르르!

짐볼 크기의 물 덩이 두 개가 놈의 눈앞에서 터져 나갔다. 전룡이 고개를 크게 휘저었다. 과연, 가죽과 달리 눈동자는 자극에 약한 듯했다.

-쩌저저저적…

그 틈을 타, 집채만 한 파리지옥이 입을 쩍 벌렸다. 전룡의 주둥이를 덮고도 남을 만한 크기였다. 데미가 내 에테르를 쏙쏙 빼먹으며 애쓰는 것이 느껴졌다. 이어,

-콰악!

-쿠어어어어…!

파리지옥이 전룡의 대가리를 덥석 깨물었다! 주둥이와 시야가 가로막힌 전룡은 마구 도리질을 하며 비틀거렸다. 잎에 즉각 스파크가 일었으나, 데미는 지지 않고 버텼다.

-치지지지직!

"어딜."

기어코 성소에도 스파크가 튀었다. 하지만 내 서클은 멀쩡했다. 마수 따위에게 당하려고 부티에 추기경 앞에서 맷집을 키운 게 아니었다. 당황한 전룡이 허우적거렸다. 놈은 앞다리가 짧아 파리지옥을 떼어내지도 못했다. 기회였다.

-탓!

황자는 내 신호가 필요 없는 놈이었다. 그가 순식간에 성소 밖으로 몸을 날려 전룡의 왼쪽 뒷다리로 이동했다. 거의 동시에 뛰쳐나

간 엘리자베트 경은 놈의 오른쪽 뒷다리를 노렸다.

"공녀!"

"네!"

크리스텔이 회심의 기술을 준비했다. 그사이 황자와 엘리자베트 경이 가로로 검을 그으며 몸을 미끄러뜨렸다. 두 검광이 오뉴월 서리처럼 서늘했다.

-쌔액!

-콰쾅!

-크어어어엉…!

큼직한 두 뒷다리에 깊고 뻘건 칼자국이 새겨졌다. 검사들은 재빨리 꼬리를 피해 나무 뒤로 엄폐했다. 놈이 고통에 몸부림치며 쿵쿵 뒷걸음질 칠 무렵,

-쩌저저적…!

발밑에 진짜 서릿발이 모습을 드러냈다. 난데없이 나타난 빙판이었다! 전룡이 갑작스러운 미끄럼에 균형을 잃고 크게 휘청거렸다. 육중한 몸뚱어리가, 마치 슬로모션처럼 느릿느릿 추락하고 있었다. 크리스텔이 그제야 숨을 토하며 미소했다.

-쿠우우웅!

-쿠허어어어…!

산울림과 비슷한 수준의 진동이었다. 땅이 흔들리고, 쓰러진 마수가 울부짖었다. 거의 다 됐다.

"엘리자베트 경!"

"주십시오!"

비교적 가까운 곳에 있던 그녀에게, 데미가 키워준 유창목 줄기를 던졌다. 그녀가 왼손으로 가지를 턱 잡고 즉시 도약했다. 소백작의 오른손에 있던 검은,

-콰악!

-크르르르렁…!

순식간에 전룡의 꼬리를 뚫고 바닥에 박혔다. 마수가 침을 흘리며 포효했다. 그녀는 잽싸게 검을 놓고 뛰어올랐다.

-타닷!

-치지지지직!

엘리자베트 경이 체공하는 사이, 마수가 짧게 스파크를 일으켰다. 조금만 늦었어도 감전될 뻔한 상황이었으나 소백작은 침착했다. 왼손에 있던 유창목이 물 흐르듯 오른손으로 옮겨가더니,

-콰아아악!

-크허어어어어-!

삽시에 전룡의 눈알로 푹 꽂혔다! 엘리자베트 경은 이마에 핏대가 서도록 힘을 주고 나무줄기를 끝까지 박아 넣었다. 나는 데미를 꾹 붙들었다. 전룡이 마지막 발악을 할까 싶어 마른침이 넘어갔다. 그리고 마침내…

-크흐으으으…

-…투웅!

놈이 최후의 숨소리를 내며 대가리를 떨구었다. 엘리자베트 경은 숨을 몰아쉬며 자갈밭에 착지했다. 이마가 조금 젖어있었다.

"정말 수고하셨습니다, 엘리자베트 경!"

"아, 별거 아니었습니다."

"하하하하."

그녀다운 반응에 웃음이 터지고 긴장이 풀렸다. 나는 성소를 해제하고 데미를 내려주었다. 엘리자베트 경이 불쑥 물었다.

"왕자님, 유창목은 어떻게 생각해 내신 겁니까?"

"쥘리에트 궁 재단장에 쓰인 목재입니다. 원래는 자단이나 흑단을 쓰는데, 제가 또 방을 부술까 봐 더 단단한 나무를 가져왔다고 했거든요."

즉, 내가 아는 가장 튼튼한 나무가 그거였다. 주문을 찰떡같이 알아들은 데미가 기특했다. 나무는 전기가 통하지 않으니 안전한 무기가 되겠지 싶었는데, 엘리자베트 경이 정말로 다치지 않아 다행이었다.

"이렇게 잡으니까 기분이 묘하네요. 저 어릴 때 꿈이, 폭군 전용되는 거였습니다."

크리스텔의 말에, 엘리자베트 경이 소리 내어 웃으며 이쪽으로 걸음을 뗐다. 일순 내 입가가 굳었다. 그때였다.

-크어어어어!

"엘리자베트!"

전룡의 비명과 황자의 목소리가 일시에 터져 나왔다.

-파지지지직!

-콰과광…!

쓰러진 마수의 턱주가리에서, 커다란 스파크 덩어리가 뿜어져 나왔다. 엘리자베트 경의 몸이 그대로 튕겨 나갔다.

"큿!"

"엘리자베트 경!"

-털퍼덕!

나와 크리스텔이 나동그라진 그녀를 향해 빠르게 달렸다. 정신이 하나도 없었다.

"엘리자베트 경, 괜찮으세요!?"

"괜찮, 습니다…"

크리스텔이 조심스럽게 그녀를 돌려 눕혔다. 만만다행으로 출혈은 없었다. 전룡의 숨결을 정면으로 맞은 건 아니었고, 옆에 서있다가 그 충격파에 휩쓸린 모양이었다. 나는 그제야 가늘게 숨을 내쉬었다. 소백작의 뺨에 긁힌 상처 몇 개가 보였다. 그녀는 천천히, 허리에 힘을 주고 상체를 일으켰다.

"윽, 전하께서는…"

"무탈하니 하산하도록. 명령이다."

어느새 다가온 황자가 낮게 말했다. 그의 검이 마수의 피로 흠뻑 젖어있었다. 뒤를 돌아보니, 황자에게 확인 사살당한 전룡의 시체가 눈에 들어왔다.

"무슨 소리야. 나도 멀쩡해."

"부러진 팔로도 검을 잡을 수 있나?"

"…"

엘리자베트 경이 입술을 깨물었다. 나와 크리스텔은 깜짝 놀라 그녀의 오른팔을 살폈다. 황자가 말하기 전까지 전혀 알아차리지 못했다. 축 늘어진 환부를 보니 심장이 철렁했다. 오늘에 대비해

치유 서클을 몇 개 더 외워 왔지만, 이 정도의 골절상을 낫게 할 수 있는 건 없었다. 나는 이를 악물었다.

"죄송합니다, 엘리자베트 경. 제가 치유 신관으로선 아직 부족합니다."

"아닙니다, 예서 왕자님. 방심한 제 불찰입니다."

소백작이 씩 웃었다. 그녀의 이마에 다른 의미의 식은땀이 맺히고 있었다.

"후작을 부르지. 네 약혼자의 원망을 듣고 싶지는 않으니."

황자가 말했다. 그의 두 번째 문장에, 엘리자베트 경이 결국 고개를 작게 끄덕였다. 그녀는 왼손으로 품을 뒤적여 투명한 구슬을 꺼냈다. 모든 '마수 대토벌' 참가자가 하나씩 받은 일회용 마도구였다. 노란 다이아 반지가 반짝이는 왼손이, 구슬을 세게 쥐었다.

-콰직!

-지이잉-!

그러자 구슬이 부서지며 빨간 마나 빛줄기가 창공으로 치솟았다. 일직선의 빛을 따라 시선을 올리니, 청천의 여러 방위에 똑같은 붉은 선이 그려지고 있는 것이 보였다. 현재 기권을 원하는 참가자가 상당수라는 의미였다.

"맙소사, 엘리자베트!"

뒤이어 계곡 쪽에서 익숙한 목소리가 울렸다. 특기인 '순간 이동'으로 순식간에 나타난 프랑수아 뒤엠 후작이, 걱정스러운 눈빛으로 우리에게 다가오고 있었다. 그는 대회의 주최자이자 유일한 구급대원이었다. 동생인 뒤엠 근위대장의 말마따나, 그가 오늘만을 기다리며 마법을 갈고닦은 건 이렇듯 사람을 구해 하산하기 위해서였다.

"팔이 왜 그 지경인 게야? 세상에, 저놈을 네 분이서 잡으셨군요!"

후작의 연분홍색 눈동자가 바르르 떨렸다. 그는 전룡의 시체와 의외의 환자 중 어느 쪽에 더 놀라야 할지 혼란스러워하는 얼굴이었다. 엘리자베트 경이 인상을 찌푸렸다.

"아저씨, 그냥 좀 내려갑시다…"

"그래, 칼라마르 공자에게 혼나지 않으려면 서둘러야겠구나. 전룡을 잡으시다니…"

후작이 우리의 낯을 하나하나 살피며 엘리자베트 경의 이마에 손을 얹었다. 저 정도의 접촉만으로 동반 이동이 가능한 모양이었다. 크리스텔은 소백작의 왼손을 살짝 잡았다 놓으며 이따 보자고 속삭였다. 그때 황자가 입을 열었다.

"후작."

"예, 전하."

"무슨 일이 벌어지고 있는 거지?"

스릉! 황자가 검을 한 번 털어 후작의 턱 끝을 겨누었다. 그의 눈이 태양 표면처럼 일렁거렸다.

"황자님."

"조용히."

말려보려 했으나 그는 내 입마저 막았다. 나 역시 돌아가는 꼴이 궁금하긴 했지만, 엘리자베트 경이 다쳤는데 이놈도 참 독하다 싶었다.

"2년 전 우승 제물이었던 전설급 마수가 1차 진격에 출현했다. 흔한 경우인가?"

"통촉하여 주십시오. 처음 있는 일입니다."

"그렇다면 경의 가설은?"

중저음은 명징한 질문만을 쏟아냈다. 후작이 떨리는 눈꺼풀을 느리게 감았다 떴다. 그는 마수와 마도구 연구에 제국 누구보다도 열정적인 사람이었다. 분명 생각하는 바가 있기야 할 터였다.

"…이곳의 신물이, 하나가 아니기 때문일 겁니다."

그런 그의 입에서 흘러나온 설명은, 누구도 예상치 못한 것이었다.

"어디까지나 가설일 뿐입니다만… 전하, 신물은 마도구와 다릅니다. 한 번 사용한다고 해서 그 힘이 영영 사라진다고 볼 수는 없습니다. 존재 자체가 주신의 뜻이니까요."

후작이 조금 떨리는 목소리로 말을 이었다. 나는 그사이 가죽 가방에서 여러 약초를 빻아 만든 진통제를 꺼냈다. 이야기가 빨리 끝나지 않는다면 환자의 고통이라도 덜어줘야 했다. 내가 무엇을 하려는지 눈치챈 크리스텔이, 잽싸게 맑은 물을 만들어 주었다. 엘리자베트 경은 우리에게 묵례하고 선선히 약을 받아먹었다. 도움이 됐으면 좋겠는데.

"사르네즈 공녀를 말하는 건가."

"그렇습니다. 공녀의 몸속에 흡수된 '창해의 축복'은 사라지지 않은 채 능력을 발휘하고 있지요. 그렇다면 그 존재감도 여전할 겁니다."

황자와 후작의 시선이 이쪽, 정확히는 크리스텔을 향했다. 주인공은 덤덤한 얼굴로 그들을 마주 보았으나 나는 속으로 식은땀을 흘리기 시작했다. 신물이 몸속으로 들어간 경우도 신물이라고 카운트되는 거야? 그럼… 나도 포함인데.

"'화성의 혜검' 하나만으로도, '던전'에서는 매년 이렇게 마수 떼가 쏟아져 공격성을 드러냈습니다. 100년, 200년에 한 번은 저기 '폭군 전룡' 같은 놈이 등장하기도 했지요. 하물며 지금은 창해의 축복까지 이곳에 있는 겁니다."

게다가 나도 있다. 나는 마른침을 삼키며 애써 엘리자베트 경에게 시선을 고정했다. 내가 어마어마한 수준의 에테르를 얻게 된 이유, 그리고 크리스텔의 어머니가 창해의 축복을 소모할 수밖에 없었던 이유는, 아마도 '경계의 신전'에 있는 신물이 나를 위해 쓰였기 때문이었다. 그러니까 이 동네에 신물이 셋이라는 거 아냐, 지금.

"약기운이 도니까 좀 낫습니다. 감사합니다, 왕자님."

엘리자베트 경이 내게 웃어 보였다. 심각한 내 얼굴에 뭐라고 위로라도 건네야겠다고 생각한 듯했다. 나는 쓴웃음을 지었다. 당연히 엘리자베트 경이 걱정되지만, '마수 대토벌'도 큰일이 났구나 싶었다.

강력한 주인공이 둘이나 있으니 일이 쉽게 풀릴 거라고 생각한 내가 너무 순진했다. 물론 주인공들이니 죽지는 않을 테고 어떻게든 영광을 차지하겠지만, 자고로 주연에겐 그에 걸맞은 시련이 따라붙는 게 지당한 거였다. 젠장, 왜 그 생각을 못 했지?

"2차 진격은 시작됐나?"

"예. 평년보다 강한 마수들이 대부분입니다. 골짜기 너머에는 작년도 우승 제물이 나타났습니다. 다행히 목숨을 끊는 데 성공했더군요."

"사상자는?"

"엘리자베트를 포함하면 70여 명 정도가 다쳤습니다. 사망자는 없습니다. 제국의 전사들은 강합니다, 전하. 너무 심려치 마십시오."

머릿속이 순식간에 정리됐다. 화성의 혜검, 크리스텔과 나 때문에 올해 마수 대토벌은 어느 때보다도 까다로워졌다. 1차 진격에 전설의 마수가 등장했고, 우리가 놈을 해치우는 동안 시작된 2차 진격에선 작년도 우승 제물이 출현했다. 이런 식이라면 마지막 3차 진격 때 또 다른 우승 제물이 모습을 드러내도 놀라울 게 없었다. 황자의 주황색 눈동자가 차분히 가라앉았다.

"가보도록."

그가 후작을 겨누고 있던 검을 거두었다. 살벌하기는.

"…황자 전하 만세. 부디 우승하십시오."

프랑수아 뒤엠 후작이 그에게 정중한 예를 차렸다. 저런 진지한 얼굴도 할 줄 아는 사람이라는 걸 처음 알았다. 후작은 엘리자베트 경의 이마에 다시금 손을 올렸다. 이제 정말로 하산할 시간이었다. 소백작이 끝으로 황자를 올려다보았다.

"세드리크, 왕자님을 믿고 싶잖아. 그럼 그렇게 해."

"…"

나? 당황한 내가 입을 떼려는데, 후작과 엘리자베트 경의 모습이 환한 빛을 내며 알알이 부서졌다. 꽃가루 같은 연분홍색 입자들은 이내 사방으로 흩어져 자취를 감추었다. 고요한 계곡에 남은 것은 나와 데미, 크리스텔, 황자뿐이었다. 방금 그거 내 얘기였나?

"저 때문에 일이 복잡해졌다니, 좀 심란하긴 하네요."

"달라지는 것은 없어."

크리스텔의 말에 황자가 대꾸했다. 주인공은 사실 썩 심란해 보이지 않았고, 황자는 이미 벌어진 일에 큰 유감이 없는 듯했다. 하긴 대회를 취소할 수 있는 것도 아니었다. 어차피 여기서 마수를 막지 않으면, 강한 놈들은 결계를 뚫고 산을 내려가 영주성과 주변 도시를 공격할 터였다.

"그럼 잠깐 휴식할까요?"

내 말에 두 쌍의 눈빛이 나를 동시에 바라보았다. 무섭게 또 이러네.

"배도 채우고, 다음 전략 세워야죠. 쉴 수 있을 때 쉬는 것도 능력입니다."

-꾸르르

데미가 동조하듯 작게 울었다. 봐라, 이 녀석도 출출하다잖아.

* * *

"뜨거워."

프레데리크가 재빨리 커피잔을 내려놓았다. 진하게 내린 커피는 오늘따라 끓는 듯 불타는 듯했다. 오만상을 한 그녀의 얼굴을 보고 오렐리 부티에가 고개를 갸웃했다.

"왜 그렇게 급하게 마셨어?"

"이럴 때는 괜찮냐고 물어야 하는 거 아닌가?"

"하하하."

오렐리는 베이지색 눈동자를 휘며 웃었다. 두 사람은 황제의 집무실에 앉아 평소처럼 각자의 일을 하고 있었다. 황제는 남부의 작은 마을에서 있었던 소동에 관한 보고서를 읽는 중이었고, 추기경은 뒤늦게 〈격주간 리에스테르〉 5월 1일 호를 들춰보던 참이었다.

"녀석들이 잘 해결했다는군. 그때 그 여관 주인의 딸이 영주성 감옥에 끌려갔어."

"응, 네 말대로 됐네."

추기경이 고개를 끄덕이며 느릿느릿 커피를 마셨다. 아이들이 잘 지내고 있을 거라 스스로를 열심히 세뇌한 끝에, 그녀는 특별한 걱정 없이 새로운 소식을 접할 수 있게 되었다. 그녀의 계약자인 황제로부터 배운 태도였다. 아무렇게나 잡지를 넘기는 손길이 가벼웠다.

"10년 동안 하사품의 4할 이상을 갈취했는데, 여관이나 자신을 위해 쓴 돈은 200만 프랑밖에 안 돼."

"그건 좀 수상하네."

"그래, 영주를 족쳐봐야겠어. 여관도 땅속까지 다시 수색하게 하고."

황제가 체리색 눈을 가늘게 뜨며 말했다. 자신과 추기경이 뤼카 마을을 뒤집어 놓았던 10년 전만 해도, 상황은 매우 단순했다. 감히 황족이 머무르는 곳에서 사기도박 따위를 벌인 자에게 무슨 대단한 계획이 있겠나 싶었고, 실제로 놈에게는 별다른 꼬리가 없었다. 그런데 이번에는 조금 달라 보였다. 보고서에 따르면 대량의 현금이 어딘가로 증발한 모양새였다.

"영주가 여인에게서 뇌물을 받았을까? 하지만 그렇다면 제국 전체를 훑어야 할지도 몰라. 비슷한 경우가 한둘이 아닐 테니."

"그게 내 일이야."

프레데리크가 퉁명스럽게 대꾸했다. 맞는 말이었으므로, 오렐리는 그림처럼 미소할 뿐 첨언하지 않았다. 화제를 돌리는 게 나을 듯싶었다.

"이것 봐. 사라 벨리아르 경이 기사를 꽤 상냥하게 썼는걸."

"그 할망구가 상냥해 봤자 할망구지."

"아냐, 왕자님의 인터뷰 내용이… 문제될 게 하나도 없는 것 같아. 이런 적이 있었나?"

"나이 들어서 변덕이 심해졌나 보군."

황제가 짜증스럽게 대답했다. 예서 왕자의 단독 인터뷰가 유독 호의적인 내용으로 나왔다는 보고는, 발간 당일에 이미 들어 알고 있었다. 직접 읽어보지는 않았지만 황실을 모욕하거나 신국과의 관계를 언급한 부분은 없다고 했다. 그것이면 충분했다. 그녀는 커피를 입가에 가져다 댔다.

"젠장, 아직도 뜨겁잖아."

"천천히 마셔. 뜨거운 거 잘 못 먹으면서."

황제는 커피잔을 다시 책상에 내려놓았다. 추기경은 이번에야말로 조금 근심하는 눈빛이었다. 프레데리크가 불쑥 말을 꺼냈다.

"예감이 안 좋아."

"응?"

"그 녀석들. 마수는 잘 잡고 있는 건가?"

"별걱정을 다 하네, 이브. 일거리가 늘어서 화났어?"

어쩐지 일주일 전과 상황이 역전된 것 같았다. 그때는 자신이 아이들을 생각하며 안절부절못했는데, 지금은 황제가 아들 일행을 떠올리며 기우하고 있었다. 추기경은 소리 내어 웃더니 시종장을 호출했다.

"시원한 음료로 바꿔달라고 하자. 그럼 기분이 나아질 거야."

* * *

"자, 드셔보십시오."

"…"

세드리크 황자가 내 손에 들린 육포를 노려보았다. 누가 보면 독 바른 줄 알겠다.

"쥘리에트 궁 주방에서 만든 겁니다. 배가 든든해야 기운이 나죠."

"안 드실 거면 제가 먹어도 돼요? 진짜 맛있는데."

홀로 서있던 크리스텔이 눈을 반짝거렸다. 가나엘이 챙겨준 송아지 고기 육포의 3분의 1을 먹어 치우고도 식욕이 도는 모양이었다. 이게 너무 짜지도, 질기지도 않고 입에 착 붙는 맛이긴 했다. 데미까지 흥미를 보일 정도였으니까.

"생각 없으시면 공녀에게,"

-탁!

놈이 눈에 보이지도 않는 속도로 내 손에서 육포를 낚아챘다. 손끝이 얼얼했다.

"먹이기도 힘드네."

내가 중얼거렸다. 황자 놈은 못 들은 건지 못 들은 척하는 건지 육포를 한입에 넣고 씹어댔다. 은서가 대여섯 살 때 식탁에서 딴짓 하면, 숟가락으로 기차놀이나 비행기 놀이를 하면서 한 입씩 밥을 먹이곤 했는데 그건 차라리 재밌기라도 했다. 저런 놈이 어딜 봐서 나를 믿고 싶어 한다는 건지.

"어, 또 온다! 데미야, 누나 잘 봐."

코웃음 치던 크리스텔이 밝은 목소리로 외쳤다. 내 품에서 하트 모양 꽃을 먹고 있던 데미가 고개를 쏙 빼고 그녀를 올려보았다. 저 위, 산이마에서 무언가가 맹렬한 속도로 우리를 향해 달려오고 있었다.

-우두두두!

-꾸에에에…!

숲을 헤치고 모습을 드러낸 건 트럭만 한 멧돼지였다. 정확히는 멧돼지처럼 생긴 식인 마수인데, 놈에게 물리면 살아남아도 강력한 저주에 걸린다고 했다. 그래서 이름이 '저주흑돼지'였던가. 보통은 저 정도 마수만 잡아도 꽤 높은 점수를 받는다고 들었다. 우리는 저 놈만 벌써 다섯 마리째지만.

"맛있게 생겨 가지고 자꾸 까불어!"

크리스틴이 호통치며 채찍을 휘둘렀다. 그러고 보니 제주 흑돼지도 조금 닮았나.

-철썩!

-촤아아악-!

하얀 물보라가 거대한 부채꼴로 저주흑돼지를 덮쳤다. 시야를 완전히 가리는 파도에, 마수는 방향 감각을 잃고 발을 굴렀다. 이어 진짜로 돼지 멱따는 소리가 났다.

-꿰에에에엑!

-치이이이익…!

놈의 거대한 육체는 물에 닿자마자 힘을 잃고 비틀거렸다. 외피가 붉게 녹아드는 광경이 징그러웠다. 쿵, 쿵 하며 움직이던 몸뚱어리가 바닥에 퉁! 하고 쓰러지자, 크리스텔은 동그란 물방울을 만들어 마수의 머리에 헬멧처럼 눌러 씌웠다.

-꾸르륵, 꾸륵, 꾸르르륵…!

"이것도 반복하니까 요령이 생기네요."

그녀가 여상하게 말했다. 성스러운 물의 힘에 접촉한 마수는, 익사 또한 순식간이었다. 조금 전과 똑같은 레퍼토리였다. 자잘한 마수들이 우리를 향해 몸을 던지면, 크리스텔과 황자가 번갈아 일어나서 처리한다. 나는 쭉 성소를 전개해 둔 채 앉아서, 두 사람과 한 마리에게 물이며 간식을 먹이고 속성별로 전략을 짠다.

그런데 어지간해선 전략을 쓸 일이 없었다. 폭군 전룡 이후로 우리 앞에 나타난 것들은 다 이런 수준이었으니까. 한 사람만 나서도 순식간에 정리가 끝났다.

"데미야, 몇 점이야?"

크리스텔이 레서판다에게 물었다. 저주흑돼지가 입구 삼아 달려들었던 계곡 끝에, 두 그루의 작은 사과나무가 보였다. 왼쪽에 있는 나무에는 주황색 열매들이, 오른쪽 나무에는 청회색 열매들이 주렁주렁 달려 있었다. 색은 저래도 데미가 키운 거니까 맛있으려나?

-끼이이

데미가 앞발에 쥔 보라색 꽃잎을 마구 흔들었다. 그러자 오른쪽 사과나무 가지에, 빠르게 열매가 맺히기 시작했다. 사아아…

"3점짜리였어? 고마워, 최고점이네."

새롭게 매달린 사과는 세 개였다. 크리스텔이 우아하게 팔다리를 놀리며 데미에게 인사했다.

"드디어 두 분이 동점이군요."

내가 말했다. 이로써 주황색 사과가 열한 개, 청회색 사과도 열한 개였다. 심사위원이 데미 하나라 좀 주관적인 평가이긴 한데…

-아삭!

그와 동시에 황자가 자리에서 일어나 검을 빼 들었다. 나는 조금 놀라서 고개를 돌렸다. 뭐였지?

"방금 들으셨습니까?"

"그래."

"네."

두 사람 모두 내가 들은 소리를 들은 모양이었다. 분명 누군가가 사과를 베어 무는 듯한…

-아사삭!

나무에 달려있던 주황색 사과 한 알이, 꽁다리만을 남기고 허공에서 사라졌다. 순간 숨이 턱 하고 막혔다. 잘못 본 게 아니었다. 사방으로 희뿌연 산안개가 깔려있었지만, 착각이라고 하기에는 목격한 장면과 결과물이 너무나 또렷했다. …잠깐, 산안개?

"언제부터… 황자님, 어디 가십니까!"

나는 대뜸 성소 밖으로 걸어 나가려는 황자의 소매를 붙들었다. 내가 갑자기 일어선 탓에 불편했는지 데미가 낑낑거렸다.

"미안해, 데미. 일부러 그런 게 아니라…"

"아버지."

뭐…? 별안간 불길한 기분이 들었다. 너희 아버지 돌아가셨잖아. 나는 재빨리 황자의 앞을 막아서고 얼굴을 들여다보았다.

"제길."

늘 불타는 것처럼 또렷하던 눈동자에, 묘하게 초점이 없었다. 나는 잽싸게 손수건을 꺼내 데미의 얼굴을 감싸고 소매로 내 입과 코를 막았다. 이건 단순한 안개가 아니었다.

3. ✦ 놓치지 않을 것

"왜 그러시는 거예요?"

크리스텔의 낭랑한 목소리가 귓가에 꽂혔다. 나는 후딱 시선을 떼고 그녀를 확인했다. 평소처럼 맑은 청회색 눈동자가 나를 똑바로 바라보았다.

"공녀는 괜찮으십니까?"

"네? 저야 당연히 괜찮…"

그 순간, 크리스텔의 말끝이 흐려졌다. 그녀의 눈빛에서 천천히 총기가 사라지고 있었다. 뒤통수부터 발뒤꿈치까지 소름이 내달렸다. 그녀는 꼭 실에 매달린 인형처럼 내게서 고개를 돌려 정면을 응시했다. 마치 두 그루의 사과나무 너머에 누군가가 있다는 듯이. 하지만 아무리 눈을 크게 뜨고 살펴도, 그곳엔 사람은커녕 참새 한 마리 보이지 않았다.

"사르네즈 공녀?"

"…"

돌아오는 대답은 없었다. 나는 마른침을 삼켰다. 안개 낀 계곡, 눈에 초점을 잃은 두 사람, 산 건너편에서 메아리치는 사람들의 고함과 비명. 그리고,

-아사삭!

저 빌어먹을 소리. 나는 이를 악물었다. 어느새 나무에 남은 사과는 네 알뿐이었다. 물증은 없지만, 보이지 않는 사과 도둑이 두 남녀를 이렇게 만든 것이 분명했다. 매개체는 아마도 이 안개.

"아버지. 제 탓입니다."

세드리크 황자가 그렇게 말하며 걸음을 뗐다. 나는 재빨리 그의 앞으로 한 발 다가섰다. 데미와 내 얼굴을 막느라 손이 부족했지만, 여차하면 걷어차서라도 성소 밖으로 나가는 건 막아야 했다.

"황자님, 제 말 들리십니까?"

"저를 위해 희생하시는 게 아니었습니다. 차라리 제가,"

"이상한 소리 하지 말고."

내가 그의 말을 끊었다. 희게 질린 낯과 가라앉은 눈을 보니 인상이 절로 찌푸려졌다. 국서가 세상을 떠난 건 이놈이 어릴 때일 텐데, 왜 이렇게 극단적인 생각을 하고 있나 싶어 속이 불편했다. 설마 쭉 이런 마음으로 지낸 건 아니겠지?

"언니가 여기 왜 있어?"

그때, 떨리는 목소리가 귓전을 울렸다. 나는 몹시 좋지 않은 예감을 느끼며 크리스텔을 돌아보았다.

"언니가 여기 왜 있냐고. 그렇게 시집갔으면 행복하게 살아야지, 여기서 뭐 하는데!"

그녀의 음성이 슬픔과 애정으로 얼룩덜룩했다. 호흡이 턱 막혔다. 이쪽도 저쪽도 곁을 떠난 가족이 보이는 모양이었다. 환각이 앞으로 얼마나 심해질지, 감정이 얼마나 격해질지 모르는데 이대로 둘 순 없었다. 일시적으로라도 깨워야,

"가. 위험하니까 형부한테 가! 빨리!"

"공녀, 나가시면 안 됩니다!"

젠장! 나는 빠르게 발을 뻗어 그녀의 앞을 막았다. 두 주인공의 거리가 멀어 다리가 부들부들 떨렸다.

[정신 차려, 둘 다-!]

나는 곧장 신탁을 내렸다. 은은한 황금빛을 뿌리던 성소에서, 일순 환한 광채가 쏟아져 나와 두 사람의 몸을 감쌌다. 신탁은 서클 '안에' 있는 생명체에 대해서만 유효하기에, 마수들을 상대할 때는 외칠 일이 없었다. 몸 쓰는 데 손톱만큼의 소질도 없는데 마수를 반경 15미터 안에 들일 수는 없었기 때문이다.

-사아아아…!

이내 성스러운 광휘가 둘을 놓아주었다. 흐려지는 빛줄기 사이로, 크리스텔이 커다란 눈을 깜빡깜빡하는 것이 보였다. 통했구나. 안도의 숨이 흘러나왔다.

"어? 방금, 방금 언니가…"

"정신이 드십니까? 빨리 입과 코를 가리세요. 황자님은요?"

크리스텔이 후다닥 품에서 손수건을 꺼냈다. 눈가가 붉었지만, 돌아가는 정황을 파악했는지 더는 말이 없었다. 그리고 황자는…

"…"

마주친 주황색 홍채가 불타오르고 있었다. 시선 끝에 닿는 모든 것을 태워버릴 듯한 열기였다. 나에 대한 분노가 아니라는 걸 알면서도 본능적인 공포가 척추를 타고 흘러내렸다. 의식은 또렷하게 돌아온 모양새였으나, 이걸 이성적인 상태라고 볼 수 있을지 확신이 서지 않았다. 몸속의 에테르가 불안하게 출렁거렸다. 아니, 이게 내 것이 맞나?

"…감히."

"황자님, 진정하십시오. 또 환각을 보시기 전에 천으로,"

"마수 따위가 내 아버지를."

사내의 목소리가 땅을 뚫고 내려갈 듯 낮아졌다. 새카만 머리칼 끝이 징조처럼 느릿느릿 흔들렸다. 그는 왼손의 검은 장갑을 벗고 있었다. 이유 모를 긴장감에 손끝이 저릿했다.

"지금 덤비시면 안 됩니다. 놈이 아직 숨어있으니 성소 밖으로 나가면 위험하고, 곧 안개 때문에 다시 환각을 보실 거예요. 일단 공녀에게 폭발을 일으키는 마도구가 있으니까 그걸로,"

"용서하지 않을 것이다."

그가 왼손을 꽃봉오리처럼 모았다. 이런 장면을, 어디서 봤는데.

-딱!

손가락이 맞부딪히는 소리가 났다. 크리스텔이 헛구역질을 하며 주저앉았다. 나와 황자의 시선이 길게 부딪쳤다.

-화르르르륵!

그리고 불길이었다. 남자의 손에서 태어난 새빨간 불꽃이, 내 성소를 제외한 모든 곳을 진노로 집어삼키고 있었다. 안개와 계곡이,

나무와 이끼가, 풀과 숲과 땅이, 온 세상이 삽시간에 피처럼 붉게 물들어갔다. 아이인 양 제멋대로에 폭군인 양 무자비했다. 그 광경을 보고 있노라니 머릿속이 뜨거워졌다. 너무 열이 올라 멍한 기분이었다.

-화르르르!

-키에에에에에…!

줄곧 모습을 감추고 있던 근처의 마수가, 고통에 찬 울음을 내질렀다. 쿵, 쿠쿵! 거대한 무언가가 쓰러지는 소리가 났다. 누군가의 에테르가 거세게 맥동했다. 거기서 끝이 아니었다.

-쿠에에에엑!

-크르르르! 크르르!

-끼끼끼끼끼…!

나는 반짝 고개를 들었다. 산머리에서, 산허리에서, 산기슭에서… 마수들이 제각각 단말마의 울부짖음을 토하고 있었다. 어떤 포효는 아주 먼 곳으로부터, 어떤 신음은 아주 가까운 곳으로부터 들렸다. 저 높이 아득하게 보이는 정상이, 봉화를 밝힌 듯 붉게 달아올랐다. 황자의 격노가 기어코 후작의 산맥을 지배한 모양새였다.

"헉…"

건조한 공기에 목이 바짝바짝 타들어 갔다. 경악과 의아심에 속이 그을렸다. 왜 지금까지 이런 힘을 숨긴…

-끼이, 끼이, 끼이

아차!

"데미, 괜찮아?"

나는 품으로 파고드는 레서판다를 추스르며 손수건을 주머니에 쑤셔 넣었다. 대체 뭐부터 어떻게 판단해야 할지 모르겠는 와중에, 바들바들 떠는 데미를 보니 가슴이 철렁했다. 안개는 전부 탔으니 그것 때문에 환각을 보는 것은 아닐 테고. 혹시 불이 무서워서… 잠깐. 뒤늦게 머릿속에 빨간 경고등이 켜졌다. 나는 즉시 고개를 돌렸다.

"황자님, 그만두세요. 이렇게 에테르를 많이 쓰시면 위험,"

풀썩, 하는 소리와 함께 작은 몸이 내게 무너졌다. 나는 반사적으로 꼬마를 붙들었다. 동시에…

-화르르르륵…

산줄기를 무참히 살라먹던 업화가, 거짓말처럼 흩어졌다. 보고도 믿을 수 없는 광경이었다. 수억 개의 불티가 봄바람을 타고, 햇발과 함께 살랑살랑 부서져 날아갔다. 별일 아니었다는 듯, 잠깐의 변덕이었다는 듯 어린 불똥들이 시야를 어지럽혔다. 이윽고 눈앞에 남은 것은…

-휘우우…

"진짜… 다시 봐도 말이 안 돼."

다시 푸르른 산이었다. 크리스텔이 넋을 놓고 중얼거렸다. 나는 다리에 기댄 체온을 놓지 않으며 사방을 훑었다. 드넓은 산중에서 오직 마수만을 심판한 불의 에테르는, 군데군데 자갈과 바위만을 그슬고 자취를 감추었다. 목격한 것이 곧장 이해되지 않았다. 어마어마한 힘이었고, 그보다 더 놀라운 통제력이었다. 벌어진 입을 다물 수가 없었다.

—끼이이이!

 데미가 후루룩 내 팔을 빠져나가 크리스텔의 다리에 붙었다. 나는 그제야 열이 펄펄 끓는 아이를 가만히 내려다보았다.

"아…"

 숨이 콱 막히고, 혀가 딱 굳어서 아무런 말도 나오지 않았다. 실신한 꼬맹이의 눈이 뜨이는 일은 없었지만, 나는 녀석의 눈동자 색을 알고 있었다. 까만 머리통과 고집스레 닫힌 입매가 익숙했다. 조심조심 자세를 낮추자, 소년을 감싼 커다란 셔츠 자락이 펄럭거렸다. 이마가 여느 때처럼 식은땀으로 축축이 젖어있었다.

"…세이디."

 나는 작게 황자의 이름을 불렀다.

* * *

"후작님, 산불이 걷힙니다!"
"맙소사, 주신이시여…!"
"주신께서 제국을 보살피신다!"
"기적입니다! 세상에, 세상에!"

 객석을 채운 수천 명의 사람이 눈물과 함께 큰 소리를 쏟아냈다. 귀족이고 평민이고 할 것 없이, 모두가 환호성을 지르며 손에 쥐고 있던 물건을 하늘로 던졌다. 박수와 휘파람, 찬양과 기도, 포옹과 위안이 평야를 가득 메웠다. 프랑수아 뒤엠은 망연한 낯으로 '던전' 쪽을 쳐다보았다.

조금 전에 있었던 이적異跡은, 명백히 황자의 힘이었다. 그 외에는 제국의 누구도 불 속성 에테르를 발현한 적이 없으니 확실했다. 아니, 애당초 이 땅에 성기사의 자격을 지니고 태어난 자는 황자가 유일했다. 그런 그가 자신의 능력을 공개적으로 발휘한 건 분명 경사였고 벅차오르는 일이었다. 하지만…

"후우."

가슴께가 답답했다. 후작은 주먹을 쥐고 자신의 갈빗대 위를 두드렸다. 지금쯤 존귀한 청년은 어린아이가 되어있을 터였다. 그리고 그를 맡길 상대는, 볼모로 온 신국의 왕족 신관이었다. 아무리 황자와 추기경이 신뢰하는 이라고 해도, 자신 역시 왕자를 인정하기로 했어도… 상황이 이렇게 되자 후작은 신하로서 불안감에 시달릴 수밖에 없었다.

"차라리 내가 다시 올라가 보는 게,"

"아저씨. 해찰 말고 앉으세요. 정신 사납습니다."

또랑또랑한 음성이 귓전을 울렸다. 그가 후딱 뒤를 돌았다. 야외 침상에 비스듬히 몸을 앉힌 엘리자베트가, 팔에는 부목을 댄 채 그를 빤히 올려보고 있었다.

"…팔은 좀 어떠하냐?"

"안 아픕니다."

"칼라마르 공자도 듣는데 좀 성의 있게 말해주련?"

엘리자베트는 그제야 기세를 죽이고 옆을 돌아보았다. 그녀가 하산한 뒤로 한시도 곁을 떠나지 않은 가나엘은, 여전히 얼굴에 눈물 자국을 단 채였다. 쓸데없는 걱정을 시킨 것 같아 마음이 편치 않았다. 큰 부상도 아닌데.

"…치유 신관이 뼈를 제자리에 딱 맞게 붙여줬고, 평소 건강해서 빨리 나을 거랍니다. 왕자님께서 주신 진통제도 효과가 좋았고요. 그건 네가 챙겨드린 거지?"

"네? 네, 맞아요."

가나엘의 벌꿀색 눈매가 생긋 휘어졌다. 울다가도 잘 웃는 성격이라 다행이었다. 소백작이 거침없이 말을 이었다.

"저 위에서 지금 무슨 일이 벌어지고 있든, 그건 다 전하께서 왕자님을 믿기에 저지르신 겁니다. 그러니까 아저씨는 걱정 붙들어 매고 구경이나 하세요. 여기가 제일 좋은 자리이지 않습니까."

"자리라니,"

"혜검 뽑으시는 거 봐야죠. 좌석 비우시면 뱅자맹 님 불러다 앉힐 겁니다."

"그건, 그건 안 될 말이다!"

후작이 냉큼 의자에 궁둥이를 붙였다. 엘리자베트는 작게 한숨을 내쉬었다. 이런 인간이 후작 위를 차지하고 있어도 되는 걸까?

"저기, 하늘에 신호 들어왔습니다. 구조하러 가세요."

* * *

쪽팔려 죽겠다. 이것이 내가 심사숙고 끝에 내린 결론이다. 나는 쪽팔려서 죽게 생겼다.

"와, 에테르 고갈로 몸이 줄어드는 경우도 있나 봐요."

"…그러게 말입니다…"

"잘 때는 천사네, 천사. 너무 예쁘다."

크리스텔이 잠든 세이… 황… 아무튼 꼬맹이의 볼을 콕콕 찔렀다. 나는 성소 위에 아이를 반듯하게 눕히고 한쪽 팔꿈치를 잡은 채였다. 녀석은 어찌나 에테르를 많이 써댔는지, 신체 접촉을 통해도 빠르게 완충이 안 됐다. 이놈을 원래 크기로, 제길. 돌려놔야 대회를 계속 진행하든 하산을 하든 할 텐데. 나는 빙글 돌아버린 상황 속에서 최대한 이성적인 사고를 하기 위해 애썼다.

"왕자님은 알고 계셨습니까? 전하께서 에테르를 쓰신다는 거요."

"…오늘 처음, 본 것 같습니다."

거짓말은 아니다. 그전에는 어린 몸으로 쓰는 것만 봤으니까. 미친, 진짜 무슨 〈명탐정 코난〉도 아니고…

"그럼 외부인 중에서는 정말 저 혼자 알고 있었네요. 어쩐지 에테르 쓰는 데 조건이 많더라니, 삐끗하면 아이로 변하시는구나."

나한테도 귀띔 좀 해주지 그랬어요. 나는 말도 안 되는 원망을 속으로 주워섬기며 표정 관리를 했다. 크리스텔이 안다던 황자의 비밀이 바로 '에테르'였다. 차라리 내가 그걸 알고, 크리스텔이 내가 아는 비밀을 알고 있었다면 상황이 100만 배는 나았을 터였다. 서러워서 목이 다 막혔다.

"숨기실 수밖에 없었겠다. 어린 모습이 본인이랑 너무 판박이라서. 누가 봐도 황자 전하잖아요. 지위를 고려하면 큰 약점이었겠죠."

"…"

수치심에 귀 끝이 뜨거워졌다. 아니, 똑 닮은 사람을 보면 피붙이라고 생각하는 게 보통 아니냐? 이게 내 잘못이야?

"사정을 모르는 사람은… 달리 해석할 수도 있지 않겠습니까?"

"음. 성격이나 언행이 다르면 그렇겠지만, 전하께서 그렇게까지 연기하실 것 같진 않아서요."

뼈 좀 그만 때려요, 순살 되겠어…

-끼이, 끼이이

데미가 우리 곁을 맴돌며 잠든 꼬마에게 말을 걸었다. 생각해 보니까, 그럼 데미도 알고 있었겠네.

"하…"

이거 깨어나면 얼굴 어떻게 보지. 그냥 지금 혀 깨물고 죽을까? 그럼 바로 집에 갈 수 있는 거 아닐까.

* * *

나는 이를 갈면서도 조심스레 꼬마의 이마에 손을 얹었다. 그래도 아까보다 열은 많이 내린 것 같았다. 호흡도 꽤 안정된 듯하고.

"아이 돌보는 게 익숙해 보이시네요, 왕자님."

크리스텔이 가벼운 말투로 감상했다. 말하는 사람은 별생각이 없는 것 같은데 괜히 내가 찔렸다. 이내 동전 넣은 자판기처럼 변명이 툭 튀어나왔다. 이게, 이놈을 몇 번 도와준 적이 있어서 이러는 게 아니라.

"어린 동생이 있어서요."

"아, 들었습니다. 위로 누나 한 분, 밑으로 동생 한 분이 계신다고요."

"맞습니다."

예서 왕자와 두 왕녀가 사이좋은 남매였을 거라고는 생각하지 않지만, 지금의 상황을 무마하기엔 딱 좋은 핑곗거리였다. 어쨌든 내게 어린 동생이 있는 건 사실이고. 나는 소년의 상태를 곁눈질로 확인하며 무릎 위로 올라오는 데미를 안아주었다.

"그러고 보니 공녀도 아까… 힘들어하시는 것 같았습니다. 데미도 그랬고요. 지금은 괜찮으십니까?"

내가 물었다. 황자의 불꽃이 터지자마자 헛구역질하며 주저앉은 크리스텔과, 내 품을 벗어나 그녀에게 도망가던 데미의 모습이 떠올랐다. 불씨가 사라진 뒤 둘은 자연스레 상태를 회복한 듯 보였다.

"네, 괜찮습니다. 황자 전하의 에테르 위압이 너무 심해서 잠깐 속이 울렁거렸어요. 아마 데미도 비슷했을 거예요."

'에테르 위압'… 분명 성기사들 사이에 그런 개념이 있다고 읽기는 했다. 신관인 내겐 해당하는 사항이 아니라 대충 훑고 말았는데, 신수인 데미에게도 적용되는 것인 줄은 몰랐다.

황궁으로 돌아가면 각 잡고 살펴봐야 하나. 내 얼굴을 살핀 크리스텔이 생긋 웃으며 자리에서 일어났다. 나는 성소 밖으로 걸어 나가는 그녀를 굳이 말리지 않았다. 그야, 산에 있던 마수란 마수는 모조리 황자에게 죽임을 당했으니까.

"그렇게 위압이 셌는데도 마수만 골라 살해하셨다니, 엄청난 통제력이에요. 너무 강하시니까 조금 경쟁심도 붙네요."

경쟁심이면, 좋은 거겠지? 나는 그녀의 말에 고개를 주억거렸다.

두 주인공이 연애를 하려면 어떤 감정이든 밑바탕이 되는 게 맞는 듯싶었다. 사랑의 반대말은 무관심이라고들 하지 않던가. 서로 무심하지만 않으면 나는 이제 대환영이었다.

"아유, 향도 좋네. 데미 나중에 과수원 차려도 되겠다."

크리스텔이 감탄하며 사과나무에 남은 사과 네 알을 땄다. 산은 정말로 멀쩡하고 평화로웠다. 지척에서 새 지저귀는 소리가 들렸다. 검게 그을린 돌멩이 몇 개만 치우면, 누구도 이곳에 불이 났었다는 사실을 믿지 못할 것 같았다. 그녀는 사과를 가지고 성소로 돌아오며 말을 이었다.

"저도 궁금한 게 있습니다. 왕자님은 환각을 안 보시는 것 같던데…"

"네, 저 역시 그 부분이 의아하더군요."

모든 위력을 무효화하는 서클에 공기 청정 기능이 없다는 점도 충격이지만, 그보다 신경 쓰이는 것은 환각의 효력이었다.

"황자님께서 제일 먼저 안개에 반응하셨고, 그다음이 공녀였죠. 데미는 제가 수건으로 막아줘서 큰 반응이 없었고… 신수니까 우리와는 다를 수도 있고요. 그런데 저에게는 별 영향을 미치지 못했습니다. 분명 안개를 들이마시긴 했을 텐데 말입니다. 이건 그냥 제 추측이지만,"

크리스텔이 사과 세 알을 내밀었다. 나는 주황색 사과 하나를 쪼개 데미 앞에 가져다주었다. 이내 녀석이 앞발로 과육을 붙잡고 맛있는 소리를 냈다.

-*삭삭, 삭삭*

"고맙습니다. 아무튼, 마나 감응력이 높을수록 놈의 환각에 걸려 들기 쉬운 게 아닐까 합니다."

그 밖에는 세 사람의 반응 차이를 설명할 요인이 생각나지 않았다. 나는 마나 감응력이 바닥이니, 마수가 환각을 코앞에 들이밀어도 못 보는 게 가능했다. 다행한 일인데 조금 슬펐다.

"그럴듯하네요. 전하께선 마법사이시니… 어쩌면 저보다 더 생생한 환각을 보셨을 수도 있겠습니다. 그럼 그렇게 화나신 것도 이해가 가요."

그녀가 고개를 끄덕이며 청회색 사과를 크게 한입 깨물었다.

"같은 놈이 또 내려오면 어떡할까요?"

"설마 그럴까 싶긴 합니다."

"그러지 말라는 법도 없죠. 저놈의 가족이나 친구가 복수하겠다고 쫓아올 수도 있잖아요."

크리스텔이 손가락으로 계곡 끄트머리를 가리켰다. 두 그루의 사과나무 사이에, 지네와 전갈을 합쳐놓은 듯한 마수가 배를 까뒤집은 채 꺼멓게 죽어있었다. 여기서 봐도 대문짝만한 크기였다. 나는 눈살을 찌푸리며 다시 크리스텔을 돌아보았다.

"일단 공녀의 '폭발' 마도구를 사용해서, 안개를 일시적으로 물리는 게 좋겠습니다."

"네. 하지만 정말 잠깐일 겁니다. '르고 종합 무역소'에서 파는 마도구는 전부 심의를 거친 것들이라… 파티용밖에 없다고 하더군요."

"잠깐만요. 파티용이라고요?"

"큰 폭발을 일으키면 위험하니까요. 무기는 팔지 않는 거죠."

그건… 이상한데.

"그럼 뤼카 마을에서는 어떻게 된 겁니까? 여관 전체를 불태우시는 척하셨잖아요. '공갈 불꽃' 마도구를 샀다고,"

내 눈이 가늘어졌다. 크리스텔이 샐쭉 웃으며 어깨를 뒤로 뺐다. 나는 재빨리 시선을 내려 잠든 소년과 그녀를 번갈아 바라보았다. 벼락같은 깨달음에 뒤통수가 뎅뎅 울렸다. 아니, 근데 이 인간들이!

"설마 그때 황자님이 능력을 쓰셨습니까? 그럼 그날 제 에테르를 뽑아간 것도…!"

"왕자님, 들어보세요."

어쩐지 황자가 내 목을 잡더라니. 어쩐지 세이디한테 뜯길 때하고 느낌이 비슷하더라니!

"전하께서 꼭 왕자님의 에테르를 받아내야 한다고 하시더라고요. 왕자님이 아니면 절대 안 된대! 그런데 왕자님께 당신이 에테르 보유자라는 걸 알려서도 안 된다는 겁니다. 마을 사람들은 도와야겠고, 이분이 조건은 너무 많고. 그래서 어쩔 수 없이! 제가 중간에서 선의의 거짓말을 했습니다."

"이…"

말은 청산유수지!

"잘못했어요. 죄송합니다."

"…하아."

한숨이 절로 터졌다. 이제 와 분노하면 무엇 하나. 짜증은 내서 무엇 하나.

"그래서 두 분이 내내 붙어 다니신 겁니까? 그런 작전을 짜시려고요?"

"내내 붙어 다니진 않았습니다. 가까이 있으면 서로 힘들어요."

그녀가 정색했다. 여기서 제일 힘든 건 나 같은데.

"앞으로는… 에테르가 필요하면 그냥 말씀하십시오. 거짓말은 용납 못 합니다."

"넵. 그런데 황자 전하께도 말씀드려주십시오. 왜 저만,"

"쟤는 지금 자잖아요."

내가 날카롭게 말을 끊었다. 그러자 크리스텔이 청회색 눈동자를 깜빡이며 얌전히 끄덕끄덕했다. 나는 순간 가슴이 답답해져 하늘을 올려다보았다. 티 없이 맑고 푸른 게 오늘따라 더 야속했다. '퇴계공'이 육아물 로판이었던가? 등장인물이 아기 낳았다는 얘긴 못 들었는데, 왜 갑자기 애가 둘이나 생긴 기분이지.

"저 환각 마수가 또 나타나면, 그때는 두 분 다 신탁으로 재워서 등에 업고라도 하산할 겁니다. 내려가서 잠결에 혜검을 파내시든, 잠꼬대로 기권하시든 제 알 바 아닙니다. 저는 전투를 못 하니까 어쩔 수 없습니다. 그렇게 알고 계세요."

어차피 신물은 내 소원을 들어주지 않았고, 내가 돕고자 했던 세이디는 알고 보니 세드리크 황자였다. 빌어먹을. 더는 이 대회에 미련을 가질 이유가 없었다.

"너무 무거울 것 같은데요."

"저 키 큽니다. 힘도 보통 이상은 됩니다."

"데미까지 셋인데…"

크리스텔은 영 못 미덥다는 얼굴이었다. 나쁜 짓 한 건 고새 까먹었는지 말대꾸를 하는 게 어이없었다. 그때였다.

"왕자님, 전하께서!"

나는 급히 시선을 돌려 꼬맹이를 살폈다. 소년의 몸에서 작은 황금빛 알갱이들이 동실동실 떠오르고 있었다. 이제는 눈에 익은 '완충' 표시였다. 꼬마는 항상 이맘때가 되면 내 방 발코니를 떠나곤 했다. 그래, 어쩐지 바로 가더라. 몸이 쑥쑥 자랄 테니 보여줄 수가 없었겠지. 제길. 아무리 숨긴 놈 과실이 크다고 해도 결국 창피함은 내 몫이었다. 아들 말고 숨겨둔 동생이냐고 묻는 게 나았을까? 그게 그건가?

"…공녀."

내가 입을 열었다.

"말씀하십시오."

"그, 황자님과 비밀을 만드신 것처럼. 우리도 비밀로 하면 안 되겠습니까?"

"네?"

그녀가 나를 빤히 바라보았다. 말을 곧장 이해하지 못한 눈빛이었다.

"황자님께서 아이로 변하신 것을… 모른 척했으면 좋겠습니다."

"어머."

"저는 볼모입니다. 이렇게 중요한 황실의 비밀을 알게 되는 것 자체가 제게는 위협입니다. 황제 폐하께서 저를 두고만 보시는 이유도, 제가 무력한 왕자이기 때문일 거고요."

한번 결심하니 웅변이 술술 나왔다. 나는 떨리는 입술을 슬쩍 깨물었다. 실은 부끄러워서 아는 척을 못 하는 게 크지만, 절대 크리스텔에게 전후 사정을 털어놓을 수는 없었다. 웃다가 울던 엘리자베트 경의 얼굴이 눈에 선했다. 망할.

"오늘 있었던 일을 황자 전하께 말씀드리지 말자는 뜻이네요."

"네, 뭐. 그냥… 에테르 고갈로 쓰러지셨고, 제가 도와드렸다는 정도만 얘기하면 어떨까 싶어서요."

양볼이 절로 홧홧해졌다. 내가 봐도 이건 너무 눈 가리고 아웅이었다. 크리스텔이 고개를 갸웃했다.

"저야 거짓말을 잘하니까 상관없습니다만…"

자랑이다.

"왕자님께서는 괜찮으시겠습니까?"

"네, 괜찮습니다."

나는 자신 있게 대답했다. 빙의한 삶에도 그럭저럭 적응하며 살고 있는데 거짓부렁 정도야 닥치면 할 수 있을 터였다. 뭔들 황자 놈한테 비웃음 사고 경멸 어린 시선을 받는 것보다야 나았다. 어차피 황궁으로 돌아가면 왕래는 다시 끊길 테니까.

"그럼 좋습니다. 비밀을 공유하는 친구분이 생겼네요."

크리스텔이 분홍색 머리칼을 흔들며 눈부시게 웃었다. 친구 같은 단어를 언급하니 오싹했다. 친해지자고 꺼낸 얘기가 아닌데…

-콰쾅-!

그때, 산꼭대기에서 굉음이 터졌다. 크리스텔이 자리에서 벌떡 일어났다. 나는 후다닥 짐을 정리했다. 이어,

"으아아악!"

"도망쳐, 빨리!"

멀리서 참가자들의 외마디 소리와 경고가 들렸다.

쿵, 투두둑! 돌덩이 떨어지는 소리 같은 게 났다.

"3차 진격이 시작된 것 같네요."

크리스텔이 채찍을 손에 쥐며 말했다. 나는 다급히 누워있는 아이를 살폈다. 일단 열은 완전히 내렸는,

"미친, 다 컸네."

나는 놈의 뺨에서 화들짝 손을 떼어 셔츠에 문질렀다. 허공을 유영하던 에테르 입자들도 어느새 사라진 뒤였다. 젠장, 언제 다시 190이 넘었대?

"전하께서는요?"

"몸은 돌아왔는데 아직 의식이 없습니다. 공녀, 혼자 괜찮으시겠습니까?"

"맡겨두세요."

물색의 홍채가 초롱초롱했다. 언제든 그녀의 이미지화를 도울 채찍이, 오후의 빛을 받아 위험하게 반들거렸다. 크리스텔이 나직이 중얼거렸다.

"옵니다."

* * *

잠시 후.

"와, 겁나 무거워. 허리 나가겠다!"

-끼이이!

레서판다가 앞발로 내 어깨를 응원하듯 꾹 쥐었다. 나는 등 뒤에 건강한 성인남녀 둘을 매단 채 휘청거렸다. 고개를 숙이자 나와 크리스텔, 황자 놈의 허리를 넓적하게 감싼 녹색 잎사귀가 보였다. 단단한 나무줄기가 겉을 두르고 있어 풀어질 일도 없을 듯했다. 잠든 두 사람은 소록소록 숨소리만 냈다. 이걸 해보는 게 얼마 만인가 싶어 짧게 헛웃음이 터졌다. 데미가 협찬해 준 포대기였다.

"마수가 악의 축이다, 악의 축. 기어코 일을 이렇게 만드네."

나는 이를 악물었다. 작전을 실행하기 전, 마지막으로 데미의 코와 입이 손수건으로 잘 가려진 것까지 확인했다. 안개 때문에 주변이 뿌옜지만 가까이에 있는 것들은 비교적 또렷이 보였다. 그래, 이놈의 안개 말이다. 염병.

-키에에에엑!

"오란다고 진짜 오냐?"

내가 눈앞의 마수에게 쏘아붙였다. 놈이 거대한 집게발을 딸각거리며 위협적으로 몸을 세웠다. 성소가 있어 안전한데도 나는 반사적으로 한 걸음 물러났다. 슬쩍 비위가 상했다.

전체적인 모습은 전갈인데, 꼬리로 갈수록 지네에 가까워 보이는 마수였다. 윤기가 도는 진갈색 몸은 거의 레미콘만 했고, 길이는 정면에서 봐도 20미터가 넘어 보였다. 아까 황자가 불태워 죽인 놈의 부모쯤 되지 싶었다. 덩치 차이가 어마어마했다.

-키에에에에…!

"그래, 기다려."

내가 중얼거리며 가방을 뒤졌다. 저놈이 정말로 나타나지만 않았어도, 환각 안개를 뿌리지만 않았어도, 다른 마수들까지 달고 오지만 않았어도… 이럴 일은 없었을 텐데. 곧 내 손에 사과 두 알이 들렸다. 나와 황자 놈의 몫으로 남겨둔 것이었다. 지금부터는 저놈의 간식이 되겠지만.

"너도 사과 좋아하지? 저기 죽은 놈처럼. 그래서 온 거 아냐?"

부러 못된 말을 하며 사과를 치켜들자,

-키엑! 키우우우우…!

놈의 적갈색 눈이 쉴 새 없이 번들거리며 사방으로 움직였다. 주둥이엔 침 비슷한 것이 허옇게 고여 뚝뚝 떨어졌다. 나는 눈을 질끈 감았다 떴다. 무서워도 내려갈 시간이었다.

"옜다, 버스비!"

내가 사과를 높이 던져 올렸다. 그러고는 성소를 해제했다.

* * *

-쾅! 쿠쿵! 투웅-!

"야, 좀! 살살! 살살 가!"

억! 하마터면 혀를 깨물 뻔했다. 속도가 너무 빨랐고, 산의 경사는 내가 생각했던 것보다 훨씬 급했다. 퉁, 퉁! 크리스텔과 황자가 등에 엎어져 있는데도 몸이 들썩들썩 튀었다. 나는 한 팔로 데미를 꼭 끌어안고, 다른 한 팔로는 고삐를 단단히 쥔 채 몸을 낮췄다. 이것도 데미가 덩굴로 만들어 준, 미친! 앞에 저거 절벽 아니야?!

"좌회전, 좌회전! 으악!"

-키에에에에에…!

마수가 긴 꼬리와 독침을 파들파들 떨며 절벽 사이로 날아올랐다. 날개도 없는 놈이! 뇌가 붕 뜨는 감각에, 고막까지 소름이 돋고 심장은 발밑으로 추락했다. 티 익스프레스는 이거에 비하면 유아용이나 다름없었다.

-끼이이이!

"데미, 괜찮아. 가도 형이랑 같이 가는 거야."

애한테 이런 소리를 하면 안 되는데, 상황이 미쳐서 그런지 나오는 말도 정상이 아니었다. 슬쩍 아래를 내려다보니, 끝이 보이지 않는 시커먼 골짜기가 입을 벌리고 있었다. 나는 눈을 꾹 감고 속으로 살려달라는 기도를 읊었다. 휘이잉! 싸늘한 골바람이 우리를 건드리고 지나갔다. 목덜미 쪽에서는 곱게 잠든 두 웬수의 숨소리가 들렸다.

-콰앙-!

-키에에에엑!

우리 버스가 무사히 절벽 너머에 착지했다! 나는 한숨을 돌릴 틈도 없이, 두 번째이자 마지막 사과를 손에 쥐었다. 일단 여기까지는 계획대로 됐다. 주인공 둘을 들쳐 업은 덕분에 운 하나는 기막히게 좋았다.

"추가 요금 받아라!"

정면을 향해 청회색 사과를 투척하자, 전갈인지 지네인지 모를 환각 마수가 다시 액셀을 밟았다. 상체가 쏠리는 감각에 마른침이 절로 넘어갔다. 이건 그야말로 사과에 미친 존재였다. 놈은 내가 계곡에서 사과 한 알을 던지자마자 우리 쪽을 덮치더니,

'-키엑! 키에에에엑!'

'와, 껍데기 미끄러워! 진짜 싫다!'

'-끼이, 끼이!'

데굴데굴 굴러가는 사과를 지금껏 미친 듯이 쫓아왔더랬다. 나와 데미가 제 등을 덮친 것은 신경조차 쓰지 않았다. 마수는 훌쩍 솟은 나무와 풀밭을 전속력으로 헤치고, 바위를 기어올랐다 내렸다 하며 쉴 새 없이 집게발을 딸깍거렸다. 이쯤 되니 거품을 문 주둥이가 안쓰러워 보일 지경이었다. 대대로 사과 못 먹고 죽은 귀신이 붙었나?

-킷, 킷! 키익! 키이이익…!

그때, 놈이 여태까지와는 확연히 다른 반응을 보이며 뚝 멈춰 섰다. 나는 사과가 어느 돌짬에 끼기라도 했나 싶어 고개를 쭉 뺐다. 눈앞에 나타난 것은, 다행히 그보다 훨씬 좋은 소식이었다.

"다 왔구나!"

흐린 시야 끝에 하얗고 거대한 천막 두 채가 걸렸다. 뒤엠 영주성 앞, 널따란 평야에 배치된 수천의 관객석이었다. 드디어 '화성의 혜검'이 마수의 신경을 거스른 모양이었다. 놈은 지금부터 사과가 있든 없든 경기장으로 직행할 게 분명했다. 잘된 일이었다. '마수 대토벌'은 이제 거의 끝났다.

"와아아아…!"

"…만세! 만세!"

멀리서 희미한 환호성이 들렸다. 관중이 우리를 발견한 것인지는 알 수 없었다. 나는 호흡을 고르며 힘겹게 뒤를 돌아보았다. 분홍색과 검은색 머리칼 너머로, 붓끝처럼 생긴 마수의 꼬리 독침이 흔들리고 있었다.

"데미, 우리가 저걸 처리해야 해."

-끼이

내가 속삭였다. 저것이 분명했다. 두 주인공을 깨우기 전에, 그리고 망할 전갈 딱지가 대회를 엉망으로 만들기 전에 최소한의 대비는 해둬야 했다.

"윽!"

-키에에에엑! 크르르르! 크룻! 킷-!

머리가 휙 쏠렸다. 놈이 어느 때보다도 공격적인 소음을 내며 전방으로 질주했다. 나는 고삐를 꽉 쥔 채 균형을 잃지 않으려고 애썼다. 남은 한 손으론 빠르게 가방을 뒤적였다.

* * *

[그만 일어나세요, 두 분 다.]

그런 속삭임이 들린 것도 같았다.

-털썩!

세드리크 리에스테르는 온몸에 뻐근함을 느끼며 천천히 눈꺼풀을 들어올렸다. 그러나 눈앞은 흐릿했다. 아직 꿈을 꾸고 있는 것인지, 의식을 되찾은 것인지 확신할 수 없었다. 자신이 마지막으로 어디에 있었으며 무엇을 하고 있었는지조차 어슴푸레했다. 잿더미에 묻힌 것처럼 사방이 조용했다. 그는 느릿느릿 손끝을 움직였다.

-화르륵…

흠칫. 황자가 감전된 사람처럼 화들짝 몸을 일으켜 세웠다. 내려다본 왼손 끝에서, 작은 불티들이 끊임없이 피어올랐다 스러지고 있었다. 맨손이었다. 그의 불안정한 에테르 흐름을 하루하루 가까스로 막아내고 있던, 강력한 마도구가 보이지 않았다. 장갑이 없는 그의 손끝은 언제든 불씨를 틔워낼 수 있는 화구(火口)였다. 사내가 미간을 찌푸렸다. 이대로는 위험했다. 자신은 너무나도 불길한 존재였으므로.

"…"

그제야 주변이 눈에 들어왔다. 사위가 불투명하고 부였다. 그는 자신이 기절하기 전에도 이와 비슷한 광경을 보았음을 기억해 냈다. 정확히는…

'아버지. 제 탓입니다.'

'저를 위해 희생하시는 게 아니었습니다. 차라리 제가,'

그곳엔 길고 검은 머리칼, 깊은 바다처럼 짙푸른 눈이 있었다. 알렉상드르 국서는 세상을 떠나던 그날과 꼭 닮은 얼굴에 똑같은 차림이었다. 부드럽게 웃는 눈가와 자상한 입매엔 어린 아들을 향한 애정이 가득했다.

'괜찮다, 세이디. 네 불꽃 덕에 따스하니 좋지 않으냐.'

몇 달 전까지만 해도 황자의 악몽에 항상 등장하던 모습이었다.

그는 본능적으로 그것이 환각임을 알았다. 한낱 미물의 얕은 수작에 불과했다. 그러나 흔들리는 감정은, 타오르는 분노만큼은 조절할 수 없었다.

'…감히.'

'마수 따위가 내 아버지를.'

'용서하지 않을 것이다.'

그 뒤로는 온통 붉은 빛이었다. 세상이 빨갛게 불타오르고, 머릿속이 절절 끓어 아무것도 분간할 수 없었다. 후작의 땅과 산은 전부 불더미였다. 짐승의 괴성과, 누군가의 달래는 듯한 음성이 뒤섞여 귀가 어지러웠다.

"…"

저주받은 힘이 폭주한 것이다. 그깟 화를 한 번 참지 못해서. 무수한 생명을 불사른 것이다. 아버지 한 명으로도 모자라서. 그런데 또다시, 안개였다.

"하…"

호흡이 흐트러졌다. 고통스러운 환시는 언제고 다시 찾아와 그를 괴물로 만들어 놓을 수 있었다. 무엇도 남지 않을 때까지, 세상의 모든 것을 살라먹도록. 이미 흙바닥이 된 계곡에 재먼지가 눈처럼 쌓이도록. 황자가 왼손을 우둑 쥐었다.

"황자님, 다 쉬셨으면 협조 부탁드립니다."

반짝 고개가 들렸다. 세드리크는 소리가 난 곳을 올려보았다.

"아직 상태가 별로입니까? 에테르는 충분히 드렸는데."

흐트러진 금빛 머리카락 틈으로, 하얀 이마에 피가 비쳤다. 마주친 보라색 눈동자가 자수정처럼 반짝였다. 다친 것은 본인인 주제에 걱정이 묻은 음색이었다. 예서 페네티안.

"..."

이어 거짓말처럼 세상이 소란해졌다. 먹먹하던 귓가가 탁 트였다.

"와아아아아-!"

"왕자님, 입구 쪽은 제가 맡을게요!"

"사르네즈! 사르네즈! 사르네즈!"

토벌의 열기에 사로잡힌 수천 명의 함성이 귓전을 때렸다. 이어 묵직한 파도 소리, 크리스텔 드 사르네즈의 목소리가 앞뒤를 두드렸다. 꼭 인파로 가득한 바닷가에 와있는 것 같았다. 적어도 자신이 녹여버린 산맥이 아닌 것은 확실했다. 순간 이동을 한 기분이었다.

"여긴 경기장입니다. 하산했습니다. 제가 있으니까 힘은 마음대로 쓰셔도 되고요."

"...이 안개는."

"구름이 땅에 떨어진 겁니다. 그냥 평범한 안개예요. 전갈 마수는 제가 독침을 잘라내서 이제 환각 안개를 못 뿜습, 젠장!"

-콰앙!

안개를 뚫고 나타난 마수 하나가 왕자의 서클을 공격했다. 별 타격이 없었음에도 왕자는 상당히 놀란 눈치였다. 세드리크는 그 꼴을 보며 느리게 자리에서 일어났다. 언덕이라도 세게 구른 것처럼 전신의 뼈마디가 욱신거렸다.

-화르륵, 화르륵…

불소리를 들었는지, 왕자가 시선을 내려 그의 왼손을 빤히 바라보았다. 일순 가슴이 답답해졌다. 그도 이제 전부 알았을 것이다. 자신이 받은 끔찍한 저주의 실체를, 코앞에서 목격했으니.

"두려운가?"

"아뇨, 그냥…"

그가 곤란한 얼굴을 했다.

"황자님 장갑을 버리고 왔네요. 줍는다는 걸 깜빡했습니다."

"…"

"불이니까 겨울엔 따뜻해서 좋을 것 같은데요. 손 시릴 일 없고."

왕자는 씩 웃으며 품 안의 신수를 고쳐 안았다. 콰앙! 마수가 다시 한번 성소를 들이받았다. 늑대와 사자를 섞어놓은 모양새였다. 마력이 강한 놈은 아니었고, 아마 혜검의 에테르에 반응해 내려온 잔챙이인 듯했다.

"데미, 네가 할래? '이놈' 하고 혼내줄까?"

-끼이!

신수가 두 앞발을 번쩍 들어올렸다. 콰르릉…! 황자는 평야의 흙더미에서 초록색 넝쿨이 치솟는 광경을 묵묵히 응시했다. 줄기에 목이 졸린 마수가 괴로이 캑캑거리는데도, 자신은 묘하게 숨이 트이는 기분이었다.

"계속 멍하니 계시다간 공녀에게 우승을 빼앗길 겁니다."

왕자가 말했다. 세드리크는 그제야 눈을 한 번 깜빡였다. '오오오오!' 관객들의 탄성이 쏟아졌다. 멀리서 물고개 철썩이는 소리가 났다.

"저기, '화성의 혜검'입니다."

왕자가 손으로 황자의 뒤편을 가리켰으나, 그는 돌아보지 않았다. 어차피 혜검의 존재감은 오각을 틀어막고도 느낄 수 있을 정도로 강대했다. 그러나 무엇도, 지금 그의 눈앞에 놓인 그릇 속 에테르보다 순수하지는 않을 터였다.

"정말로 두렵지 않은가 보군."

"산에 오를 때 말씀드렸잖습니까, 꽤 강한 신관이라고요. 저 안 도망갑니다."

황자의 입술 사이로 작은 숨이 터졌다. 웃음에 가까운 소리였다. 그가 빠르게 왼손을 뻗어 왕자의 머리통을 움켜쥐었다. 피로 물든 이마에 따스한 불꽃이 섞여 들었다. 갑작스러운 힘에 왕자가 당황한 목소리를 냈다.

"잠깐. 무슨,"

"잊지 마."

황자가 무자비하게 왕자의 에테르를 끌어냈다. 보랏빛 홍채는 광인을 보는 듯한 시선으로 그를 담고 있었다.

"아까 엄청 부어줬는데 뭘 또 뽑아갑니까!"

"도망가지 않겠다고 말한 것은 그대야."

놓치지 않을 것이다. 주황색 눈동자가 일렁거렸다. 이는 그의 마지막이자 유일한 기회였다.

* * *

"아니… 완전 미친놈 아니야, 저거."

어지러웠다. 기절할 정도는 아니었지만 기절 직전까지 에테르가 빠져나간 건 확실했다. 안 그래도 전갈 마수의 등에서 튕겨 나올 때 오른다리를 살짝 삐었는데, 더는 서있기가 버거울 정도였다. 나는 느릿느릿 몸을 숙여 자리에 주저앉았다. 아이고, 삭신이야.

-끼이, 끼이, 끼이

"형은 괜찮아. 황자 놈 머리가 안 괜찮아서 문제지."

자리를 뜨기 전, 황자는 분명 회까닥한 눈빛이었다. 데미가 끙끙거리며 내 가슴팍을 기어올랐다. 어지간히 걱정하는 기색이라 절로 웃음이 나왔다. 이쯤이야 치유 신관의 도움을 받으면 금방 나을 상처들이었다. 치유력을 스스로에겐 쓸 수 없다는 게 조금 아쉬웠다.

-키에에에엑-!

"이게 진짜 마지막!"

크리스텔의 힘찬 음성이 경기장을 쩌렁쩌렁 울렸다. 나는 다리를 뻗은 채 상체만 돌려 그녀가 있는 쪽을 바라보았다. 희끄무레한 경기장 한복판, 힘차게 도약해 공중으로 솟구친 인형이 보였다. 푸른 재킷이 바람에 펄럭였다. 그녀의 오른편에는 어마어마하게 긴 물의 창이 둥둥 떠있었다. 목표물은, 이미 성수聖水에 두 집게발이 녹아내린 전갈 마수였다.

"허엇!"

-키이이이익!

체공한 크리스텔이 앞을 향해 힘껏 채찍을 휘둘렀다. 동시에 창이 쏘아져 나갔다. 수천의 관중이 손에 땀을 쥐고 일제히 숨을 들이

켜는 순간,

　-우웅!

공기가 짧게 울었다.

-콰과과과과…!

"큭!"

이어 엄청난 충격파가 경기장을 덮쳤다. 나는 앉은 자세 그대로 바닥에 고꾸라졌다. 입안에서 모래 맛이 느껴졌다. 반사적으로 데미를 그러안고 몸을 둥글게 말았다.

"콜록콜록! 콜록, 콜록!"

갑작스레 먼지를 들이켜 기침이 났다. 무슨 일인가 싶어 어안이 벙벙했다. 마수인가? 하지만 전갈 마수를 제외한 놈들은 대부분 자잘했다. 1, 2차 진격 때 나온 마수는 황자가 전부 불태웠고, 경기장에 내려온 건 한 줌이었는데…

"토벌은 끝났다."

익숙한 중저음이 군중을 파고들었다. 나는 삐걱삐걱 일어나 목소리의 주인을 찾았다. 어느새 시야가 맑게 개어있었다. 조금 전의 파동으로 땅안개가 전부 걷힌 모양이었다.

"황자 전하다! 황자 전하께서…!"

팽팽한 고요를 뚫고, 구경꾼 중 누군가가 불쑥 외쳤다. 여인의 음성이 흥분으로 쩍쩍 갈라졌다. 이내 경악과 감탄, 두려움과 숭배심이 온 객석으로 들불처럼 번져나갔다. 사내는 혜검이 있었던 자리에 서서 평야를 오시하고 있었다. 나는 멍하니 황자를 바라보았다. 정확히는, 그의 왼손에 들린 날카롭고 새카만 신물을.

"허…"

우승도 하기 전에 상품을 먹어버리는 놈이 있네…

"전하, 그건 반칙입니다!"

크리스텔이 어처구니없다는 듯 웃으며 소리쳤다. 그녀 역시 바닥을 나뒹굴고 있었다. 황자는 들은 체 만 체하곤 검을 쥔 손을 가슴께로 들어올렸다. 그러자,

-화르르륵-!

날밑에서 칼끝까지 불이 붙었다. 그의 눈동자와 정확히 같은 색이었다.

4. ✦ 프레데리크 리에스테르

신물이니까 특별한 능력이 있을 거란 추측은 했지만, 주인의 의지에 따라 검신에서 불꽃을 피워낼 줄은 몰랐다. 불은 활활 타오른다기보다는 그저 고운 촛불처럼 흔들리고 있었는데, 그것 또한 황자의 뜻이지 싶었다. 세드리크 황자는 조금도 망설이지 않고 혜검을 든 왼팔을 깊숙이 꺾었다.

"설마 저걸 그대로…"

나는 슬슬 그의 다음 행동을 예측할 수 있을 것 같았다. 어느새 숨죽인 수천 명의 귀족과 평민이, 오직 그만을 지켜보고 있었다.

-키에에에에!

-크릉, 크릉…!

마침 숨이 붙어있던 전갈 마수가 나대기 시작했다. 주위에 남은 몇몇 마수들도 겨우 정신을 차리고 머리를 흔드는 중이었다. 이제 보니 경기장까지 무사히 내려온 참가자가 상당수였다. 크리스텔은 흥미롭다는 표정으로 눈을 반짝이고 있었다.

-키엣! 킷! 킷! 키이이잇!

"시끄럽군."

황자가 그렇게 말하며 검을 가로로 쌕 그었다. 그러자-

-우웅!

다시 한번 공기가 진동했다. 그의 화력이 나를 공격하지 않을 걸 알면서도, 나는 목을 푹 숙이고 데미를 품에 숨겼다. 달아오른 검기가 머리칼을 스치고 지나갔다.

-콰아아앙!

-화르르르륵…!

그건 일종의 파도였다. 성수가 아니라 성화聖火로 이루어진, 집채만 한 광염이 삽시간에 경기장을 집어삼켰다. 그러나 물길과 불길은 근본적으로 달랐다. 불이 급속도로 공기를 태우자,

-콰과과과과-!

마치 후폭풍 같은 쇼크가 이어졌다. 울부짖는 땅 위로 태풍을 닮은 바람이 들이닥쳤다. 관객들은 머리를 감싸고 몸을 숙였다. 하늘 높이 날아가는 모자와 수건 따위가 보였다. 나는 눈을 세게 감았다. 당연히 몸이 나동그라질 것을 예상했다.

"괜찮습니다, 왕자님."

그런데, 다정한 목소리가 귀에 닿았다. 눈을 반짝 뜨자 면전에 거대한 방패가 보였다. 정확히는 맑디맑은 물의 벽이었다. 찰랑거리는 수면 너머로 황자의 윤곽이 비쳤다. 내겐 어떤 충격도 닿지 않은 채였다.

"…사르네즈 공녀."

"전하께서 신나셨네요. 저도 처음 능력을 발휘할 때 저런 기분이었으니 잘 압니다."

믿을 수 없는 속도였다. 순식간에 내 앞으로 와 방어막을 펼친 크리스텔은, 몇 가닥 흘러내린 분홍색 머리칼을 넘기며 쌕 웃고 있었다. 고맙다는 인사를 하려는데,

-키에에에엑, 키이…

-크르, 크르, 크릉…!

마수들의 마지막 신음이 경기장을 가득 채웠다. 나는 빠르게 고개를 돌려 뒤를 돌아보았다.

-쿠웅!

-퉁!

-콰아앙…!

크고 작은 괴수들이, 홍염에 휩싸인 채 하나둘 평야로 쓰러지고 있었다. 놈들을 제외한 다른 것은 전부 멀쩡했다. 황자의 압도적인 무력에 놀란 참가자들이, 하나둘 바닥에 무기를 던지며 이쪽을 바라보았다.

경외와 찬탄이 마구 뒤섞여 혼란스러운 얼굴들이었다. 누구도 먼저 말을 꺼내지 않았고, 감히 움직이지도 못했다. 몇 초인지 몇 분인지 모를 고요가 군중을 짓눌렀다. 크리스텔이 천천히 수막水幕을 거두었다. 토벌은 끝났다. 황자의 말 그대로였다.

"…성력 1613년, '마수 대토벌'의 우승자는 세드리크 황자 전하이십니다!"

프랑수아 뒤엠 후작의 떨리는 목소리가 영지를 쩌렁쩌렁 울렸다.

아주 잠깐의 공백이 흐르고,

"와아아아아…!"

"황자 전하 만세!"

"리에스테르 만세! 만세! 만세!"

"우승! 우승! 우승! 우승-!"

광기에 젖은 수천 관중의 함성이 고막을 때렸다. 박수 소리가 폭죽처럼 터졌다. 내 일이 아닌데도 괜히 벅차오르는 기분이 들었다. 그만큼 모두의 흥분이 빨갛게 타오르고 있었다. 이어 봄하늘에서 꽃비가 쏟아졌다. 어느새 코앞으로 다가온 황자가 나를 고고히 내려다보았다. 그와 시선이 마주친 순간, 객석 멀리서 던진 꽃다발이 내 발치에 툭 떨어졌다.

-끼이!

데미가 알은체하며 꼬리에 힘을 주었다. 나는 눈길을 돌려 꽃이 날아온 방향을 살폈다.

"엘리자베트 경이네요!"

크리스텔이 밝게 말했다. 소백작의 옆에는 가나엘과 뱅자맹도 함께였다. 세 사람이 힘차게 손을 흔들며 웃고 있었다. 바로 뒤에 선 뒤엠 후작은 손수건에 눈물을 찍어내는 중이었다.

"하하하하."

결국 웃음이 터졌다. 데미의 따뜻한 체온이 어깨와 뺨 위로 닿았다. 온몸이 얼어맞은 듯 얼얼했고 옷은 걸레짝이 됐지만, 이 정도면 나쁘지 않은 첫 외출이란 생각이 들었다. 연분홍색 꽃잎 하나가 황자의 부츠 앞코에 내려앉았다.

* * *

황궁까지 어떻게 돌아왔는지 기억도 안 난다.

"아으…"

나는 피로를 호소하는 몸을 겨우겨우 돌려 반대로 누웠다. 찢어진 이마와 접질린 오른다리는 치유 신관의 도움으로 금세 멀쩡해졌다. 그러나 우리는 토벌이 끝난 다음 날 곧장 영주성을 떠났고, 덕분에 내 몸엔 여독이 한가득 쌓인 상태였다. 지난 2주간 적립한 심신의 스트레스를 회복하려면 시간이 꽤 걸릴 것 같았다. 빨리 힘을 내서 집에 돌아갈 궁리를 해야 하는데, 당분간은 아무것도 생각할 수가 없을 듯했다.

-끼이이

"데미, 좀만 더 누워있자. 아직 열 시밖에 안 됐어."

나는 팔뚝을 꾹꾹 누르는 신수를 배 위로 옮겨주었다. 오랜만에 익숙한 침대를 뒹굴자 긴장이 풀린 팔다리가 축축 늘어졌다. 앞으로 일주일간 공식적인 휴가를 받게 됐으니, 무조건 먹고 자고 노는 것만 반복할 생각이었다.

-똑똑

"…들어오세요."

그러나 내 주변인들은 너무나 부지런했다. 나는 조심스럽게 방으로 들어오는 두 그림자를 보며 피식 웃었다. 열한 시간이면 많이 자긴 했다. 곧 침대 커튼이 걷히고, 가나엘의 벌꿀색 눈동자가 나를 걱정스러운 듯 바라보았다.

"좋은 아침입니다, 예서 왕자님. 혹시 몸이 안 좋으신가요? 태의를 부를까요?"

"아니, 몸은 괜찮아. 그냥 좀 피곤하네. 좋은 아침, 가나엘."

"먼저 깨우지 않으려고 했습니다만, 열두 시간도 넘게 주무시기에… 걱정이 되어 들어왔습니다."

소년의 목소리가 작아졌다. 놀라서 시계를 다시 보니 열 시가 아니라 열한 시를 훌쩍 넘긴 시각이었다. 어제 오자마자 씻고 쓰러진 게 마지막 기억인데, 정말 제대로 기절을 했구나 싶었다.

"그래. 더 자면 허리 아플 테니까 이제 일어나야겠다."

나는 곧장 상체를 일으켜 세웠다. 가나엘이 안도한 낯으로 웃었다. 창문 커튼을 걷던 뱅자맹도 나를 보고 인자하게 인사했다.

"안녕히 주무셨습니까, 왕자님."

"안녕히 주무셨어요, 뱅자맹."

곧 발코니 문이 열렸다. 산들산들한 바람이 불고, 기분 좋은 봄볕이 방 안을 쨍하니 밝혔다. 그 뒤로는, 내가 바라 마지않던 일상의 귀환이었다. 요란뻑적지근한 쥘리에트 궁 브런치가 시작됐다.

"진짜 맛있어요. 살아있어서 다행이다."

"와, 왕자님! 왜 그런 말씀을 하세요."

내 감탄을 듣고 맞은편에 앉은 가나엘이 식겁했다. 나는 환히 웃으며 캐비아를 얹은 오믈렛을 한입 크게 물었다. 빈속에 다소 느끼할 수도 있는 달걀 음식이, 짭조름한 바다 내음과 새콤한 사워크림을 만나 깔끔하고 담백한 맛을 냈다.

깨물지도 않았는데 허무는 부드러움 위로, 알이 톡톡 터지는 식감 또한 일품이었다. 뒤엠 후작가의 주방장이나 로메로 궁 주방장의 솜씨도 대단했지만, 역시 쥘리에트 궁 주방장인 로랑스의 손맛은 따라올 자가 없었다. 너무나도 내 취향이었다.

"하지만 정말로, 무사하셔서 다행입니다. 황자 전하와 사르네즈 공녀를 등에 업고 하산하셨을 때는 어찌나 놀랐던지요."

뱅자맹이 내 접시에 라타투유를 듬뿍 끼얹은 토스트를 올려주었다. 나는 머쓱한 얼굴로 묵례했다.

"그게, 내려오는 것 외엔 방법이 없었습니다. 두 분은 꼭 재워야만 했고요."

"마수를 타고 오셨잖아요, 왕자님!"

가나엘이 목소리를 한 톤 높였다. 당시의 불안과 설렘이 똘똘 뭉친 낯빛이었다.

"너무 멋있었는데, 너무 무서웠습니다. 혹시라도 잘못되실까 봐… 참, 황궁 사람들이 전부 왕자님을 뵙고 싶어 해요. 신전 기사들도 아침에 안부를 여쭈러 찾아왔었습니다!"

소년이 포크를 휘둘러 햄 크레프를 콕콕 찔렀다. 내 눈동자가 조금 커졌다.

"나를? 왜?"

"그야, 저희가 황궁에 오는 동안 벌써 소문이 쫙 퍼졌던걸요. 왕자님께서 요새만 한 용을 타고 구름과 함께 내려오셔서, 황자 전하와 공녀를 사랑의 힘으로 깨우고…"

"용 아니었잖아. 그리고 그런 힘 안 썼다."

"아무튼요. 눈을 뜬 공녀가 성스러운 물로 마수들을 싹! 쓸어버리고, 전하께서 '화성의 혜검'을 멋지게 뽑으시고… 그랬더니 뒤엠 영주성 앞에 커다란 폭포와 온천이 생겼답니다. 주신의 기쁨이 콸콸 쏟아져서요!"

가나엘이 신나서 설명했다. 소년의 숟가락이 격하게 움직이자, 뱅자맹이 점잖게 손을 뻗어 말을 끊어냈다. 나는 황당한 표정으로 두 사람을 번갈아 쳐다보았다. 황도로 올라오는 나흘 사이, 대화 내용이 도대체 얼마나 와전된 건지 가늠조차 할 수 없었다.

"뱅자맹, 이게 무슨 말입니까?"

"저도 오늘 새벽에야 상황을 파악했습니다."

그가 냅킨으로 침착히 입가를 닦았다. 나는 고소한 겨우살이 차로 목을 축였다.

"당연한 일입니다만, 황자 전하께서 우승하시고 신물을 얻으셨단 이야기는 이미 제국 전역으로 퍼진 듯합니다. 전하께서 태어나신 이후 최대의 경사라는 말까지 나오고 있지요. 오는 8월 탄신일에 맞춰 태자 위에 오르실 거란 소문도 돈다고 합니다."

"신물을 개인이 사용하게 됐는데, 제국 사람들 사이에 거부감은 없나 보네요."

내가 말했다. 역시 황자라는 건가.

"전하의 인기도 인기지만, 혜검은 지금까지 누구도 뽑을 수가 없었지요. 전하께서 '주신의 선택을 받았다'라는 인식이 확고한 듯싶습니다. 게다가 성기사로서의 능력을 보이셨으니… 신물을 쓰시는 게 지당하다고 보는 시선도 제법 있을 겁니다."

그렇게 생각하니 확실히 납득이 갔다. 나는 고개를 주억거리며 토스트를 깨물었다. 바삭, 하는 소리를 타고 따끈한 토마토 향과 가지 맛이 혀끝에 닿았다.

"게다가 최고의 권세를 자랑하는 사르네즈 공작가에도 성기사가 출현했습니다. 1,000년이 넘는 세월 동안 제국에 단 한 차례도 없었던 기적이, 하루아침에 둘이나 나타난 셈이지요. 영웅담이 부풀려지는 것도 이상한 일은 아닙니다."

뱅자맹이 차분하게 해설을 끝냈다. 나는 라타투유를 음미하며 조용히 생각했다. 그래도 과장이 너무 심한 거 아닌가, 이거 차갑게 먹어도 맛있겠는데…

"전하께 그런 신력이 있으신 줄은 전혀 몰랐습니다. 세 분 다, 꼭 신화 속 인물들 같았어요. 올라오는 길엔 다들 왕자님께 말 한 번 걸어보려고 난리였는데, 모르셨어요?"

가나엘이 내 디저트 접시에 망디앙을 날라주며 재잘거렸다. 그랬나?

"고마워. 오는 내내 졸았더니 기억이 잘 안 나네."

내가 솔직하게 대답했다. 올 때도 여관을 몇 군데 들렀지만 내겐 그냥 잠만 자는 방이었다. 떠오르는 거라고는 마차에서 내리다가 크리스텔의 에스코트를 받고 놀림당한 일, 엘리자베트 경의 약을 찻물로 착각하고 들이켠 일, 잠결에 황자의 침실 문을 열었다가 그대로 백스텝 밟은 일 따위밖에 없었다.

"…제정신이 아니었던 것 같은데."

"'미쳐야 미친다' 그런 말이 있더라고요, 왕자님."

가나엘이 몹시 자랑스럽다는 눈빛으로 나를 바라보았다. 이거 욕인가? 그때, 묵직한 노크 소리가 났다.

-똑똑똑

"들어오세요."

내가 응답했다. 이것도 오랜만이었다. 쥘리에트 궁의 다른 시종들 얼굴을 보는 일.

"왕자님, 시종장이 뵙기를 청합니다."

시종장? 익숙한 낯에 반가워하기도 잠시, 머릿속이 서늘해졌다. 시종장이라면 황제궁에서 프레데리크 황제를 직접 보필하는 사람이자, 황궁의 실세 중 하나였다. 내가 '퇴계공'에 빙의한 후 한 번도 만난 적 없는 인물이기도 했다. 나는 뱅자맹과 가나엘의 안색을 살피며 고개를 끄덕였다.

이내 어린 시종 뒤로 중년의 여성이 모습을 드러냈다. 밀밭 색의 머리카락을 한 올도 빠짐없이 틀어 올린 그녀는, 전체적으로 근엄하고 냉철한 인상이었다. 절을 올리는 태도엔 품위가 넘쳐흘렀다.

"주신의 축복으로 예서 페네티안 왕자님을 뵙습니다. 황제 폐하를 모시는 시종장, 멘디 공작가의 로라 멘디라고 합니다."

"반갑습니다, 로라."

내가 선선히 답했다. 시종장이 '냉궁'이라 불리는 쥘리에트 궁에 친히 행차할 이유는 하나밖에 없었다. 그것이 황제의 뜻이기 때문이다. 나는 그간 내가 무슨 죄를 지었는지 빠르게 돌이켜보기 시작했다. 황자를 미친놈이라고 부른 걸 들켰나? 근데 그놈은 그런 말 들어도 쌌잖아.

"위대하신 황제 폐하께서, 세드리크 황자 전하의 '마수 대토벌'

우승 축하연에 왕자님을 정식으로 초대하셨습니다."

"네?"

"폐하께서는 왕자님의 이번 활약에 큰 관심과 흥미를 보이셨고, 황자 전하를 돕기 위해 나서주신 용기와 선의에 깊이 감동하셨습니다. 하여, 황실과 귀족 가문의 주요 인사들이 참석한 자리에서 친히 왕자님을 치하하고자 하십니다."

…친히?

* * *

"…우승 축하연이 언제입니까?"

"모레 저녁 일곱 시부터 시작됩니다. 왕자님께서는 여섯 시까지 황제궁으로 오실 수 있도록 준비하겠습니다."

모레라. 오늘 당장도 아니고, 무려 황제가 시종장을 보내 초대한 것이니 거절할 명분 따윈 없었다. 아프다는 핑계도 눈치 봐가며 쓰는 거지, 내 목숨과 밥줄을 틀어쥔 사람에게 갖다 대봐야 미운털만 박힐 뿐이었다. 한 달에 한 번 있는 팀 회식에 불참하는 것과, 회사 대표가 참석하는 연례 회식에 불참하는 건 아예 다른 문제였다. 나는 침착하게 마음을 가라앉혔다.

가서 조용히 밥만 먹고 나오면 될 것이다. 말로는 나를 치하하고 싶다고 하지만, 그 자리의 주인공은 당연히 황자였다. 눈 딱 감고 민망한 순간을 몇 번 버티면 금방 쥘리에트 궁으로 돌아올 수 있을 터였다.

"알겠습니다."

내가 대답했다. 시종장 로라 멘디는 마땅한 답을 들었다는 듯 평화로운 낯이었다. 나는 그대로 그녀를 내보낼 뻔했으나, 다행히 가장 중요한 질문을 하는 것을 잊지 않았다.

"혹시 그분들이 또 오십니까?"

"그분들이라면…"

"의상과 분장을 해주시는 분들이요. 만약 그분들이 오전에 오시는 거라면 저도 대비를 해야 해서요."

뱅자맹과 가나엘이, 마침 잘 물어봤다는 표정으로 고개를 끄덕였다. 황제가 아침부터 두 실장님과 그들의 팀을 보낼 예정이라면 나 역시 마음의 준비는 해놔야 했다. 또 나를 직접 씻기겠다거나 짧은 머리 땋아보겠다고 나서는 건 절대 사양이었다.

"그들은 방문하지 않을 겁니다. 폐하와 가까운 이들만 모이는 소규모 만찬이니, 부디 편한 마음과 차림으로 와주시기를 부탁드립니다."

로라가 약간의 웃음기를 띠고 말했다. 나는 떨떠름하게 고개를 끄덕였다. 예상치 못한 황제의 초대에, 잠과 피로가 싹 날아간 머릿속이 팽팽 돌았다. 뭐 입고 가지?

* * *

"아니, 진짜 뭐 입고 가지?"

불행하게도, 그것은 내가 축하연 당일까지 고뇌한 주제였다. 뱅자맹과 가나엘은 물론이고, 평소 나를 도와주는 다른 시종들까지 응접실에 모여 심도 있는 토론을 나누고 있었다. 커다란 소파 위, 몇 벌의 최종 후보가 신발과 함께 가지런히 놓여 선택을 기다리는 중이었다. 출발 두 시간 전이었다.

마음 같아서는 아무거나 걸치고 가고 싶지만, 황자도 아니고 황제가 직접 주관하는 자리인데 도저히 그러면 안 될 것 같았다. 실무자 면접 때는 '비즈니스 캐주얼'이라는 드레스 코드가 간단하게 들리나, 임원 면접 때가 되면 비즈니스 캐주얼의 정의부터 종류까지 다시 찾아보게 되는 것과 비슷했다. 졸업하자마자 취업 시장에 뛰어들었던 몇 년 전의 기분을, 로판에 빙의해서 다시 느끼게 될 줄은 꿈에도 몰랐다.

"왕자님, 역시 연보라색으로 가시는 게 어떨지요? 내가 바로 페네티안의 왕자다. 내가 바로 신국의 달이다, 하는 느낌으로요."

종종 내 차를 우려 주는 시종 하나가 자신감 있게 연보랏빛 예복을 가리켰다. 그러자 다른 시종들이 식겁해서 웅성거렸다.

"피에르, 왕자님은 튀는 거 안 좋아하시잖아."

"맞아, 안 그래도 아름다우신데… 그리고 너무 정치적으로 보일지도 몰라."

'정치적'이라는 단어에 뱅자맹도 걱정스러운 낯으로 고개를 주억거렸다. 그러자 한 시종이 그 옆에 있는 금빛 예복을 들어올렸다. 내 침대 시트와 커튼을 갈아주곤 하는 익숙한 얼굴이었다.

"금색은 어떠신지요? 차분한 금빛이니 그렇게 주목받지는 않을 겁니다."

그러고는 내 상체 위에 조심스럽게 대보았다. 나는 얌전히 서서 시종들의 눈길을 받았다. 좀 괜찮은 거 같은데?

"아이고, 이건 아니네."

"안 돼, 안 돼."

앓는 소리가 쏟아졌다. 괜히 머쓱해져서 가나엘을 바라보자, 소년이 한껏 곤란한 표정을 했다.

"왕자님의 머리칼이나 눈 색하고 너무 잘 어울려서요… 꼭 주인공 같아 보입니다."

와, 그건 안 될 말이지. 나는 잽싸게 몸을 뗐다. 기다렸다는 듯 다른 시종이 검은색 예복을 번쩍 들었다. 금색과 적색으로 드문드문 장식이 들어간 모양새였다.

"역시 예복은 검정이 진리 아니겠습니까? 어딜 가도 기본은 하는 색입니다, 왕자님. 무난의 극치입니다."

"맞는 말입니다, 왕자님. 귀족 중에도 입고 오는 사람이 있을 테니, 묻어가기 쉬울 겁니다."

곁에 선 시종도 말을 보탰다. 다들 흑색 예복에 대해 아무런 문제점도 느끼지 못하는 얼굴이었다. 나는 조금 당황한 낯으로 말을 꺼냈다.

"이건 누가 봐도 황자님 취향 같습니다."

"아…"

그제야 시종들이 큰 깨달음을 얻었다는 듯 탄식했다. 황자가 참석하는 만찬에 검은색을 입고 가는 건, 결혼식 하객이 하얀색을 차려입고 가는 것과 비슷했다. 적어도 내가 보기에는 그랬다. 몇몇 시종이 마른세수를 했다. '편한 차림'이라는 게 이리 어렵고 막막할 일인가?

나와 프레데리크 황제의 접점은, 지난달 '봄 무도회' 때 내가 스트로다 궁 발코니의 먼발치에서 그녀를 본 게 전부였다. 그녀는 내가 입궁했을 때부터 지금까지 한 번도 나를 개인적으로 부른 적이 없었고, 간단한 안부조차 전한 일이 없었다.

시종장이 쥘리에트 궁에 온 것도 그제가 처음이었으니 말 다 했다. 주워들은 일화야 꽤 있지만, 황제가 어떤 사람이고 무엇을 싫어하며 무엇을 좋아하는지 등은 전혀 알 길이 없었다.

지난 이틀간 기억에서 짜낸 정은서의 황제 관련 코멘트라곤 '언니, 날 가져요'와 '멋있다! 잘생겼다!'뿐이었다. 하등 도움이 안 됐다. …그러니까 어렵고 막막한 일 맞다. 살기 위해서는, 그녀에게 밉보이면 안 되지만 너무 눈에 띄어서도 안 됐다. 그냥 실장님들 오시라고 할 것을.

"하얀색하고 빨간색을 다시 가져와 보죠."

"하지만 왕자님, 백색을 입으시면 너무 성자 같을 겁니다!"

"붉은 예복에 금발이라니, 어느 왕국의 왕세자를 밀어내고 왕이 될 운명을 타고난 3왕자 같습니다."

도대체 왜 그런 구체적 스토리텔링을 갖고 있는 거야?

-똑똑

그때, 누군가가 응접실 문을 노크했다. 푸른색 예복을 가지러 갔던 시종인가 싶었다.

"들어오세요."

-달칵

"안녕, 우리 왕자님."

몹시 익숙한, 그래서 반갑기까지 한 여인의 목소리가 들렸다. 나는 놀라서 몸을 돌렸다.

"고운 얼굴이 반쪽이 됐구나."

"전하."

오렐리 부티에 추기경이었다. 그녀가 나타나자 모든 시종이 입을 다물고, 일제히 한 걸음 물러나 깊이 절했다. 추기경을 보는 건 거의 보름 만이었는데, 그녀의 상냥한 음성을 들으니 어쩐지 가슴 한 구석이 조금 찡해졌다.

그녀는 여러 시종을 이끌고 다가와 가볍게 내 볼을 붙잡았다. 그러고는 쪽, 쪽 소리를 내며 자신의 양볼을 내 뺨에 번갈아 댔다. 영화에서나 보던 프랑스식 인사에 조금 얼떨떨했지만, 나도 만나서 좋기는 했다.

"고생이 많았던 모양이야. 몸은 좀 어떠니?"

"저는 괜찮습니다. 전하께서도 잘 지내셨습니까?"

"너희가 없어서 허전했단다."

베이지색 눈동자가 부드럽게 휘어졌다.

"어제까지는 공식 발표에 만찬까지 준비하느라 바빠서, 만나러 올 수가 없었어. 그런데…"

그녀가 나와 시종들, 그리고 응접실 소파 여기저기에 널브러진 의상을 둘러보았다.

"아무래도 지금 오길 잘한 것 같아."

나는 미소로 얼버무렸다. 여섯 시까지 황제궁에 가야 하는데, 네 시가 넘도록 옷을 못 고르고 있으니 답이 없어 보이긴 할 터였다.
"오늘은 내가 왕자님의 샤프롱이니, 응당 도움을 드려야겠지."
추기경이 그렇게 말하며 자신의 시종들을 향해 작게 손짓했다. 샤프… 예?

* * *

"정말 이런 옷으로 괜찮습니까?"
"프레데리크는 허언을 하지 않으니까. '편한 차림'이라고 했으니 편하게 입고 가면 돼."
추기경이 다정하게 빙긋하며 쥘리에트 궁 앞에 섰다. 나는 그녀가 예복 대신 골라준 연미색 평복에, 평소보다 훨씬 화려한 커프스 단추를 달고 새 부츠를 신은 채 서있었다.
옷 위로는 역시 추기경 픽 목걸이를 하나 착용했는데, 얇은 은줄에 호박색 다이아몬드가 달린 것이었다. 장신구 몇 개만 호사스럽고 복장은 비교적 평범했다. 이게 그, 꾸민 듯 안 꾸민 듯? 맞나?
"데미, 여기서 친구들이랑 놀고 있어. 형 저녁만 먹고 일찍 올게."
-끼이잉
신수가 대답하듯 울며 내 품을 벗어났다. 그러자 정원에서 뛰어놀고 있던 다른 레서판다들이 쪼르르 다가와 데미를 감쌌다. 한 뭉치가 된 세 마리에게 손을 흔들어 준 뒤, 나는 추기경의 마차에 합승했다. 뱅자맹, 가나엘을 비롯한 시종들은 바로 뒤의 마차를 탔다. 곧 바퀴가 천천히 움직이기 시작했다.

"저 녀석들, 다시 데려오긴 했는데… 더 좋은 곳으로 보내야 하지 않겠습니까?"

내가 창밖으로 멀어지는 데미 가족을 보며 물었다. 뒤엠 후작령에 있던 레서판다 두 마리는, 지키고 있던 신물 '화성의 혜검'이 주인을 찾으며 갈 곳을 잃고 말았다. 평야를 방황하는 걸 내버려 두자니 마음이 편치 않아서, 결국 내가 녀석들을 챙겨 올라왔다.

이번 토벌로 실감하게 된 건데, 신수와 마수는 완전히 다른 존재였다. 마수들은 신물이 어떤 형태가 되든 에테르를 감지하고 공격성을 드러냈다. 하지만 신수들은 신물이 주인을 택하거나 자취를 감추면 소명召命을 잃고 떠돌게 되는 듯했다.

그래서 크리스텔의 몸에 흡수된 '창해의 축복'도 감지하지 못했고, 혜검이 황자의 손에 떨어졌을 때는 순식간에 흥미를 잃은 기색이었다. '주신의 사자使者'라더니, 과연 짐승이라기보단 일종의 정령 같았다.

"제국 북부와 동부에도 신물이 있단다. 기회가 닿으면 보내주는 것도 좋겠구나."

추기경이 달래듯 말했다.

"엘리자베트가 매년 유월이면 북쪽 영지로 피서를 떠나니, 그편에 동행시키면 알맞겠어."

피서 이야기라면 뤼카 마을의 야시장에서 들은 바가 있었다. 나는 녀석들이 떠나기 전까지 잘 돌봐줘야겠다고 생각하며 추기경을 에스코트했다. 마차에서 내려 황제궁의 계단을 오를 때쯤에는, 그간 답답했던 점을 그녀 앞에서 줄줄 성토하고 있었다.

"이해가 안 됩니다. 성소는 모든 위력을 무효화하는데, 왜 환각을 보여주는 안개는 막지 못하는 겁니까?"

"주신께서 변덕스러우시니까?"

"전하."

내가 불퉁하게 대꾸하자, 추기경이 소리 내 웃으며 나를 1층 연회장으로 인도했다. 평소보다 더욱 차려입은 황제궁 시종들이 가는 곳마다 인사를 올렸다. 대리석 바닥 위로는 야외에서부터 이어진 붉은 카펫이 길게 깔려있었다. 깨끗하게 닦은 샹들리에가 오늘따라 오색찬란했다.

"아마 그 안개에 너희를 죽일 의도가 없었기 때문이겠지."

"그게 무슨…"

"만약 그 안개가 독 안개였다면, 성소는 당연히 막아냈을 거란다. 독은 '살생'을 위함이니까. 하지만 환각은 단순히 혼란을 일으킬 뿐이고, 심지어 누군가에게는 기쁨을 가져다줄 수도 있어. 그렇다면 막을 이유가 없는 거야. 성소의 판단이란 그토록 자의적이지."

"…"

"하늘에서 커다란 우박이 떨어져도 성소는 막지 않아. 그건 신관을 죽이고자 하는 게 아니라, 그저 궂은 날씨일 뿐이잖니."

나는 노을이 물감처럼 흩뿌려진 복도를 천천히 걸었다. 이해하기 어렵지만 동시에 이해할 수 있을 것 같기도 했다. 가령 '세이디'를 처음 만난 날, 내가 성소를 전개하고 있었음에도 꼬마의 단검이 나를 스쳐갈 수 있었던 것은…

녀석이 내가 아니라 내 뒤의 장식 줄을 노렸기 때문이었다. 일주일 전 황자의 혜검으로 인한 충격파가 나를 그대로 덮친 것도, 그게 의도적인 '공격'이 아니었기 때문이고. 음.

"헷갈리네요. 감을 잡으려면 시간이 걸릴 것 같습니다."

"주신께서 변덕스럽다는 게 그런 뜻이란다."

그녀가 노래하듯 말했다. 우리는 어느새 마지막 모퉁이를 돌고 있었다. 10여 명이 넘는 시종이 소리 없이 뒤를 따랐다.

"우리의 신탁은 전능한 것 같지만, 생명을 직접적으로 살해할 수는 없잖니."

"네."

이건 〈주신교 신학 입문〉 1장에 나오는 기초 중의 기초였다. 신관은 주신의 말을 빌려 죽음을 명할 수 없다. 그는 오직 주신의 뜻에 달린 판결이므로.

"성소도 마찬가지야. 모든 위력으로부터 너를 보호하지만, 그걸 판단하는 건 네 몫이 아니란다. 주신의 몫이지."

뭐가 이렇게 까다로워. '퇴계공' 세계관에서 마법사나 성기사는 사실상 초능력자인데, 유독 신관만 제약이 많은 듯싶었다. 할 줄 알아야 하는 것도 많고, 외워야 하는 것도 많고. 작가가 '서브 남주' 설정이 너무 복잡해서 죽인 거 아닌가 하는 합리적 의심까지 들었다.

"아, 내 어린 성기사가 벌써 와있구나."

그때 추기경이 기쁜 목소리로 말했다. 나는 그제야 그녀로부터 눈을 떼고 정면을 바라보았다. 천장 끝까지 닿는 거대한 크기의 연회장 문 앞에, 시종을 거느린 사내가 우뚝 서서 이쪽을 응시하고 있었다. 약간의 피곤도 느껴지지 않는 반질반질한 낯짝이었다. 역시 검은색 안 입길 잘했어.

* * *

"전하."
"안녕, 세드리크."
"안녕하세요, 황자님."
"…"

오늘도 싸가지는 굉장히 안정적이었다. 황자 놈은 나를 한 번 훑어보기만 했을 뿐 짧은 인사조차 건네지 않았다. 놀랄 일도 아니었으므로 나는 그저 부티에 추기경 곁에 서서 순서를 기다렸다. 손님 명단을 확인하던 시종은 더 볼 것도 없이 기사들을 향해 손짓했다. 은빛 갑옷으로 온몸을 꽁꽁 싸맨 두 기사가, 데칼코마니처럼 움직여 거대한 문을 밀어젖혔다.

-달칵!

"세드리크 황자 전하, 오렐리 추기경 전하와 예서 페네티안 왕자님께서 입장하십니다!"

문고리가 돌아가는 소리와 함께, 시종이 우렁차게 우리의 도착을 알렸다. 그제야 긴장감이 스멀스멀 다시 기어 올라왔다. 이제 몇십 분 후면, 나는 이 제국의 주인을 만나게 될 것이다. 괜히 황자와 추기경의 옷차림을 흘끗거리게 됐다. 둘 다 특별히 예복을 차려입지는 않았다.

"괜찮아, 왕자님. 다들 네게 긍정적인 관심을 갖고 있단다."

내 불안을 읽었는지, 옆에 선 추기경이 부드럽게 소곤거렸다.

-쿠웅…!

이내 문이 열리고, 탁 트인 연회장 정경이 시야를 가득 채웠다. 이건 한눈에 들어오는 수준도 아니었다. 나는 저절로 벌어지는 입을 다물기 위해 무진 애를 썼다. 이리저리 눈을 굴리지 않기도 꽤 힘들었다. 황제궁은 모든 게 크고 호사로운 곳인데, 그건 연회장도 마찬가지였다.

드높은 천장에 매달린 샹들리에는 어림해도 열 개가 넘었다. 양 끝을 떠받친 육중한 기둥들은 전부 대리석인 듯했고, 사이사이엔 연주를 위해 자리 잡은 악단이 보였다. 홀 한복판이 텅 비어있는 것을 보니 누가 춤이라도 출 모양이었다. 뒤엠 후작령에서 열렸던 환영연과는 분위기나 규모 자체가 달랐다. 온 실내가 백금색의 광채로 번쩍거렸다.

"저들은 모두 프레데리크와 가깝거나, 괜찮은 관계를 유지하는 대귀족들이야."

추기경이 우아하게 미소하며 속삭였다. 우리는 황자를 앞세운 채 나란히 걷기 시작했다. 또각거리는 발소리 너머, 일제히 자리에서 일어나 예를 표하고 있는 귀족들이 보였다. 대충 200명 안팎이었다.

나한테는 숨 막히는 숫자지만, 황제에겐 확실히 소규모 친목 모임일 것 같았다. 그들은 세 개의 길고 너른 테이블에 적당히 나누어 앉아있었는데, 카라라 대리석 식탁은 물론 의자에도 화려한 금장이 되어있었다.

"부담 갖지 말고, 좋은 일만 생각하렴. 예컨대 오늘 프레데리크에게서 무엇을 뜯어낼 수 있을까 하는 것."

"전하."

황자가 조용히 추기경을 불렀다. 나는 그녀가 내 긴장을 풀어주기 위해 그런 소릴 한다는 걸 알기에 그저 웃어넘겼다. 어느새 우리는 중앙 테이블의 맨 앞에 다다랐다. 귀족들은 숨소리도 내지 않고 몸을 깊이 숙인 채였다. 추기경이 덧붙였다.

"곧 생일인데, 갖고 싶은 게 있지 않니?"

"예?"

곧 내 생일이라고? 나는 전혀 예상치 못한 정보에 눈을 둥그렇게 떴다. 시종들이 빠르게 다가와 우리의 의자를 빼주었다. 누가 봐도 황제의 자리인 것 같은 상석이 비어있었고, 그 오른쪽이 추기경, 왼쪽이 황자의 자리였다. 나는 추기경의 바로 옆에 앉게 됐다. 황제가 너무 가까워 벌써부터 현기증이 났다. 대표님하고 같은 테이블이라니, 도망도 못 가게 생겼다.

"음악을 다시 들려주련?"

추기경이 허공에 대고 나긋이 말했다. 그러자 번듯하게 차려입은 시종이 묵례하고 팔을 한 번 휘저었다.

-♬♪♩…

동시에, 악단의 아름다운 선율이 서라운드로 터져 나왔다. 마치 멈춰있던 플레이리스트의 재생 버튼을 누른 것 같았다. 귀족들은 약속이라도 한 것처럼 우르르 다시 자리에 앉았다. 그러자 언제 조용했냐는 듯, 순식간에 홀 안이 떠들썩해졌다. 아까부터 이런 분위기였던 듯싶었다.

"안녕하십니까, 추기경 전하. 황자 전하. 예서 왕자님."

이어 맞은편에 익숙한 옥음玉音이 내려앉았다. 오늘 세드리크 황자의 옆자리를 맡은 사람이었다. 그녀가 조명을 켠 듯 환하게 웃자 분홍색 머리칼이 살짝살짝 흔들렸다.

* * *

"그 전갈 마수의 이름은 '환상채충'입니다. 7년 전의 '마수 대토벌' 우승 제물이었는데, 저도 호되게 당할 뻔했지요!"

내 오른편에 앉은 프랑수아 뒤엠 후작이 소리 높여 어필했다. 적당히 취한 귀족들이 연회장 곳곳에서 크게 웃고 떠들었다. 일곱 시가 넘었는데, 황제는 등장할 기미조차 보이지 않았다. 크리스텔은 전문가의 손길로 후작의 흑맥주에 브랜디를 말아주고 있었다. 저건 진짜 그냥 폭탄이잖아…

"추기경 전하께서는, 놈의 환각 안개가 '살생' 목적이 아니었을 거라고 하시더군요."

내가 서둘러 말했다. 후작이 제정신일 때 궁금증을 풀어야 할 것 같았다. 후작에게 폭탄주 유리잔을 밀어준 크리스텔이, 이번에는 자신의 왼편에 앉은 엘리자베트 경에게 뵈프 부르기뇽의 소고기를 건져 먹이기 시작했다. 역시 주인공은 착한 사람이었다. 소백작의 오른팔엔 아직 간단한 부목이 대어져 있었는데, 앞으로 일주일 정도만 조심하면 깨끗이 나을 거라고 했다.

"그건 맞는 말씀입니다. 제가 본 환각은 슬펐지만, 기쁘기도 했으니까요. 셋밖에 없는 제 여동생 중 하나가 대뜸 결혼할 놈을 데려오는 내용이었답니다."

후작이 우는 시늉을 하며 말했다. 여동생이 셋이나 있어? 후작령에선 못 봤는데.

"형님은 동생들을 무척 사랑하십니다. 그 환각을 보고 한 시간 동안 우셨지요."

"에르베! 어찌 귀한 분들 앞에서 거짓을 고하는 게야? 두 시간 울었다."

엘리자베트 경의 왼편에 앉은 에르베 뒤엠 근위대장이 말을 거들었고, 후작은 뾰족한 말투로 그것을 정정했다. 나는 어처구니가 없어서 웃음을 터뜨렸다. 황제가 주관하는 우승 축하연이라기에 위엄 있고 어려운 자리를 상상했는데, 의외로 불편하지 않았다. 토벌에서 활약한 이들을 상석 근처에 앉혀 그런지 낯익은 얼굴이 많았다.

"그런 경사를 보셨다니, 역시 놈의 안개는 그저 혼란을 주기 위한 것이었나 보네요. 추기경 전하의 가르침도 이해가 쉽겠습니다."

"왕자님은 좋은 학생이니까."

내 말에 추기경이 다정하게 대답하며 도피누아즈를 한 숟갈 떴다. 포근한 감자 향이 코끝을 간지럽혔다. 저건 실패할 수가 없는 맛이다. 나는 고개를 끄덕이곤 테이블 중앙의 카술레로 손을 뻗었다.

"말이 나와서 말입니다만, 왕자님."

"네."

후작이 내 쪽으로 몸을 조금 돌려 앉았다.

"제 여동생 중 맏이가 다음 주에 성약을 맺습니다. 폐하의 하늘 같은 자비로, 황궁 신전에서 식을 올리게 되었지요."

"그렇군요, 축하드립니다."

나는 강낭콩과 꿩고기, 거위고기를 숟가락에 잔뜩 올려 한입에 넣었다. 그러고는 그라탱처럼 살살 녹는 식감을 만끽하며 '성약'의 정의를 떠올려 보았다. 성약의 정식 명칭은 '쌍성雙星의 맹약盟約'으로, 리에스테르 황족이나 그 방계 혈통이 신관과 맺는 계약이었다.

이는 두 사람이 영혼의 동반자, 즉 '종교적 반려'가 되겠다고 주신 앞에서 맹세하는 행위였다. 황족은 유력 신관을 파트너로 세워 자신의 종교적 입지와 지지세를 굳혔고, 신관은 황족의 파트너가 됨으로써 부와 명예, 특혜를 얻었다. 적어도 최근에는 그런 목적으로만 활용되는 약속이라고 읽었다.

뒤엠 후작가는 황실의 방계라고 들었으니, 신관과 성약을 맺는 게 이상한 일은 아니었다. 프레데리크 황제와 부티에 추기경도 성약으로 이어진 관계였다. 물론, 두 사람은 그전부터 깊은 우정을 쌓았던 모양이지만.

성약의 계약자가 되면 서로의 감정을 느낄 수 있고, 목소리가 들리기도 한다는 설이 있으나⋯ 진짜인지는 모르겠다. 아무튼 〈격주간 리에스테르〉에 연재되는 로맨스 소설에선 그렇게 묘사하는 것 같았다.

"그런데 증인이 한 사람 부족합니다. 맹약은 후작 이상의 귀족 한 명과, 주교급 이상의 신관 두 명이 보는 가운데 이루어지니까요."

후작이 말을 이었다. 나는 고개를 주억거리며 카술레를 싹싹 긁어먹었다. 성약 이야기가 흥미로웠는지, 크리스텔과 엘리자베트 경도 이쪽으로 눈길을 고정하고 있었다.

"혹시 괜찮으시다면, 왕자님께서 증인석을 채워주실 수 있을는지요?"

"저요?"

잠시 눈을 깜빡였다. 황궁 밖으로 나가는 게 아니고, 주례나 사회를 보는 것도 아닌 증인 역이라면 어렵지 않았다. 성약의 당사자는 결국 가문도, 교구도 아닌 두 사람이므로 증인이 나중에 골치 아플 일도 없었다. 뒤엠 후작가는 분명 황제의 측근이지만, 은서가 한 번도 언급한 적이 없으니 '퇴계공'에서 큰 비중을 차지하진 않을 터였다. 나는 추기경을 돌아보았다. 그녀가 허락하면 하는 거고, 아니면 그날도 노는 거니까 내가 잃을 건 없었다.

"왕자님에게 좋은 경험이 될 것 같구나. 나는 찬성이야."

그녀가 선선히 답했다.

"그럼 저도 괜찮습니다."

내 대답에, 후작이 몹시 기뻐하며 두 손으로 얼굴을 감쌌다. 건너편의 뒤엠 경도 밝은 낯으로 내게 인사했다.

"고귀하신 왕족 신관께서 증인이 되어주신다니, 앙투아네트도 무척 기뻐할 겁니다."

동생 이름은 앙투아네트구나. 여러모로 드라마틱한 집안이었다. 후작의 목소리가 한 톤 올라갔다.

"답례로 원하는 바가 있으십니까? 오는 31일이 탄신일이시라고 들었습니다. 선물을 겸해서 전부 들어드리겠습니다. 미천한 제가 해드릴 수 있는 것이라면 뭐든지!"

"글쎄요."

그러니까, 5월 31일이 예서 왕자의 생일이었다. 내 생일은 지난 2월이라 생각지도 못했다. 새삼 내가 왕자에 관해 모르는 게 너무 많다는 사실을 실감했다. 생일은 지금 알았고, 중간 이름은 여태 깜깜했다. 있기야 있을 텐데.

"왕자님, 피서 보내달라고 하십시오."

그때 엘리자베트 경이 부드럽게 끼어들었다. 나는 맞은편으로 고개를 돌렸다. 나란히 앉은 크리스텔과 소백작이 나를 초롱초롱 바라보고 있었다. 부담스러워서 시선을 비끼니 이번에는 황자와 눈이 닿았다. 이 자리가 확실히 안 좋네.

"외람된 말씀이지만, 제가 황궁 밖으로 나가는 건 후작의 소관이 아닌 것 같은데요."

"사실입니다. 하지만 바라신다면 제가 폐하께 간곡히 청을 올려 보겠습니다."

역효과 날 것 같지 않냐?

"아뇨, 피서는 괜찮습니다."

"리에스테르의 유월은 덥습니다, 왕자님. 잘 생각해 보십시오."

엘리자베트 경이 쌕 웃으며 왼손에 쥔 풋사과 주스 잔을 흔들었다. 더워 봤자 아스팔트가 녹는 한국 여름에 비할까.

"저와 엘리자베트 경은, 유월 열풍熱風이 불 때 북부에 놀러 가기로 했거든요."

크리스텔이 즐겁게 말했다. 둘이 마수 대토벌을 거치며 많이 친해진 것 같더라니, 그새 함께 여름휴가 계획까지 세운 모양이었다. 그럼 나는 더더욱 황궁에만 처박혀 있어야지.

"아니면 궁이라도 하나 내려달라고 하십시오. 이번에 크게 활약하시지 않았습니까."

엘리자베트 경의 은근한 말에, 크리스텔이 '어머, 어머' 하며 그녀의 등을 찰싹찰싹 쳤다. 소백작은 황자 쪽을 눈짓하며 장난스러운 얼굴을 해 보였다. 이 사람들이 왜 이래.

"겨자가 아주 매콤하네요. 공녀께서 좋아하시겠습니다."

내가 애써 말을 돌렸다. 크리스텔은 의뭉스럽게 웃으면서도, 매운 음식이라는 소리에 냉큼 내가 덜어준 양갈비 접시를 받았다. 저렇게 짓궂어도 정의로운 주인공이니 비밀은 지켜주겠지. 황제와 추기경이 상황을 어디까지 알고 있는지 모르겠지만, 내가 황자의 '정체'를 알았다는 걸 내 입으로 인정할 이유는 절대 없었다.

"왜 그러십니까."

그러다 황자와 눈이 마주쳤는데, 이놈 표정이 아주 심각했다.

"…정말로 궁을 원하는 건가?"

아니, 너는 왜 또 혼자 거기까지 가있어.

-달칵!

"황제 폐하께서 입장하십니다!"

그때, 상석 쪽에서 힘찬 음성이 쩌렁쩌렁 울렸다. 악단의 연주가 뚝 끊겼다. 벅적하던 장내는 순식간에 얼어붙었다. 모든 귀족이 빠르게 표정을 갈무리하고 자리에서 일어났다. 이곳에서 여유로운 것은 오직 추기경뿐인 것 같았다. 나는 후다닥 냅킨으로 입을 닦고 그녀를 따라 몸을 일으켰다. 이어⋯

-쿠궁⋯!

"잘 놀고 있었나 보군."

조금 낮고 허스키한 목소리가, 쇄빙선처럼 정면에서부터 침묵을 깨고 들어왔다. 우리가 걸어온 방향이 아니었다. 나는 얼굴을 절반만 들어 앞을 바라보았다. 상석 너머, 육중한 대리석 벽이 천천히 입을 벌리고 있었다. 그 중심에 조금 삐딱하게 서있는 중년인이 보였다. 저기에도 출입구가 있을 줄이야.

"그대들도 알다시피, 내 아들이 마수 대토벌에서 우승했다."

나른한 말투였다. 진주색 재킷 사이로, 길고 날렵한 형태의 검이 보였다. 그녀는 황제궁에서 무기를 패용할 수 있는 유일한 존재였다. 짧은 은색 머리가 빛을 받아 희게 반짝였다. 이상하게 숨이 수동으로 쉬어졌다.

"그러니 계속 마시도록. 일찍 귀가할 생각 하지 마라."

황제, 프레데리크가 그렇게 선언하며 장수말벌처럼 시선을 쏘았다. 날카로운 체리색 눈동자가 나를 똑바로 관통했다. 목덜미가 서늘해졌다. 오늘 안에 들어가긴 글렀다.

* * *

"앉아."

프레데리크 황제의 말이 떨어지기 무섭게, 홀 안의 모든 이가 일사불란하게 움직였다. 취한 사람도 꽤 있었던 것 같은데, 황제가 앞에 있으니 다들 정신이 번쩍 나는 모양이었다. 이런 분위기에 은은하게 웃고 있는 부티에 추기경이 존경스러울 지경이었다.

"건배를 해야겠지."

어느덧 우리 테이블로 다가온 황제가 낮게 말했다. 가까이서 본 그녀는, 헐겁게 채운 커프스단추며 눈주름 하나까지 범접하기 힘든 구석이 있었다. 나는 알로에 주스 잔을 살며시 잡았다. 시종장 로라 멘디가 황제의 잔에 새로 딴 로제 와인을 채웠다.

"리에스테르의 끝없는 번영과, 내 아들의 영구한 평안을 위하여."

"위하여!"

200여 명의 힘찬 목소리가 연회장을 쩌렁쩌렁 울렸다. 악단이 즉시 연주를 재개했다. 그러자 순식간에 홀이 벅적벅적해졌다. 귀족들은 언제 졸아붙어 있었냐는 듯, 잔을 들고 일어나 자리를 옮기고 시끄럽게 떠들어 댔다. 꼭 점심시간 종이 울린 고등학교 같았다.

'평소 폐하께서는 귀족들을 느슨히 풀어두시는 편입니다. 그편이 덜 성가시다고 생각하시기 때문이지요.'

언젠가 뱅자맹이 해주었던 말이 떠올랐다. 풀어둔다는 게 이런 뜻도 되나? 말을 들어야 할 땐 잘 듣는 것 같긴 했다.

"지상에 강림하신 태양을 뵙습니다!"

"프랑수아, 앉으라고 했어."

"넵."

내 옆자리의 뒤엠 후작이 벌떡 일어섰다가 빠르게 몸을 내렸다.

상석에 자리한 황제는 오른손에 잔을 쥔 채 천천히 우리를 둘러보았다. 장마철도 아닌데 공기가 답답했다. 양옆 테이블 사람들은 우리를 제물로 바치고 즐거움을 만끽하는 중이었다.

"다들 저 녀석의 영지에서 지내느라 수고했다. 많이 들고 재밌게 놀다 가도록 해."

"황은이 망극합니다."

엘리자베트 경이 흠잡을 데 없는 태도로 인사했다. 나와 크리스텔은 따라서 목을 숙였다.

곧 조용한 식사 시간이 이어졌다. 황자가 가끔 모친과 몇 마디를 나누었으나 대화가 이쪽으로 튀는 일은 없었다. 나와 크리스텔, 엘리자베트 경, 뒤엠 형제는 빨리 배만 채우고 눈치껏 집에 가자는 암묵적 합의에 이른 상태였다. 누구도 더는 시간을 끌려 하지 않았다.

"사르네즈 공작가에 교황청의 성기사가 도착했다지."

"…예, 폐하."

그때, 황제가 불쑥 크리스텔에게 말을 던졌다. 나는 묵묵히 코르동 블뢰를 자르며 귀에 들어오는 정보에 집중했다.

"교육은 언제부터 시작하느냐?"

"오는 월요일입니다."

"빠르군. 잘됐어."

추기경이 크리스텔의 교육을 위해 파견을 요청했던 성기사가, 드디어 제국에 도착한 모양이었다. 그녀가 더는 나와 같은 '수업'을 들을 필요가 없다는 의미였다! 나는 씰룩이는 입꼬리를 간신히 진정시켰다.

크리스텔은 좋은 사람이고 주인공으로서의 역량도 탁월하지만, 그것과 별개로 그녀와 엮이고 싶진 않았다. 큼직하게 썬 코르동 블뢰를 입에 넣자, 익숙하고도 새로운 맛이 바삭거리며 혀를 감쌌다. 순식간에 기분이 밝아졌다. 황제가 말을 이었다.

"너만 괜찮다면, 내 아들이 그 가르침을 함께 받았으면 하는데."

"황자 전하… 말씀이십니까?"

대박. 나는 순간적으로 고개를 들었다가, 대각선 자리의 엘리자베트 경이 인중을 힘겹게 늘렸다 줄였다 하는 모습을 목격했다. 어지간히 웃긴 모양이었다. 보고 있다간 나까지 터질 것 같아 빠르게 얼굴을 내렸다. 팔미에를 든 크리스텔의 손이 허공에 멈춰 있었다.

"그래. 황자가 성기사의 능력을 발현했다는 걸 제국에 모르는 자가 없어. 황실에서도 따로 성기사 파견을 요청하겠지만, 그전까지는 배움을 같이하면 좋지 않겠느냐?"

"어머니."

"네가 성기사 서임에 관심이 없다는 건 알아. 하지만 힘을 바르게 쓰는 방법마저 회피할 생각은 마라."

황제가 황자를 향해 단호하게 말했다. 나는 대놓고 기뻐하지 않기 위해 입술을 깨물었다. 그러니까, 크리스텔이 나와 따로 수업을 듣게 된 것도 모자라 황자와 그룹 과외를 하게 됐다는 뜻이었다. 이거 꿈인가?

"…황자 전하와의 동문수학이라니, 무한한 영광입니다."

그녀가 최대한 침착한 태도로 대답했다. 마지막 말은 거의 '므흐는 응긍읍느드'로 들렸다. 제안의 형식을 띠고 있었으나 황제의 말은 사실상 명령이었다. 크리스텔이 하트 모양의 팔미에를 두 손으로 딱, 하고 반쪽 냈다.

"…"

황자는 손에 든 나이프로 돼지고기를 부관참시할 기세였다. 나는 정말 새삼스러운 마음으로 맞은편의 두 사람을 바라보았다. 어른 계시는데 버릇없게 둘 다 오만상이지만, 나란히 앉혀두니 이렇게 보기 좋을 수 없었다.

작가가 드디어 둘을 본격적으로 이어주려는 듯싶었다. '봄 무도회', '마수 대토벌'을 거치면서 충분히 인연을 쌓았으니 지금이 적당한 타이밍 같기는 했다. 그간 주인공들 사이에서 고생한 시간이 주마등처럼 눈앞을 스쳐갔다.

"또 싸우지 말고 정신 바짝 차려라. 성기사로 알려진 이상, 제국의 온갖 귀족 신관이 너희와 성약을 맺고자 할 거야. 사르네즈 가문은 황실 방계가 아니지만, 그만한 권력을 무시할 성직자도 흔치 않으니."

황제가 그렇게 말하며 와인을 원샷했다. 추기경이 '천천히 마셔' 하고 권했지만, 그녀는 모른 척 새로운 잔을 받아 자리에서 일어났다.

"슬슬 다른 놈들을 조져야겠군."

그런 명대사를 남기는 것도 잊지 않았다.

* * *

밤 열한 시. 프랑수아 뒤엠 후작이 죽었다.

"선생님, 여기서 주무시면 안 됩니다. 들어가셔야죠. 댁이 어디세요?"

내가 그의 어깨를 흔들었다. 테이블에 고개를 박은 후작은 크리스텔의 폭탄주 공습에 꽐라가 된 상태였다. 아까 황제가 돌린 증류주는 누가 봐도 보드카 수준이었는데, 그걸 자몽 주스에 말아준다고 그대로 받아마셨으니…

"시종 불러드려요?"

"푸우…"

하마터면 대리 불러주겠다고 할 뻔했다. 나는 주변을 휘 살폈다. 크리스텔은 왼쪽 테이블로 건너가 사르네즈 공작 부부와 함께 있었다. 엘리자베트 경 역시 그곳에서 만취한 모친을 수습 중이었고, 에르베 뒤엠 근위대장은 후작과 똑같은 자세로 잠들어 있었다. 머리카락이나 피부색을 제외하면 닮은 점이 없는 듯했는데, 이렇게 보니까 형제는 형제였다. 일단 지나가는 시종을 아무나 잡아서 부탁하고, 나도 물어가야…

"내 아들을 도와준 것, 고맙게 생각한다."

나는 흠칫 놀라 고개를 돌렸다. 어느새 중앙 테이블로 복귀한 프레데리크 황제가 나를 바라보고 있었다. 여전히 술잔을 들고 있었지만 전혀 취하지 않은 얼굴이었다. 황자는 같은 자리에서 물만 마시고 있었다.

"'화성의 혜검'을 얻은 건 네 덕이 크다고 하더군."

"…황공합니다."

내가 묵례했다. 이게 그 '치하'인가? 사람들 앞에 세워놓고 공개적으로 하는 게 아니라 다행이었다.

"나도 고마워, 왕자님. 덕분에 내 대자가 조금이나마 안정을 찾았어."

"아닙니다."

여태 그림처럼 앉아있던 추기경이 말을 얹었다. '안정'이라 함은, 황자의 에테르 고갈 증세가 좀 나아졌다는 뜻이었다. 혜검의 강력한 에테르라면 유의미한 도움은 됐겠지 싶었다. 그렇다면 '세이디'는… 이제 그 모습으론 변하지 않는 건가?

"세드리크가 어떻게 혜검을 뽑았는지 알고 있느냐?"

"직접 보진 못했지만, 신물과 동일한 불 속성 에테르를 불어넣었을 거라 생각합니다."

"과연."

황제가 웃음기 어린 목소리를 와인 잔에 흘려 넣었다. 집에 가고 싶었다.

"또 내 아들에 관해 어디까지 알고 있지?"

"예?"

시선을 들자, 적포도주처럼 침잠한 눈이 나를 응시하고 있었다.

"프레데리크."

"대답을 들어야겠어."

추기경의 만류에도 황제는 견고했다. 이건 머리를 굴리고 말고 할 것도 없었다. 그녀는 지금, 내가 적국의 왕자로서 황실의 내밀을 얼마나 파악했는지 궁금해하고 있었다. 나는 그녀가 원하는 말을 해야만 했다. 생존 본능과 직감이 내 답변을 끌어냈다.

"모릅니다."

"…뭐?"

반응은 황제가 아닌 황자에게서 나왔다. 그가 슬쩍 미간을 찌푸리는 게 보였다.

"전하께서 불 속성 에테르를 운용하신다는 것, 그 외에는 아는 게 없습니다."

"하."

황제가 헛숨을 터뜨렸다. 나는 차분한 낯을 유지했다. 목숨줄을 쥔 사람 앞에서 '당신네 귀한 자식이 이런 비밀을 갖고 있더라' 하고 떠벌리는 건 머저리나 할 짓이었다. 신국이 먼저 왕자를 버렸으므로, 황제는 나를 죽여도 아무런 상관이 없었다. 그러니 그녀가 원한다면 나는 당연히 백치가 되어야 했다. 그리고 그… 어차피 오해한 게 쪽팔려서 계속 모른 척할 계획이었다. 짧은 침묵이 테이블을 휘젓고 지나갔다.

"아직 멀었구나, 세드리크."

이어 황제가 아들의 어깨를 한 번 쥐었다 놓았다. 추기경이 작게 한숨을 쉬었다. 갑자기 화제가 바뀐 건가?

"신뢰를 얻는 것이 쉬운 일은 아니지. 더 노력해라."

중년인이 장난기 어린 말투로 말을 맺었다. 슬쩍 눈길을 돌리니, 황자의 주황색 눈동자가 나를 즉석에서 구워버릴 듯 노려보고 있었다. 이제는 그게 가능하다는 걸 알기에 더 오싹했다. 또 뭐가 문젠데?

"네게 빚을 졌으니, 원하는 것은 무엇이든 청할 기회를 주겠다. 곧 생일이라지."

황제가 다시 내게 말머리를 틀었다. 보아하니 나 빼고 전부 내 생일을 아는 것 같았다.

"황송합니다, 폐하."

"그만 들어가 쉬어도 좋아. 시간이 늦었군."

앗싸. 나는 절로 솟는 광대에 힘을 주었다. 솔직히 새벽에나 돌아갈 수 있을 줄 알았는데, 열두 시 전에 해방령이 떨어지다니 엄청난 행운이었다. 추기경이 기꺼워하는 나를 보며 쓴웃음을 지었다. 같이 나가고 싶은데 행동으로 못 옮기는 듯했다.

나는 지나가는 시종을 불러 후작 형제를 맡기고, 테이블에 남은 세 사람에게 정중한 예를 올린 뒤 자리를 떴다. 머릿속엔 온통 생일 선물에 관한 생각뿐이었다. 비록 진짜 내 생일은 아니지만, 볼모가 무언가를 얻어낼 일은 흔치 않으니 기회를 제대로 써먹어야 했다. 손을 맞잡은 귀족들이 홀을 빙글빙글 돌며 춤췄다. 내 계산기 역시 팽글팽글 돌아갔다.

* * *

달이 뜨는 대륙의 동편. 페네티안 신국. 남자는 신경질적으로 쥘부채 끝을 두드렸다. 널따란 왕성 안에 '탁, 탁' 하는 소리가 끊임없이 울렸다. 근처에 시립한 시종들이 어쩔 줄 몰라 하며 그의 눈치를 살폈다.

언제 의자나 화병 따위가 날아올지 몰라 긴장한 낯빛들이었다. 그들의 아름다운 주인은 때때로 천사 같았으나, 그보다 자주 악마 같았다. 그리고 오늘 국경을 넘어온 비보飛報는, 그를 후자로 만들기에 충분했다.

"어째서 아직 살아있지?"

그건 시종들에게 던진 질문이 아니었다. 50을 넘겼음에도 매끈한 얼굴에 사나운 주름이 팼다. 남자는 이제 부채를 차르륵, 펼쳤다 접기를 반복했다. 빛바랜 연보라의 머리칼과 어울리는 제비꽃색 접선이었다.

"황자가 신물을 얻은 것으로도 모자라 공작가의 딸까지 성기사가 되었다. 그런데 그 중심에 더러운 사생아가 있다…"

"저, 전하. 에서 왕자의 활약상은 아무래도 와전된,"

"닥치지 못해!"

-콰앙!

-쨍그랑!

남자가 기어코 티 테이블을 넘어뜨렸다. 말을 꺼낸 시종이 화들짝 어깨를 구부렸다. 벽지와 바닥은 물론이고 시종들의 옷에도 뜨거운 찻물이 튀었지만, 누구도 감히 발을 놀리지 못했다. 신국의 국서, 베르너르가 흘러내린 머리카락을 쓸어 넘기며 숨을 골랐다.

"그때 죽지 않고 내 속을 뒤집어 놓더니. 서쪽에서 세를 불리려는 건가."

"어찌 감히 그런 마음을 품겠습니까, 전하. 제국의 황제는 호락호락한 자가 아닙니다. 분명 왕자의 인기를 두고만 보지 않을 것입니다."

 국서가 독오른 눈빛으로 시종을 쏘아보았다. 아차. '인기'라는 단어를 쓰는 것이 아니었다.

 "네놈이…"

 -벌컥!

 "아바마마!"

 그때, 작은 인형이 노크도 없이 문을 열고 들이닥쳤다. 국서의 낯에 일순 당혹이 서렸다. 시종들은 이때다 싶어 바닥을 부랴부랴 치우기 시작했다. 불청객을 뒤따라온 시종들은 하나같이 사색이 되어 있었다. 국서의 침실에 이렇게 들다니, 경을 칠 일이었다.

 "왕녀."

 "아바마마, 소식 들으셨습니까? 오라버니가 산더미만 한 그리핀을 탔대요! 그리고 잠든 황자님이랑 공녀를 뽀뽀로 깨워서…"

 "헛소문입니다."

 국서가 단칼에 어린 딸의 말을 잘랐다. 일곱 살 난 2왕녀 코르넬리서는, 아직도 흥분을 주체하는 법을 몰랐다. 아이가 장밋빛 뺨을 하고 작은 머리를 도리도리했다. 남자는 가볍게 딸을 안아 올렸다. 구둣발 아래 유리 조각이 무참히 부서졌다. 그는 왕녀를 팔에 받치고, 아무 일도 없었다는 듯 평온한 표정으로 창가를 향했다. 소녀의 상아색 머리칼이 햇빛을 받아 반짝거렸다.

 "오라버니가 100일 밤만 자면 돌아온다고 했어요. 그런데 거기서 모험도 할 줄은 몰랐어요!"

 "모험이라."

국서가 피식 웃었다. 초콜릿색 눈동자가 한밤처럼 어두워졌다.
"…모험은 언제나 위험하지요. 목숨을 걸어야 하는 겁니다."

5. 즐기시게 놔둬

일주일 후, 나는 첫 '생일 선물'을 받았다. 정확히는 내 부탁을 부티에 추기경이 흔쾌히 들어준 것이었지만. 엄청난 수확이었다!

"이쪽입니다, 예서 왕자님."

황제궁 시종이 정중하게 문을 열어주었다. 입구를 지키고 있던 은빛 갑옷의 기사들도 깍듯하게 절을 올렸다. 황제궁은 정문과 로비를 제외한 모든 곳이 미로인데, 오늘 방문한 장소는 또 완전히 새로운 공간이었다.

"이미 추기경 전하께 들으셨겠지만, 한 번 더 안내해 드리겠습니다. 저기 왼쪽 끝, 황실 서고의 가장 내밀한 구역에는 오래된 에테르 결계가 있습니다. 직계 황족이 아니면 출입이 불가능하지요. 다른 책장은 전부 열람하실 수 있으나, 책을 밖으로 가지고 나가시는 것은 어렵습니다. 서고는 연중 개방하니 언제든 편히 방문하셔도 됩니다."

"네, 고맙습니다."

"그럼, 유익한 시간 보내시길 바랍니다. 도움이 필요하면 불러주십시오."

시종이 절도 있는 몸놀림으로 인사하고 물러났다. 괜히 실실 웃음이 나왔다. 처음 빙의했을 때만 해도 서고는커녕 황제궁 출입조차 못 했었는데, 이젠 아무 때나 와도 된단다. 추기경과 인연을 만들고 세드리크 황자를 도운 보람이 있었다. 무려 '황실 서고'다.

"왕자님, 저희도 밖에서 기다리겠습니다."

"힘내세요, 왕자님."

뱅자맹과 가나엘이 자상하게 말했다. 나는 시종을 불러 두 사람에게 앉을 곳을 마련해 달라고 부탁한 뒤, 손을 흔들어 주고 뒤를 돌았다. 그러고는 눈앞에 펼쳐진 거대한 방을 바라보았다. 어마어마한 양의 정보가 나를 기다리고 있었다. 잘 써먹을 수 있을까 하는 걱정이 들 정도로.

"잘 써먹어야지, 집에 가려면."

내가 중얼거리며 한 걸음 내디뎠다. 천장까지 닿는 화려한 유리창들이 입구 맞은편 벽을 빽빽이 메우고 있었다. 늦봄의 햇살이 쏟아져 들어오는 가운데, 오래된 책 냄새가 폐를 채우고 먼지들은 물감처럼 사방으로 번져 나갔다.

오른쪽 벽면은 3층 높이까지 책이 빼곡했는데, 2층까지는 사다리를 사용하는 구조였고 3층엔 다락방처럼 앉을 공간이 마련되어 있었다. 왼쪽으로는 대학 도서관처럼 촘촘히 늘어선 흑단 책장들이 보였다. 꼭 영화 세트장 같았다. 마른침이 꿀꺽 넘어갔다. 나는 품에서 수첩을 꺼내 들었다.

"제일 먼저 찾을 건… 신물."

나는 일단 좌측 책꽂이를 뒤지기 시작했다. 가나엘이 가져다주는 책들은 전부 시중에 유통된 것들이라, 대체로 쉽고 유익하면서도 결정적인 정보는 부족할 때가 있었다. 내가 알고자 하는 게 지나치게 민감하거나 비밀스러운 탓이었다.

예컨대, '경계의 신전'에 있는 신물에 관한 정보. 경계의 신전은 교황의 영토이므로, 평범한 이들은 그곳에 관해 알 방법이 없었다. 알아야 할 이유도 없을 것이다. 하지만 제국의 황실이라면 다를 터였다. 나는 이곳에 나를 빙의하게 만든 힘이 궁금했다.

"여기 있네."

한참 만에 낡고 얇은 책 한 권을 찾아냈다. 황실 서고라는 거창한 이름에 어울리지 않게 사랑스러운 표지였다. 자세히 들여다보니…

"동화책이잖아."

자연스레 미소가 떠올랐다. 어려운 개념을 겉핥기하는 데 동화나 만화만큼 좋은 매체도 없긴 했다. 대충 페이지를 넘겨보니, 책은 제국뿐 아니라 경계의 신전과 신국의 신물까지 다룬 어느 소녀의 모험담이었다. 한 장 한 장이 직접 그려 넣은 그림과 글씨로 풍성했다. 나는 깊은 흥미를 느끼며 뒤표지를 살폈다. 수려한 필기체가 보였다.

'이블린 대공이, 사랑하는 그의 아이를 위해 쓰다.'

이블린 대공이라. 누구인지는 몰라도 좋은 아버지였을 거란 생각이 들었다. 나는 책을 옆구리에 끼고 책상을 찾아 궁둥이를 붙였다. 오늘의 연구 도서는 이걸로 정했다.

* * *

　오전에 '혼자' 추기경의 수업을 받고, 그녀와 점심을 먹은 뒤 '혼자' 황실 서고에 들르고, 쥘리에트 궁으로 돌아와 느긋한 시간을 보내는 삶. 천국이 따로 없었다. 이게 바로 내 빙의의 방향성이었다. 나는 팔자 좋은 생각을 하며 수첩을 넘겼다. 이블린 대공의 명작, 《와장창! 이브의 대모험》을 정리한 페이지였다.

* * *

　-촤아아아…!
　"으악! 황자 전하께서 밀리신다!"
　"쉿, 피에르! 다 들리겠어!"
　"오늘은 날이 습하잖아. 사르네즈 공녀가 무조건 이길걸."
　물론 이건 나만의 얘기지만. 두 주인공의 사정은 좀 다를 터였다.
　-콰광-!
　"와, 방금 검이 안 보였어!"
　"공녀가 피한 거야? 진짜?"
　이번 주 내내 그랬듯, 오늘도 응접실 발코니는 소란스러웠다. 옹기종기 모인 쥘리에트 궁 일손들이 손에 땀을 쥔 채 야외 연무장을 바라보고 있었다. 나는 수첩에 적은 내용을 복습하다가도, 슬쩍슬쩍 고개를 들어 시종들을 구경했다. 반응하는 모습이 재밌어서 졸음 쫓기엔 딱 좋았다.

"전하 너무 잘생기셨다. 사람 아닌 것 같아."
"그래도 오늘은 공녀가 이긴다고. 진짜 500프랑 건다고."
"넌 왜 이렇게 화가 났어?"

실소가 터졌다. 유튜브에서 '리액션 영상' 찾아보는 게 이런 심리인가? 그러니까, 크리스텔과 황자가 교황청 성기사의 '그룹 과외'를 시작한 게 지난 월요일이었다. 황제의 제안으로 수업은 황궁에서 진행하게 됐는데, 공교롭게도 실내 연무장이 아직 보수 중이었다.

이에 쥘리에트 궁 뒤편의 야외 연무장이 교실로 급조됐다. 두 사람이 성기사인 걸 숨길 이유가 없는 황실은, 모든 구경꾼의 접근을 허용했다. 그리고 그날 저녁, 내 응접실 발코니가 '명당'이라는 소문이 온 황궁에 퍼졌다.

'와, 왕자님. 혹시 허락해 주신다면…'

황자와 귀공녀의 대련을 꼭 보고 싶었던 쥘리에트 궁 시종들은, 밤에 해도 되는 일까지 미리 끝내놓고 내게 와서 몸을 배배 꼬았다. 상전인 내가 응접실에 떡하니 앉아서 공부하고 있으니, 대련을 구경하기 위해선 필히 허락을 받아야겠다고 생각한 모양이었다. 다 큰 사람들이 귀여워서 헛웃음이 났다.

'편하게 보세요. 저는 상관없습니다.'

'와아!'

'성은이 망극합니다, 왕자님!'

그렇게 며칠이 흐르자, 두 남녀의 수업 시간만 되면 발코니는 시종들로 꽉 차 발 디딜 틈도 없었다. 나는 왁자지껄한 백색 소음 속에서 평화로운 오후를 즐겼다. 데미는 내 무릎 위에서 낮잠을 자고,

새콤달콤한 회향 차가 뜨끈하게 속을 덥히고, 곁들인 올리브오일 케이크는 환상의 궁합을 자랑하는 맛이었다. 은서랑 형도 이런 호사를 누려야 하는데.

"왕자님, 간식을 더 가져왔습니다."

"고마워."

가나엘이 환하게 웃으며 두 판째의 올리브오일 케이크를 내려놓았다. 나는 마주 빙긋하곤 수첩으로 눈을 돌렸다.

-화르륵!

"세상에, 오른손에서도 불이 나오네!"

"공녀가 주먹을 쓰려는 것 같은데…"

오늘 배운 것은 '소원의 성반'. 경계의 신전에 있다는 신물의 이름이었다. 이블린 대공의 해설에 따르면 성반은 커다란 은쟁반 모양이며, 안에는 성수聖水가 채워져 있다고 했다. 하지만 이것은 크리스텔이 운용하는 '물'이 아니라, 태곳적부터 성반에 담겨있던 신의 물질이었다.

'이브, 마시면 안 됩니다. 이건 물이 아니에요.'

'그럼?'

'가장 깨끗한 형태의 에테르죠. 지고지순한 주신의 권능이요.'

'개소리.'

동화의 주인공 '이브'는 성격이 대단했다. 작중 친구인 '니키'가 열심히 신물을 설명해도, 대부분은 허황된 말로 취급하며 무시하기 일쑤였다. 물론 나는 니키의 해석에 토를 달 생각이 없었다.

-경계의 신전에서 도난당한 신물: 소원의 성반

　사라진 게 아니라 누군가 사용했을 가능성: O

· 누가 소원을 빌었나?: 모름

· 다른 신물도 소원을 들어주는 능력이 있는가?: 없음, 혜검으로 확인함

· 내게 미친 영향: 빙의, 회귀, 에테르 부자가 됨

· 특징: 피로 염원하면 이루어 줌, 교황만이 사용할 수 있음

이게 문제였다. 나는 깃펜으로 메모의 마지막 줄을 콕콕 찔렀다. 《와장창! 이브의 대모험》에서 밝히기를, 성반에 '피의 염원'을 빌 수 있는 사람은 교황뿐이었다. 그런데…

"가나엘, 교황이 언제부터 공석이었더라?"

"으음, 정확한 연도까지는 모르겠습니다. 이레너 성하께서 로메로 폐하 치세에 선종하셨으니… 100년은 되지 않았을까요?"

기가 막혔다. 교황이 없는데 누군가 신물을 써서 나를 빙의시켰다. 이게 말이… 아니지, 미래의 교황이 사용한 것일 수도 있나? 너무 나갔나? 혹시 이블린 대공이 정말 개소리를 집필한 건가?

"그런데 왕자님, 말려야 하는 거 아닐까요?"

"응?"

"황자 전하와 사르네즈 공녀가,"

-콰앙-!

격렬한 파공음이 실내까지 들이닥쳤다. 발코니에 있던 시종들은 깜짝 놀라 귀를 틀어막거나 손으로 입을 가렸다. 나는 흘끗 그쪽으

로 시선을 주었다가 다시 가나엘을 바라보았다. 소년이 몹시 걱정스러운 얼굴을 하고 있었다.

"저러다가 다치시기라도 하면…"

"대련이니까 괜찮을 거야. 그리고 교황청에서 온 선생님 계시잖아. 그분이 알아서 하시겠지."

"저도 처음엔 그렇게 생각했는데, 아무래도 저분은 감당을 못하시는 것 같아요."

"싸우면서 크는 거라고 생각하자. 크다가 친구 되고, 친구가 여보 되고."

"에이, 왕자님…"

가나엘이 나를 보며 그건 아니라는 낯을 했다. 조금 억울했다. 둘이 이어질 운명인 거 맞고, 누가 봐도 그림 같은 커플인데 왜 말도 안 되는 이야기를 들은 것처럼 반응하는지.

"아무튼, 내가 나가볼 필요는 없어. 에테르 보충해 주러 온 신관님도 계신다며."

"그건 그렇지만요."

"걱정할 거 하나도 없네. 너도 잠깐 쉬었다 가."

내가 씩 웃으며 빈 의자를 두드렸다. 일주일 동안 두 주인공을 보지 않고 잘 살았는데, 내가 먼저 흐름을 깰 이유는 어디에도 없었다. 나는 지금껏 그들이 수업을 할 때면 발코니 근처에도 가지 않았다. 머뭇거리던 가나엘이 착하게 자리에 앉았다.

"뒤엠 후작의 동생 말이야. 성약이 열한 시였나?"

"네, 왕자님. 오전 열 시 삼십 분까지 신전으로 와주시면 된다고 했습니다."

나는 고개를 끄덕였다. 내가 증인이 되어주기로 한 '쌍성의 맹약'이 벌써 내일이었다. 케이크를 한입 베어 물자, 북해의 소금을 올린 표면이 짭짤하니 학구열을 돋웠다.

-촤아아앗!

-화르르르륵…!

"오오오오!"

배경음은 크리스텔의 물 쇼와 황자의 불 쇼, 그리고 방청객 소리였다.

* * *

이튿날.

"어서 오십시오, 왕자님! 귀한 걸음 해주셔서 진심으로 감사드립니다."

"안녕하세요, 후작."

이번 달까지 황도에 머무른다는 프랑수아 뒤엠 후작이, 황궁 신전 밖까지 나와 나를 마중했다. 나는 그의 손을 산뜻하게 무시하며 마차에서 내렸다. 연분홍색 눈동자가 약간의 타격도 입지 않고 반짝거렸다. 그는 입구로 향하는 동안에도 쉼 없이 내게 말을 건넸다.

"제게 받고 싶은 생일 선물은 고르셨습니까? 황제 폐하께는 무엇을 청하셨는지 여쭤봐도 될까요?"

"아직입니다. 그것도 아직 고민 중이고요."

"신중한 분이시군요, 왕자님. 과연 무얼 말씀하실지 기대가 됩니다!"

후작이 역동적인 제스처와 함께 신전 정문을 열어젖혔다. 보통은 기사 두 명이 열어주는 육중한 문인데, 마른 몸으로 벌컥 당기다니 놀라운 힘이었다. 뒤따르던 뱅자맹과 가나엘도 그의 에너지에 식겁한 눈치였다.

"앙투아네트! 예서 왕자님께서 오셨단다. 네 신앙의 보증인이 되어주실 분이!"

무슨 뮤지컬 대사 같았다.

"주신 맙소사. 오빠, 이제 나는 죽어도 여한이 없어!"

심지어 멀리서 돌아온 대답은 더 드라마틱했다. 나는 약간 얼떨떨한 낯으로 웃어 보였다. 얕은 단상 한복판에 선 여인은 내 또래 같았는데, 후작과 같은 검은 피부에 연분홍색 눈동자를 지니고 있었다. 긴 갈색 머리칼은 하나로 높이 묶은 채였다. 후작이 나를 이끌고 단상에 오르자, 그녀는 황급히 드레스를 추스르며 몸을 낮추었다.

"신국의 달이신 예서 페네티안 왕자님을 뵙습니다. 앙투아네트 뒤엠입니다!"

"안녕하세요, 뒤엠 공녀. 성약 축하드립니다."

내가 인사했다. 여인은 기뻐하며 연신 감사를 표했다. 잘 모르는 사람이긴 하지만, 후작도 그렇고 다들 행복해하니 오길 잘했다는 생각이 들었다. 나는 공녀의 성약 상대인 신관, 증인으로 온 다른 신관과도 짧은 인사를 나누었다. 성약은 혼약과 달라 당사자 둘과 증인, 시종 외에는 하객이 없었다.

"그럼 바로 시작하는 겁니까?"

"아뇨, 아직 증인 한 분께서 오지 않으셨습니다."

내 물음에 후작이 가볍게 답했다. 어?

"후작께서 증인이신 것 아니었습니까?"

"음? 저는 진행을 맡았습니다."

살짝 아연했다. 증인으로 후작 이상의 귀족 한 명이 필요하다기에, 당연히 뒤엠 본인이 나설 줄 알았다. 나는 추기경이 축하연에서 소개해 준 다른 대귀족들의 얼굴을 떠올렸다.

-덜컹!

-끼이이익…

그때, 신전의 출입구가 양쪽으로 열렸다. 평소대로 기사들이 나선 모양이었다. 모두의 시선이 단숨에 그곳으로 쏠렸다. 후작의 목소리가 반갑게 터져 나왔다.

"아, 마지막 증인께서 오셨군요. 황자 전하!"

?

* * *

그래. 놀랄 필요도, 황당해할 필요도 없다. 나는 황자에게 인사를 하고, 그가 나를 무시하는 동안에도 침착한 낯을 유지했다. 피하려고 해도 같은 공간에 거주하니 마주침은 어쩔 수 없는 일이었다.

여러 가족이 한집에 살면 필연적으로 온갖 사건이 발생하기 마련이었다. 당장 미디어에 나오는 이야기들만 봐도 그렇지 않은가. 〈한지붕 세가족〉, 〈거침없이 하이킥〉, 〈기생충〉…

"왕자님."

"네, 후작."

예식 시작을 준비하던 프랑수아 뒤엔 후작이 내게 다가와 속삭였다.

"황자 전하의 전언이 있으셨습니다."

전언? 나는 멀찍이 서있는 세드릭 황자를 흘끔 바라보았다. 언제나처럼 재수 없는 무표정이었다. 황자와 나는 증인으로 온 신관 하나를 가운데 세운 채 떨어져 있었다. '쌍성의 맹약'을 맺기로 한 당사자들을 중앙에 두고, 세 증인이 둥근 호弧를 그린 모양이었다.

"이곳에 증인으로 서달라는 청을 먼저 받은 것은 나야."

"…"

"라고 말씀하셨습니다. 30초 전에요."

"누구 물어보신 분?"

아차, 속마음이 입 밖으로 튀어나왔다. 나는 별말 아니었던 척 잽싸게 마른세수를 했다. 후작이 눈을 두어 번 깜빡였다.

"예?"

"아뇨, 아닙니다. 제 말은 전해드리지 않아도 됩니다."

"그렇군요. 알겠습니다."

그가 연분홍색 눈동자를 부드럽게 휘며 물러났다. 나는 어이가 없어서 그와 황자를 번갈아 쳐다보았다. 갑작스러운 황자의 등장에 당황했던 마음이 싹 가라앉았다. 먼저 초대받았는데 뭐 어쩌라고? 그런 유치한 말을 전하라는 놈이나, 전하란다고 진짜 전하는 놈이나.

"그럼, 쌍성의 맹약을 시작하겠습니다. 이것은 두 인간의 결합이 아니라, 두 그릇이 하나의 제구祭具를 이루는 과정입니다. 증인들이 계약자들의 신앙을 보증할 것이며, 주신께서 계약자들의 신앙을 시험하실 것입니다. 먼저, 주신의 딸 앙투아네트 뒤엠이 앞으로 나와…"

후작이 매끄럽게 진행을 시작했다. 성스러운 의식의 서두이니 지어내는 말은 아닐 텐데, 종이 한 장 보지 않고 외우는 게 새삼 대단해 보였다. 나는 잡생각을 떨쳐버리고 후작의 동생, 앙투아네트의 성약을 지켜보았다.

곧 후작의 시종 하나가 조심스럽게 앞으로 나와, 계약자들 사이에 꽃 한 송이를 내려놓았다. 눈에 확 들어오는 보라색 튤립이었다. 순간 머릿속을 스쳐가는 장면이 있었다.

'곧 튤립 철이라 황실 정원사들이 아주 바쁩니다. 신국에서 오셨으니, 이왕이면 보라색 튤립을 보여드리고 싶은데…'

그게 아마, 여기 빙의하고 나서 일주일쯤 됐을 때였다. 쥘리에트 궁의 정원사가 몹시 안타깝다는 얼굴로 내게 그런 말을 한 적이 있었다. 당시에는 별생각 없이 넘겼었는데, 이제 보니 보라색 튤립에 종교적 의미가 있어 성약에 쓰이는 듯했다. 성약은 페네티안 신국에 없는 리에스테르만의 관습이었다. 정원사가 튤립을 보여주고 싶어 한 것도 이해가 갔다.

"주신의 의지 앞에 맹세하십시오."

후작이 말했다. 그러자 앙투아네트가 신관의 발치에 무릎을 꿇었고, 신관은 둘만이 들어가는 작은 성소를 전개했다. 두 계약자는 네 살 때부터 알고 지낸 소꿉친구라고 했는데, 그래서인지 성약을 맺으면서도 눈만 마주치면 시시덕거렸다. 볼 꼴 못 볼 꼴 다 본 사이에 격을 차리려니 우스운 모양이었다.

"흠, 흠. 뒤엠 후작가의 첫째 공녀, 앙투아네트 파트리크 뒤엠의 이름으로 당신에게 성약을 청합니다."

앙투아네트가 아몬드 꼴의 눈 끝을 씰룩거렸다. 부끄럽고 민망한 표정이었다. 성약 때 중간 이름도 밝히는구나.

"당신은 저의 수호성인이 되고, 저는 당신의 영혼과 무한히 같은 길을 걸을 것입니다."

'으악!' 그녀가 입 모양으로만 괴로움을 토했다. 경청하던 신관 역시 손가락을 움찔거리며 고통스러워했다. 확실히 절친한테 저런 이야기를 하고, 저런 이야기를 들으면 쪽팔리고 민망할 법했다. 괜히 나까지 웃음이 나왔다.

"…잠들지 못하는 밤, 달리지 못하는 낮에도."

"크흡."

맹세를 받은 신관이 두 손으로 얼굴을 가렸다.

"웃지 마, 마리엘!"

"아, 못 참겠어."

신관, '마리엘'이 부들부들 떨리는 목소리로 대답했다. 뒤엠 후작도 파안하며 다음 순서를 이어나갔다. 성약은 무척 신성한 예식이라고 들었는데, 두 사람이 진지하질 못하니 분위기가 꽤 가벼웠다.

"앙투아네트 뒤엠. 당신은 맹약의 주인으로서, 수호성인의 안녕을 위하여 지성을 다할 것을 약속합니까?"

"당연한 말씀. 내가 지금까지도 마리엘의 주린 배를 채워 온 것을!"

"앙투아네트?"

"약속합니다."

앙투아네트가 입술을 잘근 물었다. 뒤엠 후작처럼 극적인 말투를 쓰기에, 성격도 비슷할 거라 생각했는데 의외로 수치를 아는 사람이었다. 벌건 낮으로 아무 말이나 하는 게 웃겼다.

성약을 맺는 두 계약자 중 신관 쪽을 수호성인, 줄여서 수성守聖이라 부른다고 읽었다. 황족과 그 방계는 맹약의 주인이라 맹주盟主라고 불렸다. 아무래도 권력이 황족에게 기울어진 관계이다 보니, 간판도 그쪽인 모양이었다. 그러나 신관의 승낙 없이는 계약 자체가 성립하지 않고, 계약자 간의 거리가 멀어지면 고난을 겪는 것은 맹주뿐이라고 했다. 묘하게 밸런스가 맞았다.

"이제 일어나십시오. 두 사람은 눈을 감고…"

어느덧 성약이 막바지였다. 짧게 걸릴 거라더니 정말로 겨우 20분쯤 지난 것 같았다. 축의금 안 내도 되고 피로연도 없고, 깔끔해서 좋았다.

"이로써 두 사람이 종교적 반려가 되었음을 선포합니다. 주신께서는 이들을 축복하소서."

후작이 기쁜 얼굴로 선언했다. 이어 신관 마리엘이 자신의 성소 위에 에테르를 풀어냈다. 그러자,

-사아아아…!

 보라색 튤립이 작디작은 빛 알갱이로 부서지기 시작했다. 오늘 본 것 중 가장 놀라운 광경이었다. 신관은 성기사와 달리 에테르로 생명체를 살해할 수 없고, 생명체가 아닌 것에는 신탁조차 내리지 못했다. 그런데 방금, 싱싱한 튤립 한 송이가 성소 안에서 사라졌다. 나는 승천하는 황금색 입자들을 가만히 바라보았다. 그럼 이건…

"주신께서 너희의 맹약을 인정하셨구나. 축하한다, 내 동생. 마리엘."

 후작의 다정한 목소리가 두 계약자를 감쌌다. 깨달음에 '우와' 하고 감탄이 절로 나왔다. 주신의 의지를 직접적으로 표현하는 것이, 바로 저 튤립이었다. '퇴계공' 세계관엔 의심의 여지 없는 유일신이 있고, 그녀의 권능은 대륙 전역의 에테르를 통해 매일같이 발현된다.

 하지만 그렇게 알고만 있는 것과, 보이지 않는 절대자가 튤립을 받아줌으로써 제 뜻을 드러내는 것은 너무나도 다르게 느껴졌다. 뒤늦게 소름이 돋았다. 새삼스러운 생각인데, 진짜 주신이 존재하는구나. 나는 그런 감상으로 하늘을 올려다보았다. 주신교의 상징인 아래쪽 화살표 무늬가 천장을 가득 채우고 있었다.

"여기서 만나는 것은 처음이군."

 그때, 익숙한 미성이 귓가를 스쳤다. 나는 상념에서 깨어나 고개를 돌렸다. 뒤엠 남매와 마리엘이 서로를 꼭 끌어안고 서있었고, 증인이 되어준 다른 신관은 벌써 인사를 올린 채 떠날 준비를 하고 있었다. 단상엔 나와 황자만이 동그마니 남았다. 오렌지 맛 환타 같은 눈동자가 나를 응시했다.

"네, 그렇…"

아니, 아니잖아. 인상이 살짝 찌푸려졌다. 분명 다 큰 모습으로 보는 건 처음이지만, 나는 이곳에서 여러 번 '세이디'를 만난 적이 있었다. 그걸 아는 인간이 헷갈리게 왜 저런 소릴 하는지는… 뻔했다. '황자님에 관해 아무것도 모른다'라는 내 말을 시험하는 것이겠지. 징한 놈.

"그렇죠. 신전에서 뵈어도 감회가 새롭진 않군요."

"…"

"그럼, 먼저 들어가 보겠습니다."

나는 뒤도 돌아보지 않고 단상을 떴다. 황자가 주먹을 쥐는 것 같기도 했지만 착각일 터였다. 신전에서 폭력은 절대 금지였다.

"왕자님, 오늘 성약의 증인이 되어주셔서 감사합니다. 저희 뒤엠 후작가는 영원히 왕자님의 은총을 잊지 않을 것입니다!"

뒤엠 후작이 감격한 낯으로 내게 예를 차렸다. 앙투아네트와 마리엘도 깊이 몸을 숙여 절했다. 두 친구는 뭐가 그리 재밌는지 연신 싱글벙글했다.

"어려운 일도 아니던데요. 두 분… 행복한 신앙생활 하시기를 바랍니다."

내가 나름대로 열심히 답을 골라 내놓았다. 신자석에서 기다리던 뱅자맹과 가나엘이 돌아갈 채비를 하고 있었다. 엄청나게 신기한 구경을 했고, 세 사람이 기뻐하는 것도 봤으니 주말 오전은 충만하게 보낸 것 같았다. 나는 반대편 신자석에 앉은 황자의 시종들, 특히 다비드를 향해 가볍게 눈인사한 후 신전을 벗어났다.

* * *

"성기사, 성기사, 성기사…"

나는 황실 서고 한편에 쪼그리고 앉아 책꽂이를 뒤졌다. 슬슬 날이 더워지는 것 같아 셔츠 단추를 두어 개 풀고, 소매는 완전히 접어서 걷어 올린 채였다. 대륙의 신물 정보는《와장창! 이브의 대모험》으로 충분히 얻었으니, 오늘은 성기사에 관한 책을 찾아볼 생각이었다. 퇴계공의 두 주인공이 성기사로 각성한 마당에, 이 부분을 모른 체하고 살 순 없었다.

"…그냥 가나엘한테 부탁하는 게 빠르겠네. 자료가 너무 없네."

내가 한탄했다. 황실 서고에는 수많은 책과 방대한 양의 정보가 있지만, 그중 내 필요를 만족하는 것은 많지 않은 듯싶었다. 서고의 수준이 낮아서가 아니라, 여기가 리에스테르 제국이기 때문이었다.

제국엔 최근까지 단 한 명의 성기사도 태어나지 않았고, 신관은 과장 좀 보태 또 다른 권력 집단이었다. 거기에 페네티안 신국과의 단교가 어언 30년이었다. 성기사의 교육과 성장, 성기사와 신관의 관계 등을 다룬 책은 눈 씻고 봐도 찾기 어려웠다. 가나엘이 어렵사리 구해다 준《에테르 자소서 - 성기사 6주 완성》도, 신국에서 무려 40년 전에 발간된 책이었으니 말 다 했다.

"하…"

나는 대충 바닥에 구겨져 앉았다. 사서에게 도와달라고 할까 여러 번 고민했지만, 역시 내 관심사를 황제궁 사람에게 알리는 것은 내키지 않았다. 두 시간은 뒤진 것 같은데. 어디서 뿅 하고 비급이라도 안 떨어지나.

-툭!

"헉."

깜짝해서 고개를 들었다. 발밑에 얇은 책 한 권이 떨어져 있었다. 내가 방금 소리 내서 말했던가?

"동화책…"

가까이 들여다보니, 책은 아주 익숙한 모습을 하고 있었다. 나는 천천히 그것을 주워들었다.

《와장창! 이브의 대모험 - 이브 블랑케르와 불사조 성기사단》

부제가 왜 이래? 표절작이야?

'이블린 대공이, 사랑하는 그의 아이를 위해 쓰다.'

뒤표지의 빼어난 필기체는 여전했다. 나는 자리에서 몸을 일으키며 대강 페이지를 넘겨보았다. 아이를 배려해 큼직하게 써넣은 글씨, 꼼꼼하게 색칠한 앙증맞은 삽화들. 신물을 다루었던 책과 똑같은 구성이었다. 다만 이번 작품은,

'이브, 성기사에겐 신관 짝꿍이 필요해요.'

'개소리.'

'아뇨, 정말이에요. 짝꿍이 없으면 에테르가 부족해서 힘들 겁니다.'

성기사에 관한 내용이었다! 표절 의혹을 제기한 것이 조금 미안할 정도로 부제에 충실한 이야기였다. 나는 재빨리 눈을 돌려 동화책이 꽂혀있던 틈을 살폈다. 내가 이쪽을 안 훑어봤던가?

"안녕하세요, 왕자님."

"악!"

심장이 자이로드롭을 탔다! 나는 식겁해서 뒤로 물러났다가 반대편 책장에 머리를 박았다. 쿵!

"억!"

"아이고, 많이 놀라셨나 보다."

크리스텔이 몹시 안타까워했다. 당연히 놀라지, 이 사람아! 책장 건너편에 파란 눈이 있는데!

"죄송합니다. 이렇게 경기하실 줄 모르고…"

"경, 경기 안 했습니다."

"네, 왕자님 말씀이 맞습니다. 성기사에 관한 책을 찾으시는 것 같아서, 추천 도서를 밀어드린 거예요."

그녀가 웃음기 가득한 목소리로 대답했다. 나는 뒤통수를 문지르며 애써 숨을 가다듬었다. 역시 TV에 나오는 로맨스 영화는 믿을 게 못 됐다. 도서관에서 이런 식으로 주인공을 만나 두근거리는 건, 있을 수가 없는 일이었다. 그냥 심정지가 올 뻔했다.

"공녀도, 흠. 황실 서고에 출입하실 수 있는 겁니까?"

"지난 월요일부터요. 폐하께서 좋은 성기사가 되어보라며 허락해 주셨습니다."

크리스텔이 책장을 돌아 다가오며 답했다. 도넛처럼 동그랗게 말아 올린 분홍색 머리칼은 꼭 모자 같았다. 청회색 눈동자가 오늘도 상쾌하게 반짝거렸다. 나는 황실 서고라는 타이틀에 흥분한 나머지, 내가 중요한 사실을 간과했음을 깨달았다. 이곳엔 나뿐만 아니라 황자, 이제는 크리스텔까지 마음껏 드나들 수 있었다.

"오랜만에 뵙습니다. 식사는 하셨어요?"

"네. 공녀도 식사하셨습니까?"

우리는 당연하다는 듯 서로의 위장에 안부를 물었다. 책에 관한 대화는 그 뒤에나 이어졌다.

"성기사에 관심이 있으신 줄은 몰랐습니다. 저와 전하의 수업을 한 번도 참관하지 않으셔서요."

…말에 뼈가 있는 것 같기도 하고.

"알아둬서 나쁠 건 없을 테니까요."

나는 최대한 방어적인 태도를 취했다. 크리스텔이 가볍게 고개를 주억거렸다. 하지만 내 말을 믿는다기보단 '네가 그렇다면 그런 거겠지' 하는 느낌이었다. 착각이면 좋겠는데.

"저는 또, 황자 전하와 제가 왕자님께 미움이라도 산 줄 알았습니다."

"아니, 미움까지야…"

당황해서 말끝을 흐렸다. 두 주인공과 가까워졌다가 전장에 끌려가거나 죽을 위기에 처하는 건 절대 사양이지만, 그렇다고 둘을 나쁘게 생각하지는 않았다. 정은서가 그렇게 예뻐하는 인물들을 내가 싫어할 수 있을 리 없었다. 황자 놈이 좀 짜증 나긴 해도.

"다행이네요."

크리스텔의 낯이 조금 밝아졌다. 나는 어떻게 하면 화제를 돌릴 수 있을까 하다가 손에 쥔 동화책을 가볍게 흔들었다. 《와장창! 이브의 대모험 - 이브 블랑케르와 불사조 성기사단》.

"책 추천 감사합니다. 직접 읽어보신 겁니까?"

"네, 사서의 도움을 받았는데도 성기사 관련 도서는 그것밖에 찾지 못했거든요. 여기서 공부하면 좋은 성기사보다는 좋은 사학자가 될 것 같아요."

맞는 말이었다. 나는 쓴웃음을 지으며 그녀와 함께 책장 사이를 빠져나왔다. 그러고는 반대편 책장으로 향했다. 책을 찾는 데 도움을 받았으니, 나도 그녀에게 소소한 보답을 하기 위해서였다.

"여기, 신물에 관한 동화책도 있습니다. 역시 이블린 대공이 집필한 겁니다."

"아드님을 굉장히 사랑하셨나 봐요. 직접 동화까지 쓰시고."

"네. 그림도 직접 그린 것 같더군요."

그녀는 내가 뽑아준 《와장창! 이브의 대모험》을 받아들고 표지와 내용을 살피더니, 미소하며 고마움을 표했다. 이왕 성기사가 되기로 한 거, 귀한 정보를 모아 조금이라도 빨리 성장하는 게 그녀에겐 좋을 터였다. 그러다 보면 괜찮은 신관 파트너도 만날 수 있겠지. 그런데 방금 '아드님'이라고 했나?

"참, 왕자님. 혹시 갖고 싶은 거 있으세요?"

"갑자기 그건 왜…"

"곧 생일이시니까요."

진짜 오만 데서 내 생일을 챙기려고 들었다. 하지만 황제나 뒤엠 후작의 선물이라면 모를까, 주인공의 성의를 받을 순 없는 노릇이었다. 그대로 입 닦기도 뭐하고, 결국 내 쪽에서도 그녀의 생일을 챙겨야 할 텐데 그러다가 친해지는 건 역시 부담스러웠다.

"다들 제 생일 이야기를 하시네요."

"왕자님의 생일이 5월 31일이라고 〈격주간 리에스테르〉에 실려서, 제국에 모르는 사람이 없을 거예요."

그쪽이었냐. 어쩐지 축하연에서 만난 귀족들이 전부 알더라!

"글쎄요. 폐하께서 워낙 잘 챙겨주시니 필요한 게 딱히 없습니다."

"에이, 생일 선물은 필요해서 받는 게 아니라 기분 내려고 받는 거잖아요."

그렇게 생각해 본 적은 없었다. 대답 없이 애매하게 웃자 그녀가 작게 한숨을 내쉬었다.

"저는 내일 엘리자베트 경과 북부로 떠납니다. 아마 유월은 돼야 돌아올 거예요."

"여름휴가 말씀이시군요."

내가 고개를 끄덕였다. '마수 대토벌'을 거치며 부쩍 가까워진 크리스텔과 엘리자베트 경은, '유월 열풍熱風'이 부는 기간에 함께 북쪽으로 놀러간다고 했다. 아직 5월이니 생각보다 이르긴 하지만, 주인공이 황도를 비우는 건 분명 내게 희소식이었다.

"네. 원래는 유월에 떠나려고 했는데, 마법사들의 예언이 바뀌었답니다. 이르면 내일, 늦어도 모레부터는 열풍이 불 거라고 하더군요."

이 비슷한 얘기를 오늘 아침에 뱅자맹도 했었다. 제국에는 마수

출몰이나 황도의 날씨 등을 예언하는 황제 직속 마법사 자문단이 있는데, 그들의 예지가 어제 급히 번복되었다고 했다. 열풍이 평년보다 일주일 이상 빠르게 황도에 닿을 거란 소식이었다. 이쯤 되면 예언이 아니라 중계였다.

"북쪽은 시원하겠네요. 즐겁게 다녀오십시오."

"고맙습니다. 재미있을 것 같아요. 사실 엘리자베트 경은 영지 시찰을 겸해서 가는 건데, 북해에 마침 해적도 출몰하는 시기랍니다."

잠깐. 잠깐만.

"해적이요?"

"네! 실제로 볼 수 있었으면 좋겠습니다. 매년 나타나지는 않는대요. 페네티안 신국과 제국의 영해를 오가며 활동한다고…"

기대에 찬 청회색 눈동자가 별처럼 반짝였다. 크리스텔이 뭐라고 계속해서 재잘재잘했으나, 나는 멍해지는 정신을 붙잡느라 그녀의 말에 집중할 수 없었다. 은서의 목소리가 장마철 장대비처럼 머릿속으로 쏟아졌다. 꼭 바로 옆에서 듣는 것처럼 선명한 음성이었다.

'크리스가 얼마 전에 해적한테 납치당했는데, 거기서 사람들이 하차 각을 세우느니 마느니 엄청 싸웠단 말이야.'

'그래도 넌 하차 안 했네.'

'재밌는데 왜 하차함? 솔직히 그렇게 고구마도 아니었어. 예서랑 세레기가 손잡고 구해줘서 내용 진행은 빨랐거든. 그리고 전개가 어떻게 매번 사이다일 수 있냐고. 그런 위기도 있어야지.'

이건. 이건 내가 아는 그 전개…

"왕자님?"

"네?"

"제 말 안 들으셨나 보다."

"…죄송합니다. 날이 더워서 좀 멍해졌습니다."

"애고. 이제 보니까 땀도 살짝 흘리시네요."

크리스텔이 안쓰러운 표정으로 품에서 손수건을 꺼내 건넸다. '더위를 많이 타시나 봐요, 아직 그 정도 날씨는 아닌데' 하는 위로가 이어졌다. 나도 손수건이 있지만, 복잡한 생각을 정리하느라 호의를 거절하고 말고 할 틈도 없었다. 나는 그녀의 비단으로 이마에 옅게 맺힌 땀을 닦아냈다.

'퇴계공' 원작에서, 크리스텔은 해적에게 납치를 당한 적이 있었다. 전후 사정 같은 건 모른다. 나는 그저 은서의 푸념 비슷한 것을 들어준 게 전부였다. 그러나 방금 크리스텔이 해적이란 단어를 언급했고, 내일 바다 근처로 떠나게 된 걸 보면 슬슬 그 에피소드가 진행되려는 모양이었다. 물론…

"손수건 고맙습니다. 세탁해서 돌려드리겠습니다."

"네, 그럼 저야 감사하죠."

이번에는 피랍되지 않겠지만. 나는 빙긋하는 크리스텔을 보며 결론지었다. 그녀는 이제 원작의 그녀가 아니었다. 성품이야 크게 다르지 않겠으나, '창해의 축복'을 흡수해 어마어마한 물의 힘을 지니게 된 크리스텔이 바다에서 누군가에게 당할 일은 결코 없었다. 오히려 해적들이 그녀를 피해야 할 판이었다.

"손수건 주실 때, 제가 선물을 가져다 드리겠습니다."

"공녀."

"저희 친구잖아요. 아직 그렇게 친한 건 아니지만요."

크리스텔이 나를 올려다보았다. 그 말에는 차마 반박을 할 수가 없었다. 마수 대토벌이 열리던 뒤엠 후작령의 계곡에서, 쓰러진 '세이디'를 앞에 두고 그녀에게 비밀을 제안한 건 나였다. 그녀의 친구 선언을 물리지 않은 것도 나였고.

"…그냥 작은 기념품이면 됩니다."

내가 타협했다.

"기념품 좋죠. 그렇게 하겠습니다."

크리스텔이 세상을 다 밝힐 것처럼 상긋방긋했다. 나는 그녀의 얼굴을 보며 다시 한번 다짐했다. 이게 바로 '주인공이 주변인을 감화하는 과정'이라면, 나는 거기에 넘어가지 않는 최초이자 최후의 조연이 되어보겠다고.

"해적 조심하십시오."

음, 그래도 이건 혹시 모르니까.

"저한테 조심하라고 하시는 거예요?"

"사람 일이 어떻게 될지 누가 알겠습니까."

그러자 그녀가 이번에는 소리 내어 웃었다. 내일 오전에 포털을 타야 한다기에, 나는 서둘러 그녀를 돌려보냈다. 내 불편함을 읽었는지 끝내 동행을 제안하지 않은 점은 고마웠다. 나는 한 손엔 이블린 대공의 동화책을, 다른 손엔 크리스텔의 손수건을 든 채 다시 서고에 홀로 남았다.

* * *

그 뒤로 또 하루는 평화로웠다. 하지만 이젠 '즐기기'가 어려웠다.

"왕자님, 많이 더우세요?"

"큰일이군요. 아직 열풍이 상륙하지도 않았는데…"

곁에 선 가나엘과 뱅자맹이 안절부절못했다. 나는 얇은 잠옷을 걸친 채, 서늘한 재질로 바꾼 침대 시트에 비스듬히 몸을 누이고 있었다. 두 사람은 별로 더워 보이지 않는데 나만 죽을 맛이었다. 설마설마했더니, 정말로 예서 왕자의 몸은 열기에 약한 모양이었다. 현실의 나는 더위도 추위도 별로 타지 않았기에 일이 이렇게 되리라고는 예상치 못했다. 망할.

"전 괜찮습니다."

"그런 말씀 마세요. 혹시 오늘 주무시는 게 힘들면, 정말로 피서를 가셔야 할 것 같습니다."

가나엘이 몹시 걱정스러운 표정으로 부채질을 해주며 말했다. 열흘 전에 엘리자베트 경이 피서 이야기를 했을 땐 바로 거절했는데, 상태가 이렇게 되니 소년의 제안이 무척 솔깃하게 들렸다. 사람이 참 간사했다.

오늘 아침, 크리스텔이 교황청에서 온 선생님을 대동하고 북부로 떠났다. 본격적으로 열풍이 불기 시작하는 내일은 세드리크 황자가 무슨 공작령으로 피서를 간다고 들었다. 시종들의 대화를 주워들은 거라 확실하진 않지만 말이다.

오전 수업 때는 부티에 추기경 역시 황제와 여름별궁으로 갈 계획을 들려주었다. 그러니 모레가 되면 황궁에는 나만 남을 터였다. 이놈의 열풍만 아니었어도 넓은 궁에서 혼자 호캉스를 만끽했을 텐데. 아니, 이놈의 몸뚱어리만 아니었어도.

"열풍이 얼마나 간다고 하셨죠? 일주일?"

"짧게는 일주일, 길게는 열흘 정도 붑니다. 황도의 상점은 대부분 이때 휴점을 하지요. 평민들도 일을 쉽니다."

젠장. 나는 입속으로만 욕을 했다. 그냥 내 몸이었으면 이 정도는 아무렇지 않았을 텐데, 왕자의 몸이 취약하니 일주일이나 버틸 자신이 없었다. 심지어 열풍은 아직 시작도 안 했다.

"열풍이 지나가면 오히려 봄 같은 여름이 돼요, 왕자님. 낮에 조금 덥긴 해도 밤에는 선선해진답니다."

가나엘이 설명했다. 그때까지 눈 딱 감고 추기경에게 묻어갈까 싶었다. 황제와 추기경의 피서에 꼽사리 끼는 건 왠지 눈치 보이지만…

"일단 하룻밤 자보고, 도저히 안 되겠으면 내일 피서 얘기를 해보죠."

"잘 생각하셨습니다."

뱅자맹이 인자한 얼굴로 침대에 편지 바구니를 내려놓았다. 코앞으로 다가온 내 생일을 축하하는 리에스테르 귀족들의 서신이었다. 선물들은 그대로 황실 금고에 들어갔지만, 황제의 배려로 짧은 카드 정도는 들일 수 있게 된 것이다. 나야 못 받아도 전혀 상관없는데 뱅자맹과 가나엘은 이 조치에 무척 감격한 눈치였다.

"그럼, 저희는 이만 물러가겠습니다."

"안녕히 주무세요, 왕자님. 많이 힘드시면 새벽에라도 꼭 불러주시고요."

"고마워, 가나엘. 두 분 다 푹 쉬세요."

나는 심려 가득한 낯으로 나가는 두 시종에게 손을 흔들어 주었다. 문이 닫히자, 발치에 있던 데미가 슬금슬금 배 위로 올라왔다. 더워서 잠도 안 오는 마당에 뜨끈한 체온이 닿아 힘겨웠지만, 차마 조그만 동물에게 저리 가라고 할 수는 없었다. 나는 녀석의 귓등을 쓸어주곤 봉투를 뜯기 시작했다. 침대 옆 금수레에 놓인 얼음덩어리가 열심히 한기를 흘려보내고 있었다.

"에어컨이 시급하다, 진짜."

-끼이잉

데미가 대답하듯 울며 내 가슴팍에 머리를 비볐다. 귀여워서 웃음이 샜다. 지금은 괜찮은 듯하지만, 내일 열풍이 시작되면 역시 데미를 위해서라도 피서 이야기를 꺼내야 할 것 같았다.

"이건 뒤엠 후작이 보낸 카드야. 이건 무테 변경백… 엘리자베트 경의 어머니께서 보내신 거고. 이건,"

-툭

고급스러운 카드 틈바구니에서, 딱지 모양으로 접힌 종이 하나가 떨어졌다. 나는 조금 당황해서 눈을 끔뻑였다. 뭔데 여기 끼어 있어?

"데미, 이거 봐라. 누가 이런 걸 보냈네."

-끼이

신수가 코끝을 실룩거리며 딱지의 냄새를 맡았다. 금세 흥미를 잃고 푹 퍼지는 걸 보니, 수상한 기운은 느껴지지 않은 듯했다. 나는 조심스럽게 종이를 펼쳤다. 어느 시종의 연애편지라도 섞여 든 건가 싶었다.

'친애하는 로스나.

건강히 지내고 있으리라 믿는다.
다시 만날 수 있기를.
생일 축하한다.

위실.'

…아무래도 연애하는 내용은 아닌 것 같지. 나는 딱딱한 얼굴로 몸을 일으켰다. 데미가 주르륵 미끄러져 내 양반다리 사이에 고였다. 편지를 뒤집어 보고, 촛불 근처에도 가져다 대봤지만 숨겨진 글자는 없었다. 힘 있고 단정한 필체였다. 생일 언급이 있는 걸 보면 나한테 보낸 게 맞는 것 같은데, 받는 사람과 보낸 사람의 이름 모두 생소했다. 묘한 예감이 들었다. 설마…
-화르르륵!
그때, 침실 중앙의 테이블에 불이 붙었다.
"미친!"
나는 데미와 수상한 편지를 품에 끼고 빠르게 침대 밖으로 뛰쳐나왔다. 다행히 불꽃은 주먹만 한 크기였다. 더 망설일 것도 없었다. 테이블 위 화병을 집어 잽싸게 물을 부었다.
-치이이익…!

"이게 뭔 일이냐, 또!"

절로 큰 소리가 나왔다. 불씨는 금방 꺼졌다. 안 그래도 이상한 쪽지 때문에 어수선한데, 테이블에 놓여있던 손수건이 자연발화… 헉, 이거 크리스텔이 빌려준 거잖아.

"물비린내가 불쾌하더군."

그때, 너무나도 익숙한 꼬마의 목소리가 고막을 찔렀다. 나는 흠칫하며 뒤를 돌아보았다.

"너…"

주황색 눈동자가 나를 노려보고 있었다. 침실에 다시 불이 난 기분이었다.

* * *

기어코 야단이 튀어나왔다.

"너, 불장난하면 밤에 오줌 싸는 거 몰라?"

"…뭐?"

'세이디'가 어처구니없다는 듯 미간을 찌푸렸다. 진짜 어이없는 건 내 쪽이었다. 할 말이 있으면 낮에 정정당당하게 문으로 들어올 것이지, 밤에 잠입해서 실내에 불을 지르는 게 가당키나 한가? 도대체 어디서 배워먹은 예의냐, 네가 그러고도 황자야?

"도움이 필요하면 내 방에 오라고 했지, 내 방이 네 방이라고는 안 했다."

-똑똑

그때 다급한 노크 소리가 났다. 나는 빠르게 세이디를 향해 눈짓했다. 입 모양도 크게 움직였다.

'침대 밑에 숨어.'

소년은 눈썹 끝을 살짝 올릴 뿐 미동도 없었다. 분명히 무슨 말인지 알아들었을 텐데, 저게!

"왕자님? 괜찮으세요?"

문밖에서 걱정 가득한 가나엘의 목소리가 들렸다. 아까 불을 끄면서 큰 소리 낸 걸 어쩌다 들은 모양이었다. 나가기 전까지도 내가 더위에 못 잘까 봐 전전긍긍했으니, 그 아이 성격에 침실 주변을 맴돈 것도 당연했다.

"어! 괜찮아. 그냥…"

"제가 들어갈까요?"

가나엘이 물었다. 발각되기 직전이었다. 나는 데미를 바닥에 내려놓고, 더 잴 것도 없이 후다닥 세이디에게 다가갔다. 아이의 눈동자가 실시간으로 커지는 모습이 보였다. 귀하신 몸이라 침대 밑으로는 절대 못 들어가겠다는데, 직접 숨겨드려야지 별수 있나.

"잠깐만 참아, 으쌰."

나는 아이를 번쩍 들어올렸다. 생각보다 가벼웠다. 은서는 요만할 때 더 무거웠지 싶은데.

"감히,"

"쉿!"

꼬맹이를 다그치며 후다닥 발코니로 발을 옮겼다. 성격 더러운 소년은 그 와중에도 내 몸에 발길질을 했다. 힘이 제법 세서 멍이

들 것 같았다. 내 팔자야.

-달칵

문고리가 돌아가는 것이 선명하게 보였다. 나는 발코니 커튼을 치며 다급히 외쳤다.

"안 들어와도 돼, 가나엘! 뭐냐, 모기가 있어서!"

"모기요? 세상에. 잡아드릴까요?"

"아냐, 잡았어. 방금 내가 딱 잡았어."

그렇게 대답하며 시선을 돌리자, 어린 주황색 눈이 나를 태워 죽일 듯 쏘아보았다. 내가 말해놓고도 괜찮은 비유 같았다. 늘 멋대로 들어와선 에테르를 빨아 가는데, 이게 모기랑 다를 건 또 뭔가 싶었다. 물론 내가 자발적으로 주긴 했지만.

"가서 쉬어, 가나엘. 번거롭게 해서 미안."

"혹시 또 악몽을 꾸셨나 했어요."

"그런 거 아니야. 걱정하지 마."

'악몽'이라는 단어에 세이디의 표정이 미묘하게 변했다. 이 녀석은 황궁에 맴도는 내 에테르 덕에 줄곧 숙면했을 테니, 설마 내가 그런 꿈을 꿀 거라고는 생각하지 못했을 터였다.

"…그럼 가보겠습니다. 필요한 게 있으시면 언제든 불러주세요, 왕자님."

"그럴게. 고마워."

나는 그러고도 1분쯤 숨죽인 채 가만히 섰다. 가나엘이 돌아갔겠지 싶을 무렵 고개를 들자, 어느새 발질을 멈춘 아이가 나를 빤히 보고 있었다. 안 그래도 더운데 혼자 흥분하니 몸에서 뜨끈뜨끈 열이 났다. 나는 길게 숨을 뱉으며 세이디를 발코니 의자에 살살 내려 주었다. 어느 틈에 따라 나온 데미가 내 발목을 꼬리로 감았다.

"들키면 어쩌려고 배짱을 부려."

"왜 악몽을 꾸지?"

소년이 딴소리를 했다. 나는 쓴웃음을 지었다.

"신관은 스스로에게 치유력을 못 쓰잖아. 그거랑 비슷한 거야."

"…"

내가 입궁한 뒤로, 주변 사람들은 전부 좋은 꿈을 꾸며 푹 잔다고 했다. 그러나 아쉽게도 그 효과는 내겐 적용되지 않았다. 그렇다고 매일 나쁜 꿈을 꾸는 건 아니었다. 그냥 보통 사람과 비슷한 정도였는데, 하루는 자다가 가위눌려서 고함을 지르는 바람에 뱅자맹과 가나엘이 잠옷 바람으로 달려온 적이 있었다. 민망한 경험이었다.

"너야말로 어떻게 된 거야? 왜… 에테르가 부족한 건데?"

나는 신중하게 말을 골랐다. '혜검이 있는데 어쩌다 몸이 작아졌냐?'고는 절대 물을 수 없었다.

"본 적이 있는 필체야."

"계속 말 돌릴래? 아니, 그건 또 언제 가져갔어."

식겁했다. 세이디가 어느새 손에 '수상한 편지'를 들고 있었다. 빼앗으려 했으나 내 손이 너무 느렸다. 아이는 품 안에 종이를 감추고 순식간에 발코니 난간 위로 뛰어올랐다. 젠장!

"'로스나'는 그대의 중간 이름이겠군."

나는 입을 다물었다. 그런 추측을 하기는 했다. 하지만 100퍼센트 확신할 순 없는 상황이었고, 설령 그게 맞는다 해도 황자인 저 녀석에게 알려주고 싶지는 않았다. 순간 세이디의 두 눈이 어두워졌다.

"'위실'이라는 자와 내통하는 건가?"

"하겠냐."

후딱 대답하곤 마른침을 삼켰다. 눈앞의 아이는 내가 가끔 돌봐주던 꼬맹이인 동시에, 세드리크 황자였다. 괜한 의심을 사서 좋을 건 하나도 없었다. 나는 식은땀이 맺힌 소년의 이마를 잠시간 바라보다가 성소를 전개했다.

-사아아…!

발코니가 달빛보다 밝은 황금색 광채로 찬란하게 물들었다. 데미는 '끼이!' 하며 서클의 문양 위로 이름 모를 꽃들을 피워냈다.

"만약 신국과 연락을 취하고 있는 거라면,"

[그런 적 없고, 앞으로도 그럴 계획 없어.]

내가 단호하게 말을 잘랐다. 갑작스러운 울림에 세이디는 조금 놀란 기색이었다.

[난 신국에서 죽은 사람이나 마찬가지야. 여기 와서도 죽을 뻔했고. 조용히 살아도 위험한 마당에 무모한 짓은 안 해.]

"…"

[맹세한다.]

-사아아아…

신탁으로써 약속하자, 일순 성소가 환하게 밝아지며 은백색에 가까운 에테르를 쏟아냈다. 나는 머리부터 부어지는 에테르를 샤워하듯 고스란히 맞고 서있었다. 시야가 하얗게 물들 만큼 강렬한 빛살과, 포근한 온기가 내 몸을 한 번 끌어안듯 감싸고 물러갔다. 잠깐 감았던 눈을 천천히 뜨니, 소년이 아슬아슬하게 선 채 나를 내려다보고 있었다.

"내게 언약을 하는군."

아이가 입을 열었다. 어딘가 만족스러운 것 같기도 하고, 즐거운 것 같기도 한 무표정이었다. 불길한데.

"황실의 '사생아'에게 증명할 게 있나?"

제길… 나는 인상을 있는 대로 구겼다. 어째 그 소리를 안 한 다 싶었는데, 결국 내 흑역사를 들추는 발언에 귀 끝이 절로 홧홧해졌다. 나는 녀석과 데미에게 전해주던 에테르를 뚝 끊고 잽싸게 성소를 해제했다. 꼭 형광등을 끈 것처럼 발코니가 탁, 하고 어두워졌다.

-끼이잉

"미안, 미안. 이제 자러 가자."

나는 보채는 데미를 품에 안아 들었다. 레서판다가 까만 앞발로 내 어깨를 꾹 쥐었다.

"너도 이상한 소리 말고 들어가라."

엄한 축객에도 소년은 눈 하나 깜짝하지 않았다. 와, 백이면 백 똑같이 행동하는데 그때는 왜 아들이라고 철석같이 믿은 거지. 근데 아들이라고 생각하는 게 일반적이고 상식적이지 않냐? 나는 첨예하게 대립하는 두 상념을 모두 쫓기 위해 침실로 걸음을 돌렸다. 돌이켜 봤자 심란하기만 할 뿐이었다. 그때,

"그대가 먼저 굴복하게 될 거야."

쪼끄만 게 내 뒤통수에 대고 그런 말을 했다. 나는 욱해서 빠르게 난간을 돌아보았다.

"이…"

하지만 그곳에는 아무도 없었다. 그저 하얀 월광과 까만 어둠, 그리고 서서히 불어오는 열풍만이 남아있을 따름이었다. 안 그래도 더운데 성질나서 더 덥네.

* * *

"정말 잘 판단하셨습니다. 피서라니, 현명한 선택이십니다!"

죽겠다.

"후작… 죄송한데 소리 조금만 낮춰주십시오."

이러다간 전쟁이 아니라 더위로 죽어서 로그아웃할 판이다.

"알겠습니다. 그런데 왕자님, 폐하의 집무실은 이쪽입니다. 그쪽은 창문이라 풍당, 하고 추락하시게 될 겁니다."

나는 어지러운 시야를 바로잡으려고 애쓰며 비틀거렸다. 뒤를 따르던 뱅자맹과 가나엘이 화들짝 놀라 내 팔뚝과 어깨를 잡아주었다. 새벽부터 이마에 대고 있는 얼음주머니의 도움으로, 나는 겨우겨우 제정신을 유지하고 있는 참이었다. 열풍이 불기 시작하니 황도는 지옥이 따로 없었다.

"더위에 많이 약하시군요. 사실 이 정도면 강한 열풍은 아닙니다만!"

"조용히 좀…"

아침부터 내 부름에 응해 '생일 선물'을 주러 온 사람에게, 나는 짜증 내지 않기 위해 무던히 노력했다. 시종들도 후작도 크게 힘들어하지 않는데, 나만 이러는 게 억울하고 새삼 작가가 원망스러웠다.

도대체 어느 웹소설 조연이 하룻밤 새 '더위 먹고' 이 지경이 된단 말인가? 보통은 막, 힘을 많이 써서 피를 토한다든지, 주인공 대신 칼을 맞고 쓰러진다든지. 아무튼 힘들어하더라도 사연 있고 멋있게… 그냥 더위 먹은 게 낫나…

"다 왔습니다, 왕자님."

후작이 달래듯 말했다. 황제 집무실 근처까지 마중 나온 시종장 로라가, 나를 꽤 우려스러운 눈길로 살피고는 문을 두드렸다.

-똑똑

"폐하, 예서 왕자님과 프랑수아 뒤엠 후작이 왔습니다."

"들여보내."

나는 자세를 추스르고 옷매무새를 가다듬었다. 손이 어떻게 움직이는지도 알 수 없었지만 여하튼 해냈다. 그러고는 문이 열리자마자 실내로 발을 내디뎠다.

"…신국의 왕자, 예서 페네티안이 지상에 강림하신 태양을 뵙습니다."

"듣던 것보다 심각한데. 다 죽어가는군."

프레데리크 황제가 시니컬하게 대답했다. 나는 어찌어찌 절을 올리고, 누군가의 손길에 몸을 맡긴 채 소파에 풀썩 주저앉았다. 서늘하고 건조한 가죽의 촉감이 느껴지니 조금 살 것 같기도 했다.

나는 그제야 나를 이끈 사람이 부티에 추기경임을 알아보았다. 베이지색 눈동자에 걱정이 가득했다. 그녀가 시원한 손으로 내 뺨을 어루만지자, 몸에 힘이 쭉 빠지면서 소파가 나를 잡아먹는 듯한 기분이 들었다. 머릿속이 무겁고 지끈거렸다.

"전하…"

"프레데리크, 당장 왕자님을 북부로 보내야겠어. 이러다간 실신하겠는걸."

"왕자는 포털을 하루에 한 번밖에 못 탄다고 하지 않았나? 저 몸으로 어디까지 갈 수 있을지."

황제가 혀를 찼다. 나는 멍해지는 의식 속에서 은서와 형을 떠올렸다. 이러다가 죽으면 집에 갈 수 있나? 아니면 설마, 처음부터 다시 시작하게 되는 건가?

"폐하, 전하. 제가 예서 왕자님의 신원을 보증하겠습니다. 이분을 여름별궁으로 보내주십시오."

"난 찬성이야. 프레데리크?"

후작이 청을 올렸고, 추기경은 곧장 황제의 의견을 구했다. 눈꺼풀이 반쯤 감긴 탓에 그녀의 표정은 잘 보이지 않았다. 얼음주머니가 자꾸만 얼굴로 흘러내렸다.

"이블린에 외부인을 들일 수는 없어."

"프랑수아가 신원을 보증한다고 하잖아. 우리도 곧 올라갈 거고."

"오렐리…"

그 뒤의 대화는 제대로 듣지 못했다. 추기경 앞에서 긴장이 풀려, 잠깐 잠이 들었거나 정신을 놓았던 것 같았다. 하지만 황제가 의외

로 빠르게 나의 별궁행을 허락한 건 확실했다. 눈을 떴을 때는 분위기가 꽤 풀어진 상태였고,

"로라, 이블린 공작에게 연통을 보내. 예서 왕자도 오늘 황실 포털로 이동한다."

"알겠습니다, 폐하."

그런 말이 오가고 있었다. 이블린이라면 《와장창! 이브의 대모험》 시리즈를 썼던 그 이블린 대공의 영지인 듯싶었다. 대공은 아마 황족일 테니 그곳에 별궁이 있는 게 이상한 일은 아니었다. 제국의 귀족이 어마어마한 숫자인 걸 고려하면, 내 추측이 완전히 틀릴 가능성도 무시할 수 없지만… 어쨌든 또 한 번 살았다. 이번에는 빌어먹을 더위로부터.

"왕자의 시종들을 들어오게 해. 일단 데리고 나가야 포털을 탈 수 있을 테니."

황제의 명이 떨어졌다. 그 순간에도 추기경은 내 입에 얼음물을 갖다 대주었다. 내가 힘겹게 웃으며 감사하다고 말하는 동안, 하얗게 질린 뱅자맹과 가나엘이 집무실로 들어왔다. 두 사람은 황제에게 먼저 예를 차렸고, 그녀는 필요 없다는 듯 손을 내저었다. 빨리 나부터 수습하라는 뜻인 것 같았다.

"저기, 하나 더. 드릴 말씀이 있습니다…"

내가 가나엘의 도움으로 간신히 등을 일으켜 세우며 말했다. 황제가 한쪽 눈썹 끝을 조금 들어올렸다. 황자 놈이 누구한테 그런 표정을 배웠나 했더니 모친이었다. 그런 헛생각을 하자 잠시나마 머릿속이 깨끗해지는 것도 같았다. 나는 목을 한 번 가다듬고, 그녀

를 똑바로 바라보았다.

"폐하께서는 얼마 전 축하연에서, 제게 무엇이든 청할 기회를 주셨습니다."

"그랬지."

"허락해 주신다면… 지금 이 자리에서 그 청을 드리고자 합니다."

황제가 헛웃음을 쳤다. 방금까지 반쯤 기절해 있던 놈이, 갑자기 눈을 부릅뜨고 요구할 게 있다고 하니 기막혀할 법도 했다. 그렇지만 내게는 훗날의 생존이 걸린 문제였다. 나는 어젯밤 세이디 녀석과 말을 섞으며 깨달은 바가 있었고, 지금은 그것을 실천으로 옮길 때였다. 추기경이 내 손에 차가운 컵을 꼭 쥐여주었다. 뱅자맹과 가나엘은 놀란 낯으로 나를 바라보았다.

"허한다. 말해봐."

한쪽 관자놀이를 손으로 받친 채, 황제가 체리색 눈동자를 빛내며 씩 웃었다. 나는 차분히 입을 열었다.

6.   ✦ 북부 대공의 영지

시원하다.

"왕자님? 이제 좀 괜찮니?"

쾌적하고 기분 좋은 온도였다. 나는 입꼬리를 슬쩍 올리며 천천히 눈을 떴다.

"일어났구나. 프레데리크, 이 아이 눈 좀 봐."

"한두 번 보는 것도 아니면서 유난스럽긴."

낯선 천장이었다. 아니, 이번엔 진짜로. 나는 이상하게 가까워 보이는 천장을 응시하며 눈꺼풀을 끔뻑이다가, 이내 그것이 부드럽게 흔들리고 있음을 깨달았다. 정신이 또렷해질수록 기분이 묘해졌다. 분명 침대에 누워있는데 천장은 끊임없이 움직이고, 밖에선 말발굽 소리와 마부의 목소리가 간간이 들려오는…

"헉."

벌떡 몸을 일으켜 세웠다. 서느런 재질의 이불과 함께, 내 배 위를 뒹굴던 세 마리의 레서판다가 밤송이처럼 후드득 떨어졌다.

-끼이잉

-끼이잇

-끼우우

"아이고, 미안하다. 너희가 있는 줄 몰랐어."

나는 사과하며 동그랗게 말린 신수들을 다시 고이 펼쳐주었다. 깨어난 내가 반가웠는지 데미가 폴짝폴짝 뛰어 품을 파고들었다. 녀석의 뜨뜻한 몸과 꼬리를 길게 쓰다듬고 있으니, 컨디션이 좋아졌다는 실감이 났다. 더는 덥지도 춥지도 않았다. 이곳은 이동 중인 마차 안이었다.

"나와 추기경이 있는 줄도 모르는 것 같은데."

재깍 옆으로 시선을 돌렸다. 하얀 침대 옆, 긴 벨벳 소파에 앉은 두 사람이 눈에 들어왔다. 다리를 꼰 채 삐딱한 시선을 보내고 있는 프레데리크 황제와, 안도한 얼굴로 미소하고 있는 부티에 추기경이었다.

나는 식겁하며 최대한의 예를 차렸다. 왜 내가 이들과 같은 마차에 타고 있는지, 왜 나만 누워있고 높으신 분들은 앉아있는지 등의 의문이 머릿속에 동동 떠오르기 시작했다.

"지상에 강림하신 태양과 추기경 전하를 뵙습니다."

"인사는 됐다. 몸은 어떻지?"

"더 멀쩡할 수 없을 정도로 멀쩡합니다… 황은에 감사드립니다."

내 대답에 황제가 코웃음을 쳤다. 대충 '알면 됐다'라는 의미인 듯했다. 이어 추기경이 부드럽게 입을 열었다.

"냉기 보존 마법을 건 특수 마차란다. 당장 쓸 수 있는 게 한 대밖에 없어서, 왕자님과 우리가 같은 마차를 타게 됐어. 이해해 주렴."

"아뇨, 저야말로 고귀하신 분들께 폐를 끼쳤습니다. 배려해 주셔서 감사합니다."

에어컨과 침대가 딸린 프리미엄 황실 마차라는 거군. 나는 깊이 고개 숙여 인사했다. 이제야 슬슬 기억이 났다. 그러니까, 피서 이야기를 꺼내기 위해 뒤엠 후작과 함께 황제를 만나러 갔다가…

'지금 이 자리에서 그 청을 드리고자 합니다.'

'허한다. 말해봐.'

청을 올리고 싶다는 내 이야기에 황제는 흥미롭다는 듯 웃었다. 말을 하면서도 그게 이루어질 거란 기대는 하지 않았는데, 뜻밖에 그녀가 흔쾌히 부탁을 들어주었다. 나를 믿어서라기보다는 내가 그녀의 아들, 세드리크 황자를 도운 걸 고려해 크게 베푸는 느낌이었지만… 어쨌든 내게는 잘된 일이었다.

'뱅자맹, 이건 제 금고에 넣어주십시오…'

'알겠습니다, 왕자님.'

나는 더위로 정신이 없는 와중에도, 황제가 즉석에서 내어준 '생일 선물'을 내 방 가장 깊숙한 곳에 보관했다. 언젠가는 반드시 쓸 곳이 있을 것이다. 그렇게 생각하며 안심하고 의식을 잃었던 듯싶었다.

"어떻게 마차에 올랐는지는 기억하니?"

"'르고 종합 무역소'로 간다고 했던 기억이 납니다."

"맞아. 거기서 황실 전용 포털을 타고 이블린으로 넘어왔어."

포털 멀미약을 붙여주던 후작의 모습이 눈앞을 스쳐갔다.

"황실 전용이라면…"

"나와 프레데리크, 세드리크만이 이용할 수 있는 포털이야. 이블린 직행이거든. 시종의 동행도 신분이 보장된 측근까지만 허용한단다."

내가 고개를 끄덕였다. 요컨대 나는 정신을 반쯤 잃은 채 포털을 탔고, 이곳은 이제 황도가 아니라 제국의 북쪽인 이블린이었다. 슬쩍 고개를 빼서 창밖을 살피니, 키 큰 침엽수로 가득한 숲길이 시야를 꽉 채웠다.

융단처럼 펼쳐진 초록 너머에는 거대한 산이 하나 솟아있었는데, 머리에 하얀 눈 모자를 뒤집어쓴 모양새였다. 쨍하니 파란 하늘에선 털구름 몇이 햇볕을 피해 숨바꼭질 중이었다. 시선을 뒤로 옮기자 따라오는 마차 두엇이 보였다. 아마 저기에, 뱅자맹과 가나엘을 비롯한 시종들이 타고 있을 터였다.

"…저 때문에 일찍 출발하신 거군요. 번잡하게 해드려 죄송합니다."

이번에는 유감의 말이 흘러나왔다. '전용 포털'은 탑승이 허가된 사람이 반드시 자리에 있어야만 작동되는 마법식이었다. 황제와 추기경이 나를 이블린으로 올려 보내기 위해, 일부러 그 시간에 포털을 탔다는 뜻이었다. 내가 볼모임을 고려하면 극진한 처사였다.

"대단한 건 아니야. 어차피 오늘 저녁에 오려고 했는걸."

추기경이 우아하게 웃으며 내게 차가운 유리병을 내밀었다. 얼음을 띄운 금빛 찻물이 찰랑거렸다. 황제가 뭐라고 꿍얼거렸다.

"산사나무 열매로 끓인 차야. 새콤해서 입맛이 돌 거란다."

"고맙습니다."

안 그래도 목이 마르던 차였다. 뚜껑을 열고 꿀꺽꿀꺽 차를 마시니, 호기심을 느낀 레서판다들이 내 팔을 붙잡고 고개를 갸웃거렸다. 나는 작게 웃으며 세 녀석의 코끝을 한 번씩 문질러 주었다. 이건 또 예상치 못한 동행이었다.

"엘리자베트 경이 왜 이 녀석들을 두고 갔나 했습니다."

"내가 데리고 가겠다고 했거든. 북부의 신물은 이블린에 있으니, 무테 백작령보다는 훨씬 가까워."

추기경이 설명했다. 나는 '끼', '깡' 하며 뒹구는 세 신수를 구경하다가 고개를 들었다.

"신물이 이블린에 있다는 건 몰랐네요."

'퇴계공'에 빙의한 지 두 달이 훌쩍 넘었지만, 나는 여전히 아는 것보다 모르는 게 압도적으로 많았다. 오직 은서에게 주워들은 단편적인 정보와 책으로만 세계관을 배우고 있는 데다, 그조차도 벼락치기로 익힌 게 대부분이었다. 처음 왔을 때는 포크와 나이프 쓰는 순서부터 외워야 했을 지경이었다.

"'비렴의 방주'가 제국 북부에 있다고 읽었지만, 그게 이블린이라는 설명은 없었습니다."

내가 말했다. 그건 이블린 대공이 쓴 《와장창! 이브의 대모험》에서도 마찬가지였다. 내 기억으로는 아마…

'우리 집 뒷마당에도 신물이 있어요, 이브.'

'개소리 그만하랬지, 니키.'

'정말이에요. '비렴의 방주'라고 불리는 주신의 날개랍니다.'

음. '우리 집 뒷마당'이 영지를 뜻하는 거였나? 그럼 할 말은 없는데.

"이블린은 비교적 최근에 구획된 곳이거든. 혹시 이블린 대공에 관해 알고 있니?"

추기경이 천연스러운 말투로 물었다. 나는 솔직하게 대답했다.

"이블린 대공이 쓴 동화책은 읽어봤습니다. 하지만 그분이 누구인지는 모릅니다."

"동화책?"

베이지색 눈동자가 똥그랗게 변했다. 그녀는 곧장 옆자리의 황제를 돌아보았다. 이번에는 체리색 눈매가 슬쩍 찌푸려졌다.

"설마, 이브의 대잔치니 뭐니 하는 그건가?"

"맞습니다. '이브의 대모험' 연작인데, 황실 서고에 꽂혀있었습니다."

"하하하하."

그러자 추기경이 소리 내어 웃었다. 황제는 그런 그녀를 한번 흘겨보더니, 다시 내게 눈길을 돌렸다. 동화책 이야기는 더 하고 싶지 않은 눈치였다.

"책은 됐어. 이블린 대공이 누군지 모른다고?"

"네. 송구합니다."

"송구할 것까진 없다. 어차피 그 이름은 영지에서만 썼으니까. 신국의 왕자가 아는 것도 이상하지."

황제가 그렇게 말하며 크라바트를 완전히 풀어냈다. 나는 두 사람에게서 들은 정보를 입체 퍼즐 맞추듯 요리조리 끼워보았다. 이블린 대공은 황족이지만, 그의 영지가 생긴 건 오래되지 않았다. '이블린 대공'이라는 호칭은 이곳에서만 썼다고 하니 대외적으로 알려진 이름은 따로 있을 터였다. 그는 자신의 아이를 위해 동화책을 집필했는데, 황제와 추기경은 그것에 관해 아는 바가 있는 듯싶었다.

…역시 모르겠다. 경우의 수가 너무 많았다. 제국의 황실 방계와 귀족 인구는 넓게 잡으면 백만 단위라고 했다. 예서 왕자의 가계도만으로도 골치 아픈데 황실 가계도까지 파악할 여유는 없었다.

"그럼 이블린 공작이 누구인지도 모르겠군."

황제가 물었다. 나는 고개를 주억거렸다.

"네. 하지만 공작이라면 대공의 자녀이겠군요."

"그래."

그녀의 한쪽 입꼬리가 쓱 올라갔다. 크리스텔이 눈을 빛낼 때와는 다른 의미로 조금 불길했다. 레서판다 세 마리가 꽃다발처럼 내 품에 안겼다.

"공작은 지금쯤 영지 외곽을 돌며 해적 나부랭이들을 잡고 있을 거다. 며칠 뒤면 만날 수 있겠지. 볼만하겠군."

뭐, 뭐가 볼만한데요.

"프레데리크, 순진한 애를 놀리지 마."

"놀린 적 없어. 진짜 놀리는 건 이런 거지."

황제가 은빛 머리를 쓸어 넘기며 나른하게 웃었다. 구겨진 크라바트는 추기경의 손에 쥐여준 채였다.

"지금 이 시각부터, 누구도 예서 왕자에게 이블린 대공이나 공작에 관해 알려줄 수 없다. 이는 황명이다."

* * *

부목을 벗은 기사의 팔이, 세차게 검을 휘둘렀다.
"크리스텔 공녀! 왼쪽입니다!"
"네!"
-다각, 다각, 다각…!
크리스텔이 큰 소리로 외치며 말을 달렸다. 건너편에서 흩날리는 엘리자베트의 암녹색 머리칼은 꼭 이곳의 일부 같았다. 머리 위로는 나무, 발아래로는 갈색 솔잎만이 가득한 북부의 숲을 두 사람이 바람처럼 가로질렀다. 사냥감 하나가 그들 사이에서 젖 먹던 힘을 다해 질주하고 있었다. 마수였다.

-삐에에에에…!
언뜻 보면 평범한 엘크의 형태를 하고 있었으나, 쇠로 된 뿔은 잘 벼린 칼처럼 날카로웠다. 놈이 괴성을 지를 때마다 일반 병사들은 두 귀를 막으며 고통스러워했다. 8급 검사인 엘리자베트와 견습 성기사 크리스텔이 나선 것은 필연적인 일이었다.

마수는 워낙 빨랐고, 거슬리는 음파를 쏘아 사람의 신경을 긁어 댔다. 백작령의 명궁들이나 엘리자베트의 단검, 크리스텔의 물줄기조차 한 번에 놈을 맞히지 못했다. 남은 방법은 몰이뿐이었다.

-다그닥, 다그닥, 다그닥!
"도리아, 언니가 곧 물을 쓸 거야. 놀라지 마."

크리스텔이 다정하게 속삭이며 말의 머리를 쓰다듬었다. 말이 적응할 수 있도록, 귓가에 작게 물소리를 내주는 것도 잊지 않았다. 간지러운 찰랑임에 준마 '도리아'가 머리를 슬쩍 팔랑거렸다. 크리스텔은 다시 정면을 노려보았다. 눈이 시릴 정도로 새파란 북해가 시야에 들어왔다. 코앞은, 깎아지른 절벽이었다.

"공녀, 저는 뒤로 빠지겠습니다!"

"네, 맡겨두세요!"

엘리자베트가 서서히 말을 늦추며 마수의 퇴로를 막았다. '헛!' 크리스텔이 위협적인 소리를 내질렀다. 마수는 소백작이 자신의 왼편에서 사라진 것도 모르고 더욱 속도를 높였다. 위협을 느끼고 잔뜩 흥분한 기색이었다. 주둥이에서 잿빛 침이 뚝뚝 떨어졌다.

-삐에엑, 삐에에에에-!

화악! 숲이 끝나며 드넓은 바다가 모습을 드러냈다. 갑작스러운 변화에 놀란 마수가 두 앞발을 번쩍 들어올렸다. 뾰족한 발굽으로 잽싸게 방향을 틀려는 순간,

-촤아아아악!

눈사태 같은 파도가 마수를 덮쳤다. 피할 곳은 없었다. 순식간이었다.

-크흥, 삐에에에엑!

-찌지저지적…!

크리스텔이 허공에 채찍을 내리치자, 바닷물이 그 방향을 따라 도미노처럼 얼어붙었다. 마수는 약간의 저항도 하지 못하고 그 자리에서 거대한 얼음덩어리로 변했다. 이렇게 하면 삽시에 숨통을

끊어놓을 수 있을 뿐 아니라, 놈의 체액이 지표면으로 스며들거나 주변에 퍼지는 것을 막을 수도 있었다. 불 속성의 기사만큼 확실한 처리법은 아니지만, 크리스텔은 이 마무리가 제법 마음에 들었다.

"수고하셨습니다, 공녀! 이번에도 깔끔했습니다."

"고맙습니다. 엘리자베트 경도 애쓰셨어요."

금세 말을 달려 다가온 소백작이 환하게 웃었다. 크리스텔은 가슴이 뻥 뚫리는 해방감을 느끼며 마주 미소했다. 탁 트인 바다, 시원하고 짭짤한 바람, 은은한 솔향기와 좋은 친구. 빙의하고 나서 이렇게 즐거웠던 적이 많지 않았다. 저 멀리, 뒤늦게 말달려 오는 백작령의 기사들이 보였다.

사르네즈 공작가의 사람들은 너 나 할 것 없이 그녀를 싸고돌기 바빴고, 그중 절반은 아직도 그녀를 안쓰러운 눈길로 보곤 했다. 부모의 사랑을 받은 기억이 거의 없는 '함가인'에게 그런 관심은 기꺼우면서도 부담스러운 것이었다. 주변의 모든 이가 마치 짜고 친 것처럼 상냥하고 살가워, 가끔은 무섭고 오싹할 때도 있었다. 꼭 어느 연극 무대에 억지로 끼게 된 느낌이었다. 사람들은 자연스럽다가도 부자연스러웠고, 무명의 친절함 속에는 묘한 건조함이 도사렸다.

그런 이질감을 주지 않는 사람은 소수였다. 예컨대 여기 서있는 엘리자베트 경과, 그녀의 어머니인 무테 변경백. 프레데리크 황제. 부티에 추기경. 자신의 '사제師弟'인 세드리크 황자. 청아한 에테르를 지닌 예서 왕자… 그중에서도 황자와 왕자는 아주 특별한 케이스였다. 말하자면,

-콰아앙-!

굉음이 터졌다. 크리스텔은 재빨리 고개 돌려 바다 쪽을 바라보았다. 그녀가 상황을 파악하는 것보다, 소백작이 고함을 지르는 것이 더 빨랐다.

"해적이다! 당장 변경백께 소식을 알려라. 병사들을 모아 해변으로 집결시켜!"

* * *

먼바다 위에, 배 한 척이 떠있었다. 거리가 있어 깃발의 표식은 잘 보이지 않았다. 다만 그곳에서 대포 소리가 난 것은 확실했다.

"해변의 영지민을 모두 철수시켜라! 귀중품만 챙겨 영주성으로 대피하게 해!"

"알겠습니다, 소백작님!"

기사들은 이런 상황에 익숙해 보였다. '해적'이라는 단어에 놀라는 자는 거의 없었고, 오히려 그들의 대열과 눈빛은 더욱 단단해졌다. 크리스텔은 일사불란하게 움직이는 변경백의 검들을 바라보다가 침착히 엘리자베트를 불렀다.

"엘리자베트 경, 저도 도울게요."

"그래 주신다면 감사하겠습니다, 공녀."

소백작이 회색 눈동자를 휘며 생긋했다. 평소와 똑같은 말투였다. 해적을 많이 상대해 봤는지, 그녀의 태도에서 다급함이나 초조함은 드러나지 않았다. 다만 조금 차분해진 느낌이었다.

"요한 선생님과 신관님도 불러주십시오. 도움이 필요할지도 모르니까요."

크리스텔이 말했다. 엘리자베트는 빠르게 고개를 끄덕였다.

"공녀의 말도 전해라. 마르샹, 자네가 가도록!"

"예, 소백작님!"

전령으로 지목된 기사가 빠르게 백작저로 말을 몰았다. 크리스텔은 그의 뒷모습을 바라보며 상념에 잠겼다. '요한 헤인스'는 교황청에서 파견된 그녀와 세드리크 황자의 성기사 선생이었다.

모든 일에 의욕이 없고 밥 먹는 것도 귀찮아하는 남자였지만, 설마 제자가 해적과 맞선다는데 가만히 두고 볼 위인은 아닐 터였다. 에테르를 보급받기 위해서는 그가 데려온 사제급 신관도 필수였다. 예시 왕자의 희맑은 에테르에 비하면 그자의 에테르는 불량식품 수준이었으나… 없는 것보다는 나았다.

예시 왕자라. 크리스텔이 바닷바람을 맞으며 씩 웃었다. 왕자는 이곳에서 가장 큰 생동감을 지닌 두 인물 중 하나였다. 정확한 이유는 알 수 없지만, 너무나 주관적인 감각이기에 스스로에게도 제대로 설명할 수 없지만…

황자와 왕자가 곁에 있을 때는 주변의 모든 것이 또렷하고 생생하게 느껴졌다. 자신이 살아있다는 인식 또한 어느 때보다 강렬해졌다. 엘리자베트 경이나 부티에 추기경에게서도 비슷한 인상을 받았으나, 역시 둘만큼 '분명한' 존재는 지금까지 만난 적이 없었다.

물론 두 남자가 주는 감상은 전혀 달랐다. 황자와 그녀는 서로의 분노, 스트레스를 해소하며 부딪치는 관계였다. 그와 겨루기 위해 최대한도로 힘을 끌어 쓰고 나면, 성기사 특유의 해방감이 밀려와 기분이 썩 괜찮았다. 본능적인 거부감이 드는 사내였으나 대련 상대로는 제격이었다. 크게 싸운 뒤 널브러지면 몸속의 생명감도 또록또록해졌다. 에서 왕자는 조금 별났다. 이를테면…

'해적 조심하십시오.'

그땐 정말 황당해서 웃음이 났다. 그는 묘한 사람이었다. 친절하게 굴면서도 거리를 두는 것 같았고, 따뜻한 이가 분명한데 차가운 척을 했다. 황자처럼 자신과 손을 섞어본 적도 없으면서, 존재 자체만으로도 믿을 수 없는 생명력을 뿜어냈다. 온 세상이 HD인데 혼자 4K의 세계에 사는 듯했다. 그의 어마어마한 에테르 때문에 그렇게 느껴지는 걸까?

-콰앙-!

-촤아아아!

또 한 차례 대포 소리가 울렸다. 이번엔 제법 가까운 해안에 커다란 물줄기가 솟았다. 누구도 웃지 않는 가운데 크리스텔만이 눈부시게 미소 지었다. 이해할 수 없는 현상에 골몰하는 것은 '함가인'의 스타일이 아니었다.

그녀는 두 미남자의 생각을 떨쳐버리고 쪽빛 채찍을 고쳐 쥐었다. 이 몸의 주인에게 큰 폐가 되지 않는 한, 하고 싶은 일은 모조리 다 해볼 심산이었다. 그리고 오늘의 목표는…

'그냥 작은 기념품이면 됩니다.'

'기념품 좋죠. 그렇게 하겠습니다.'

"해적선도호오 기이념품이라고 할 수 있으려나하아♩"

그녀가 말끝을 늘리며 흥얼거렸다. 초여름의 눈부신 태양빛이 하얀 절벽과 푸른 해수를 비추고 있었다. 이만큼 떨어진 곳에서 능력을 써본 적은 없지만, 배경이 바다였다. 그러니 해볼 만했다.

* * *

안 궁금하다. 이블린 대공이 누구고 이블린 공작은 또 누군지, 솔직히 알 게 뭐냐고. 아무런 호기심이 일지 않았다. 누가 가르쳐 주지 않아도 전혀 상관없었다. 내 앞가림하기도 바쁜 마당에 남의 집 사돈의 팔촌까지 챙길 정신이 어디 있겠는가.

나는 정말로 중요한 것들을 곱씹으며 마차에서 내려 성큼성큼 걸었다. 어깨에 앉은 데미와 품 안의 레서판다 두 마리가 '끼이, 끼이' 하고 열심히 조잘거렸다. 뱅자맹과 가나엘이 간단한 짐을 들고 뒤를 따랐다.

"별궁은 2년 만이군. 즐거운 피서가 되겠어."

앞서 걷는 프레데리크 황제는 나를 놀리는 게 참 재미있는지, 아까부터 입꼬리가 미세하게 올라가 있었다. 부티에 추기경만이 옆에서 '나이를 허투루 먹었나 봐', '내가 다 부끄럽네' 같은 말을 중얼댔다. 사실상 제국의 마지막 양심이었다.

"이리 뵙게 되어 가문의 영광입니다, 예서 왕자님."

"저도 반갑습니다."

황제와 추기경에게 인사를 올린 대공저의 시종장이, 내게도 공손한 태도로 예를 차렸다. 마차로 두어 시간을 달려 이블린 대공의 집에 도착하자, 소식을 들은 시종과 하인이 모두 밖에 나와 일렬로 서 있었다. 대공저는 '여름별궁'이란 이름에 걸맞은 규모를 자랑했으나 일하는 사람은 생각보다 많지 않았다. 출입이 엄격히 제한된 황제의 별장인 만큼, 사용인의 숫자도 관리하는 모양이었다.

"'마수 대토벌'에서 활약하신 이야기는 익히 들었습니다. 주신의 무한한 축복을 받으실 겁니다."

"전 별로 한 일도 없는걸요."

나는 가볍게 웃으며 사방을 둘러보았다. 여름별궁은 오렌지색의 벽과 남색 지붕이 인상적인 대저택이었다. 군데군데 금으로 화려한 장식을 덧대었고, 큼직한 벽감엔 정교하기 짝이 없는 조각상과 은으로 세공한 마법 조명이 전시되어 있었다.

별궁의 정문은 양쪽의 거대한 계단을 통해 오를 수 있었는데, 저택이 둥글게 팔을 벌려 손님을 환영하는 듯한 모양새였다. 건물 정면으로는 급경사의 잔디밭과 온갖 보석으로 치장한 분수가 이어졌다. 물길이 200미터 이상 될 것 같았고, 너비는 조각배를 띄울 수 있을 만큼 넉넉했다.

"아름다운 곳이군요."

"감사합니다."

내가 감탄하자 시종장이 허리 숙여 답했다. 황실의 위엄과 권위가 느껴지는 황궁과 달리, 별궁은 확실히 휴양에 초점을 맞춘 공간 같았다. 황궁보다 아담하면서 색채는 더 과감했다. 겨울이면 아주 춥다지만 지금은 시원스러운 바람이 불어 상쾌했다. 황제와 추기경의 피서에 끼게 된 게 조금 민망했는데, 이렇게 와보니 여러모로 민망함을 감내할 만한 곳이었다.

"공작, 흠. 이블린 공작 전하께서는 주로 저쪽 잔디밭에서 책을 읽으십니다."

"공작 전하요?"

"예. 왕자님께서 독서를 좋아하신다고 하여… 적절한 장소를 추천하고자 말씀드렸습니다."

시종장이 지그시 입술을 깨물었다. 이블린 공작을 언급하며 웃음을 참는 걸 보니, 벌써 '황명'이 전달된 모양이었다. 한숨이 절로 나왔다. 왕자 하나 놀려먹자고 지엄함이라곤 병아리 눈물만큼도 없는 명령을…

"고맙습니다. 일단 방부터 안내해 주시죠."

"예, 그리하겠습니다."

시종장이 별궁의 시종들에게 눈짓했다. 황제와 추기경은 그새 자신들의 방으로 올라갔는지 보이지 않았다. 나는 일행과 함께 매끈한 화강암 계단을 오르기 시작했다. 근데 공작이 왜 '전하'지? 그야 대공의 자식이고 황족이니까 전하인 게 맞겠지. 아니, 안 궁금하다니까.

* * *

"와, 최고다. 여기 살았으면 좋겠다."

"저도요, 왕자님. 이블린은 처음인데 너무 좋아요."

-끼이이잉!

나와 가나엘, 세 레서판다가 나란히 매트 위에 누워 뒹굴었다. 뱅자맹이 은은하게 웃으며 시원한 허니부시 차를 따라주었다. 쨍쨍한 햇살, 서늘한 잔디밭, 선선한 나무 그늘. 가까운 사람들과 귀여운 반려신수. 여름별궁에 오니 모든 게 완벽했다.

이대로 목숨만 부지했다가 집에 가면 딱 좋을 것 같았다. 황제는 저녁거리를 잡아오겠다며 사냥을 나갔고, 추기경이 당연하다는 듯 그녀와 동행했다. 해적을 소탕하러 떠났다는 이블린 공작은 며칠 뒤에나 돌아올 거라고 했다. 이 좋은 별궁에, 진짜로 나 혼자였다.

"그런데 이블린은 왜 외부인 출입이 안 돼? 이유가 따로 있어?"

내가 문득 떠오른 질문을 던졌다. 그러자 가나엘의 금색 눈이 약간 곤란한 빛을 띠었다.

"그게요, 왕자님. 음…"

"이블린은 원래 황실의 사유지였습니다. 이블린이라는 이름이 붙은 것도, 구획이 된 것도 오래지 않았지요. 대공께 특별히 하사된 땅이라 가까운 가족과 손님을 제외하면 드나들지 못합니다."

"그렇군요."

뱅자맹은 이블린 대공이나 공작의 정체를 언급하지 않고도, 용케 나의 궁금증을 얼마간 해소해 냈다. 새삼 그가 대단해 보였다. 나는 고개를 주억거리며 일어나 앉았다. 그러고는 한 손에 복숭아를 들고, 다른 손에 깃펜을 쥔 채 수첩을 펼쳤다.

"뭐, 대공이나 공작이 궁금한 건 아닙니다."

"갑자기요?"

불쑥 내뱉은 말에 가나엘이 어리둥절해했다. 조용히 복숭아를 내밀자, 데미가 냉큼 다가와 내 소매를 붙들고 과육을 깨물기 시작했다. 다른 두 녀석은 별 흥미가 없는 듯싶었다. 나는 그 자세를 유지하며 수첩에 '정말로 중요한 것'을 써넣었다.

－세이디와 수상한 편지

사실 가장 신경 쓰이는 건 이쪽이었다. 어젯밤, 나는 예서 왕자의 생일 축하 카드 사이에서 수수께끼의 딱지를 발견했다. '위실'이라는 사람이 '로스나'에게 보낸 쪽지였는데, 누가 봐도 신국의 누군가가 나의 안부를 묻는 내용이었다. 세이디 녀석에게 순식간에 빼앗겼지만 짧은 글이라 전부 외울 수 있었다. 다만 궁금한 것은,

－세이디와 수상한 편지
· 위실은 누구인가
· 로스나가 내 중간 이름인가
· 세이디 녀석이 편지를 어떻게 했을까

…하는 것이었다.
"위실, 위실."
내가 입속말을 했다. 쪽지 내용만 놓고 보면, 짐작했던 것과 달리 신국에는 예서 왕자를 걱정하는 이가 있는 모양이었다. 말투가 어쩐지 연인 같지는 않았고, 가족이나 친구의 느낌이 강했다. 친구는 누구인지 알 길이 없지만 가족이라면 짐작 가는 후보가 몇 있었다.

―위실은 누구인가: 내가 모르는 친구, 크리스타너 국왕, 엘리서 왕세녀

나는 깃펜 끄트머리를 슬쩍 물었다 놓았다. 국왕이 그렇게 비밀스레 서찰을 보낼 이유가 있나? 그녀는 원한다면 언제든 아들에게 공식적인 서신을 보낼 수 있는 위치였고, 그걸 딱히 숨길 필요도 없었다. 하지만 왕세녀는…
'왕세녀가 국서와 뜻을 함께하지 않는다고 말입니다.'
'위험한 말씀을 하시는군요.'
지난달, 〈격주간 리에스테르〉의 편집장 사라 벨리아르 경과 진행했던 인터뷰가 떠올랐다. 그때 벨리아르 경은 분명히 그런 말을 했었다. 국경에서 벌어진 제국과 신국의 무력 충돌은 엘리서 왕세녀의 독단이었고, 왕세녀와 베르너르 국서는 의견을 달리한다고. 거기까지 생각이 닿자 슬쩍 인상이 찌푸려졌다. 만약 왕세녀가, 국서의 눈을 피해 몰래 내게 연통을 넣은 것이라면? 실은 신국의 남매 사이가 나쁘지 않다면?
"흠…"
그럴듯한 가설이지만 단정 짓는 것은 위험했다. 애초에 벨리아르 경도 그것이 소문에 불과하다고 이야기한 데다, 내가 떠올리지 못하는 제삼자가 쪽지를 썼을 가능성도 무시할 수 없었다. 겨우 이만한 단서를 가지고 왕세녀가 내 편이라거나, 신국에 아군이 있다고 판단하기는 일렀다. 나는 데미가 복숭아씨를 먹지 않게 조심하며 다음 문장으로 시선을 내렸다. 어느새 낮잠에 빠진 가나엘이 보였다.

—로스나가 내 중간 이름인가

동시에, 익숙한 소년의 목소리가 떠올랐다.
'로스나는 그대의 중간 이름이겠군.'
그렇겠지, 뭐. 나는 속으로만 툴툴거렸다. 이건 예서 왕자의 가족이나 절친이 와서 증명하지 않는 이상 알 방법이 없었다. 은서도 '퇴계공' 캐릭터의 중간 이름까지 읊지는 않았고, 설령 그랬다고 해도 내가 기억하지 못했다. 여기까지 와서 떠오르는 대화라고는,
'북부 대공. 로판에 남주 후보가 많으면 무조건 북부 대공을 골라야 돼.'
'서부는 안 돼?'
'서부엔 그런 거 없어, 작은오빠야. 황태자, 왕, 북부 대공, 마탑주가 있다? 묻지도 따지지도 않고 북부 대공 잡는 거야.'
'왜? 북부는 침략이 많아서 위험하지 않나. 결혼식 하다가 죽으면 어떡하냐.'
'〈왕좌의 게임〉 그만 봐라.'
…그랬다. 이곳은 '로판' 세계관 '북부'에 있는 '대공'의 영지였다! 나는 늘어지던 자세를 후다닥 바로 했다. 입에 머랭 쿠키를 넣어주던 뱅자맹이 흠칫했다. 딱히 궁금한 건 아니었다. 그러나 내 오른손은 정은서의 조동아리에 썬 것처럼 일필휘지로 움직이기 시작했다.

—북부 대공의 특징

- 과묵함
- 진지함
- 잘생김
- 털가죽 두르고 다님(여름에는 아닐 수도)
- 차가움
- 애인에게는 따뜻함?

"…전혀 모르겠고 좋은데."

내가 중얼거렸다. 비슷한 놈이 한둘이야? 이런 식이면 황자도 북부 대공 하겠다.

* * *

'북부 대공'에 관한 수수께끼가 풀리지 않은 채로 저녁 식사 시간이 됐다. 몰라도 전혀 상관없는 정보였지만 말이다. 이블린에 노을이 내릴 무렵 사냥에서 돌아온 프레데리크 황제는, 근사한 미소를 지으며 '오늘은 내가 쏘겠다'라고 발표했다. 평소에도 늘 쏘시는 분이 웬 생색인가 싶었더니 다 이유가 있었다.

"와, 진짜 최고의 풀 빌라."

내가 중얼거렸다. 대공의 광활한 여름별궁 부지에는 다양한 레저 공간이 마련되어 있었는데, 무려 캠프파이어와 바비큐를 할 수 있는 널따란 잔디정원도 존재했다. 별궁 시종의 안내를 받아 내려간 그곳에서 우리는 황제가 잡아온 SUV 크기의 엘크를 발견했다. 정확히는 엘크를 닮은 마수라고 했다.

"폐하께서 직접 잡으신 마수 고기를 먹게 되다니… 자작가 역사에 길이 남을 영광입니다."

가나엘이 황금빛 눈을 LED 조명처럼 반짝거렸다. 나 역시 신기해서 입을 벌렸다. 별궁의 주방장이 보조를 데리고 한창 해체 작업을 진행하고 있었다. 옆에서 넋을 놓고 구경하는 하인들도 보였다.

"마수를 먹기도 하는구나. 몰랐어."

"예로부터 무테 백작령을 비롯한 북부는, 겨울이 길어 식량 조달이 어려울 때가 많았습니다. 하여 평민들이 힘을 모아 마수를 잡아먹기 시작했는데, 그 요리법이 귀족층에도 퍼진 것입니다."

뱅자맹이 야외 테이블의 의자를 빼주며 설명했다. 흥미로운 이야기였다.

"고맙습니다. 마수의 독이나 체액 같은 건 어떻게 처리하죠?"

"저기 보시면, 장갑을 끼고 일하고 있지요. 다만 북부의 마수들은 중남부와 달리 독이 강하지 않습니다. 보통은 불에 구우면 전부 날아간다고 합니다."

내가 고개를 끄덕였다. 이렇게 생동감이 넘치는 썰을 들으면 이곳이 소설 속이라는 사실을 까맣게 잊곤 했다. 정원 중앙의 거대한 화톳불이, 오렌지색으로 활활 타오르며 사람들의 얼굴을 아른아른 비추었다. 뱅자맹과 가나엘을 비롯한 황궁 시종들과 함께 식사를 할 수 있어 좋았다.

평소엔 내가 요구하지 않으면, 내 방에서 먹는 게 아니면 그럴 일이 많지 않았다. 여름별궁은 확실히 황궁보다 위계가 느슨했는데 그게 전부 황제의 뜻이었다. '우승 축하연'에서부터 느끼긴 했지만, 그녀는 무척 소탈한 사람이었다.

"진짜 맛있다. 살살 녹네. 누린내가 하나도 안 나."

"그죠, 왕자님. 육즙이 달아요."

"'철관사슴' 고기가 이렇게 고급스러운 맛일 줄은 몰랐습니다."

주방장이 향신료를 좀 쓰긴 했지만, 그걸 감안하더라도 잡내가 거의 없었다. 나는 놀라움을 금치 못하며 마수의 부드러운 식감을 만끽했다. 다른 테이블의 시종들도 두런두런 이야기를 나누며 먹고 마셨다.

테이블 아래에선 레서판다 두 마리가 몸을 말고 취침 중이었고, 데미는 홀로 자두를 쥔 채 레슬링을 하고 있었다. 몸이 나른해질 만큼 평화롭고 따뜻한 분위기였다. 문득, 크리스텔과 세드리크 황자는 지금쯤 뭘 하고 있을지 궁금해졌다.

나야 조연이고, 내가 없어도 '퇴계공' 세계관은 잘 굴러가겠지만 두 사람은 아닐 터였다. 어딘가에서 폭풍 성장 중이거나 엄청난 활약을 하고 있을지도 몰랐다. 문득 이유 모를 기대감이 들었다.

"…"

묘한 설렘을 내리누르기 위해 사과잼 섞은 탄산수를 들이켜는데, 건너편 테이블의 황제와 눈이 마주쳤다. 불티 섞인 체리색 눈동자가 드문드문 주황빛을 띠었다. 그 모습을 보니 다시금 세이디와 '수상한 편지'가 떠올랐다. 나는 가볍게 묵례하며 그녀의 시선을 피했다. 녀석이 그 편지를 황제에게 넘겼을까?

"왕자님, 레뮬라드에도 곁들여 보세요. 황궁에서 먹던 것보다 매콤한데 마수 고기와 잘 어울립니다."

"어, 고마워."

나는 가나엘이 밀어준 소스 그릇을 들여다보았다. 아니, 그랬다면 황제가 나를 불러서 어떤 추궁이라도 했을 것이다. 그녀를 잘 알진 못하지만 지금처럼 상황을 가만히 두고 보지는 않았을 거란 확신이 들었다. 그럼 편지는 아직 세이디 손에 있는 건가? 왜, 무슨 생각을 하고 있는 건데? …황자를 믿어도 되나.

"안녕, 왕자님. 마수는 입에 맞니?"

익숙한 음성이 귓가를 울렸다. 나는 상념에서 퍼뜩 깨어났다. 고개를 돌리니, 접시와 샴페인 잔을 든 부티에 추기경이 테이블 앞에 서서 미소하고 있었다. 시종인 나탈리조차 대동하지 않은 채였다. 뱅자맹과 가나엘이 급히 자리에서 몸을 일으켰다.

"아니야, 괜찮아. 잠깐 동석하고 싶어서 온 거니까."

그녀가 부드럽게 고개를 내저었다. 두 시종이 어정쩡하게 다시 몸을 앉혔다. 나는 웃는 낯으로 선생님을 맞았다.

"맛있습니다. 전하께서도 많이 드셨습니까?"

"응, 프레데리크가 너무 먹여서 배부르네."

추기경은 곤란하다는 표정으로 내 옆자리에 앉았다. 그녀의 접시엔 정말로 간단한 후식과 과일뿐이었다. 나는 한 입 크기로 썬 마수 고기를 레물라드에 쿡 찍었다.

"그래서, 이블린 대공이 누구인지는 알아냈니?"

그녀가 장난스러운 말투로 물었다. 절로 미간에 힘이 들어갔다. 세이디와 쪽지 때문에 묵직이 가라앉았던 감정이 순식간에 휘발되는 듯했다. 아니, 내가 바보도 아니고.

"확신할 순 없지만 1순위로 짐작하는 분은 있습니다."

"오."

베이지색 눈동자가 과장되게 동그래졌다. 점심때까지만 해도 황제가 철없어서 부끄럽다더니, 사냥터에서 그녀에게 물들었는지 나를 놀리는 기색이 역력했다. 나는 마수 고기를 꼭꼭 씹어 넘긴 뒤 차분하게 입을 열었다.

"음, 알렉상드르 국서 전하이실 거라고 생각했는데요."

"헉."

"맙소사."

"어머, 왕자님."

가나엘, 뱅자맹, 추기경이 차례대로 숨을 들이켰다. 샴페인 잔을 받치고 지나가던 시종마저 우뚝 멈춰 서서 나를 바라보았다. 다들 눈이 튀어나올 듯한 표정이었다. 젠장, 분위기 보니까 아닌 것 같다.

"…틀린 모양이네요."

"세상에."

추기경이 눈썹을 팔자로 늘어뜨렸다. 뱅자맹과 가나엘도 그럼 그렇지, 하는 얼굴이었다. 나는 조심스럽게 운을 뗐다.

"그, 실례가 되지 않는다면… 국서 전하께서 생전에 어떤 분이셨는지 여쭤봐도 되겠습니까?"

"음."

그녀가 쓴웃음을 지었다. 질문을 피하려는 것 같지는 않았고, 그저 과거의 어느 시점을 더듬느라 아렴풋해진 눈빛이었다. 힘들면 대답해 주지 않으셔도 된다고 말하려는데 추기경이 먼저 문장을 만들어 냈다.

"모두에게 온화한 사람이었어."

"…그렇군요."

"바르고, 현명하고, 프레데리크가 뭘 해도 웃으며 받아줬지. 아, 내가 말썽 피워도 마찬가지였고."

"전하께서 말썽을 피우셨다고요?"

"프레데리크와 붙어 다녔으니까. 조금만 사고를 쳐도 일이 눈덩이처럼 커졌거든. 알렉상드르는 공자 시절부터 우리 뒤치다꺼리를 했던 것 같아."

그녀가 소리 내어 웃었다. 과연, 황제의 남편은 정은서가 열정적으로 설파한 '로판 북부 대공' 개념과 거리가 있어 보였다. 무뚝뚝한 얼음 왕자 스타일이 아니라 따뜻하고 다정한 남자였던 듯했다. 대공이라면 아무래도 황제의 남편이 유력하지 않을까 했는데, 이쯤 되니 그냥 사촌이나 작은아버지겠지 싶었다.

"대단한 마법사였고."

"그 얘기는 들었습니다."

내가 주억거렸다. '전율의 대마법사'라는 별명으로 불렸던 국서는 살아생전 제국 최강의 마법사였다고 했다. '마수 대토벌'에서 우승한 적도 있었고, 소드마스터인 황제조차 그와 겨뤄 매번 이기진 못했다는 말도 돌았다. 보통의 마법사와 다르게, 알려진 그의 특기는 두 개나 됐다.

"세드리크를 몹시 사랑했지."

추기경이 노래하듯 말했다. 나는 지난 마수 대토벌에서 폭주했던 황자를 떠올렸다. 부친의 환각을 본 그는, 분노를 참지 못하고 온 산맥을 불살랐다. 모르긴 몰라도 부자지간이 매우 돈독했던 듯싶었다.

잠시간 대화가 끊겼다. 추기경은 동요 같은 선율을 흥얼거리며 샴페인을 마셨고, 뱅자맹, 가나엘과 나는 다시 고기에 집중했다. 괜한 물음을 했나 싶어 그녀의 얼굴을 흘끔 살폈더니, 추기경은 다정히 빙긋하며 '수직으로 썰면 육질이 더 부드러울 거란다'하고 조언해 주었다.

"그러고 보니, 내일이면 대공의 이름을 알 수 있겠구나."

"그렇게 되나요?"

"신물이 있는 종탑에 가기로 했잖니."

그야 그랬다. 오늘은 피서 첫날이니 푹 쉬고, 내일 레서판다들과 함께 신물을 보러 가기로 한 참이었다. 북부의 신물인 '비렴의 방주'는, 황야에 꽂혀있던 '혜검'이나 사르네즈 영주성에서 보관했던 '축복'과 달리 이블린의 종탑에 모셔져 있었다. 위치 선정이 특이했다. 추기경이 말을 이었다.

"그 종탑에, 대공이 잠들어 있거든."

* * *

"전하, 내일 아침에는 복귀하실 수 있을 듯합니다."

기사단장이 보고를 올렸다. 지도에 시선을 두고 있던 남자, 이블린 공작은 말없이 턱을 한 번 까닥였다. 야영지는 기사단의 주인을 닮아 시종일관 고요하고 진중한 분위기였다. 숲 여기저기에서 주홍색 모닥불이 타닥거렸고, 주위에 둘러앉은 기사들은 커피나 코코아를 마시며 휴식을 취하고 있었다. 공작의 눈이 찬찬히 움직이며 오늘 순찰한 지역을 정리했다. 장갑 낀 손가락이 이블린의 바로 오른쪽, 무테 백작령을 가볍게 짚었다.

카롤린 무테 변경백은 제국에 몇 없는 9급 검사, 즉 소드마스터였다. 한때 프레데리크 황제와 우열을 다투던 경쟁자였으나, 두 사람은 나이가 들면서 급격히 가까워졌다. 무테 백작가는 오래전부터 황실에 충성하던 가문이었으니 사이가 나빠질 이유도 없기는 했다.

그녀의 영지는 동쪽으로 제국의 국경, 북쪽으로는 해적들이 넘어오는 북해를 접하고 있었다. 대부분 해적은 변경백의 기사들이 막아냈다. 특히 해적선이 이블린까지 넘어오는 경우는 지난 25년간 겨우 두 번 있었던 일이었다. 그러나 백작령의 솔숲에 몸을 숨겼다가, 경계를 넘어 이블린으로 넘어오는 잔챙이들은 매년 존재했다.

그들의 목표는 단순했다. 이블린은 비밀스러운 영지였으므로, 곳곳에 값나가는 보물이 있을 거란 환상을 품고 숨어드는 것이었다. 해적질을 오래 한 자들은 결코 이블린에 함부로 발을 디디지 않았으나, 어딜 가나 경험과 생각이 짧은 치들은 있었다.

세금도 군역도 없는 이블린에 몰래 움막을 짓고, 약탈한 물건과 함께 눌러앉는 놈도 더러 목격됐다. 젊은 이블린 공작은 영지에 머무르는 날이 짧았지만, 일단 올라오면 곧장 말을 몰고 나가 그러한 잔당을 일거에 쓸어버리곤 했다. 언젠가 이 땅을 평민들에게 개방하는 때가 온다면. 그런 날이 온다면, 공작은 이블린이 제국의 어느 영지보다도 평화롭기를 원했다.

"이번 소탕은 예년보다 빨리 끝난 듯합니다."

"변경백의 노고가 컸겠지."

단장의 말에 공작이 낮게 대답했다. 하루 만에 청소가 끝나는 일은 흔치 않은데, 올해는 유독 해적의 수가 적었다. 긍정적인 신호였다. 곧 여름 시찰을 떠난 엘리자베트 소백작의 활약도 더해질 터였다. 공작은 기품 있는 몸놀림으로 자리에서 일어났다.

"해가 뜨면 종탑으로 길을 잡을까요?"

"폐하와 전하를 먼저 뵐 것이다."

그가 움직이자, 마수의 털을 덧댄 망토 역시 밤하늘처럼 물결쳤다. 단장은 깍듯하게 몸을 숙였다.

"페네티안 신국의 예서 왕자님께서 내일 종탑에 가신다고 합니다. 하여, 폐하와 추기경 전하께서도 동행하실 것이라는 전갈이 있었습니다."

"…"

공작이 아름다운 눈동자를 한 번 감았다 떴다. 그 절벽에는 신전과 종탑, '공기' 속성의 신물, 그리고 아버지의 무덤이 있었다. 그러니 왕자를 혼자 보낼 수는 없을 터였다. 그는 잠깐 무언가를 생각했다가 다시 미성을 흘려냈다.

"그렇다면,"

"해적선! 해적선이다-!"

그때, 보초를 서던 기사가 큰 소리로 외쳤다. 야영지는 순식간에 소란스러워졌다. 기사들이 신속하게 움직여 모닥불을 끄고 대열을 정비했다. 공작은 조금의 흔들림도, 망설임도 없이 그들의 선두로 나섰다.

-스릉!

고고高古하고 신비로운 검이, 맑은 울림과 함께 남자의 손에 들렸다. 그는 오직 정면만을 바라보며 걷기 시작했다. 숲의 경계가 베일처럼 순식간에 벗겨지고, 이내 어둠을 입은 절벽이 모습을 드러냈다. 공작의 부츠가 소금기 가득한 흙을 밟고 섰다.

-휙, 휙, 휙!

칼같이 정렬한 기사들의 머리 위로, 바다를 겨눈 수십 개의 창이 날쌔게 떠올랐다. 그러나 누구도 이러한 현상에 놀라지 않았다. 공작이 눈을 가늘게 뜨며 수평선 쪽을 응시했다. 어두컴컴한 해수면 위로, 해적선의 불빛이 일출처럼 솟아오르고 있었다. 거리가 멀었지만 확실했다. 저것은 평범한 상선도, 어느 귀족의 놀잇배도 아니었다.

"폐하께서는 이 일을 아실 필요가 없다."

공작이 선언했다.

"여기서 끝낼 것이다."

그의 장갑은 어느새 사라지고 없었다. 부단장이 마석 망원경을 마구 휘둘렀다.

"전하, 하얀 깃발입니다! 놈들이 백기를 달고 있습니다-!"

7. ✦ 세상에 나쁜 신물은 없다

 이 비슷한 일을 회사 다닐 때도 겪은 적이 있었다. 다시는 이런 회사 다니지 않겠다고 이직한 거였는데, 로판에 빙의해서 유사한 경험을 하게 될 줄은 몰랐다. 아침부터 어이가 없어서 웃음이 났다.
 "그럼 국경 시찰은 예정대로 진행되겠네."
 "그래, 미룰 이유도 없으니까."
 나는 가빠지는 숨을 고르며 앞서가는 두 사람을 바라보았다. 프레데리크 황제와 부티에 추기경이 도란도란 국정에 관한 대화를 나누며 걷고 있었다. 황제는 꽃다발을 든 채 뒷짐을 졌고, 추기경은 양손이 빈 가벼운 차림이었다. 나는 어깨에 레서판다 두 마리를 얹고, 왼팔에 한 마리를 끼고, 오른손에는 큼직한 피크닉 바구니를 든 상태로 뒤를 따르는 중이었다.
 대공의 무덤이 있다는 종탑엔 시종의 접근이 허용되지 않았다. 차마 어른을 고생시킬 수 없어 내가 짐을 들겠다고 나섰는데, 이게 생각보다 무거웠다. 게다가 레서판다들은 이상하게 내게서 떨어지려고 하지 않았다. 신물이 가까이 있으니 흥분할 법도 한데, 무슨 바람이 불었는지.

"…가벼운 트레킹이라고 해서 그렇게만 알고 나갔었거든. 버스 타고 보니까 다들 아주 산악인 나셨더라고."

-끼이잉

내가 데미를 보며 중얼거렸다. 예전 회사를 다닐 때의 이야기였다. 제법 크고 오래된 기업이라 가능하면 근속하며 경력을 쌓고 싶었는데, 대학 졸업하자마자 입사한 신입에겐 꽤 가혹한 곳이었다.

"부서 인원이 스물일곱 명인가 그랬는데, 그분들 산행 간식이랑 음료를 나더러 다 챙기라고 하더라. 비용은 월말에 회사로 청구하라고. 결국 2주에 한 번씩 돈이랑 시간 써가면서 그 짓을 했어."

종탑에 가까워질수록 숲의 경사가 급해졌다. 숨과 말소리가 반쯤 섞여 나왔다. 데미는 내 말을 알아들은 건지 조금 안쓰러운 투로 낑낑거렸다. 회사 산행은 격주 토요일에 진행됐고, 나는 막내라는 이유로 새벽부터 사람들의 음식을 픽업해 짊어지고 가야 했다.

"다 지난 얘기야. 이직한 회사는 괜찮았거든. 그냥 갑자기 생각이 났어."

내가 씩 웃으며 데미의 머리에 이마를 살짝 댔다가 뗐다. 사실 그때와 비교하면 이 정도 짐은 아무것도 아니었다. 와인 병이 묵직하긴 하지만 내가 먹고 마실 것도 제법 들어있었다.

"왕자님, 많이 무겁니?"

다정한 목소리가 귓가를 파고들었다. 나는 고개 돌려 정면을 바라보았다. 어느새 걸음을 멈춘 추기경과 황제가 숲의 경계에서 나를 기다리고 있었다.

"괜찮습니다."

내가 미소하며 대답했다. 왕자의 체격은 원래의 나와 비슷했다. 운동 신경이 바닥이고 더위도 많이 타지만, 체력이나 근력 자체는 나쁘지 않은 것 같았다. 그러나 추기경은 기어코 내 쪽으로 내려와 레서판다 하나를 안아 들었다.

-끼이

"고맙습니다."

"체력을 더 길러도 모자랄 판에, 도와주면 어떡해."

황제가 퉁명스럽게 말했다. 아니, 별궁에서부터 한 시간을 올라왔는데 이 정도면 괜찮은 거 아닙니까.

"왕자님은 세드리크가 아닌걸. 쉬러 온 건데 너무 고생시킬 순 없지."

추기경이 나를 향해 부드럽게 웃고는 다시 걸었다. 황자를 떠올리니 또 심란해졌다. 우리는 천천히 숲을 벗어나기 시작했다.

"참, 그건 어떻게 됐어? 아이들이 묵은 여관에서 하사품을 빼돌린 일이 있었잖아."

"시몽에게 맡겼어. 조사가 길어질 것 같다더군."

"왜?"

"여관 주인이 돈을 산에 묻어뒀는데, 가보니 이미 털려있었다는 보고야."

"성가시게 됐구나. 도적일까?"

추기경이 말했다. 시몽이라면 시몽 드 사르네즈 공작, 즉 크리스텔의 아버지를 뜻할 가능성이 컸다. 접때 '뤼카' 마을에서 있었던 사건을 그가 맡게 된 모양이었다. 하긴, 제국의 황제가 직접 장기 수사를 지휘할 여유는 없을 터였다.

"다 왔군."

황제의 말과 동시에, 머리 위가 탁 트였다. 숲이 끝나며 사방이 밝아졌다. 나는 반짝 고개를 들어 앞을 바라보았다.

-휘우우…

"우와…"

감탄이 절로 터져 나왔다. 쨍한 초록색 풀밭이 펼쳐진, 하얀 해안 절벽이었다. 나는 멍하니 눈앞에 펼쳐진 광경을 기억에 담았다. 시원하고 짭짤한 바닷바람에 풀들이 쉼 없이 누웠다 일어나기를 반복했다. 절벽 너머의 북해와 하늘이 세상을 반으로 파랗게 가르고 있었다. 그 풍경의 중심에, 작은 신전과 커다란 종탑이 보였다. 몹시 이국적이면서도 아름다운 그림이었다.

"저기군요."

"응. 이제 신수들을 풀어줘도 될 거야."

내 말에 추기경이 나긋하게 답했다. 나는 백색 건물과 남색의 지붕을 바라보며, 찬찬히 레서판다들을 발치에 내려놓았다. 하지만 녀석들은 여전히 내 곁을 떠날 기미를 보이지 않았다. 데미야 내가 길들였으니 그렇다 치더라도, 다른 두 마리 또한 신물을 감지하지 못하는 눈치였다. 왜 이러지?

"종탑에 가까이 가봐야겠습니다."

내가 말했다. 황제는 꽈배기처럼 돌돌 말린 신수들을 보며 고개를 끄덕였다. 안색이 별로 좋지 않았다.

* * *

"…저게 신물입니까?"

"응. 공기 속성의 신물, '비렴의 방주'야."

나는 추기경의 설명을 들으며 인상을 살짝 찌푸렸다. 지상에서 올려다본 종탑의 꼭대기에, 커다랗고 칙칙한 것이 둥둥 떠있었다. 책에 실린 '창해의 축복'은 멋지게 세공한 사파이어의 모습이었고, '화성의 혜검'은 근사한 검의 자태로 평야에 현현했다. 그런데 저건…

"녹슨 아몬드 같네요."

내가 요약했다. '방주'는, 잘 봐줘도 구겨진 은박지였다. 세로로 긴 유선형이라는 것 외엔 특징조차 잡기 어려웠다. 가나엘이 구해준 신물 지도책이나 《와장창! 이브의 대모험》에서 본 삽화와는 완전히 다른 존재 같았다. 신수들은 서로의 꼬리를 잡고 노느라 바빴고, 나 역시 약간의 에테르도 느낄 수 없었다. 기묘했다.

"일단 들어가서 확인해 보자."

추기경이 쓴웃음을 지었다. 황제가 말없이 품에서 열쇠를 꺼내 종탑의 문을 열었다.

-철컥!

-끼이이익…

커다란 문이 부드럽게 열렸다. 특수한 처리를 해놓았는지, 해풍을 오래 맞았을 텐데도 목재엔 썩거나 오그라든 부분이 없었다. 나는 두 어른을 따라 종탑의 내부로 발을 디뎠다.

"와, 데미. 위 좀 봐."

-끄으응

천장이 꼭대기까지 시원스럽게 뚫려있었다. 벽을 따라 나선형으로 제작된 내부 계단은 종과 신물이 있는 곳까지 이어지는 듯했다. 실내는 은근히 밝았다. 석조 종탑의 미세한 틈을 비집고 햇살이 사방에서 쏟아져 들어오는 덕분이었다. 거대하고 둥근 바닥 한가운데, 직사각형의 널찍한 석판이 보였다. 그 위엔 꽃다발 하나가 놓여있었다. 시들긴 했지만 바짝 마른 것은 아니었다. 하루쯤 됐을까.

"…"

황제가 그곳으로 다가갔다. 그러고는 자신의 꽃다발을 옆에 나란히 두었다. 이블린 대공의 무덤이었다.

"괜찮아, 왕자님. 가까이 와도 돼."

황제의 손을 잠깐 잡았다 놓은 추기경이, 상냥한 말투로 나를 불렀다. 애매하게 떨어져 있던 나는 조심스레 두 사람에게 다가갔다. 실례가 될 것 같아 피크닉 바구니는 문가에 내려놓고, 레서판다들에게도 얌전히 기다리라고 속삭였다. 곧 평평한 무덤 위에 음각으로 새긴 글씨가 보였다.

'사랑하는 남편, 자상한 아버지, 위대한 마법사

알렉상드르 니콜 리에스테르

1564-1600'

"어?"

눈동자가 튀어나올 것 같았다. 갑자기 너무 많은 생각이 휘몰아쳐 입이 멋대로 벙긋거렸다. 황제가 내 얼굴을 보며 피식 웃었다.

"그래, 이블린 대공은 내 남편이다."

"그…"

나는 가장 먼저 떠오른 말을 냅다 뱉었다. 다행히 혀를 깨물지는 않았다.

"죄송합니다. 저도 꽃다발을 준비했어야 하는데."

"됐어. 어차피 여기에 꽃을 놓는 건 나와 내 아들뿐이니까."

그녀는 정말로 개의치 않는단 얼굴이었다. 나만 귀 끝이 뜨거워졌다.

"놀리는 재미가 쏠쏠하더군. 대공의 서재에 몰래 들어가 볼 수도 있었을 텐데."

"신세 지는 마당에 그런 무례를 저지를 수는 없었습니다."

"시종들을 겁박하지도 않고."

"함부로 남을 겁박하면 안 되죠."

나는 줄줄 대답을 내뱉으면서도, 잔뜩 당황해서 추기경을 바라보았다. 머리 위로 땀이 삐질삐질 흐르는 기분이었다. 어젯밤에 맞혔을 때 언질이라도 해주시지. 그럼 이렇게 먹을 것만 챙겨 오진 않았을 거라고요!

"짧게 축복이라도 내려주겠니?"

"네?"

그런데 추기경의 입에서 나온 말은, 전혀 예상치 못한 것이었다.

"알렉상드르는 한 번도 왕족 신관을 만나본 적이 없거든."

그녀가 은은하게 입꼬리를 올렸다. 나는 가만히 눈을 끔뻑였다. 그러니까, 인사 정도만 올리면 된다는 뜻인 것 같았다. 황제를 바라보자 그녀 역시 가벼운 턱짓으로 긍정을 표했다. 나는 천천히 한쪽 무릎을 꿇고 무덤 앞에 앉았다.

알렉상드르 니콜 리에스테르. 비문碑文에는 중간 이름까지 새겨져 있었다. 혹시 《이브의 대모험》 시리즈에 등장했던 '니키'가 대공 자신이었던 걸까. 그런 생각을 하자 마음 한구석이 찡해졌다. 그가 세상에 하나뿐인 동화를 써서, 무한한 애정을 담아 가르치고자 한 상대는 바로 세드리크 황자였다. 나는 그의 이름 위에 한 손을 얹었다.

-파아앗…!

내 손끝을 타고 번진 금색의 에테르가, 전구처럼 빛을 뿜어냈다. 소박한 서클이 무덤과 나를 넉넉히 감쌌다. 그때였다.

-우웅-!

-콰앙!

천장에서 요란한 소리가 났다. 동시에 어마어마한 충격이 1층을 덮쳤다.

-우르르릉!

"아!"

땅이 흔들리고, 추기경은 순간적으로 균형을 잡지 못해 쓰러졌다. 황제가 빠르게 몸을 날려 그녀를 받아냈다. 나는 달려오는 레서판다들을 품에 그러모아 납작 엎드렸다. 이내 거짓말처럼 땅울림이 멎었다. 젠장, 방금 뭐였지?

"…맙소사. 프레데리크, 신물이 깨어났나 봐."

추기경이 알 수 없는 말을 했다. 나는 성소를 전개한 채로 느릿느릿 얼굴을 들었다. 천장에서, 엄청난 빛이 쏟아지고 있었다.

-펄럭! 펄럭, 펄럭!

이어 무언가가 날갯짓하는 소리가 났다.

* * *

이블린 공작은, 뱃전에 서있었다. 백악 절벽과 종탑이 조금씩 가까워지는 것이 보였다.

-쏴아아아, 쏴아, 쏴아아아…

바다 위에서 맞는 아침은 아름다웠다. 시원한 파도 소리가 연신 그의 귓전을 때렸다. 햇빛은 투명하고 곧게 수면을 적셨고, 공기 또한 무척 청량했다. 한 번 숨을 들이쉴 때마다 폐가 맑아지는 느낌이 들었다. 청년은 마지막으로 심호흡을 한 뒤 돌아섰다.

"어느 무식한 자가 해적선을 납치할 생각을 하지?"

그러고는 쏘아붙였다. 그의 털 망토마저 분노한 듯 펄럭거렸다. 감히 황족을 해적선에 태우고 밤을 지새우다니, 불경도 이런 불경이 없었다. 그는 위압감을 숨기려는 노력도 하지 않고 눈앞에 선 공녀를 찍어 눌렀다. 어차피 여인은 조금도 기가 죽지 않을 터였다.

"송구합니다, 전하. 그놈들이 다 같이 죽자고 키를 뽑아버릴 줄은 몰랐습니다."

크리스텔이 가련하게 눈을 깜빡이며 말했다. 눈물이 그렁그렁한

게 혹시 반성을 하는 건가 싶었는데, 자세히 보니 그냥 윗사람 앞에서 하품을 참는 얼굴이었다. 공작은 지금 이 자리에서 공녀와 결투를 벌여도 될지를 잠깐 고민했다. 그녀는 분홍색 머리 위에 해적 모자까지 얹고 있었다.

"아, 배에서 잔 거 진짜 오랜만이다. 좋은 아침, 세드리크. 안녕히 주무셨어요, 공녀."

갑판 구석의 선원실에서 나온 엘리자베트가, 허리를 이쪽저쪽으로 쭉쭉 뻗으며 인사를 건넸다. 이블린 공작 세드리크 리에스테르는 그녀에게 불타는 시선을 쏘아댔다. '사고를 칠 거면 네 영지에서 칠 것이지, 왜 이 인간을 내 영지까지 데리고 왔느냐' 하는 질타가 담긴 눈빛이었다.

소백작은 난감하게 웃었다. 그녀는 세드리크를 약 올리거나 크리스텔과 노는 데엔 관심이 많았지만, 두 사람 사이를 중재하는 일엔 자신이 없었다. 예서 왕자님이 절실한 순간이었다.

"어제 설명했잖아. 공녀가 파도로 이 배를 묶은 사이에 우리가 올라탔더니, 그놈들이 절대로 배를 빼앗길 순 없다면서 키를 다 부숴 버렸어. 요즘 해적 독하더라."

"그래서 단체로 표류자 신세가 됐다는 건가?"

"공녀의 에테르에도 한계가 있으니까. 배를 뭍으로 미는 게 엄청 힘들었어. 해류랑 바람도 안 따라주고, 너희 선생님은 피곤하다고 곯아떨어지고. 맞다, 신관을 좀 바꿔야 하는 거 아냐? 그분 에테르가 너무 적은 것 같던데."

엘리자베트가 마지막 말을 하며 목소리를 낮췄다. 젊은 공작과 공녀는 동시에 미간을 찌푸렸다. 안 그래도 교황청에서 온 신관은 여러모로 마음에 차지 않았다. 겨우 사제급인 것도, 에테르 그릇이 작은 것도, 에서 왕자처럼 청아하지 않은 것도-

-우웅!

-콰앙-!

그때, 해안 쪽에서 어마어마한 굉음이 들렸다. 세 사람은 동시에 절벽을 바라보았다. 푸른 지붕의 종탑 꼭대기가, 등대처럼 눈부신 빛을 발산하고 있었다.

-우르르릉!

-쏴아아아…!

곧장 땅울림이 이어졌다. 그 영향으로 파도가 몹시 격해졌다. 세드리크와 크리스텔의 시선이 허공에서 출렁이며 얽혔다. 조금 전의 파동에 스며든 것을, 두 사람은 본능적으로 느낄 수 있었다. 그건 왕자의 에테르였다.

* * *

나와 부티에 추기경, 프레데리크 황제는 잠깐 멍한 상태로 서로를 바라보았다. 아주 커다란 무언가가 날갯짓하는 소리가 이어졌다.

-펄럭, 펄럭!

-끼이이!

데미의 반응이 가장 빨랐다. 녀석은 내 품에서 벗어나려고 팔 바깥으로 고개를 쏙 내밀었다.

"데미, 안 돼. 신물이긴 해도 위험해."

내가 데미를 붙들었다. 조금 전 추기경은 신물이 '깨어난 것 같다'라고 말했다. 신물은 주신의 의지와 권능을 실체화한 존재이자, 그녀가 대륙에 직접 내린 선물이었다. 설마 하루아침에 마음을 바꿔 신물로 인류를 청소하려고 하지는 않겠지만… 그게 지금 움직이는 상태라면 얘기가 달랐다. 무슨 일이 생길지 모르니 조심해야.

-우르르릉!

"큭!"

다시 한번 격렬하게 땅이 울었다. 상하좌우로 흔들리는 폭이 커 무릎이 쓸릴 정도였다. 그 틈을 타, 데미를 제외한 레서판다 두 마리가 화다닥 내게서 벗어났다.

"이리 와!"

-끼이, 끼이이!

녀석들은 무지막지하게 똑똑했다. 누가 알려주지도 않았는데 나선형 층계를 오르기 시작한 것만 봐도 알 수 있었다. 방금까지만 해도 조용하던 신수들이 이렇게 반응하는 걸 보니, 신물의 존재감이 강해지긴 한 모양이었다. 천장에서 돌 부스러기가 후드득 떨어졌다. 이내 땅울림이 뚝 멎었다. 진동 주기가 정해져 있는 건가? 아니면…

"오렐리, 밖으로 나가."

"아니야. 같이 올라갈게."

황제와 추기경이 빠르게 대화를 나누었다. 나는 그사이 데미를 데리고 돌계단을 뛰어올랐다. 신물은 내 소관이 아니라 쳐도, 신수

두 마리는 반드시 안전해야 했다. 저 애물단지들, 조금만 덜 귀여웠어도 혼쭐을 냈을 텐데!

"전하, 폐하의 말씀대로 해주십시오. 위험한 곳에 두 분이 동행하시는 건 바람직하지 않은 것 같습니다."

내가 계단 위에서 소리치듯 말했다. 추기경이 놀란 얼굴로 나를 바라보았다.

"별일 없을 겁니다. 금방 내려가겠습니다!"

황제는 소드마스터였고 나도 약한 신관은 아니었다. 아무렴 죽지는 않을 테지만, 만일에 대비해 제국의 두 어른 중 한 사람은 반드시 안전한 곳에 있어야 했다. 추기경 또한 그 사실을 모르지 않을 터였다.

그녀가 침착히 고개를 끄덕이며 자리에서 일어났다. 황제는 추기경이 종탑 밖으로 나가는 것을 확인한 뒤, 문을 개방한 채로 돌 하나를 끼워 고정했다. 혹시 열리지 않게 될 경우를 고려한 것 같았다.

"데미, 네가 친구들 좀 불러봐."

내가 계단을 두세 칸씩 오르며 속삭였다. 데미는 곤란한 듯 '끼이잉' 하며 내 어깨를 꾹꾹 눌렀다. 하긴, 지금은 나도 공기 속성의 강력한 에테르를 느낄 수 있었다. 신물에 이끌리고, 신물을 지키는 존재인 신수가 그에 저항하기는 쉽지 않을 것이다.

-탓!

그때, 가벼운 돋움과 함께 1층에 있던 황제가 내 눈앞에 착지했다. 말도 안 되는 점프력이었다!

"와."

"들고 옮겨주랴?"

"아뇨, 아닙니다. 제가 뛰겠습니다."

황제는 피식 웃으며 먼저 층계를 내달렸다. 종탑 꼭대기에서 다시 날갯짓 소리가 났다. 처음에 터졌던 빛살은 이제 보이지 않았다.

"이 녀석들, 왜 이렇게 잽싸?"

"흥분한 것 같습니다! 구슬려서 데려오는 게 빠를 겁니다."

순식간에 사고뭉치 둘을 따라잡은 황제가 툴툴거렸다. 포획에 실패한 모양이었다. 그녀에겐 에테르도 없으니, 맘먹은 신수를 사로잡기가 호락호락하진 않을 터였다. 소드마스터도 못 잡는 레서판다…

"헉, 헉."

다행히, 종탑은 아래에서 보던 것만큼 높지 않았다. 나는 꼭대기 층을 코앞에 두고 멈춰 섰다. 황제가 나를 기다리며 검집에 손을 얹고 있었다.

-펄럭, 펄럭! 펄럭!

홰치는 소리가 더욱 크고 선명하게 들렸다. 나와 황제는 슬쩍 고개를 빼서 상황을 살폈다.

-끼이이, 끼이!

-끼으으응…

사람을 둘이나 고생시키고 있으면서, 뭐가 좋은지 신물 주변에 배를 까고 누운 레서판다 두 마리. 그리고…

-펄럭!

날개. 그것은 성인 남성만 한 크기의 거대한 날개였다. 마른침이 절로 넘어갔다.

"저게…"

"원래 저런 모습이었어."

황제가 낮게 말했다. 나는 너무나도 비현실적인 광경에 스르르 입을 벌렸다. 신물 '비렴의 방주'는, 한 쪽의 날개 모양을 하고 있었다. 날카로운 금속성을 띠는 것처럼 보였으나 당연히 평범한 금속은 아닐 터였다.

'철커덩' 하는 소음이 아니라 새가 날개를 퍼덕이는 기척이 났으니까. 전체적으로는 투명한 은빛이었는데, 움직이면서 햇볕을 반사할 때마다 희미한 연보라가 비쳤다. 날갯죽지 끄트머리에는 나팔꽃 색의 보석이 큼직하게 박혀있었다.

"원래 저런 모습이었다는 건 무슨 뜻입니까?"

내가 레서판다들을 흘끔거리며 물었다. 아직 별다른 이상 징후는 없었다.

"내 남편이 세상을 떠나기 전까진 저랬다는 뜻이다. 네가 말한 '녹슨 아몬드' 모양은, 알렉상드르가 죽은 후로 취하기 시작한 형태야."

나는 눈을 크게 떴다. 생각이 쳇바퀴처럼 빠르게 굴러갔다. 알렉상드르 국서가 살아있을 때는 저토록 생생했던 신물이, 그가 눈을 감은 뒤엔 고치처럼 몸을 말고 시커멓게 잠들어 있었다. 마치 세계와 단절한 것처럼. 그래서 신수들조차 감지하지 못했다.

"부군께서 생전에 '방주'를 자주 접하셨습니까?"

"그래. 남편의 연구 대상 중 하나가 저 녀석이었어."

연구 대상?

"혹시 성기사나 신관이셨던 겁니까?"

"아니. 에테르라고는 쥐뿔도 없던 사람이야. 그냥 마법사였지."

"그런데 왜,"

-콰아앙!

나는 흠칫 놀라 고개를 내밀었다.

-끼이이잉!

"무슨 짓이야!"

이성보다 감정이 앞서 나갔다. 방주의 날개에 맞아 바닥을 나뒹구는 레서판다를 보자, 순간적으로 눈앞이 빨갛게 물들었다. 저 작은 녀석이 때릴 데가 어딨다고!

"진정해. 신수를 구슬릴 거라고 하지 않았느냐?"

탁. 황제가 뛰쳐나가려는 나의 한쪽 어깨를 단단히 쥐었다. 차분한 체리색 눈동자를 보니 머리가 조금 가라앉는 것도 같았다. 나는 가빠진 숨을 가다듬으며 고개를 끄덕였다. 여기서 흥분해 봤자 아무런 도움도 되지 않는다. 신수와 방주가 사이좋게 공존한다면 이대로 내려가도 상관없지만, 방주가 공격성을 드러낸 이상 기필코 두 녀석을 빼내야만 했다.

"올라가시죠."

내가 말했다. 황제는 고요히 움직여 마지막 계단을 디뎠다. 그녀의 뒤를 따라 올라온 꼭대기 층은, 지붕을 떠받친 네 개의 기둥 외엔 어떠한 벽도 없는 장소였다. 두어 걸음만 잘못 걸어도 바로 추락이었다. 난간도 안전장치도 없는 종탑의 정점. 그곳에서 괴팍한 신물 하나와 신수 셋, 인간 둘이 아슬아슬하게 대치하고 있었다.

-휘이이잉!

-딸랑, 딸랑…

고도가 높으니 바람도 거셌다. 한참 위에 매달린 종이 작게 울었다. 나는 안정성을 위해 바닥에 한쪽 무릎을 꿇고 앉았다.

-파아앗…!

그러고는 곧장 성소를 전개했다. 황금빛 서클이 탑 꼭대기를 환하게 밝혔다. 방주가 움찔거리는 것이 보였다. 신물의 공격에 놀라, 기둥에 딱 붙어 낑낑거리는 신수들을 보니 목소리가 절로 가라앉았다. 나는 언젠가부터 생각해 둔 이름을 찬찬히 읊었다.

[레아, 페리. 형한테 와.]

-끼으으응

-끼잇!

셋 중 덩치가 가장 큰 녀석이 레아, 두 번째로 크면서 귀가 까만 녀석이 페리였다. 그야 레아는 대모지신大母地神이고, 페르세포네는 저승에 사니까 좀 어두운 콘셉트겠지 싶어서. 곧 두 신수가 토도독 토도독 내게로 뛰어왔다. 황제가 신물을 감시하는 동안, 나는 재빨리 팔을 뻗어 녀석들을 품에 넣었다. 안도의 한숨이 터져 나왔다.

[괜찮아? 다친 데는 없고?]

-끼

-꾸

[너희는 앞으로 데미 말 잘 들어야 돼. 데미가 대장이야.]

7. 세상에 나쁜 신물은 없다

-끼이이이!

데미가 씩씩히 외쳤다. 큰 힘엔 큰 책임이 따른다는 것을 이해한 눈빛이었다.

"그럼 이제 내려가도,"

-콰아앙!

나는 후다닥 몸을 낮췄다. 방주가 바들바들 날개를 떨고 있었다. 신물의 날갯짓에 얇게 패인 기둥이 보였다. 황제는 더 지체하지 않고 검을 뽑았다.

-스릉!

"잠깐만요, 폐하!"

"놔라."

"저건 신물입니다. 절대 파괴되지 않을 겁니다. 아시지 않습니까!"

"방치하면 종탑을 부술지도 몰라."

나는 이를 악물었다. 그녀의 말이 옳았다. 탑 아래에 잠들어 있는 이블린 대공 알렉상드르를 생각하면 신물을 이대로 둘 수는 없었다. 하지만 황제는 소드마스터였고, 내가 이해하기로 '퇴계공' 세계관의 소드마스터는 한 사람이 하나의 여단을 대적할 만큼 막강했다.

"폐하의 검기는 너무 위험합니다."

"…"

"녀석이 폐하의 공격을 받고 물러나거나, 다른 곳으로 이동한다면 좋겠지만 그건 희망 사항일 뿐입니다. 만약 폐하께 맞서려고 힘을 개방한다면요?"

"…쯧."

그제야 황제가 혀를 차며 검을 거두었다. 삽시에 공기의 떨림이 잦아들었다. 나는 그녀가 조금 전의 나처럼 감정을 이기지 못했음을 깨달았다. 하마터면 황제 자신의 손으로 종탑을 부술 뻔한 것이다.

-펄럭, 펄럭!

"분명 진정시킬 방법이 있을 겁니다. 신물이 마수도 아닌데, 생명을 해칠 리 없어요."

나는 그렇게 말하며 빠르게 머릿속을 정리했다. 먼저 황제가 흘린 단서. 국서는 마법사이면서도 생전에 신물을 연구했는데, 그 대상은 다름 아닌 방주였다. 그가 눈을 감은 후 신물은 죽은 듯 잠들었다. 다시 깨어난 이유는 아마 내 에테르가 주입되었기 때문일 것이다. 나의 힘은 평범한 것이 아니라 '소원의 성반'이라는 신물에서 왔고, 거기에 담긴 성수는…

'가장 깨끗한 형태의 에테르죠. 지고지순한 주신의 권능이요.'

'개소리.'

순수한 에테르의 결정체니까. 나는 이블린 대공, 그러니까 알렉상드르 국서가 쓴 《와장창! 이브의 대모험》의 내용을 떠올렸다. 최근에 읽은 책이라 기억이 또렷했다.

"폐하, 국서께서 이곳에 묻히신 이유가 있습니까?"

당연히 있겠지. 나는 멀쩡한 기둥에 기댄 채, 건너편 기둥에 몸을 붙인 그녀를 똑바로 바라보았다. 무려 황제의 남편이 절벽 끝에 몸을 누인 데는 그만한 사연이 있을 것이다.

"여기가 그의 영지니까."

"제 말뜻 이해하셨잖습니까. 별궁이 아니고 종탑에 계시는 연유요."

"…저 신물 때문이다."

그녀가 미간을 찌푸리며 문장을 토해냈다. 세드리크 황자를 생각나게 하는 얼굴이었다.

"신관도 아니면서, 알렉상드르는 저걸 길들였어."

"길들였다고요?"

내 눈이 화등잔만 해졌다. 놀라서 팔에 힘이 들어갔는지, 데미 가족이 몹시 불만스러워했다.

-끼이이이!

"미안, 미안하다. 조심할게. 그게 가능합니까? 아니, 잠시만요."

불현듯 뇌리를 스치는 페이지가 있었다. 나는 입속으로 글줄을 더듬었다.

'자, 이브. 신물을 쓰다듬으면서 자장가를 불러주세요.'

'개소리.'

'그 단어에 질릴 때도 되지 않았습니까? 비렴의 방주는 자유로운 새와 같은 존재예요. 당신의 것으로 만들고자 한다면, 마음을 얻어야 합니다.'

벼락같은 깨달음이 뒤통수를 때렸다. 나는 오금까지 소름이 돋는 것을 느끼며 눈앞의 신물을 쳐다보았다. 그건- '이브'에게 신물을 설명하던 '니키'의 말은 비유나 이야기가 아니라 경험담이었다. 에테르도 없는 사람이 도대체 무슨 수로… 아니, 지금 중요한 건 이 게 아니다.

"방주를 쓰다듬으면서, 자장가를 불러줘야 합니다."

"뭐?"

그녀가 인상을 썼다.

"무슨 개소리인지 모르겠군."

"하하하."

'이브'가 당신이구나. 그런 확신이 들자 이런 상황에서도 웃음이 터졌다. 사랑하는 아들을 위해 동화책의 주인공이 된 부부라니, 이 보다 낭만적인 뒷이야기가 또 어디 있을까.

"《이브의 대모험》에 그렇게 나와 있었습니다. 비렴의 방주는 자유로운 새와 같아서, 복속시키려면 마음을 얻어야 한다고요."

"…허."

"부군의 저서인데 안 읽어보셨습니까? 명작입니다."

나는 씩 웃으며 기둥에서 한 걸음을 뗐다. 품안의 레서판다 삼총사는 황제에게 가도록 했다. 그녀가 눈을 가늘게 떴다.

"너."

"제가 해야 합니다. 아빠 보호자님께선 어떻게 어르셨는지 모르겠지만, 지금 녀석이 깨어난 건 저 때문인 것 같거든요."

"아빠 보호자?"

황제가 중얼거렸다. 나는 또 한 발을 떼며 슬쩍 뒤를 살폈다.

-쏴아, 쏴아아…!

깎아지른 절벽 끝, 종탑을 끌어내릴 것처럼 들이치는 파도가 보였다. 나는 데미에게 덩굴로 안전줄을 만들어 달라고 할까 잠깐 고민했다. 하지만 그러면 식물을 지탱하는 종탑이 무너지거나, 종탑의 기반인 절벽이 부서질 공산이 컸다. 진짜 재수가 없어 바위에 부딪히면 그대로 끝이겠지만, 물에 떨어지면 살 수 있을 것이다. … 애초에 떨어지지 말자. 나는 다시 신물을 응시했다. 그리고 아주 천천히, 손을 뻗었다.

[음, 안녕.]

-펄럭…

방주가 느리게 날개를 한 번 팔락였다. 성소로 찬찬히 에테르를 풀어내며 말을 거니, 조금이나마 누그러진 기색이었다. 내 손이 신물에 점점 가까워졌다.

[괜찮아. 해치지 않,]

-퍼억!

몸이 붕 떴다. 내 시야가 순식간에 종탑을 벗어났다. 새파란 하늘이 보였다. 너무 나댔군.

* * *

"안 돼!"

-끼이이이!

프레데리크 황제가 외쳤다. 데미도 절박한 울음을 토했다.

-휘이이이!

"윽…"

추락 속도가 빨라 귓가에 바람이 휘감겼다. 반쯤 감긴 눈 사이로, 데미가 덩굴을 피워내는 것이 보였다. '저러면 종탑이 무너질 수도 있는데' 하는 걱정과 함께 뒤늦은 공포가 밀려왔다. 뒤를 돌아보고 싶으면서도 보기 싫었다. 종탑이 순식간에 멀어졌다. 나는 눈을 질끈 감았다. 제발 바다였으면 좋겠다. 물, 물이어라-

-철썩!

등에 시원한 물이 닿았다. 그리고,

-와당탕퉁탕!

"커헉!"

"아, 내 허리!"

"크."

나는 바닥 위를 무참히 나뒹굴었다. 잠깐, 바닥이 아닌 것 같은데…

"아으, 아이고."

충격이 제법 커서 신음이 절로 나왔다. 바다가 아닌데, 바위도 아니었다. 말이 안 되는 상황이라 머리가 후딱후딱 돌아가지 않았다. 딱딱하면서도 푹신하고, 시커먼 무언가가 시야를 가득 채웠다. 이건 내 현재와 앞날을 묘사하는 건가? 아니면 이미 죽었다는 신호?

"비켜."

"왕자님, 괜찮으세요?"

익숙한, 너무 많이 익숙한 목소리에 나는 눈을 크게 떴다. 반사적으로 상체를 벌떡 일으켰다. 잔뜩 역정 난 주황색 옥안玉眼이 나를 올려다보고 있었다.

"미친, 왜 여기…"

말이 제대로 안 나왔다. 정신이 하나도 없는 와중에 이마가 쿡쿡 쑤셨다. 황자 놈의 철심 같은 울대뼈에 머리를 박은 모양이었다. 나는 이맛전을 문지르며 몰아치는 생각을 문장으로 만들고자 애를 썼다.

"나 절벽에서 떨어졌는데?"

"내가 받았고."

"제가 먼저 받았습니다. 물로 낙하 속도를 낮췄거든요."

황자가 짜증스럽게 대꾸하자, 발랄한 음성이 설명을 덧붙였다. 나는 빠르게 고개를 돌렸다.

"…사르네즈 공녀?"

"네! 그런데 잠깐만 비켜주시겠어요? 두 분 다리 사이에 제 다리가 끼어서요."

"아, 죄송합니다!"

나는 후닥닥 인간 매트리스를 벗어났다. 크리스텔이 다람쥐처럼 잽싸게 몸을 빼냈다. 그녀는 허리가 아프다고 조금 끙끙거리더니, 곧 파스 모양의 얼음 조각을 만들어 자신의 등에 갖다 댔다. 천재인 게 분명했다. 아니, 이게 아니라.

"감사합니다, 두 분 다요. 절 구해주셨습니다."

일단 가장 먼저 해야 할 말을 꺼냈다. 지나치게 황당한 상황에 여전히 숨이 가빴다. 온몸이 쑤시고 이마엔 혹이 날 것 같았지만, 그보다 중요한 건 이게 도대체 어떻게 된 일이냐는 거였다. 황자가 고상한 몸놀림으로 자리에서 일어났다. 나는 천천히 사방을 둘러보았다. 사람. 돛과 돛대. 나무로 만든 갑판. 그 너머로 보이는 하늘…

"…배잖아."

그것도 허공에 둥둥 뜬 배.

"해적선이에요."

뭐요?

"왕자님께서 해적을 조심하라고 말씀하신 게 기억났어요. 그래서 조심하다 보니 이렇게 되고 말았습니다."

"조심하다가 해적선을 납치하셨다고요?"

납치당할까 봐 조심하라고 한 건데 납치범이 돼버리네. 전개를 이렇게 트네.

"살다 보면 이런 일도 있는 거겠죠. 몸은 좀 어떠십니까?"

귀에 익은 또 한 사람의 목소리였다. 나는 살짝 넋이 나가서 눈을 돌렸다. 암녹색 단발을 휘날리며 다가온 엘리자베트 경이, 바닥에 나동그라진 해적 모자를 탁탁 털어 크리스텔의 머리에 씌워주고 있었다. 해적왕의 오른팔 포지션인가?

"전 멀쩡합니다. 그런데 설마, 무테 백작령에서 여기까지 해적선을 타고 오신 겁니까?"

내가 물었다. 머릿속이 느릿느릿 이성을 찾고 있었다. 크리스텔과 엘리자베트 경은 분명히 나와 따로 여름휴가를 떠났다. 그리고 이곳은 원칙적으로 외부인의 출입이 금지된 영지, 이블린이었다. 아무리 무테 백작령이 이블린 바로 옆에 붙어있다지만 육로로는 접근할 수가 없었을 터였다.

"그게요, 왕자님. 설명하자면 깁니다. 일단 표류를 하게 된 계기가 있는데…"

표류우?

"종탑에 무슨 일이 있었던 거지?"

세드리크 황자가 크리스텔의 말허리를 자르고 들어왔다. 그는 나를 뚫어져라 응시하고 있었다. 그제야 정신이 번쩍 났다!

"신물이요! '비렴의 방주'가 깨어났습니다. 그런데 꼭 생명체처럼 낯가림이 심합니다. 저도 방주의 날개에 맞아서 밖으로 떨어진 거고요."

"…깨어난 건 그대의 에테르 때문이겠군."

"네. 능력을 쓰고 있진 않지만, 지금도 기둥을 부술 정도의 공격성을 보입니다. 진정시키지 않으면 종탑이 위험할지도 모릅니다."

나는 재깍 몸을 돌려 종탑을 올려보았다. 우리를 내려다보며 허탈하게 웃고 있는 황제와, 그녀의 발밑에 딱 붙어있는 레서판다 셋이 눈에 들어왔다. 한 100미터는 떨어지는 기분이었는데 이제 보니 20미터쯤 추락한 것 같았다. 나는 괜찮다는 의미로 팔을 뻗어 가볍게 흔들었,

"윽."

무의식적으로 배를 감쌌다. 갑자기 힘을 주니 명치 아래가 욱신거렸다.

"왕자님, 추락하면서 다치신 겁니까?"

"아뇨, 괜찮습니다. 이건 황자님한테 맞아서-"

젠장, 잘못 말했다. 나는 즉각 입을 다물었다. 엊그제 세이디를 안아 들었다가 발로 차인 부위에 멍이 들었는데, 조금 전 신물의 공

격을 받은 곳도 하필이면 거기였다. 그래도 골절을 입진 않은 걸 보니 방주가 세기를 조절한 듯싶었다. …아니면 다치게 할 의도가 없었거나. 설마 '공격'이 아니었나?

"세상에."

크리스텔이 중얼거렸다. 그녀는 재활용 안 되는 쓰레기를 보는 눈으로 황자를 쳐다보았다. 황자가 미간을 찌푸렸다.

"나는 그런 적이,"

"기사가 비무장 신관을 쳐?"

기어코 엘리자베트 경이 말을 깠다. 회색 눈동자에 경멸이 들어찼다.

"명예는 다 갖다 버렸냐?"

"엘리자베트."

"제가 맞을 짓을 하긴 했습니다. 지금 그것보다 중요한 건 신물의 마음을 얻는 겁니다."

내가 세 사람 사이를 중재했다. 그러자 엘리자베트 경이 경악하고, 크리스텔은 몹시 안타깝다는 얼굴로 내 손등을 쓸었다.

"맞을 짓이라뇨, 그런 말씀 하지 마세요. 잘못한 놈은 따로 있는데."

나는 입을 벙긋거렸다. 그야, 그때는 허락 없이 세이디의 몸에 손을 댔으니 걷어차여도 할 말이 없는 처지였다. 하지만 지금 내겐 전후 사정을 또박또박 설명할 여유도, 그럴 방법도 없었다.

"네, 황자님이 잘못하시긴 했습니다. 아무튼 당장은 신물이 더 급합니다. 두 분,《와장창! 이브의 대모험》을 읽어보셨죠?"

-콰앙!

머리 위에서 굉음이 터졌다. 우리는 동시에 종탑을 바라보았다. 황제가 팔을 휘둘러 문제없다는 표시를 해 보였다. 이어 호드득, 돌 부스러기가 떨어져 내렸다.

"그대가 그 책을 어떻게 알지?"

황자가 고개를 내리며 추궁했다. 나는 크리스텔과 시선을 교환했다.

"황실 서고에서 발견했습니다. 황자님을 위해 쓰인 동화니까 내용을 기억하실 겁니다. 방주는 자유로운 새와 같아서, 마음을 사려면 쓰다듬으며 자장가를 불러줘야 한다고요."

"…그래."

"혹시 그게 비유적인 표현인가요? 저는 있는 그대로 해석했는데, 자장가가 특정 주문이나 시$_{詩}$를 가리키는 겁니까?"

"아니, 말 그대로야."

그의 눈동자가 과거를 헤아리듯 멀어졌다. 가만히 듣고 있던 엘리자베트 경이 신속한 판단을 내렸다.

"배를 더 위로 올려야겠습니다. 헤인스 경!"

헤인스 경?

"지금도 너무 힘든데요…"

이번엔 모르는 사람의 목소리였다. 뒤를 돌자, 아무렇게나 쌓인 나무통 사이에서 낯선 청년이 모습을 드러냈다. 남자는 긴 백발을 목 근처에서 대충 묶어 정수리가 삐죽삐죽했고, 턱은 면도를 제대로 하지 않아 희끗했다. 민트색 눈동자는 피로와 귀찮음에 찌들어

있었다. 표정이 흐린 탓에 뚜렷한 이목구비가 묻히는 듯했다.

"예서 페네티안 왕자님이시군요."

그가 나를 보더니 깊이 허리를 숙여 절했다. 제국식 인사는 아니었다. 언뜻 눈에 이채가 돌았던 것 같은데, 몸을 세운 사내의 시선은 다시 눅눅해져 있었다.

"교황청의 성기사, 요한 헤인스입니다."

"아, 네. 말씀 전해 들었습니다. 수고가 많으십니다."

내가 대답했다. 이 사람이, '마수 대토벌' 이후로 크리스텔과 황자의 교육을 담당하고 있다는 사내였다. 아직 젊은데 팔자가 사나웠다.

"초면에 실례합니다. 지금 배를 띄우고 있는 게 경이십니까?"

"네. 저는 공기 속성의 성기사거든요."

"그럼 제가 에테르를 제공할 테니, 고도를 좀 높여주실 수 있을까요?"

내 말에, 그의 눈이 일순 커졌다가 빠르게 가라앉았다.

"그렇게 하죠."

"고맙습니다."

-파아앗…!

나는 즉시 성소를 개방했다. 크리스텔이 '웬일로 선생님이 적극적이시네' 하고 혼잣말했다. 헤인스 경은 황금빛 서클을 녹일 듯이 바라보았다. 그러고는 내 에테르를 아주 천천히 받아들였다. 마치 밥을 꼭꼭 씹어 삼키는 것처럼. 이어, 해적선이 두둥실 떠올랐다.

-휘이이잉…!

바닷바람과는 다른, 기묘한 공기의 흐름이 선박을 간지럽혔다. 곧 배가 엘리베이터처럼 부드럽게 상승했다. 눈앞에서 하얀 절벽이 쓱쓱 지나갔다.

"봐도 봐도 신기하다니까요."

크리스텔이 활짝 웃으며 즐거워했다. 공기 속성의 성기사는 '퇴계공'에 빙의한 후 두 번째로 만나는 것이었는데, 이렇게 대단한 능력까지 있는 줄은 몰랐다. 손에 잡힐 듯 불투명한 바람결이 내 머리칼을 한 번 흩뜨리고 지나갔다. 뱃머리가 순식간에 종탑 끝에 닿았다.

"다 왔어요."

헤인스 경이 덤덤하게 말했다. 눈높이가 같아진 황제가 어처구니없다는 듯 웃었다.

"감히 누가 이블린에 배를 대나 했더니. 인질이 된 이블린 공작과 귀족 출신 해적단이로군."

"지상에 강림하신 태양을 뵙습니다."

엘리자베트 경을 필두로, 배에 서있던 모두가 그녀를 향해 깍듯이 인사했다. 나는 불과 몇 분 전에 헤어진 사람이었지만 그냥 같이 몸을 숙였다. 공중에 뜬 해적선과 절벽 끝 하얀 종탑, 그리고 꼭대기에 선 이들의 조우라니 무슨 초현실주의 그림 같았다.

"크나큰 죄를 지었습니다."

"네 녀석들의 해명은 별궁에서 듣겠다. 그래서, 왕족 신관의 다음 계획은 뭐지?"

황제가 느긋하게 종탑 끄트머리에 걸터앉았다. 조연 주제에 겁없이 나대다가 이 꼴이 된 걸 생각하니 얼굴이 절로 홧홧해졌다. 나는 일단 손을 뻗었다. 데미, 레아, 페리가 차례대로 달려와 내 다리에 매미처럼 매달렸다. 언뜻 살핀 신물은 작게 날개를 떨고 있었다. 무서워하는 것 같기도 하고.

"재도전입니다. 황자님의 말로는 '자장가'에 다른 의미는 없다고 합니다. 제가 실패했으니 다른 분이 시도해 보시는 게 좋겠죠."

내가 침착하게 대답했다. 그러자 크리스텔이 스리슬쩍 손을 들었다.

"저, 노래 좀 합니다."

모두의 시선이 그녀에게 휙 쏠렸다. 황제와 엘리자베트 경, 헤인스 경이 '오' 하는 소리를 냈다. 순간 정은서의 말이 뇌리를 스쳤다. 대부분의 기억은 꼭 이렇게 비슷한 상황이 닥쳐서야 떠오르곤 했다.

'우리 크리스는 완벽하지… 이뻐, 키 커, 옷 잘 입어, 노래 잘해.'
'소설에 노래하는 장면이 있어?'
'그냥 노래했다고만 짧게 나왔는데 그거 듣고 세레기가 미소 지었대. 아이스 프린스 다 죽었죠?'

"…그럼 공녀부터 도전하시죠."

"도전!"

내 말에 크리스텔이 유쾌하게 외치며 종탑으로 진출했다. 황자가 듣고 웃을 정도라면 분명 엄청난 실력자일 터였다. 신물의 문제 행동 교정이 어쩌다 오디션 프로그램이 된 건진 모르겠지만, 크리스텔은 퇴계공의 주인공이었다. 이런 사건을 해결할 가능성이 제일 큰 것도, 작가의 개연성을 가장 아낌없이 투자받는 것도 그녀였다.

"불가능해."

내 왼쪽에 선 황자가 말했다. 뭐가 그리 못 미더운지 헤검에 왼손을 얹은 채였다. 나는 크리스텔과 신물을 전부 감쌀 만큼 성소를 넓히고, 에테르를 흘려보내며 그의 말을 받았다.

"공녀라면 잘 해낼 겁니다."

"이해를 못 하는군."

크리스텔이 느릿느릿 방주에 손을 뻗고 있었다. 연보랏빛 날개가 바들바들했다. 이어 흘러나오는 황자의 중저음은 무척 비밀스럽고 심각했다. 동시에 크리스텔도 입술을 열었다.

"대공께서는 음치―"

"자! 장자자항! 우리 아기히? 자장자! 장! 우리 아! 기!"

엉?

"꼬꼬닭아? 우! 지마라!"

"엄마, 어떡해…"

우리 뒤에 있던 엘리자베트 경이 갑판에 털버덕 주저앉아 흐느끼기 시작했다. 어떻게든 웃음을 참느라 시뻘게진 목이 보였다. 나는 어안이 벙벙해서 눈을 깜빡거렸다. 레서판다들이 술렁였다. 기둥에 기댄 황제가 주먹을 깨물고 있었다.

"우! 리아기! 잠으으으을? 깰? 라!"

이거 무슨 시스템 오류 같은 거 아냐? 사람이 저렇게 박치인 동시에 음치일 수가 있어?

"…기우였군."

황자가 낮게 중얼거렸다. 넌 왜 쓸데없이 멋있게 말해서 정말 안심해도 될 것 같은 분위기를 조성하는 거냐?

-팔락, 팔락…

크리스텔의 '자장가'를 들은 신물이 신중하게 움직였다. 나는 진노한 방주가 날카로운 깃털로 그녀의 손을 베거나, 본격적으로 공기의 능력을 쓸까 봐 크게 긴장했다. 그때였다.

-사르르…

"아유, 착하네."

신물이, 날개를 둥글게 말아 크리스텔을 끌어안았다. 턱이 빠질 것 같았다.

* * *

'잘 보십시오. 지금 신물이 공녀의 목을 조르려는 것 같습니다.'

작가의 문제 해결 방식에 큰 충격을 받은 나머지, 나는 황자에게 그런 소리를 했다. 놈은 내가 얼빠진 것도 모르고 진지하게 받아쳤다.

'아니야.'

'왜 그렇게 단호하세요. 단호박입니까?'

'무슨 헛소리지?'

크리스텔의 노래에 놀라 아무 코멘트나 주워섬긴 것 같기도 했다.

'아쉽게도 공녀께서는 저희와 함께하실 수 없게 되었습니다.'

'잘됐군.'

7. 세상에 나쁜 신물은 없다

시원한 북해의 바람이, 사람 놀리듯 머리칼을 헝클어놓고는 멀어졌다.

-휘이이…

"아니… 이게 말이 되나."

나는 풀밭 위 매트에 앉아 종탑 꼭대기를 올려다보았다. 기가 차서 자꾸 헛숨이 나왔다. 하얀 절벽은 무슨 소란이 있었냐는 듯, 언제 신물이 말썽을 피웠냐는 듯 평화로웠다. 정작 '비렴의 방주'를 진정시킨 크리스텔은 결과에 크게 신경을 쓰지도 않았다. 그녀는 내 맞은편에 앉아, 산뜻한 표정으로 크렘 카라멜을 해치우고 있을 따름이었다. 정신력 강하네. 역시 주인공이라 이건가.

"많이 놀랐겠구나."

내 옆에 앉아있던 부티에 추기경이, 피크닉 바구니에서 유리병을 꺼내 건넸다. 스피어민트 차였다.

"고맙습니다. 전하께서는 괜찮으십니까?"

내가 물었다. 사실 어느 모로 봐도 여기서 제일 당황한 건 나였다. 추기경은 종탑을 나가면서도 피크닉 바구니를 챙기는 침착함을 발휘했다. 우리가 신물을 진정시킨 뒤 지상으로 내려왔을 때는, 무려 풀밭에 매트를 펼쳐놓은 채 일행을 기다리고 있었다. 나는 크리스텔이 크게 다치거나 대단한 각성을 할까 싶어 긴장했는데, 나만 진심이었던 듯했다.

"두 사람을 믿었으니까. 그런데 공작 전하와 해적단까지 달고 올 줄은 몰랐어."

추기경이 부드럽게 대답했다. 쓴웃음이 절로 나왔다. 내가 두 어른을 모시고 절벽 트레킹을 하는 사이, 주인공이 바다에서 모험을 하다 여기까지 흘러온 건 누가 봐도 굉장한 우연이었다. 하지만 나는 이것이 작가의 안배임을 알았다.

주인공들과 떨어져 휴가를 보내고자 했는데도, 두 사람 없이 움직였는데도 결국 내가 그들의 서사에 얽히고 말았으니까. 심지어 일행이 무탈히 종탑을 빠져나온 데엔 두 사람의 등장이 주효했다. 나는 언젠가 둘과 얽혀 죽을 운명이면서, 이번에는 둘 덕분에 무사했던 것이다. 마음이 미로처럼 복잡해졌다.

"…신물은 저대로 괜찮을까요?"

그래서 일부러 다른 질문을 꺼냈다. 추기경이 베이지색 눈을 들어 종탑을 바라보았다. 연보랏빛으로 반짝이는 거대한 날개가, 바람에 맞춰 살랑살랑 몸을 흔들고 있었다. 신물은 생명체가 아니라지만 어쩐지 기분이 좋아 보였다. 크리스텔을 꼭 끌어안았다가 놓아준 방주는, 이후로 내내 저렇게 산들거리기만 했다. 황자에게도 제법 흥미를 보였고, 내가 다시 손을 뻗었을 때는 얌전히 깃을 내주었다. 놀라운 변화였다.

"아마 그럴 거야. 며칠 더 지켜봐야겠지만. 저 아이는 주인을 택하지 않고 저렇게 오랫동안 절벽에서 지냈거든."

"주인이 없었다고요?"

추기경이 내 눈동자에서 뒷말을 읽어냈다. 그녀는 커피를 마시며 설명을 이었다.

"알렉상드르는, 뭐랄까. 방주의 친구 같은 존재였어. 나와 프레데리크조차 둘의 관계를 완벽히 이해하진 못했단다. 세상에 그럴 수 있는 게 어디 있겠니."

"…"

"방주는 다른 신물들과 달라. '화성의 혜검'이나 '수목의 신궁'도 주인을 택하는 기준이 까다롭다지만, 저 앤 유별난 데가 있어."

나는 차를 음미하며 조용히 《이브의 대모험》을 곱씹었다. '자유로운 새와 같다'라는 작중의 표현이, 말 그대로 신물의 분방한 성정을 뜻하는 거라면 이해가 갔다. 인간이 방주의 마음을 얻을 순 있어도 영원한 주군이 되는 일은 없다는 의미인 듯했다. 그 증거로 방주는 크리스텔을 따라 지상으로 이동하지 않았고, 그녀에게 더 질척거리지도 않았다.

"그래도 공녀의 목소리에 반응할 줄은 몰랐습니다."

"응, 의외였어. 자장가가 아래까지 들렸는데, 알렉상드르도 그것보단 잘 불렀거든."

"지금 제 얘기 하시는 건가요?"

바바 오 럼을 집어먹던 발라드계의 귀공녀가, 청회색 눈을 동그랗게 뜨고 우리를 바라보았다. 그래, 주인공이 음치일 수도 있지. 오히려 그게 다수의 '퇴계공' 독자에게는 큰 매력으로 다가왔을 터였다. 나야 뒤통수가 얼얼하지만 이곳엔 내 원망을 들어줄 정은서가 없었다.

"조금 전 공녀의 가창이 훌륭했다는 이야기였습니다."

"흐흥. 그런 말을 자주 듣긴 했습니다. 감사합니다."

크리스텔이 조금 쑥스러워하며 아이스 아메리카노를 찾았다. 심지어 본인은 음치인 걸 모르는 모양이었다. 나는 조용히 고개를 주억거리며 다시 종탑을 응시했다. 대공의 책에 따르면 방주는 태초부터 저곳에 있었다고 했다.

종탑은 그로부터 오랜 시간이 흘러, 제국에서 신물을 모시고자 뒤늦게 올린 건축물이었다. 옆에 있는 신전 역시 그때 지어진 것이었다. 인간의 기도를 기껍게 여긴 방주가, 제국에 접근하는 해적이나 적군을 폭풍으로 쫓아냈다는 전설도 있었다. 그러니까 녀석이 주신처럼 변덕스럽지 않다면, 저 자리에서 점잖게 예전의 역할을 다할 수도 있을 터였다.

"…아무튼 잘 풀렸네."

내가 중얼거렸다. 가까운 벗이 세상을 떠나 오랫동안 마음의 문을 닫았다가,

내 에테르로 깨어난 뒤엔 낯선 이의 접근에 놀라 발버둥 쳤다가,

친구와 비슷한 가락의 자장가를 듣고 나서야 겨우 진정한 신물.

주신의 권능이라는 타이틀을 달고 있으면서 하는 양은 꼭 강아지나 어린아이 같았다. 조금 짠하기도 했다. 나는 프로피테롤 하나를 집어 입에 쏙 넣었다. 바삭하고 달콤한 게 들어가니 정신이 더욱 또렷해졌다.

"데미가 어디 갔지."

그제야 레서판다 한 마리가 보이지 않는다는 걸 깨달았다. 나는 찬찬히 사방을 살폈다. 프레데리크 황제와 엘리자베트 경은 해적선 수습을 위해 먼저 자리를 뜬 상태였다. 특히 소백작은 해적선이 표류해서 이블린에 들이닥치고, 이블린 공작이 승선하게 된 경위까지 상세히 보고해야 했다.

사고 친 주인공은 따로 있는데 해명은 측근이 하는 셈이었다. 배에 같이 타고 있던 소수의 기사도 줄줄이 소시지처럼 딸려 갔다.

"저기는 아니고…"

두 주인공의 선생, 요한 헤인즈 경이 멀리 떨어진 풀밭에 누워 취침 중이었다. 나는 고개를 반대편으로 돌렸다. 레아, 페리가 황자와 함께 숲 근처에 있었다. 아까부터 그를 성가시게 하더니 기어코 놀거리를 뜯어낸 듯싶었다. 저게 뭐지, 그냥 공인가?

"불꽃으로 장난감도 만들 줄 아시네요."

크리스텔이 감탄하듯 말했다. 자신에겐 늘 공격만 퍼부어 대서 저런 기술이 있는지는 몰랐다고 했다. 부친의 무덤 주변에 마수의 흔적이 있는지 확인하던 황자는, 불꽃 탱탱볼 두 개를 레서판다들에게 뿌린 뒤 다시 하던 일에 집중하고 있었다. 신수들은 저렇게 종종 황자에게 친근함을 내비치곤 했다. 같이 사르네즈 공작령을 오간 추억이 좋았던 모양이었다.

"그런데 황자님은 왜 피서 중에 털가죽을 두르고 있습니까?"

내가 불쑥 물었다. 엄밀히 말하면 북부 대공도 아니면서, 뭐 때문에 콘셉트에 충실한 거냐.

"알렉상드르의 유품이거든. 생전에 추위를 많이 탔어."

"근사하네요. 저도 한 벌 갖고 싶어질 정도입니다."

내가 빠르게 덧붙였다. 추기경이 소리 내어 웃었다.

"이곳에 머무를 때는 이블린 공작이라고 불러주렴. 그게 약속이란다."

"그렇군요. 알겠습니다."

나는 작게 숨을 삼켰다. 알렉상드르 국서가 이블린 대공일지도 모른다고 한 번은 생각했기 때문에, 황자와 이블린 공작을 연결 짓는 게 크게 어색하진 않았다. 좀 쪽팔려서 그렇지.

"그럼 공작님이 훗날 대공 위에 오르는 겁니까?"

"그건 아니야."

내가 건넨 프로피테롤을 받아들며 추기경이 미소했다.

"아니라고요?"

"제국의 대공은 알렉상드르 한 명뿐이거든. 프레데리크가 그렇게 정해버렸어."

"…"

나와 크리스텔이 추기경을 뚫어져라 바라보았다. 대충, 아주 대충 짐작 가는 바가 있긴 했다. 〈격주간 리에스테르〉에서 대공을 '공작 위를 버리고 사랑을 택한 남자'라고 표현한 적이 있었기 때문이다. 그는 어쩌면 자신의 가문을 저버리고 국서가 된 것일지도 몰랐다.

"블랑케르 공작가는 제국 동부의 유서 깊은 마법사 가문이지."

끝내 우리의 시선을 이기지 못한 추기경이, 웃음기를 띤 채 입을 열었다. 제국의 사정에 어두운 볼모와, 기억이 온전치 않은 공녀를 위한 맞춤 수업이 이어졌다.

"알다시피 대륙의 재산과 작위 상속은 맏이를 우선으로 이루어져. 알렉상드르는 블랑케르 가문의 첫째였고, 촉망받는 마법사였단다. 공작가를 드높일 천재라는 말이 사교계에 널리 퍼져있었지. 프레데리크와 몰래 약혼했다는 사실이 알려졌을 땐, 공작가의 방계까지 들고 일어나서 반대할 정도였어."

"귀한 인재를 황실에 빼앗길 수 없다는 입장이었군요."

"응, 하지만 알렉상드르는 고집이 아주 센 사람이었지. 소공작이 되기 하루 전에 짐을 싸서 가출해 버렸단다."

"와, 낭만적이시네요."

크리스텔이 말했다. 추기경은 쓰게 웃었다.

"어리기도 했고. 그 후에, 프레데리크가 선황 폐하를 독촉해 국혼을 올렸어. 서로 좋다는데 어쩌겠니."

"그럼 공작가와의 관계는 어떻게 된 겁니까?"

내가 질문했다. 흥미진진했다. 《이브의 대모험》 시리즈의 주인공이 '블랑케르'라는 성을 지닌 데엔 다 이유가 있었다.

"블랑케르 가문은 황실과 오랜 세월 좋은 관계를 유지해 왔단다. 영지가 신국과 국경을 맞대고 있는 만큼, 황실의 지원과 지지는 필수였으니까. 당시 공작 부부는 그걸 잊을 정도로 어리석지 않았어. 그래서 국혼 날짜가 잡힌 뒤론 심한 어깃장을 놓지도 않았지. 다만…"

추기경이 커피를 한 모금 머금었다. 나와 크리스텔은 유튜브 중간 광고에 걸린 심정으로 그녀의 뒷말을 기다렸다.

"알렉상드르를 가문에서 쫓아냈어. 완전히 인연을 끊어냈단다. 가계도에서 이름을 지우고, 가족과 서신을 주고받지도 못하게 만들었어."

"왜…"

"글쎄. 가문의 위신과 자존심이 걸린 일이었을까? 잘 모르겠구

나. 나라면 그렇게 하지 않았을 테니."

그녀가 작게 읊조렸다. 안쓰러운 마음이 밀물처럼 차올랐다. 아무리 집안의 권위가 중요하다고 해도, 사랑하는 가족을 외톨이로 만드는 건 내가 평생 이해하지 못할 징벌이었다.

"그래서 프레데리크가 알렉상드르에게 자신의 땅을 선물했어. 황실 사유지 중 가장 경치가 좋고 아름다운 곳을 내어주면서, '이블린'이라는 이름도 내렸지. 신물을 모신 곳인데도 전혀 망설이지 않았어. 제위에 오르고 나서는 그를 대공이라 칭하고, 자신이 살아있는 동안엔 다른 누구도 대공이 되지 못할 거라 선포했단다."

"와…"

나와 크리스텔이 동시에 입을 벌렸다. 크리스텔은 반쯤 반한 것 같은 얼굴을 하고 있었다.

"그러니 세드리크는 대공이 되지 못할 거야. 당분간은."

추기경이 말을 맺었다. 나는 왠지 새삼스러운 기분으로 황자를 돌아보았다. 그것이, 그가 부친의 영지를 물려받았음에도 대공이 아닌 공작으로 불리는 이유였다.

-끄으으

그때, 바로 뒤에서 데미의 목소리가 들렸다. 나는 잽싸게 고개를 돌렸다.

"데미. 어디 갔었, 어?"

녀석이 입에서 무언가를 툭 뱉어냈다. 그건 심지어 움직이고 있었다. 내 몸이 잠깐 굳었다.

-삐릿, 삐리리릿!

나는 조막만 한 생명체를 눈자리가 나도록 바라보았다. 동그란 갈색 솜뭉치가 가슴을 오르락내리락하며 울어댔다. 새…?

"에구, 데미가 새를 잡아왔네?"

-끼이익!

크리스텔이 어르듯 말했다. 데미가 나를 보며 자랑스럽게 포효했다.

"데미, 형 주려고 새 잡아온 거야?"

-끼이잇

"그랬구나."

"왕자님, 일단 칭찬해 주셔야 해요. 여기서 당황하거나 거부하면 상처받을지도 모릅니다."

크리스텔이 빠르게 속삭였다. 그건 고양이 아닙니까? 그런 말이 턱 끝까지 차올랐다 가라앉았다. 데미는 지금껏 무언가를 사냥한 적이 없었다. 신수는 에테르만 있으면 살아갈 수 있는 존재였고, 레아나 페리도 인간의 음식을 섭취하지 않았다. 데미가 특이하게 과일이나 꽃을 좋아하긴 했지만 고기를 먹은 일은 없었다. 이게 갑자기 무슨…

"어, 잘했어. 우리 데미 최고다. 멋있다."

"안아줘야지, 안아주세요."

"이리 와."

크리스텔의 조언에 따라 재빨리 팔을 벌렸다. 데미가 코끝을 찡긋거리며 내게 와락 안겨들었다. 나는 녀석의 하얀 귀를 쓰다듬어 주며 '사냥물'을 관찰했다. 참새랑 조금 닮았는데, 참새는 아닌 것 같았다. 다행히 다친 곳은 없어 보였다. 날아가지 않고 계속 몸을 갸웃거리며 크리스텔과 나를 살피는 것이 희한했다. 혹시 신수인가?

"굴뚝새로구나."

상황을 묵묵히 주시하던 추기경이 나긋하게 말했다. 레서판다와 달리, 이곳에 원래 존재하는 생물이긴 한 모양이었다. 그러자 크리스텔이 자신 있게 발언했다.

"이름은 뚝배기로 하시죠."

"예?"

설마… 굴뚝새라서?

8. ✦ 나만 아니면 돼

"…공녀, 일단 이 녀석의 둥지를 찾아주는 게 먼저일 듯싶습니다."

나는 차분히 대답했다. 데미가 그럴 애는 아니지만, 혹시나 멀쩡한 남의 집을 털어 굴뚝새를 잡아왔을지도 몰랐다. 다친 곳이 없다면 집에 돌려보내 주는 게 옳았다. 음치이자 박치이며, 지독한 작명 센스를 자랑하는 우리의 주인공은 그제야 '아' 하고 고개를 한 번 끄덕였다.

"하긴 그게 먼저겠네요. 너무 귀여워서 제가 흥분했습니다."

귀엽다고 생각하면서 뚝배기라는 이름을 권한다고?

"귀여운 건 인정합니다."

나는 그렇게 말하며 조심스레 굴뚝새에게 손을 뻗었다. 녀석은 까만 눈을 바쁘게 깜빡이고 노란 부리를 벌렸다 닫았다 하면서도, 여전히 사람을 경계하지 않았다. 이블린에는 영지민이 없으니, 근처에서 누가 키우던 새도 아닐 텐데.

"집에 데려다줄게."

-삐르르르, 삐삐!

　놀랍게도 굴뚝새는 내 손바닥 위에 홀짝 올라탔다. 이쯤 되니 데미가 이 녀석을 잡아온 게 아니라, 그냥 둘이 친구인 거 아닌가 싶었다. 나는 부티에 추기경에게 양해를 구한 뒤 천천히 매트에서 일어났다. 크리스텔도 따라서 몸을 일으켰다. 피곤하지도 않은지 청회색 눈동자가 별처럼 반짝거렸다.

　-삐리리릿

　"데미, 굴뚝새 어디서 물어왔어? 다시 가보자."

　-끼이잉

　찰떡같이 내 말을 알아들은 데미가, 국수 가락처럼 후루룩 품을 벗어났다. 나와 크리스텔은 앞서가는 데미를 따라 걸음을 옮겼다. 흘끔 우리의 동태를 확인하는 세드리크 황자의 모습이 보였다.

　-저벅, 저벅, 저벅…

　손바닥 위의 체온이 너무 작고 보드라워 온몸이 절로 경직됐다. 조금만 세게 쥐어도 꺼질 것 같았다. 정작 굴뚝새는 아무 걱정도 없는 기색이었다. 녀석은 나를 관찰하며 몸통을 기웃거리다가, 역주행이 부담스러웠는지 방향을 틀어 정면을 보고 탔다. 똑똑하네.

　-끼이, 끼이이

　"…여기라고?"

　하얀 절벽 위의 초록 풀밭 끄트머리. 얼마 걷지도 않아 도착한 곳은, 오늘의 뜨거운 감자인 종탑이었다. 데미는 내가 착각이라도 할까 싶었는지 씩씩하게 종탑에 다가섰다. 그러고는 뒷발로 몸을 지탱해 벌떡 일어서서, 앞발로 종탑의 외벽을 쿵 하고 터치했다. 여기가 확실하니까 행여 오해할 생각은 말라는 뜻 같았다.

"…진짜 신수인가?"

내가 굴뚝새를 내려다보며 중얼거렸다. 물론 종탑에 사는 평범한 새일 수도 있었다. 뾰족한 지붕 아래 둥지를 틀었다면 이상한 일도 아니었다. 문제는 데미가 언제 거기까지 올라갔다 왔냐는 건데…

"확인해 보면 되겠지."

멋들어진 중저음이 귓가를 파고들었다. 크리스텔은 그가 다가오는 걸 알았는지 전혀 놀라지 않은 얼굴이었다. 지극히 평범한 인간인 나만 또 움찔했다. 기척 좀 내고 다녀라.

"신수인 걸 확인할 방법이 있습니까?"

내가 침착히 황자에게 물었다. 그러자 그는 고개를 기울이며 주황색 눈동자를 묘하게 빛냈다. 무슨 생각을 하나 싶었더니, 이내 망설임 없이 장갑을 벗고 굴뚝새에게 왼손을 뻗었다. 불꽃을 피우기 직전이었다!

-삐삐삐?

"야! 그러다 새 죽어요!"

나는 전광석화 같은 속도로 굴뚝새를 품 안에 숨겼다. 황자가 뚝뚝하게 입술을 열었다.

"신수라면 공격을 막아낼 텐데."

"왜 공격할 생각부터 하십니까. 그냥 굴뚝새라면 크게 다칠 겁니다."

내 말에, 그는 한쪽 눈썹을 슬쩍 들었다 내리며 다시 장갑을 착용했다. 이거 진짜 미친놈 아닌가? 과연 정은서가 이 인간과 손절한 데는 합당한 이유가 있었다. 외형은 조각상인데 인성이 산산조각이었다. 크리스텔도 어지간히 경악한 눈치였다. 공작님, 회개해라…

"하지만 종탑은 폐쇄됐지. 보수가 끝나기 전까지는 누구도 출입할 수 없어."

그가 경고했다. 그것도 맞는 말이었다. 우리가 종탑을 내려온 직후 황자는 이블린 공작의 권한으로 종탑의 폐문을 명령했다. 추기경의 설명에 따르면, 종탑은 건축된 이래 자잘한 수리를 거쳤을 뿐 대대적인 공사에 들어간 적은 한 번도 없다고 했다. 신물이 문제 행동을 보여 부서진 곳도 많고, 마침 손볼 때가 되기도 했으니 이번 기회에 개축을 진행할 모양이었다.

"그럼 헤인스 경은 어떻습니까?"

내가 물었다. 크리스텔이 나를 올려다보고, 황자가 나를 내려다보며 말없이 설명을 요구했다. 이 구도 진짜 적응 안 되네.

"또 부탁드리긴 죄송하지만, 저분이라면 종탑을 건드리지 않고도 내부나 꼭대기를 확인하실 수 있을 테니까요."

해적선도 둥둥 띄우는 사람인데 자기 한 몸 못 띄우겠는가. 둘의 선생인 요한 헤인스 경이 나서준다면 굴뚝새가 어디서 왔는지 알 수 있을 것 같았다. 만약 둥지가 안에 있다면 이사를 도와줄 수도 있을 터였다.

"…"

두 주인공이 풀밭 한편에 누워 잠든 헤인스 경을 빤히 응시했다. 반박하지 않는 걸 보니 내 의견에 동의하는 듯한데, 어딘가 불만스러운 얼굴들이었다.

* * *

저녁 식사 시간이 됐다.

"여름별궁에서 식사를 하게 되다니, 생에 다시없을 영광입니다."

깨끗한 옷으로 갈아입고 내려온 엘리자베트 경이, 조금은 들뜬 낯으로 말했다. 그녀뿐 아니라 모두가 뽀득뽀득 씻고 새 옷을 입은 상태였다. 나는 원형의 식탁에 둘러앉은 멤버를 새삼스러운 마음으로 둘러보았다. 상석인 황제의 자리가 비어있었고, 그곳에서부터 시계 방향으로 황자, 크리스텔, 엘리자베트 경과 내가 앉아있었다. 나와 황제 사이에는 추기경이 자리할 예정이었다.

이 중에서 야단맞을 각이 잡힌 사람은, 아마 나 빼고 전부이지 싶었다. 엘리자베트 경이 반쯤 긴장한 표정을 하고 있는 것도 그래서였다. 프레데리크 황제와 이블린 공작의 양해로 모두 여름별궁에 묵게 되긴 했지만, 감히 해적선을 끌고 와 황족의 영지에 댄 것은 분명 중죄였다. 그 배에 공작 본인이 승선하고 있었더라도 문제였다.

'세드리크가 적극적으로 막지 않은 잘못이 있잖니.'

별궁으로 돌아오는 길에 추기경은 그렇게 말했다. 친구와 지인이 타고 있다고 해도, 어떤 목적을 지녔는지 확실하지 않은 배를 함부로 영지에 들인 건 경솔한 판단이라고 했다. 충분히 이해할 수 있는 지적이었기에 나 역시 고개를 끄덕였다. 그래, 주인공과 동료는 사고 쳤으니까 혼 좀 나야지.

"식전주는 어떤 것으로 하시겠습니까, 소백작님?"

"그냥 물로 부탁합니다."

별궁 시종의 물음에, 엘리자베트 경이 신중하게 답했다. 안 그래도 혼날 텐데 술까지 마시고 있다간 더 밉보일 거라 생각한 모양이었다. 그러자 크리스텔도 눈치 빠르게 물을 요청했다. 황자는 처음부터 물을 마시고 있었기에 별다른 말을 얹지 않았다. 그와 나의 시선이 잠깐 마주쳤다.

곧바로 '수상한 편지'가 떠올랐다. 그날 밤 세이디를 꽉 붙잡아서 빼앗아야 했나 싶지만, 역시 아이의 모습일 때는 함부로 대할 수가 없었다. 이건 평생 몸에 익은 거라 바꾸지도 못했다. 황제는 아직 편지의 존재를 모르는 듯하니, 다음에 또 작아져서 왔을 때 에테르로 구슬려 볼까 하는 생각이 들었다. 모친에게 알리지 않았다는 건 나와 거래할 의향이 있다는 의미일지도 몰랐다.

"왕자님, 뚝딱이는 어떠세요?"

혼자 메밀차를 마시며 머릿속을 정리하고 있는데, 크리스텔이 어여쁜 목소리로 끔찍한 말을 했다.

"뚝딱이라면,"

"굴뚝새 이름이요."

"…"

나는 적절한 답을 찾지 못해 침묵했다. 낮에 어렵사리 헤인스 경을 깨워 종탑을 살펴봐 달라 부탁했지만, 굴뚝새의 둥지는 결국 어디서도 찾을 수 없었다. 혹시 데미의 입에 들어간 충격으로 날지 못하게 됐나 걱정했는데 그렇지도 않았다.

별궁으로 내려오는 숲길에서, 녀석은 황자의 어깨로 포르르 날아가 앉더니 그의 털 망토를 콕콕 쪼아댔다. 지금은 내 방에서 레서판다 삼총사와 술래잡기를 하며 노는 중이었다. 그냥 가출한 새… 비행飛行 청소년인가.

"뚝딱이는 사랑스러움이 조금 부족하지 않습니까? 아까 보니 무척 예쁘던데, 레티시아나 에므리크 같은 이름은 어떨까요?"

엘리자베트 경이 의견을 냈다. 멋진 후보들이긴 하나, 너무 길어서 부르기 어려울 것 같았다. 우리 셋의 시선이 자연스럽게 황자를 향했다.

"…뭐지?"

그가 살짝 미간을 찌푸렸다. 그때였다.

-달칵

"황제 폐하와 부티에 추기경 전하께서 드십니다."

우리는 잽싸게 몸을 놀려 일어났다. 가볍게 의자 밀리는 소리에 이어, 위엄 있는 발소리가 문을 타고 넘어왔다. 나는 자세를 낮추어 두 어른에게 절을 올렸다. 곧 추기경이 내 왼편에 앉고, 황제가 상석에 착석했다.

"앉아."

황명이 떨어졌다. 다들 숨소리도 내지 않고 궁둥이를 붙였다. 그것을 신호로 시종들이 바쁘게 식사를 내오기 시작했다. 황제는 코스가 길어져 대화가 끊기는 것을 싫어했기 때문에, 일부 메인 요리와 디저트를 제외한 모든 음식이 한 번에 식탁 위로 올랐다. 속을 짓누르는 듯한 정적이 이어졌다. 다들 식탁보 어딘가를 애매하게 바라보고 있었다.

"부디 즐거운 시간 보내시기를 바랍니다. 필요한 게 있으시다면 언제든 종을 울려주십시오."

아무도 즐거운 표정이 아닌데, 별궁의 시종장이 대표로 그런 인사를 올리고 물러갔다. 황제가 손짓하자 그녀의 시종인 로라와 추기경의 시종 나탈리도 자리를 떴다. 이내 식당에는 오롯이 여섯 명만이 남았다.

"먹지."

황제가 숟가락을 들었다. 그녀와 추기경을 시작으로, 모두가 느릿느릿 커틀러리를 움직였다. 나는 먼저 카나페 하나를 집어먹었다. 크래커를 과감히 깨물자, 차곡차곡 쌓인 마스카르포네와 새싹채소가 부드럽게 혀끝에서 섞였다. 신선함의 극치였다.

꼭대기를 앙증맞게 장식한 볶은 깨와 절인 양파는 고소하고 새콤한 풍미를 더했다. 향긋하고 짭짤한 맛이 뭔가 싶어 다른 카나페를 살펴보니, 와인 소금인 것 같았다. 식욕이 절로 돋았다.

"맛있다."

"많이 들렴."

추기경이 상냥하게 말했다. 나는 씩 웃으며 두 번째 카나페를 입에 넣었다.

"세드리크. 오늘 네 판단은 무모했다."

-바삭, 바사삭

"예, 폐하."

나는 턱을 우뚝 멈추었다. 카나페 씹는 소리가 너무 컸다.

"해안에 영지민들이 있었더라도 같은 판단을 했겠느냐? 엘리자베트와 사르네즈 꼬마는 믿을 만한 아이들이라지만, 훗날 황제가 될 자라면 만일의 경우를 고려했어야 해."

"…"

혀만 써서 먹는 게 쉽지 않았다. 나는 가만히 움직임을 멈추고 대화가 끝나기를 기다렸다.

"황자의 몸으로 해적선에 오른 것도 신중하지 못했어. 네 육신은 네 것이 아니라 제국의 것이다."

"명심하겠습니다."

황자가 낮게 대답했다. 내 쪽을 살핀 추기경이 '편히 먹어도 돼' 하고 속삭였다. 나는 고개를 주억거렸다.

"그리고 사르네즈 꼬마야."

"예, 폐하."

-바삭

"나는 네가 성기사가 되는 걸 후원하겠다고 했지, 해적이 되는 걸 후원하겠다고 한 적은 없다. 기억하느냐?"

"기억합니다."

-바삭, 바사삭

나는 다시 입을 멈췄다. 이건 정말 아닌 것 같았다. 꾸지람 듣는 이는 따로 있는데 나까지 가시방석이었다. 아무리 벌의 일환이라지만, 역시 밥상머리에서 이러는 건 나의 문화적 가치관이 받아들이지 못했다. 애들 점심도 간식으로 때웠는데 밥부터 먹이고 혼내시면 안 되겠습니까.

"엘리자베트."

"예, 폐하."

"낮에도 네게 말했지만, 재차 당부하겠다. 너는 변경백의 후계자로서…"

테이블을 대충 훑어보니, 셋 다 지금까지 먹은 게 없었다. 나는 한껏 안쓰러워하며 내 몫의 오리 가슴살을 덜었다. 이건 딱 봐도 소리 나는 음식이 아니라 안전할 터였다. 육질이 워낙 부드러워 나이프가 접시에 쓸리지도 않았다.

"이런 말까지는 안 하려고 했지만, 네 녀석들은 활력이 너무 넘쳐. 결혼할 때가 돼서 그런지."

'쯧' 하고 황제가 혀를 찼다. 와, 드디어 명절 분위기까지 와버렸다. 나는 세 말썽꾼에게 속으로 깊은 유감을 표하며 오리고기를 왕물었다. 보통 저런 이야기엔 '그래서 혼수 해주실 거냐' 내지는 '집 장만 도와주실 거냐' 하고 대꾸하면 된다는데, 황제는 둘 다 해결할 수 있다는 게 문제였다.

"마침 오렐리가 무척 바빠. 다음 달에 리에스테르 주교회의 연례 기도회가 있다는 건 알고 있겠지."

-오독, 오도독

하… 오리고기 위에 얹은 게 아몬드 소스였네. 나는 깊게 한탄하며 입놀림을 정지했다. 아몬드 조각 하나하나가 달콤쌉싸래한 게, 설탕 코팅을 입혀 살짝 태운 것 같았다. 너무 맛있는데 맛있게 먹을 수가 없어서 조금 슬퍼졌다.

"세드리크, 꼬마. 너희 둘은 그 기도회에 참석해서 괜찮은 짝을 찾아보도록 해라. 엘리자베트, 행사의 경호는 네게 맡긴다. 그게

네 벌이야."

"어머니."

"예?"

"폐하, 차라리 죽여주십시오."

황자와 크리스텔이 얼굴을 싹 굳혔다. 엘리자베트 경은 눈앞의 비스크가 사약이라도 되는 것처럼 새파랗게 질렸다. 상황이 심각해 보였다.

-오도독

뭐, 내가 알 바는 아니지만.

* * *

"폐하께서 세 분을 썩 아끼시는 겁니다. 그렇지 않고서야 그 정도 벌로 그쳤을 리가 없지요."

뱅자맹이 웃음기 어린 목소리로 말했다. 따뜻한 수국 차에 얼음을 넣어주는 손짓이 신중했다. 여름별궁의 쉼터는 우리의 마음에 쏙 들었다. 기분을 내기에도, 생각과 정보를 정리하며 티타임을 갖기에도 제격이었다.

웅장한 대저택 같은 별궁 뒤편엔, 적당히 우거지도록 가꾼 작은 숲이 자리했다. 숲속에는 하얀 타일을 깔고 오렌지빛의 지붕을 얹은 파빌리온도 몇 채 있었다. 새것처럼 깨끗한 소파와 의자, 방금 갖다놓은 것 같은 화분들이 신기했다. 타일 밖으로 한 걸음만 나가도 풀과 나무로 가득한데, 지붕 아래만큼은 완벽한 실내처럼 꾸며

져 있다는 게 놀라웠다.

"황자 전하께서는 폐하의 외아들이시니 당연합니다. 엘리자베트 경은 전하의 둘도 없는 친구라 또 어여삐 보셨겠지요. 사르네즈 공녀는 시몽 드 사르네즈 공작의 귀한 딸인 데다, 한때 전하와 혼담이 오간 상대이잖습니까."

"그랬죠. 저도 벌이 제법 가볍다고 생각했습니다."

나는 고개를 주억거리며 베녜 하나를 집어 먹기 시작했다. 오늘의 베녜는 졸인 체리와 크랜베리를 채우고 위에 슈거 파우더를 뿌린 것이었는데, 입에 들어가자마자 단꿈처럼 부드럽게 녹아내렸다. 모양도 맛도 프랑스식 도넛 같은 느낌이었다.

"게다가 세 분이 그렇게 말썽을 피운 것이… 어쩌면 폐하의 젊은 시절을 떠올리게 했을지도 모르겠습니다."

중년인이 부드럽게 덧붙였다. 내가 말을 얹었다.

"폐하께서 부티에 추기경 전하와 말썽을 피우고 다니셨다는 이야긴 들었습니다."

"사실입니다. 보통은 이블린 대공께서 수습을 하시곤 했지요. 아마 세 분에게서 그런 모습을 보고 내심 기꺼워하셨을 겁니다."

그래서 그랬구나 싶었다. 사흘 전, 황제와 추기경이 함께한 저녁 식사는 엄청나게 어려운 분위기 속에서 진행됐다. 하지만 그런 것 치고 크리스텔과 황자, 엘리자베트 경에게 내려진 처벌은 썩 가벼웠다. 막판엔 나와 황자를 제외한 모두가 압생트를 몇 잔씩 걸칠 정도로 공기가 풀어졌다. 가나엘의 말로는, 만약 자신이 그런 짓을 했다면 얄짤없이 지하 감옥에 갇혔을 거라고 했다.

"폐하와 사이가 좋지 않은 가문 사람이었다면 반역 혐의까지 받았을 거예요."

조그만 소파에 앉은 소년이 재잘거렸다. 하긴, 황족의 영지에 해적선을 끌고 왔는데 다른 말이 나오는 것도 이상했다. 나는 피식 웃으며 수국 차를 머금었다.

지난 사흘간 별궁은 무척 조용했다. 황제와 추기경은 애초 '피서'를 왔을 뿐 휴가를 낸 게 아니었으므로, 각자의 집무실에서 국정을 돌보느라 다망했다. 기사들이 황도와 이블린을 급히 오가며 전령 역할을 했다. 엘리자베트 경은 만찬 다음 날 곧장 무테 백작령으로 떠났다. 바다에 던져버린 해적들을 변경백의 기사단이 잘 잡아갔는지, 사후 처리는 어떻게 되고 있는지 등 확인할 게 많다고 했다.

크리스텔과 그녀의 선생인 요한 헤인스 경은 별궁에 남았다. 당분간 이곳에 머물 황자와 함께 수업을 받으라는 황명이 있었기 때문이다. 두 사람은 황궁에서처럼 요란하게 대련하지는 않았다. 게다가 황자는 이블린 공작으로서 그간 밀린 공작령의 일을 처리하느라 바빴다. 나 혼자 여러모로 평화로워서 좋았다.

-쏴아아…

북부의 바람이 나뭇잎과 잔디를 훑고 지나갔다. 상쾌한 기분에 절로 입꼬리가 올라갔다. 뱅자맹과 가나엘은 내가 잘 먹고 마시는 것을 확인한 뒤, 각자 챙겨 온 책을 펼쳐 들었다. 요 며칠 나의 일상은 대체로 이랬다. 잠도 푹 잤다. 나는 언제나처럼 수첩을 열고 깃펜을 들었다.

―피한다 vs 엮인다

 엊그제 써놓은 글씨가 선명하게 나를 반겼다. 나는 두 단어를 원수라도 되는 것처럼 노려보았다. 내 능력으로는, 크리스텔의 서사에 휘말리는 것을 영원히 피할 순 없을지도 몰랐다. 이번 경험으로 느낀 점은 그것이었다. 나는 지금까지 나만 잘하면, 내가 정신 바짝 차리고 두 주인공을 피해 다니면 어련히 살길이 열리리라 믿었다.
 하지만 둘과 함께 이블린까지 와서 여름을 보내고 있는 지금은 조금 회의적이었다. 만약 '퇴계공'의 작가가 크리스텔의 이야기에 나를 필요로 한다면, 다음에도 어떤 식으로든 나를 끼워 맞출 생각이라면 내 저항은 헛수고였다. 게다가 두 사람은 절벽에서 떨어진 나를 구해주기까지 했다. 나는 황자의 울대뼈에 박았던 이마를 괜히 한 번 문질렀다.

―피한다 vs 엮인다
· 엮이면 좋은 점: 정보를 얻기 편할 것임

 그렇게 문장을 덧붙이고 또 종이를 뚫어져라 응시했다. 대체로 주인공은 새로운 정보의 구심점이 되기 마련이었다. 크리스텔은 활달하고 호기심도 충만하니, 생생한 퇴계공 지식을 습득하기에 그녀만큼 괜찮은 파트너도 없을 터였다. 어쩌면 집에 갈 단서를 얻게 될 수도 있었다. 책이나 수업만으로는 배우지 못하는 것들이 그녀의 모험엔 가득할 테니까. 그렇지만…

· *피하면 좋은 점: 전쟁 때까지는 살 수 있음*

어쩐지 목이 타는 기분에, 나는 수국 차 위에 떠있던 얼음 하나를 와드득 깨물었다. 고민은 바로 이 지점에서 가지를 뻗어 나갔다. 내가 두 사람을 피하면서 최대한 원작의 스토리라인에 간섭하지 않으면, 전쟁은 순리대로 일어날 가능성이 컸다.

그렇게 인기 많던 '서브 남주'가 도중에 전사했을 정도로 중요한 이벤트를, 작가가 설마 날릴 것 같지는 않았다. 이 경우 내가 살기 위해 해야 하는 일은 딱 하나였다. 두 주인공과의 접점을 최소화하면서, 전쟁이 끝날 때까지 안전한 곳에서 버티는 것.

"하…"

그러나 내가 주인공들과 엮이는 데 반항하지 않는다면, 그래서 크리스텔과 황자의 앞날에 함께한다면. 원래의 퇴계공은 뼈대조차 남지 않을지도 몰랐다. 안 그래도 두 사람 다 성기사가 되고, 나는 '진짜' 신관이 되어 직업군이 전부 바뀐 마당이었다. 나라는 불확실성을 더하는 건 리스크가 너무 컸다.

두 남녀와 달리 나는 심히 평범한 인간이었다. 실수가 잦고, 운동 신경도 바닥인 데다 주연이나 황족다운 판단을 내리는 사람도 아니었다. 내가 끼어서 이야기가 알 수 없는 방향으로 흘러가고, 그 여파로 죽는 시점이 앞당겨지기라도 한다면…

"골 때리겠지."

내가 중얼거렸다. 생존. 무엇보다 중요한 건 생존이었다. 내가 만일 황제나 추기경으로 빙의해 예서 왕자를 살려야 하는 입장이었다면, 전쟁을 막기 위해서 초장부터 열심히 밑밥을 깔았을 것이다. 그러나 나는 왕자 본인이었고 볼모였다. 운신의 폭이 좁고, 언제든 위험해질 수 있는 입장에서는 소극적인 태도만이 살길이었다. 이미 하나 마련해 둔 수단이 있긴 하지만… 그 밖에도 안전을 담보할 방법이 있다면 좋겠는데.

"…거래."

불현듯 며칠 전 황자를 보며 떠올렸던 것이 생각났다. 나는 빠르게 수첩의 앞 페이지를 넘겼다.

―세이디와 수상한 편지

내게는 꼬마로부터 돌려받아야 할 쪽지가 있었다. 내가 녀석에게 내걸 수 있는 보답은 에테르뿐이라는 생각도 하고 있던 차였다. 그런데 생각해 보면, 그건 황자와 크리스텔에게도 마찬가지였다. 나는 두 남녀에게도 같은 조건을 제시할 수 있었다. 문제는, 둘에겐 내가 그리 간절하지 않을 거라는 점이었다. 내 에테르는 대륙 최고의 퀄리티를 자랑한다고 자부하지만…

"뱅자맹, 죄송한데요."

나는 결국 맞은편 소파에 앉아있던 뱅자맹을 불렀다. 어른의 조언이 필요했다. 그가 바로 고개를 들어 나를 바라보았다. 중후한 눈동자에 마음이 조금 차분해지는 것 같았다.

"만약 제가 누군가와 거래를 하고 싶은데, 제가 가진 패가 썩 좋지 않으면 어떻게 해야 할까요?"

내가 물었다. 뱅자맹이 턱을 조금 기울였다.

"제 물건이 품질은 아주 좋습니다. 최고라고 자신합니다. 그런데 물건 자체가 흔해서… 상대방이 어디서든 대체품을 쉽게 구할 수 있어요."

황자는 뜻만 있다면 대주교를 불러서라도 에테르를 얻어낼 수 있을 것이고, 크리스텔도 별반 다르지 않았다. 그녀가 나를 두어 번 떠보긴 했지만 그땐 마수 대토벌이 코앞이라 상황이 좀 급했다. 느긋하게 짝을 찾는다면, 사르네즈 공작가는 제국 전역의 신전을 뒤질 능력이 있는 가문이었다.

"하지만 왕자님의 상품을 누를만한 건 어디에도 없다는 뜻이군요."

"그럴 겁니다. 아마도요."

"그렇다면 왕자님은 최상의 패를 지니신 셈입니다."

뱅자맹이 차분하게 대답했다. 뒤늦게 책에서 고개를 뗀 가나엘이 눈을 깜빡이며 이야기를 경청했다.

"왕자님과 거래를 하는 사람이라면 지위가 상당히 높은 자겠지요. 그런 이들은 그저 그런 물건엔 관심이 없습니다. 오직 자신만큼 귀하고 드문 것을 손에 넣고자 혈안이 되어있으니까요. 왕자님의 요구는 무엇이든 받아들일 겁니다."

"오."

그런 계급적인 방향으로는 생각해 보지 못했다. 기껏해야 '요즘 에테르는 양보다 질이죠, 고객님' 같은 대사나 고려하고 있었는데.

핀셋 마케팅이 이런 거군.

"감히 한 말씀 더 올리자면…"

"네, 듣겠습니다."

내가 자세를 바로 하며 말했다. 뱅자맹은 인자하게 미소했다.

"그럼에도 불구하고 가장 중요한 것은 신뢰입니다. 계약을 하려면 먼저 상호 간에 믿음이 있어야겠지요."

나를 꿰뚫어 본 듯한 말이었다. 나는 쓰게 웃으며 테이블로 시선을 내렸다. 크리스텔의 머리칼처럼 풍성하게 땋아 부풀린 브리오슈 드 방데가 보였다.

"왕자님, 상대방을 믿기가 어려우세요?"

내가 빵을 먹고 싶어 하는 거라 여겼는지, 가나엘이 재빨리 책을 내려놓고 브리오슈를 잘라 주었다. 따뜻한 빵조각이 손에 쥐어지자 웃음이 터졌다.

"잘 모르겠다. 고마워."

적어도 크리스텔은 믿을 수 있을 듯했다. 그녀는 정은서의 '최애'였고 정의로운 주인공이었다. 간곡히 부탁한다면 어떻게든 방패가 되어줄지도 몰랐다. 반면 황자는…

"…믿고 싶은 것 같긴 한데."

"그럼 한 번 기회를 줘보는 건 어떨까요?"

소년이 나를 보며 천진하게 물었다. 기회라. 그것도 내가 줄 수 있는 위치여야 주는 건데 말이지.

"생각해 볼게. 브리오슈 맛있다. 너도 따뜻할 때 먹어."

나는 가나엘과 뱅자맹의 손에도 빵을 하나씩 들려주었다. 어차피 당장 거래를 제안할 마음은 없었다. 시한부 조연은 일단 흐름을 지켜보면서, 발 디딜 곳을 신중하게 골라야 했다.

* * *

"금일은 에테르 특훈이다. 형이 오늘 성소 찢는다."
-끼이이!

잠옷 입은 보호자의 말에도, 데미는 군기가 바짝 든 모양새였다. 별궁에서 묵게 된 방은 쥘리에트 궁의 내 방보다 대충 두 배가 컸다. 서클을 최대한으로 전개해도 문밖으로 넘치지 않아 다행이었다.

내일이 내 생일이라고 시종들이 밤늦게까지 수선을 피우고 있었다. 여기에 소란을 더 추가하고픈 마음은 없었다. 황제 모자와 추기경이 쉬고 있어 다들 발끝을 세운 채 속삭이며 다녔지만, 정신이 없기는 마찬가지였다.

나는 볼모인데 이렇게 잘해줘도 되는 건가 하는 생각도 들었다. 아니, 나야 괜찮긴 한데. 황제도 허락했다고 하니 고맙긴 한데… 이쪽은 줄 수 있는 게 없는 처지라 조금 미안했다.

"내일은 고해 성사를 받을까?"
-끼이잉

그 정도는 해줄 수 있었다. 이블린에 온 첫날과 둘째 날 이후로는 쉬느라 신관의 역할을 다하지 못했다. 내게 그걸 강요하는 사람도 없긴 하지만, 그래도 먼저 하겠다고 나선 일인데 논다고 모른 체하는 건 마음에 걸렸다. 레아가 잠깐을 참지 못하고 내 발등을 꾹꾹 눌렀다. 빨리 에테르를 풀어내 보라는 뜻이었다.

"그래, 한국 사람 빨리빨리."

-파아아…!

나는 가만히 눈을 내리깐 채 성소를 열었다. 아주 약간의 에테르가 몸을 빠져나가는 느낌과 함께, 황금빛이 방 안을 환히 밝혔다. 파란색으로 포인트를 준 천장과 벽 일부분이 초록색을 띠었다. 금 장식은 더욱 휘황하게 번쩍였다. 세 레서판다가 신이 나서 깡충거렸다. 나는 녀석들을 보며 부티에 추기경의 말을 떠올렸다.

'책을 읽었으니 알겠지만, 에테르 서클을 진화시키는 방법은 하나뿐이란다. 자주 쓰고, 자주 순환하고, 자주 응용하는 거야.'

심지어 그것도 본인에게 재능이 있어야 가능했다. 타고난 그릇이 작거나 에테르가 적으면, 신관은 평생 같은 급에서 머물러야 했다.

'왕자님은 좋은 추기경이 될 수 있어. 그러니 포기하지 말고 에테르를 갖고 놀아보렴.'

신관이 주교로 은퇴해도 일생의 영예라는 세계관에서, 그녀는 당연하다는 듯 제자의 목표를 추기경으로 잡고 있었다. 아무리 봐도 전쟁 나서 내가 죽는 게 더 빠를 것 같았지만, 좌우간 선생님의 의욕이 충만한 건 좋은 일이었다.

-삐르르르르

그때, 베개 위에서 졸고 있던 굴뚝새가 팔랑팔랑 날아와 내 서클 중앙에 앉았다.

"아직 안 잤네. 구경하러 왔어?"

-치직-!

그러자 성소가 일순 흔들렸다. 나는 눈을 크게 떴다. 그건 꼭, 전파 방해 같은 현상이었다.

"방금…"

착각이라고 할 수 없는 감각이었다. 나는 서클 한가운데 앉아 몸을 이리저리 갸웃거리는 굴뚝새를 빤히 내려다보았다. 성소는 언제 일그러졌었냐는 듯 반듯한 정원正圓을 그리고 있었다. 하지만 분명히 봤다. 새가 내려앉자마자, 고장 난 TV 화면처럼 흔들리던 금빛 동그라미를.

"꼬맹아. 너 진짜 신수냐?"

-삐삐삐삐

작은 새가 천연덕스럽게 울어댔다. 레서판다 세 마리는 어느새 내 다리 뒤에 숨어있었다. 무서운 건가? 아니면 아직 새한테 낯을 가려서?

-끼이이이

데미가 씩씩하게 나와 내 앞을 막고 섰다. 그러고는 작은 입을 벌렸다 닫았다 하며 위협적인 태도를 취했다. 셋 중 제일 쪼끄만 게, 내 말대로 정말 대장 행세를 했다. 기특하기도 하고 귀엽기도 해서 웃음이 나왔다.

"데미, 괜찮아."

내가 녀석을 달랬다. 이렇다 할 근거가 없는데도, 저 굴뚝새가 내게 해를 끼치지 않으리라는 묘한 확신이 들었다. 평범한 동물이 아닌 건 확실했다. 하지만 내 마음속에 들어찬 것은 불안보다는 호기심이었다.

　[에테르 줄까?]

　내 목소리가 마이크를 댄 것처럼 웅웅 울렸다. 새는 전혀 놀라지 않았다. 데미가 발끝에서 내 상반신만 한 야자수 잎을 피워냈다. 여차하면 방패로 쓸 모양이었다. 나는 작게 심호흡을 하고, 찬찬히 에테르를 풀어내 굴뚝새에게 전달했다. 시럽 감기약을 반 숟갈씩 떠먹이는 상상을 하니 양을 훨씬 적게 조절할 수 있었다. 그런데,

　"…안 먹네."

　정확히는, 내 에테르가 녀석의 체내로 아예 흡수되지 않았다. 나는 조금 당황해서 더 많은 에테르를 굴뚝새에게 퍼주었다. 하지만 에테르는 그대로 내게 되돌아올 뿐이었다.

　-사아아…

　"이럴 리가 없는데."

　잠깐이나마 성소에 교란을 일으켰던 새인데, 꼭 보통 인간이나 동물처럼 에테르에 감응하지 않았다. 나는 서클 위에 양반다리를 하고 앉아 손을 뻗었다.

　"형한테 와, 옳지."

　-삐르르, 삐삐

　굴뚝새는 내 쪽으로 두어 번씩 점프하며 연신 고개를 갸웃거리더니, 이내 몇 번의 날갯짓을 했다. 포르르 손바닥으로 들어와 냉큼 자리 잡는 모습이 무척 편해 보였다. 아주 전세 냈네. 데미와 레아, 페리가 그제야 안심했는지 내 다리 사이로 꼬물꼬물 기어들어 와 퍼졌다. 굴뚝새 한 줌, 레서판다 한 대야.

"너도 뚝배기나 뚝딱이는 싫지?"

-삐삐! 삐삐삐!

대답이 좀 컸다. 크리스텔이 제안한 이름을 혐오하는 게 분명했다. 새는 놀라울 정도로 말을 잘 알아들었고, 사람을 피하기는커녕 손 타기를 즐겼다. 혹시 신수의 새끼가 아닐까 하는 생각이 들었다. 그래서 에테르 흡수도 서툰 건가 싶었다. 신수가 번식을 할 수 있는지, 아니면 주신이 이 녀석을 덜 자란 형태로 보낸 건지는 모르겠지만.

주로 내 방에서 나와 함께 지내는 레서판다들과 달리, 굴뚝새는 지난 사흘간 사방을 돌아다녔다. 그저껜 크리스텔의 어깨 위에 앉아있었고, 어제는 종일 안 보인다 싶더니 황자의 방에서 하루를 묵은 듯했다. 그야말로 자유로운 영혼이었다. 내가 음식이나 물을 내밀어도 딱히 관심을 보이지 않았다. 밖에서 벌레를 잡아먹고 오는 건가 했는데.

"크리스텔이 '굴'이랑 '뚝'을 포기 못 하는 눈치야."

-삐이

새는 어쩐지 조금 풀이 죽은 것 같았다. 오늘 아침에 식당에서 만난 크리스텔은, 기어코 '굴비' 같은 이름까지 꺼내 들었다. '뚝' 자 돌림에서 해결하지 못하면 내일은 '굴다리' 따위를 제안할지도 몰랐다.

[뚝심이 어때?]

내가 조심스럽게 신탁을 내렸다. 아무리 생각해도 '뚝' 자로 지을 수 있는 이름은 이게 최선인 것 같았다. 바람 부는 절벽에서 만난 꼬마니까 '실피'도 괜찮을 것 같았고, 멋진 새가 되라고 '난鸞'이라 불러줄 생각도 있었지만… 크리스텔도 나름 애쓰고 있는데 정성을 무시할 수가 없었다.

[나쁘지 않지? 어디 가서든 뚝심 있게 잘 살라고 뚝심이.]

새가 까만 눈을 바쁘게 깜빡였다. 미안하다, 나도 이게 베스트가 아닌 건 알아.

-삐삐삐르릇!

꼬마가 노란 부리를 벌리며 열심히 응답했다. 손바닥을 쪼아대지 않는 걸 보니 싫은 기색은 아니었다. 대충 '네 노력이 가상해서 받아들이겠다, 인간아' 하는 건가?

-파드닥

뚝심이는 짤따란 날개를 움직여 아래로 내려갔다. 그러더니 레서판다들의 통통한 세 꼬리를 둥지 삼아 몸을 묻었다. 그새 눈에 잠이 온 데미가 투정을 부렸다.

"먼저 코해. 형은 에테르 순환 50바퀴만 하고 잘게."

내가 소곤거렸다. 신수들 때문에 곧 다리가 저릴 게 분명했으나, 이것도 수련의 일종이라 여기기로 했다. 나도 나지만 녀석들을 제대로 돌봐주려면 더 강한 신관이 되는 게 옳았다. '파아앗!' 하는 소리와 함께, 금빛 에테르가 다시금 성소의 구석구석까지 번져나갔다.

* * *

5월 31일은, 고운 바람과 맑은 햇살이 있는 날이었다.

"생신 축하드립니다, 예서 왕자님!"

"고맙습니다."

"생신 축하드립니다. 주신의 영광이 함께하시기를."

"감사합니다. 좋은 하루 보내세요."

별궁의 어딜 걷든, 시종과 하인이 우르르 몰려들어 인사를 건넸다. 나는 밝은 얼굴로 한 명 한 명의 축하를 받았다. 진짜 예서 왕자가 이걸 듣지 못하는 게 안타깝고 미안할 정도로, 오늘 만난 모두가 내게 좋은 말만 베풀고 있었다. 일이 바쁜 황제는 시종장 편에 친필 카드와 꽃다발을 보냈다. 부티에 추기경은 출근길에 내 방을 찾아와 뺨에 뽀뽀를 해주고 떠났다.

"왕자님, 이건 오늘 새벽에 저희가 직접 구운 카늘레입니다. 좋아하신다고 해서 100개 정도 만들어봤습니다."

"아이고, 뭘 이렇게 많이… 잘 먹겠습니다. 고맙습니다."

"예! 그럼 방으로 곧장 배달하겠습니다."

주방 하인 몇몇이 머리를 바닥에 닿을 듯 숙이며 인사하고 물러갔다. 북부 인심이 원래 이런 건지 다들 손이 굉장히 컸다. 아침에는 상다리가 부러질 것 같은 생일상을 받았는데, 뱅자맹과 가나엘의 협력에도 다 먹는 데 두 시간 반이 걸렸다.

"왕자님, 오늘 받은 걸로 1년도 드실 수 있을 것 같아요."

뒤따르던 가나엘이 웃으며 감탄했다. 나는 고개를 끄덕이며 또 다른 시종의 하례를 받았다. 프레데리크 황제와 나의 관계가 나쁘진 않지만, 내가 볼모이기 때문에 공개적으로 생일 파티 같은 건 할 수 없었다. 여느 때와 같이 금전적인 선물도 불가능했다. 나 역시 요란하고 부담스러운 건 좋아하지 않아 잘됐다고 생각했다.

그랬더니 일이 이렇게 됐다. 가는 곳마다 낯선 이들이 내게 직접 만든 음식을 가져왔고, 정성은 거절하는 게 아니라고 배운 나는 모든 빵과 디저트를 시식했다. 전부 맛있어서 좋았지만, 이러다간 배가 차서 늦은 점심도 못 먹을 것 같았다. '마수 대토벌' 때의 일이 도대체 얼마나 와전된 거지.

"왕자님, 생신 축하드립니다! 꼬까옷도 입으셨네요."

그때, 귀에 익은 목소리가 들렸다. 주랑 저편에서 빠르게 다가오는 크리스텔이 보였다. 머리를 높이 올린 건 똑같았지만, 오늘은 드물게 드레스 차림이었다. 그녀는 천사처럼 웃으며 내게 작은 꾸러미를 내밀었다.

"책입니다. 실은 왕자님 드리려고 해적선을 준비했었는데…"

"네?"

"농담! 아무튼, 요즘 황도에서 제일 잘 팔리는 책이라니까 분명 좋아하실 거예요. 추기경 전하께 여쭤봤더니 책 선물은 얼마든지 괜찮다고 하셨습니다."

청회색 눈동자가 유쾌하게 빛났다. 나는 미소하며 고마움을 표했다. 결국 크리스텔에게 생일 선물을 받게 됐다.

"감사합니다. 재밌게 잘 읽겠습니다."

"별말씀을요. 공작 전하께도 선물 받으셨어요?"

"아뇨."

선물은커녕 오늘 마주친 적도 없었다. 같은 집에 사는 사람이 생일이라는데 이 정도로 신경 안 쓰기도 쉽지 않을 터였다. 뭐, 딱히 황자 놈한테 바라는 게 있는 것도 아니니 아쉽진 않았다. 놀란 크리스텔이 눈을 똥그랗게 떴다.

"이상하네요. 황족답게 대단한 선물을 하실 줄 알았습니다."

"그렇게 가까운 관계도 아니니까요."

"에이, 알 거 다 아는 사이시잖아요."

그녀가 왼눈과 오른눈을 번갈아 윙크했다. 볼 때마다 신기한데, 잠깐. 왜 말을 그렇게 합니까.

"그건 공녀도 아시는 거잖습니까. 정확히는 공녀와 저의 비밀이죠."

"맞는 말씀이네요. 어디 가는 길이세요?"

크리스텔이 못 이기겠다는 듯 웃고는 화제를 바꿨다. 고해 성사를 받으러 간다고 답했더니, 그녀는 '그럼 제가 에스코트하겠습니다. 오늘의 주인공께 드리는 서비스예요!' 하고 즐거워했다. 내가 선선히 그녀와 걷기 시작하자 뱅자맹과 가나엘이 은근 좋아했다.

"참, 굴뚝새 이름 붙였습니다. 뚝심이라고 합니다."

"어머, 완전 제 취향이에요! 잘 지으셨다."

생일에 나보다 다른 이들이 더 기뻐 보이는 것도, 기분이 썩 괜찮았다.

* * *

[준비되시면 편하게 고해해 주십시오.]

"네, 네, 왕자님…"

고해소 바깥에 선 남자가, 떨리는 목소리로 잘게 호흡했다. 나는 가만히 고백자의 말이 시작되기를 기다렸다. 손에는 크리스텔이 선물해 준 여행책, 《완벽 가이드: 일주일 안에 황도 정복(지도 포함)》을 든 채였다.

올해 4월에 발매된 신간이라 최신 정보가 빽빽했다. 왜 지금까지 여행 책자를 들춰볼 생각을 못 했는지 의문이 들 정도였다. 실은 이런 서적이 있는지도 몰랐다. 책에는 역사서에서 찾기 힘든 생생한 지식이 넘쳐났다. 비록 당장은 쓸모가 있지 않겠지만, 이건 〈격주간 리에스테르〉를 처음 읽었을 때만큼이나 신선한 느낌이었다. 생각보다 훨씬 좋은 선물을 받은 듯했다.

"그게, 뒷사람에게 들릴까 봐 무서워서…"

드디어 남자가 작게 속삭였다. 나는 나무창 바깥의 그가 고해소에 몸을 한껏 붙이고 있다는 사실을 깨달았다. 별궁에 고해소가 따로 없어, 작게 만들어진 기도실을 임시로 쓰게 된 것이 이런 결과를 부를 줄은 몰랐다. 난감한 미소가 맺혔다.

'비렴의 방주'가 있는 종탑 옆에 신전이 있기는 했지만, 절벽 전체가 외부인의 출입이 금지된 곳이었다. 나는 어디서 고해를 받으면 좋을지 고민하다가 별궁 시종장의 도움으로 목제 기도실 한 칸을 찾아냈다. 내가 들어가서 앉고, 고백자들이 밖에 줄을 서서 한 명씩 고해를 하면 딱 좋을 것 같았다.

[너무 걱정 마십시오. 뒤에 서 계신 분들도 같은 신자님입니다. 주신께서 보고 계시니, 설령 고해가 들린다고 해도 모른 척해주실 겁니다.]

내가 그럴듯하게 남자를 달랬다. 그는 잠시 끙끙거리더니, 결심이 섰는지 더듬더듬 입을 열었다. 문득, 첫 번째로 고해하기 위해 새벽부터 줄을 섰다는 신자가 이 사람인지 궁금해졌다.

"저는, 저는 교황청에서 온 신관입니다. 그… 이블린 공작 전하와, 사르네즈 공녀님의 에테르 보급을 맡고 있습니다."

[아, 그분이시군요. 반갑습니다.]

그의 속닥거림에 나 또한 작게 인사했다. 교황청에서 온 성기사 요한 헤인스 경과, 사제급 신관 '산트'라면 나도 알고 있었다. 지나가다 몇 번 마주친 게 전부였지만, 산트는 나를 보면 유독 몸 둘 바를 몰라 하며 절했기 때문에 생김새를 똑똑히 기억했다. 그가 고해를 하러 올 줄이야.

"그런데… 일이 너무 힘들어서, 포기하고 싶은 마음이 들었습니다. 제국에 파견된 것이 영광인 줄은 알지만…"

산트가 울먹거렸다. 나는 살짝 당황해서 나무창에 얼굴을 가까이 했다.

[마음고생을 하셨나 봅니다. 일이 많이 고되던가요?]

"허엉, 고된 정도가 아닙니다. 왕자니힘…"

창살 너머, 몸이 둥글고 커다란 청년이 닭똥 같은 눈물을 흘리는 것이 보였다. 나는 서둘러 고해소 문을 열고 그에게 손수건을 내밀었다. 뒤에 멀찍이 선 신자들이 놀라서 고개를 빼고 있었다.

[괜찮습니다. 천천히 말씀해 보십시오.]

내가 말했다. 그는 내 손수건을 소중히 쥐고 손을 마구 움찔거렸다. 문득 군대 말년에 신병으로 들어왔던 스무 살짜리가 떠올랐다.

"공녀님이, 그리고 전하께서… 저를 못살게 구십니다…"

[네?]

식겁해서 마이크에 삑사리가 들어갔다. 설마 직장 내 괴롭힘인가?

"주신께 맹세코 고자질하는 것이 아닙니다. 정말입니다. 저느흔… 제가 아무리 덩치가 좋아도, 사제급인데요… 두 분이 제 에테르를 무지막지하게 빼 가셔서… 크흥."

양처럼 순한 눈에 다시 눈물이 그렁그렁 차올랐다.

[혼자 두 분을 감당하기가 힘들었다는 말씀이십니까?]

"그것도 그런데… 너무 심하십니다, 진짜로. 발령 첫 주에, 저 세 번이나 기절했습니다하…"

아니, 이게 무슨 소리야.

[에테르 고갈로 기절을 하셨다고요?]

"공녀님이 에테르를 받아 가시면, 쉴 틈도 주시지 않고 전하께서 에테르를 뽑아 가십니다. 두 분 다, 일반적인 성기사와는 너무, 다르십니다. 교황청 성기사들은… 아무도 그렇게 게걸스럽게 안 먹는, 흡. 끅."

나는 아연해서 산트의 얼굴을 바라보았다. 굶긴 적도 없는데, 왜 쪽팔림은 내 몫이냐.

* * *

[게걸스럽다는 게…]

"말 그대로입니다. 에테르를 자주 요청하시고, 또 한 번에 너무 많이 원하세요. 진짜 힘듭니다… 더는 안 되겠다고 말씀드렸더니, 공녀님은 '이게 왜 안 되냐'고 하시고, 공작 전하께선 한숨만 쉬시고. 흥…"

산트가 결국 내 손수건에 얼굴을 묻었다. 나는 할 말을 찾지 못하고 잠깐 눈을 감았다. 그러니까 크리스텔과 세드리크 황자가, 어린 사제급 신관 하나를 공용 충전기처럼 험하게 굴리면서 괴롭히고 있다는 소리였다. 믿을 수가 없었다. 버젓이 진상 짓을 하고서도 궁에서 마주치면 그렇게 당당한 낯들을 했어?

[그, 음. 부티에 추기경 전하께는 말씀드려 보셨습니까?]

질문을 내뱉고 나서야 내가 실수했음을 깨달았다. 산트는 당연히 말하지 못했을 것이다. 추기경은 '신앙의 왕녀 또는 왕자'로 불리며 교황청을 이끄는 권력자들이지만, 오렐리 부티에는 그 이전에 황자의 대모이자 황제의 파트너였다. 사제와 추기경의 까마득한 지위 차이는 차치하더라도, 산트가 그녀에게 가서 '댁의 대자가 성격파탄자입니다' 할 수는 없었을 터였다.

"허엉, 제가 어떻게에…"

산트가 서러웠는지 눈꼬리를 축 늘어뜨리고 나를 바라보았다. 나는 미안한 마음에 그의 어깨를 어물쩍 두드렸다.

[이해합니다. 그런데 헤인스 경이 그걸 두고 보기만 하던가요?]

내가 물었다. 요한 헤인스 경은 두 남녀의 성기사 선생이었다. 그들이 성기사로서 바람직하지 않은 행동을 하고 있다면, 누구보다 교정에 앞장서야 할 사람이 바로 그였다. 성기사와 신관은 동등한 협력 관계지 한쪽이 다른 한쪽을 착취하는 구조가 아니었다.

"헤, 헤인스 경은 수업 시간에… 크게 충실하지는 않은…"

산트가 시선을 급히 떨어뜨리며 말꼬리를 흐렸다. 순간, 쥘리에트 궁의 응접실에서 가나엘과 나눴던 대화가 머릿속을 스쳤다.

'대련이니까 괜찮을 거야. 그리고 교황청에서 온 선생님 계시잖아. 그분이 알아서 하시겠지.'

'저도 처음엔 그렇게 생각했는데, 아무래도 저분은 감당을 못하시는 것 같아요.'

상황이 눈앞에 빠르게 그려졌다. 나는 설마 하는 심정으로 말을 꺼냈다. 이쯤 되니 정말로 남이 들어선 안 될 것 같아, 신탁을 해제하고 소리를 낮추었다.

"그럼 두 분은 매일 대련만 하시고, 필요한 에테르는 사제님에게서 뽑아내고, 헤인스 경은 그걸 지켜보기만 한다는 겁니까?"

"크응, 네…"

산트가 코를 훌쩍이며 작게 대답했다. 인상이 절로 찡그려졌다. 그런 식으로 가르치는데 지금껏 아무 말도 나오지 않았다는 게 이해되지 않았다.

"황궁에서 그런 소문은 못 들었는데요. 공작님이나 공녀가 이의를 제기하진 않았습니까?"

"헤인스 경과 제가, 온 지 오래되지 않아서… 때가 되면 어련히 가르침을 주지 않겠나, 그렇게 생각하시는 눈치입니다. 그리고 왠지 두 분도, 대련을 즐기시는 것 같은?"

이제 스무 살이나 됐을까 싶은 신관이, 고개를 갸웃거리며 손수건으로 눈가를 찍었다. 나는 절로 터져 나오는 탄식을 겨우 삼켰다. 헤인스 경이 무슨 생각인지는 모르겠지만 두 사람의 행태를 이대로 내버려둬선 안 됐다. 같은 직군에 종사하는 사람으로서, 신관이 이런 대우를 받는 것도 마음이 편치 않았다.

"아, 왕자님… 제가 고해를 하러 온 이유는요. 그게, 도망가고 싶어서. 어젯밤에는 몰래 짐까지 쌌었습니다. 큼. 그러면 안 되는 걸 아는데…"

산트는 성사에 충실하고자 화제를 돌렸다. 나는 가만히 고개를 주억거리며 그의 이야기를 들어주었다. 하지만 밀려오는 심란함은 막을 수가 없었다. 영원히 귀를 닫고 살았으면 모를까, 알게 된 마당에 못 본 척하기는 어려웠다. 나만 아니면 된다고, 내 일이 아니라고 무시하는 데도 한계가 있는 모양이었다.

* * *

예서 왕자를 임시 고해소까지 데려다준 뒤, 크리스텔 드 사르네즈는 뚜렷한 목적지 없이 별궁을 돌아다녔다. 그의 시종들과 수다를 떠는 것도 즐겁겠지만 오늘은 바깥 공기를 쐬고 싶은 마음이 강했다. 별궁 뒤편의 작은 숲으로 발길을 돌린 것은 그래서였다.

공작가에서 동행한 시종도 무테 백작령에 두고 온 덕에, 그녀는 어느 때보다도 자유로운 기분을 만끽하고 있었다. 왕자의 맑고 따뜻한 에테르가 아직도 곁을 맴도는 듯했다. 아마 그 때문이었을 것이다. 자신이 향하는 파빌리온에, 세드리크 리에스테르가 앉아있음을 더 빨리 눈치채지 못한 것은.

"이블린 공작 전하를 뵙습니다."

"…"

크리스텔은 그의 앞에서 드물게 조금 당황했으나, 티 내지 않고 고상히 절을 올렸다. 젊은 공작은 늘 그렇듯 눈짓으로만 인사를 받을 뿐이었다. 언제 마주쳐도 얼굴값의 최고가를 갱신하는 남자였다. 보아하니 집무실에서 살피던 서류를 가져와 야외에서 검토하고 있는 듯했다. 그도 자신처럼 기분 전환이 필요했던 모양이었다.

그녀는 어쩔 수 없이 반대편에 있는 파빌리온으로 방향을 틀었다. 둘은 상대방을 배려하기 위해 자신의 에테르를 누르는 성격들이 아니었다. '저쪽이 하지 않는데 내가 왜?' 하는 심정이었다. 그러니 수업 때가 아니라면 서로를 피하는 게 평화 유지에 좋았다. 황제의 꾸지람을 들은 지 얼마 되지 않았는데 또 사고를 칠 수는 없었다.

"아."

저 파빌리온에도 긴 소파가 있었으면 좋겠다, 낮잠이나 자게. 그런 생각을 하던 크리스텔이 우뚝 걸음을 멈추었다. 불현듯 아까 예서 왕자와 나눈 대화가 떠올라서였다. 그녀는 천천히 고개 돌려 공작을 바라보았다. 종잇장을 든 잘난 낯짝이 몹시 심각해 보였다. 일하는 사람을 방해하는 취미는 없었지만, 오늘은 왕자에게 특별한 날이었다. 그녀의 호기심 역시 톡톡 튀어 올랐다.

"전하, 오늘이 예서 왕자님의 생일인 걸 혹시 잊으셨습니까?"

고운 목소리에는 쌀 한 톨만큼의 악의도 없었다. 그러나 공작은 당연하다는 듯 그녀의 말을 무시했다. 어휴, 싸가지 없는 새끼. '함 가인'은 속으로만 욕을 뇌까리며 다시 몸을 돌렸다. 상스러운 소리는 잘 삼켰지만, 결국 그녀의 성질 한 자락이 혀끝으로 툭 튀어나오고야 말았다.

"그러다 미움받으실지도 모르겠네요."

이번에는 슬쩍 악감정을 담았다. 당연히 예서 왕자는 공작을 미워하지 않을 터였다. 그는 천성이 다정한 데다 동물과 아이에게 약했다. 공작은 평소엔 짐승이고 에테르가 부족하면 꼬마로도 변할 수 있으니, 왕자가 그를 진심으로 나쁘게 대할 날은 오지 않을 게 분명했다. 하지만 크리스텔은 저 어린놈에게 한마디를 쏘아주고 싶었다. 유치해도 어쩔 수 없었다. 그게 그녀였다.

"약점을 잡았으니 회유는 필요 없어."

더 빡치기 전에 얼른 자리를 뜨려는데, 남자가 이상한 대답을 했다. 아니, 정확히는 크리스텔의 귀에만 이상하게 들렸다. 돌아본 공작의 얼굴은 평소와 같은 무표정이었다.

"왕자님의 약점을 잡았다는 말씀이십니까?"

"…"

공작이 부언할 것도 없다는 양 서류로 시선을 돌렸다. 크리스텔은 기가 차서 기어코 말을 얹었다.

"설마 그걸로 사람을 마음대로 할 수 있을 거라 생각하시는 건 아니죠?"

"굴복시킬 수는 있겠지."

와우, 시발. 이놈 자식 말본새 봐. 크리스텔은 빠르게 발을 놀려

공작의 맞은편 소파에 털썩 앉았다. 무례한 행동에 세드리크가 미간을 찌푸렸지만 물 흐르듯 무시했다.

"왕자님을 믿으시는 거 아니었습니까. 마수 대토벌 때는 제법 괜찮지 않았나요? 저도 그랬습니다."

인정하기 싫지만 즐거웠다. 그녀와 공작, 왕자는 손발이 꽤 잘 맞았다. 왕자의 에테르 덕에 늘 컨디션이 좋았던 것도 한몫했다.

"그게 무슨 상관인지 모르겠군."

"…"

크리스텔이 이를 딱딱 부딪쳤다. 이건 그녀가 무언가를 보고 '노답'이라고 판단했을 때 나오는 반응이었다. 말인즉, 공작은 왕자를 믿지만 그를 손에 넣겠답시고 그따위 방법이나 생각했다는 뜻이었다. 솔직한 마음으로는 이대로 공작을 방치한 채 자리를 뜨고 싶었다. 자신과 왕자는 우호적인 관계를 유지하고 있었고, 공작은 이렇게 가다간 알아서 왕자의 실망을 살 모양새였다. 하지만…

'참, 비렴의 방주 말이에요. 저번에 야시장에서 제가 드린 고리랑 하나도 안 닮았죠?'

'그래도 날개 형태였던 것 같긴 합니다. 방에 가서 확인해 보겠습니다.'

'그걸 여기까지 가져오셨습니까?'

'여행용 가방 손잡이에 달았거든요.'

예서 왕자는, 자신이 '단검 던지기 대회'에서 딴 싸구려 장식조차 간직하는 이였다. 왕자로 자란 남자에게 그까짓 건 정말 아무것도 아닐 텐데, 그는 놀라울 만큼 소탈하고 상냥했다. 크리스텔은 그런 사람이 누군가의 서투름과 미숙함에 상처받는 게 옳지 않다고 여겼다. 그것뿐이었다.

"잘 들으십시오, 전하. 딱 한 번만 설명드릴 거예요."

"뭐?"

크리스텔이 잇새로 말을 뱉었다. 아무리 호적에 잉크도 안 마른 놈이라지만, 친구 사귀는 법까지 알려줘야 할 줄은 몰랐다.

"왕자님은 사람이에요. 그것도 아주 좋은 사람. 그런 방식으로는 마음을 얻을 수 없습니다."

"지금 내게,"

"종탑에 있던 신물이요. 인간도 아닌 것이 진정시키기 너무 까다로웠죠? 저 없었으면 큰일날 뻔했죠? 인간은 오죽하겠습니까."

"…"

"왕자님은 착하고 말이 통하는 분입니다. 잘 아시면서."

공작의 주황색 눈동자가 가라앉았다. 크리스텔은 문장을 이었다.

"이미 볼모잖아요. 협박을 받으면 불안과 공포밖에 느끼지 못할 겁니다. 왕자님의 호의에 대한 답례로, 전하께서는 그런 걸 주고 싶으신 건가요?"

그녀가 야무지게 말을 맺었다.

"성의를 표현해 주세요. 그러면 가까워질 수 있을 겁니다."

그러고는 드레스 자락을 한 번 탁, 털며 자리에서 일어났다. 오늘의 자신은 좀 멋있는 것 같았다. 스물네 살짜리한테 인생의 가르침을 줬다고 생각하니 뿌듯하기도 하고, 저놈은 어쩌다 저렇게 컸나 싶어 답답하기도 했다.

"그럼, 저는 이만 물러가겠습니다."

크리스텔이 우아하게 인사를 올리고는 총총 사라졌다.

"…"

북부의 깨끗한 바람이 숲과 잔디, 남자의 흑공단 같은 머리칼을 쓸고 지나갔다. 그는 잠시 자신의 손에 들린 문서를 내려다보았다. 이내 화르르, 하고 종이가 불타올랐다.

* * *

-끼이잉

-삐삐삐

"씻으니까 좋지? 개운하지."

내가 웃으며 신수들에게 말을 걸었다. 녀석들을 목욕시키고, 나까지 씻는 데 한 시간 반이 걸렸다. 물을 좋아하는 데미와 달리 레아와 페리는 입이 댓 발이나 나와 있었다.

뚝심이는 털발이 쪽 빠져 홀쭉해졌는데, 썩 불쾌한 경험은 아니었는지 이리저리 뛰어다니며 지저귀기 바빴다. 나는 가운의 허리를 대충 여미고 수건으로 녀석들을 하나하나 말려주었다. 신수라 그런지 평소에도 깨끗했지만, 씻기니 더 멀끔해진 것 같았다.

"페리, 이리 와. 꼬리 덜 닦았어."

-끼응

페리가 까만 귀를 쫑긋거리며 나를 피해 와다닥 달려 나갔다. 레아도 그런 녀석의 뒤를 쫓았다. 북쪽이라 밤에는 공기가 찬데, 감기 걸리지 않으려면 제대로 말려야…

어?

"내가 문을 열어놓고 들어갔나."

이제 보니 발코니 문이 훤히 열려있었다. 나는 신수들을 내버려두고 커튼이 휘날리는 발코니 쪽으로 다가가, 잠금장치를 하나도 빠짐없이 걸었다. 뚝심이가 줄곧 방을 떠나지 않는 걸 보니 오늘은 나와 함께 잘 모양이었다. 생일 특전인가.

"…내일은 어쩌야 하나."

내가 중얼거렸다. 오늘 산트의 고해를 듣고 나서 많은 생각을 했다. 별궁 사람들의 고해까지 두어 시간 받은 후, 곧장 추기경의 집무실로 향한 것도 그래서였다. 산트가 말하지 못한다면 사정을 알게 된 내가 대신 이야기하는 것도 나쁘지 않을 듯싶었다. 그런데,

'왕자님, 대단히 송구하오나 전하께서는 현재 업무가 많아 바쁘십니다. 괜찮으시다면 몇 시간 뒤에 다시 와주실 수 있을는지요? 제가 직접 모시러 가겠습니다.'

'그렇군요. 아닙니다, 제가 다음에 따로 찾아뵙겠습니다.'

추기경의 시종 나탈리와 그런 대화를 하게 됐다. 그녀는 추기경이 식사조차 제대로 챙기지 못하고 있다며 걱정했다. 그렇게 말하는 나탈리 또한 상태가 좋아 보이지는 않았다.

나는 선물 받은 카늘레의 일부를 추기경 집무실에 보내는 것으로 방문을 대신했다. 그녀는 다음 달에 있을 기도회 준비로 눈코 뜰 새도 없다고 했다. 그런 사람에게 '애들이 합심해서 남의 집 귀한 자식을 괴롭힌다, 혼내 달라' 하기는 좀…

-끼이, 끼이이

"왜, 내려가고 싶어?"

그새 침실 테이블 위에 올라간 데미가 낑낑거렸다. 익숙하게 배를 받쳐 녀석을 안아 올리는데, 데미가 앉았던 곳에 낯선 상자 하나가 놓여있는 것이 보였다. 옆에는 작은 카드도 동봉되어 있었다. 상자와 카드 모두 금장과 보석으로 치장해 눈이 부실 정도로 화려했다. 엄청 당황스러웠지만, 나는 침착하게 카드를 열었다. 내용은 간결했다.

'항상 소지하도록.

-C. R.'

9. 참관 수업

머리글자가 C. R.이면, 떠오르는 이는 하나밖에 없었다. 게다가 이렇게 화려한 선물을, 이 시간에 갑자기 내 방에 나타나게 할 수 있는 인간도 한 놈뿐이었다. 나는 욕실에서 신수들을 데리고 나왔을 때 시원하게 열려있던 발코니 문을 떠올렸다. 남의 침실을 멋대로 드나드는 태도는 여전했다.

세드리크 리에스테르. 세이디.

"…생일 선물을 주기는 하네."

시종인 다비드에게 부탁해도 됐을 걸, 굳이 직접 배달한 이유는 알 수 없었다. 축하의 말이라곤 한 마디도 쓰여있지 않은 카드였지만 나는 그걸 다시 접어 보관했다. 그러고는 눈이 아플 정도로 번쩍이는 금빛 상자를 바라보았다.

"데미, 이거 봐. 상자만 팔아도 평생 먹고살겠다."

-끼이잉

데미가 동의하듯 크게 울었다. 어느새 테이블 주위로 몰려든 레아와 페리, 뚝심이가 정신 사납게 호기심을 어필했다. 나는 날개가 젖어 날지 못하는 뚝심이를 테이블 위로 올려준 뒤, 천천히 상자 뚜껑을 열었다. 안에 든 것이 침실의 환한 빛을 받아 눈부신 자태를 자랑했다. 전혀 예상치 못한 물건이라 입이 저절로 벌어졌다.

"와. 컵? 아니고. 종? 종이구나. 이쁘네."

반대편이 또렷하게 비칠 만큼 투명한 크리스털을, 정교하고 화려하게 세공한 종鐘이었다. 손잡이를 포함해도 한 손에 쏙 들어올 정도로 아담한 크기였다. 내가 종을 잡고 이리저리 돌려볼 때마다, 크리스털의 반사광이 천장과 벽 여기저기를 밝게 물들였다. 종의 허리 아랫부분에는 새끼손톱만 한 보석들이 일정 간격을 두고 박혀있었는데, 전부 다이아나 녹주석처럼 비싼 광물 같았다. 색 조합만 보면 인피니티 스톤 저리가라였다.

"근데 추가 없다, 야."

내가 종을 흔들며 중얼거렸다. 아무 소리도 나지 않기에 안쪽을 들여다보니, 정말로 추가 없었다. 이대로는 장식용밖에 안 될 성싶었다. 혹시 마도구인가?

"어?"

내가 깜짝 놀라 종 안쪽에 손을 넣었다. 나만 볼 수 있는 깊은 곳에, 황자가 무언가를 숨겨둔 듯했다. 손끝에 종이의 감촉이 스쳤다. 나는 서둘러 그것을 꺼내 펼쳤다. 사용 설명서인가?

'친애하는 로스나.'

…그 쪽지였다. 황궁에서 세이디에게 빼앗겼던, '위실'이라는 자가 내게 보낸 수상한 편지가 돌아온 것이다. 손에 쥐고도 믿기 힘들

어 여러 번 다시 읽고 뒷면까지 확인했으나, 문제의 쪽지가 맞았다. 선물도 선물이지만 쪽지까지 돌려받게 될 줄은 몰랐던지라 턱이 다 물리지 않았다. 왜? 아니, 나야 좋지만. '그대가 먼저 굴복' 어쩌고 하지 않았냐. 갑자기 무슨 바람이 불어서?

"…언약을 해서 그런가?"

-삐삐삐

뚝심이가 빈 상자 안에 들어가 몸을 구슬처럼 동글게 묻었다. 나는 내가 소년에게 주었던 언약을 떠올렸다. 신국과는 연락한 적 없고, 앞으로도 하지 않을 거라는 에테르의 약속. 신관의 언약이란 주신의 권능을 빌려 마음을 증명하는 행위였다. 언약을 지키지 않은 신관이 '상실'을 겪게 된다는 건 널리 알려진 사실이기도 했다. 내가 그렇게까지 했으니, 편지를 돌려줘도 되겠다고 판단한 것일지도 몰랐다.

쪽지가 어디서 왔는지 수색하는 것도 일이었다. 생일 카드를 취합한 황제궁에서 섞여 들었는지, 쥘리에트 궁의 누군가가 몰래 넣었는지, 그것도 아니면 어느 귀족이 처음부터 자신의 카드에 쪽지를 숨긴 건지 오리무중이었다. 내용도 그저 안부 인사 수준이니 일단은 두고 보자는 계산일 수도 있었다. 그래도 황제나 추기경에게 말하지 않은 건, 좀 의외였다.

"…진짜로 나를 믿나."

그럼 다행이긴 했다. 불신보다는 신뢰가 당연히 생존에 훨씬 유리했다. 정은서의 감상과 달리, 사실 내 눈에는 황자가 그렇게 나쁜 놈 같지 않았다. 크리스텔과 얼렁뚱땅 비밀을 만든 걸로 모자라 황자와도 비밀을 공유하게 될 줄은 몰랐지만.

-끼이, 끼이이

"그래, 자자. 자고 생각하자."

나는 그새 잠투정하는 신수들을 품에 하나씩 끼고 테이블을 벗어났다. '항상 소지하도록'의 목적어가 빠져있었기에, 꼬마 종은 침대 옆 탁자에 올려놓고 쪽지는 품 안에 넣은 채 자리에 누웠다. 이러면 둘 다 해결이었다.

* * *

다음 날은 기분이 싱숭생숭했다. 뱅자맹과 가나엘은 나의 깜짝 발표에 조금 놀란 눈치였으나, 금세 평정을 되찾고 할 일을 해내기 시작했다. 먼저 가나엘이 추기경 집무실로 가서 내 결정을 알렸고, 뱅자맹은 별궁 사람들의 도움을 받아 피크닉 바구니를 꾸렸다. 뚝심이는 아침부터 어디로 출타했는지 보이지 않았지만, 레서판다 셋은 외출 준비를 완벽히 마쳤다.

"왕자님, 갑자기 마음을 바꾼 이유가 있으신가요?"

"그냥, 그래도 두 분하고 자주 봤는데. 너무 모른 척하는 것도 예의가 아닌 것 같아서."

내가 대충 둘러댔다. 가나엘과 뱅자맹은 평소 나의 집돌이 생활을 적극적으로 지지하면서도, 이렇게 먼저 나가자고 하면 대놓고 씽글뺑글했다. 1층으로 내려와 탁 트인 주랑을 걷기 시작하니 마음이 좀 차분해지는 것 같았다. 두 주인공의 수업은 오전 열한 시였다. 지금 출발하면 딱 맞출 수 있을 듯했다.

"별궁 연무장은 여기서 오른쪽으로 꺾으시면 됩니다, 에서 왕자님."

이야기를 전해 들은 별궁 시종이 우리를 안내해 주었다. 나는 고개를 주억거리며 그녀의 뒤를 따랐다. 이건 어디까지나 가엾은 산트를 돕고, 상황을 객관적으로 판단하기 위해서였다. 산트 한 명의 말만 듣는 것은 공정하지 않았다. 게다가 요한 헤인스 경은 교황청에서 온 성기사였다. 오늘 가면, 분명 내게 도움이 될 만한 지식도 주워들을 수 있을 터였다.

"선물 받은 것도 있으니까 가서 고맙다는 말도 할 겸."

"그러네요. 그 종은 정말 엄청난 보물 같았습니다."

가나엘이 열심히 고개를 끄덕이며 말했다. 소년과 중년 시종은 아침에 황자가 두고 간 상자를 보고 기절초풍했다. '이걸로 황도에 호수 딸린 저택을 스무 채는 살 수 있을 것'이라며 감탄에 감탄을 거듭하더니, 크리스털 종을 본 뒤에는 '어지간한 예물보다 귀해 보인다', '국보 아니냐' 하며 입에 침이 마르도록 칭찬했다.

내가 진짜 내다팔까 봐 걱정됐는지 '황족의 선물은 절대 매매하시면 안 된다'라고 진지하게 조언하기도 했다. 뱅자맹이 그렇게 심각한 표정을 하는 건 오랜만이라 웃음이 났다.

"다 왔습니다. 이쪽입니다."

시종이 말했다. 상념에서 깨어나 눈앞을 바라보자, 별궁 서편의 야외 연무장이 널찍한 모습을 드러냈다. 북부의 시원한 공기가 손님을 환영하듯 우리를 한 번 끌어안고 멀어졌다. 활동성을 위해 짧게 깎은 잔디가 사방으로 넓게 퍼져있었고, 연무장 주변에 심긴 나무들은 직사각형으로 경계를 그리고 있었다. 그늘엔 악어가죽으로 만든 큼직한 소파들이 있어 대련을 구경하기 좋을 듯했다.

"예, 예서 왕자니임!"

익숙한 남자의 목소리가 귓전을 울렸다. 고개를 돌리니, 연무장 구석에 서있던 신관 산트가 허리를 숙이는 것이 보였다. 그의 옆에서 머리를 묶고 있던 헤인스 경은 놀란 낯을 하면서도 빠르게 예를 차렸다. 마주 인사하고 시선을 조금 비끼자 반짝반짝 빛을 내며 웃는 주인공과, 얼굴로 다 해 먹는 인간 하나가 눈에 들어왔다.

"왕자님, 드디어 참관하러 오셨네요!"

크리스텔이 팔을 높이 휘저으며 밝게 인사했다. 귀 옆으로 몇 가닥 흘러내린 분홍 머리칼이 너울거렸다. 황자는 늘 그렇듯 나를 무뚝뚝하게 바라볼 뿐이었다. 나 역시 평소처럼 절을 하려다가,

"아니, 쟤가 왜 저기 있어."

"헉."

황자의 머리 위에 있어서는 안 될 것이 있는 꼴을 발견했다. 가나엘이 숨을 삼켰다. 나는 빠른 걸음으로 그에게 다가가 손을 뻗었다.

"죄송합니다. 제가 데리고 있겠습니다."

그의 정수리에 앉아 눈을 감고 있던 뚝심이가 '삐르르르!' 하고 내게 알은체를 했다. 아무리 높은 데서 보는 전망이 좋다지만 진짜로 높은 사람을 건드리면 어떡하냐. 나는 속으로 혀를 차며 재빨리 녀석을 양손으로 담아 내렸다. 다행히 황자의 주황색 눈동자에 불쾌함은 비치지 않았다.

"그럼, 열심히 공부하십시오. 두 분 다."

나는 상황을 무마하고자 아무 말이나 뱉고, 건성으로 웃어 보였다.

* * *

-카가강!

-끼기기긱…!

바짝 날 선 얼음의 검이, 새카만 화염의 검과 맞닥뜨렸다. 황자의 힘이 훨씬 강했지만 크리스텔은 뒤축에 얼음 지지대를 세워 자신의 몸을 고정했다. 불똥 대신 맑은 물방울이 두 남녀의 부츠 위로 뚝뚝 떨어졌다. 물색과 불색의 시선이 좁은 틈을 두고 후끈하게 부딪혔다. 크리스텔은 절대 검으로 황자를 이길 수 없었다. 그럼에도 불구하고 저런 무기를 만들어 낸 건, 분명 그를 도발하기 위함이었다.

-타닷!

-콰콰광-!

그녀가 뒤로 공중제비를 돌며 뛰어오른 동시에, 황자가 혜검을 가로로 내질렀다. 새빨간 광염이 호를 그리며 크리스텔을 덮쳤다. 체공 중이라 위험한 상황이었다. 그때,

-쩌적, 쩌적! 쩌저적!

허공에 얼음으로 만든 디딤돌이 생겨났다. 크리스텔은 잽싸게 얼음 위로 착지하곤 탓, 탓! 하며 한 칸씩 뒤로 물러났다. 황자의 불길이 순식간에 그녀의 발치까지 진출해 얼음을 녹여댔다. 크리스텔이 오른손에 쥔 채찍을 휘둘렀다.

-철썩!

-콰아아아…!

오직 초록뿐인 잔디 위로, 황자의 키보다 훌쩍 높은 파도가 솟아올랐다. 물, 불, 공기, 대지라는 무형의 힘을 다루는 이들에게 풍부한 상상력은 필수였다. 이때 성기사의 '이미지화'를 돕는 것이 바로 그들의 손에 들린 병장기라고 했다.

크리스텔의 채찍은 '르고 종합 무역소'에서 구입한 최고급 마도구인 만큼, 튼튼하고 가벼웠으며 어느 정도는 주인의 의식에 따라 움직였다. 에테르를 깃들게 할 순 없었지만 그녀에겐 최적의 보조기였다.

"앗, 전하께서 못 피하시겠어요!"

내 옆에 앉아있던 가나엘이 발을 굴렀다. 나는 황자에게서 눈을 떼지 못하며 중얼거렸다.

"안 피하는 거야."

노을빛 홍채에 짧은 희열이 스쳤다. 웃는 얼굴은 아니었지만 알 수 있었다. 황자는 자신을 사방에서 덮쳐오는 파도를 보면서도 침착했다.

-쐐아아아…!

칠흑의 머리카락 끝에 방울꽃이 닿는 순간,

-콰아앙-!

-치이이이익!

어마어마한 폭음과 함께 뿌연 증기가 시야를 가득 채웠다. 말도 안 되는 에테르 폭발이었다. 산트가 두 손으로 입을 막았다. 뭐가

어떻게 된 건지 또렷하게 파악하기도 전에,

-파바밧!

황자가 안개를 뚫고 크리스텔의 앞을 파고들었다. 내 눈이 커졌다. 그는 순간적으로 최대한의 불꽃을 끌어내, 파도를 즉시 기화시킨 것이었다. 보통의 불 속성 성기사라면 시도하기 힘든 방법일 터였다. 주변 습도가 너무 올라가 불리했다. 하지만 그는 다재다능한 남주였다.

-콰앙-!

"훗."

자신과 황자 사이에 즉시 얼음 장벽을 만들어 낸 크리스텔이, 작게 숨을 뱉었다. 당장 불꽃을 틔울 수 없어도 황자는 무시무시한 검사였다. 그의 혜검이 매얼음에 박혀 깊고 긴 균열을 만들어 냈다. 그러자 얼음꽃이 '까드드득' 하며 검신을 옭아맸다. 크리스텔은 곧장 오른손을 펼쳤다. 날카로운 얼음 송곳이 빙벽을 뚫고 나와 황자의 복부를-

-스릉!

"하, 또 이것 때문에."

크리스텔의 중얼거림이 여기까지 들렸다. 잘 벼린 단검 하나가, 그녀의 목덜미를 겨눈 채 공중에 떠있었다. 금속을 조종하는 황자의 작품이었다. 소파에서 '와' 하고 감탄사가 터졌다. 둘의 대치에 집중하느라 우리 중 누구도 단검의 이동을 눈치채지 못했다.

"…제가 졌습니다."

"수고하셨습니다. 가서 에테르부터 보급받으시죠."

크리스텔이 항복하자, 팔짱 낀 채 두 사람을 지켜보고 있던 헤인스 경이 덤덤하게 선언했다. 말이 끝나기가 무섭게 황자와 크리스텔이 우리를 향해 걸어왔다. 나는 어느새 가나엘, 뱅자맹과 함께 일어나 손뼉을 치고 있었다. 흥미진진한 대련이었다. 특히 크리스텔의 성장이 대단해 보였고, 둘의 호흡도 '마수 대토벌' 때보다 훨씬 좋아진 것 같아 놀라웠다. 이러다 진짜 연애하겠는데?

"잘 봤습니다. 두 분 멋지시네요."

내 말에 크리스텔이 활짝 웃었다. 황자는 내 앞에 놓인 물병을 자연스럽게 가져가 마셨다. 그거 데미 건데…

"그, 그럼 공작 전하부터 에테르를 드리겠습니다."

우물쭈물 눈치를 보던 산트가 기어들어 가는 목소리로 말했다. 나는 그가 안쓰러워 말을 얹었다.

"사제님, 두 분께 동시에 드리면 더 편하지 않을까요?"

그러자 산트가 죽을상을 하며 커다란 몸을 꼬깃꼬깃 구겼다.

"그렇게 하면 제가 죽을 것 같습니다…"

"네? 하지만 방금 정도의 소모량이라면 두 분 다 빨리 회복하실 겁니다."

내 대답에 산트가 크게 당황했다.

"빨리요? 빨리가 혹시 한 시간인가요?"

"아뇨, 길어도 5분이면 되던데…"

내가 말꼬리를 흐렸다. 어째 대화가 겉도는 기분이었다. 무심하게 나와 산트를 바라보던 황자가 입을 열었다.

"그대가 시범을 보이면 되겠군."

"역시 공작 전하. 제국의 방향성이십니다."

크리스텔이 냉큼 덧붙였다. 죽도 잘 맞네. 축의금 얼마나 내지?

* * *

아니지, 이게 아니다.

"저는 오늘 참관을 하러 왔으니, 네 분께서 평소대로 하시는 게 좋겠습니다."

내가 미소 지으며 답했다. 이곳에 온 일차적 목적은 산트가 처한 상황을 살피는 것이었다. 먼저 나서서 그의 일을 도우면, 크리스텔과 세드리크 황자의 행실을 파악할 수가 없었다.

"…"

그러자 황자가 몹시 불만스러운 눈빛으로 산트를 노려보았다. 맥반석 오징어로 만들기 전에 빨리 에테르를 내놓으라는 의미 같았다. 불쌍한 산트는 곰처럼 동그란 몸을 최대한 수그리며 성소를 전개했다.

내 성소도 부티에 추기경의 성소에 비하면 무척 초라하다고 생각했는데, 산트의 성소는 내 것보다 훨씬 작고 빛이 약했다. 문양 또한 아주 단순했다. 주교급과 사제급의 차이가 여기서 나는 듯싶었다. 그래도 이런 걸로 사람을 구박하면 안 되는데.

"느려."

황자가 낮게 으르렁거렸다. 산트가 몸을 움찔했다. 에테르의 흐름이 마음에 차지 않는 모양이었다. 나는 황자에게 한마디 해주고 싶은 걸 눌러 참으며 크리스텔을 바라보았다.

주인공은 황자를 향해 인상을 쓰고 있었는데, 그 얼굴이 상당히 익숙했다. 저 표정을 어디서 봤나 돌이켜보니 정은서였다. 어린 은서를 치과에 데려가면, 녀석은 앞서 들어간 아이들의 울음소리를 들으며 저런 낯을 하곤 했다. 그때였다.

"참관을 하러 오셨다니 감상을 듣고 싶은데요."

황자보다는 높고, 나보다는 낮은 남자의 목소리가 들렸다. 고개를 돌린 곳엔 설백의 머리칼을 하나로 내려 묶은 요한 헤인스 경이 서있었다. 나를 보는 민트색 눈동자에 희미한 호기심이 깃들었다. 여전히 면도를 하지 않았고 머리도 이리저리 삐져나와 있었지만, 해적선에서 봤을 때보다는 덜 피로한 낯빛이었다. 자신과 동행한 신관이 형편없는 대우를 받고 있는데도 개의치 않는 태도였다.

"…글쎄요."

느낀 바야 있지만, 그것보다는 성기사 세 명의 신관 핍박을 지적하고 싶은 마음이 컸다.

"편히 말씀하셔도 됩니다."

내 침묵을 어떻게 해석했는지, 헤인스 경이 그렇게 말하며 눈을 길게 감았다 떴다. 그러자 연무장의 바람이 뚝 멎었다.

"어? 방금,"

"공기의 문을 닫았어요. 이제 왕자님의 목소리를 들을 수 있는 건 넷뿐이에요."

나는 눈을 깜빡였다. 공기 속성의 성기사인 그가 소리의 매질을 차단해 투명한 밀실을 만들어 낸 것이었다. 뱅자맹과 가나엘, 산트는 함께 있으면서도 우리의 목소리를 들을 수가 없었다. 내 시선을 느낀 옆자리의 가나엘이 빙긋 웃으며 뭐라고 말했지만, 입 모양만 또렷할 뿐 음성은 전혀 들리지 않았다. 꼭 음 소거 버튼을 누른 것 같았다.

"공기 속성은 대단하네요."

감탄이 절로 나왔다. 진짜 신기했다. 헤인스 경이 입꼬리를 올려 부드럽게 웃었다. 표정을 지으니 인물이 확 사는 미형이었다.

"왕자님, 대련 어떻게 보셨습니까?"

크리스텔이 자연스럽게 끼어들었다. 다만 헤인스 경을 보는 눈빛은 차가웠다. 아직 그렇게 친하지는 않은 모양이었다. 나는 조심스럽게 입을 열었다.

"음, 저의 졸견으로는… 사르네즈 공녀의 성장이 괄목할 만했습니다. 하지만 얼음을 다루는 데는 아직 미숙하신 듯합니다. 예컨대 공중제비를 돌아 얼음 계단에 착지했을 때요. 그걸 그대로 소모하지 않고 반대편으로 날렸다면 공작님의 시선을 분산시킬 수 있었을 겁니다. 공작님께서 파도를 폭파하셨을 때도, 증기를 곧장 빙결했다면 기세를 놓치지 않으셨을 테고요."

"으음. 맞아요. 물을 얼음으로 만들 땐 에테르를 한 번 더 바꾸는 과정이 필요해서… 아무래도 판단이 좀 느려집니다."

크리스텔이 입술을 앙다물었다. 헤인스 경은 팔짱을 낀 채 말을 받았다.

"특수 에테르의 응용에는 시간이 걸립니다. 지금도 잘하고 계시니 조급해할 필요 없어요. 꾸준히 연습하면 눈 감고도 하실 수 있게 될 거예요."

"그래요? 그렇겠죠?"

크리스텔의 얼굴이 밝아졌다. 나 역시 헤인스 경의 말에 동의했다. 그녀는 '마수 대토벌'에서도 누군가의 가르침 없이 빙결 능력을 사용한 적이 있었다. 이블린 대공의 동화책은, 그녀가 흡수한 '창해의 축복'이 말 그대로 축복을 내리는 신물이라 설명했다.

그 말이 맞는다면 축복은 그녀를 빙의시킨 것으로 모자라 평범한 인간을 성기사로 만들고, 에테르를 지배하는 직감과 재능까지 선물한 셈이었다. 한마디로 먼치킨이 됐으니 앞으로는 뭘 해도 발전만을 거듭할 터였다.

"그리고 공작님께서는…"

나는 시선을 황자에게 옮겼다. 에테르를 받던 그가 한쪽 눈썹을 슬쩍 움직였다. '지금 컨디션이 별로지만 어디 한 번 지껄여 봐라' 하는 느낌이었다.

"마법과 검술에 뛰어나시니 그럴 수 있는 거겠지만, 한 차례의 공격에 너무 많은 에테르를 소모하시는 경향이 있습니다. 성기사는 에테르를 효율적으로 관리하는 게 핵심이라고 읽었는데… 혜검을 사용하지 못하게 될 경우도 고려하셔야 한다고 생각합니다."

째려보지 마라. 네 아버지가 쓰신 책에 그렇게 나와 있었다고. 게다가 너는 에테르가 부족하면… 곤란해지잖아.

"제대로 보셨습니다. 신관으로서 어떤 분이신지 궁금했는데, 통찰력이 있으시네요."

헤인스 경의 말과 동시에, 주변이 탁 트이는 기분이 들었다. 시원한 북풍이 내 이마를 한 차례 쓸고 지나갔다. 그가 밀실을 깨고 공기의 흐름을 돌려놓은 것이었다. 놀라워서 헛웃음이 났다. 가나엘이 화닥닥 내게 몸을 붙였다.

"왕자님, 조금 전에요."

"응, 헤인스 경이 잠깐 능력을 썼어. 이야기 나누느라."

"와!"

소년은 입을 벌리며 경탄했다. 뱅자맹도 생전 처음 겪은 공기 속성 성기사의 힘에 감명받은 눈치였다. 대화를 끝낸 우리가 자리에 앉자, 뱅자맹이 피크닉 바구니를 열어 간식과 음료를 차리기 시작했다. 쉬는 시간이었다. 아직 황자의 에테르 보충을 끝내지 못한 산트만이 힘겨워하고 있었다. 너무 오래 걸리긴 하는데, 사제급이니까 어쩔 수 없으려나.

"지금까지 대련 위주로 수업을 진행한 건, 두 분께서 정식으로 성기사 서임을 받을 때 어떤 직위에 오르실지 가늠해 보기 위해서였습니다."

헤인스 경이 내 감초차를 나눠 마시며 말했다.

"보통의 성기사는 아주 어린 나이에 종자로 배움을 시작해 부제급부터 차근차근 올라갑니다. 하지만 두 분 같은 경우라면 이야기가 다르겠죠. 제가 보기엔… 주교급, 운이 좋다면 대주교급 성기사가 되실 거예요."

"운이 좋다는 건…"

"성기사 서임은 추기경들 마음대로니까요. 적어도 교황께서 계시지 않는 지금은 그렇습니다."

내 물음에 헤인스 경이 가볍게 대답했다. 에테르 서클의 진화 형태로 직위가 뚜렷하게 나뉘는 신관과 달리, 성기사는 능력의 우열을 무 자르듯 명확하게 구분하기 어려웠다. 각자의 속성 차이가 있어 더 그랬다. 추기경들의 판단에 따라 직위가 달라질 수 있다는 것도 그런 의미일 터였다.

"물론 '성흔聖痕'을 개방하면 곧장 추기경급으로 올라가실 수 있습니다. 평민 출신이 아니라면요."

눈꼬리가 처진 인상인데도, 그 말을 하는 헤인스 경의 눈빛은 몹시 서늘했다. 졸린 듯 가라앉은 목소리는 왠지 다른 의미로 힘이 빠진 느낌이었다.

"성흔 개방까지는 얼마나 걸리지?"

황자가 물었다. 성흔은, 게임에 빗대 말하자면 성기사 개인의 고유 스킬이자 궁극의 필살기쯤 되는 기술이었다. 관련 이론이 많다고 하는데 내 일이 아니라서 열심히 읽지는 않았다.

다만 모든 성기사가 성흔을 개방할 수 있는 것은 아니고, 본인의 노오력과 주신의 은총이 함께해야 한다고 했다. 그런데 황자는 자신이 이미 그것을 갖추었다는 양 굴고 있었다. 틀린 말도 아니어서 좀 얄미웠다.

"역대 최연소 추기경급 성기사는 페네티안 신국의 엘리서 왕세녀 전하이십니다. 스물여섯에 성흔을 개방하셨죠. 여섯 살 때 사제급 서임을 받으신 걸로 알고 있어요."

그러자 황자 놈이 나를 빤히 바라보았다. 엘리서 왕세녀라면 예서 왕자의 누나였다. 그녀가 성기사인 건 알았지만 그토록 대단한 사람인 줄은 몰랐던지라 조금 당황스러웠다. 그렇게 쏘아봐도 내가 줄 수 있는 정보 같은 건 없었다.

"종은?"

"종? 아, 갖고 있습니다."

황자가 갑자기 딴소리를 했다. 항상 소지하라기에 품에 넣어서 오긴 했다. 그러고 보니 고맙다는 말을 해야 하는데. 정확한 용도도 물어보고-

-털썩!

"사제님!"

가나엘이 깜짝 놀라 자리에서 일어났다. 갑자기 테이블 한편이 소란스러워졌다. 기절한 산트가, 바닥에 보릿자루처럼 나동그라져 있었다. 나는 머리가 차가워지는 것을 느끼며 재빨리 그의 곁으로 다가가 앉았다. 치유 서클을 열고 확인하니, 불행인지 다행인지 의식을 잃은 것 외에 다른 이상은 없었다. 전형적인 에테르 고갈 증세였다. 하지만 이렇게 빨리?

"산트 신관이 특별히 부족해서가 아니에요. 그보다는 전하와 공녀께서 에테르를 많이 필요로 하시는 체질이죠."

헤인스 경이 다큐멘터리 내레이션을 하듯 평온하게 설명했다. 동요한 건 나와 뱅자맹, 가나엘뿐인 것 같았다. 나는 곧장 황자에게 눈길을 돌렸다.

"공작님, 혹시 사제님과 접촉하셨습니까?"

그가 못 들을 말을 들었다는 듯 미간을 찌푸렸다. 조각상처럼 고고하게 앉은 자세를 조금도 바꾸지 않은 채였다.

"다른 인간의 몸에 손대는 취미는 없어."

내 얼굴이 와락 구겨졌다. 뭐라는 거야, 에테르 돼지가. 그럼 나는 인간 아니냐?

*　*　*

-끼이익…

문이 열렸다. 어둑한 침실에 태양처럼 밝은 빛살이 길게 스며들었다. 침입자는 혹시라도 아이가 깰까 조심스럽게 움직였다. 어둠을 무서워하는 2왕녀를 위해 켜놓은 마법 조명이, 침대 옆에서 어슴푸레한 빛을 내고 있었다.

인영은 침대로 가는 길목에 떨어져 있는 장난감과 인형을 하나씩 주워들었다. 이 시간까지 정돈이 되어있지 않은 건 왕성 시종들의 기강이 해이해져서가 아니었다. 그녀의 명령이 있었기 때문이었다.

둘째는 왕성을 떠나기 전날까지도 막내의 완구를 직접 상자에 담아 정리해 주었다. 이유는 간단했다. 그렇게 하면 막내가 그날 무엇을 가지고 놀았는지, 요즘 무엇을 가장 좋아하고 또 무엇에 싫증이 났는지 알 수 있다고 했다. 그 다정한 일과를 이제는 엘리서 페네티안이 소화하고 있었다. 아무리 바쁘고 피곤해도 잊어서는 안 됐다. 막내가 둘째의 빈자리를 더 크게 느끼지 않길 바랐으니까.

"전하, 제가 돕겠습니다."

조용히 따라 들어온 왕세녀의 시종이, 그녀와 함께 어질러진 방을 치우기 시작했다. 둘 사이에 익숙한 침묵이 오갔다. 한참을 움직이자 상자는 각종 노리개로 가득 찼다. 엘리서는 침대 모서리에 가만히 앉아, 상자 맨 위에 놓인 돼지 조각상을 바라보았다. 그건 예서가 코르넬리서에게 선물한 것이었다.

"헤인스 경에게서는 연락이 없었느냐?"

"예. 하지만 나쁜 소식도 없었으니, 아마 무사히 전달했을 겁니다."

왕세녀의 나지막한 물음에, 시종이 빠르게 답을 내놓았다. 엘리서는 고개를 한 번 끄덕인 뒤 잠든 코르넬리서를 들여다보았다.

일곱 살. 아무것도 모르는 나이였다. 왕세녀는 막내가 무섭고 끔찍한 현실을 알게 되기 전에 모든 상황을 올바르게 만들어 놓고 싶었다. 하지만 무엇보다 급한 것은 둘째를 지키는 일이었다. 교황청에 줄을 대고 비자금의 절반 이상을 써서라도, 동생의 검을 만들어 주는 일.

엘리서는 위대한 신국의 왕세녀였으나, 아직은 할 수 있는 것보다 할 수 없는 것이 더 많았다. 연인을 잃은 어머니는 종종 광증이 도져 판단력을 상실했고, 아버지는 그때마다 국왕 대리로 활약하며 자신의 발판을 넓혀나갔다. 그대로 가다간 정말로 동생을 놓칠 것만 같았다.

예서는 엘리서가 보는 앞에서 아버지의 독을 먹고 쓰러진 적이 있었고, 화살을 맞을 뻔한 적도 있었다. 아버지를 행동하게 하는 것은 이성적 판단이 아니라 열등감과 질투에서 비롯된 광기였다. 그녀에게는 선택지가 전혀 없었다. 그래서였다. 그 아이를 볼모로 보내서라도 살려야겠다는 생각을 하게 된 것은.

"너무 걱정 마십시오, 전하. 왕자 전하께서는 분명 잘 지내고 계실 겁니다."

"황자가 성기사로 각성했다지. 어느 공녀도."

"…"

"그리고 내 동생도. 그곳에서 에테르를 발현했다고 하지 않았느냐. 그런 기적은 흔치 않아."

왕세녀가 고개를 숙였다. 진한 황금색으로 빛나는 그녀의 긴 머리칼이, 구불구불 시트 위로 내려앉았다. 엘리서는 잠든 막내의 이마에 짧게 입을 맞추었다.

"불안하구나. 주신께서 그 아이를 제국에 안배하신 게 아닐까 하여."

"전하."

그녀는 무사히 왕위에 올라 동생을 데려와야 했다. 세 사람은 다시 신국에서 만나야만 했다. 그것이 엘리서와 예시, 코르넬리서의 약속이었다. 혹여 주신의 변덕으로 인연이 어긋난다면, 제국이 그 아이를 놓아주지 않는다면… 아니.

"반드시 돌려받을 것이다."

왕세녀가 속삭였다. 그녀의 손끝에서, 샛노란 불꽃이 피어올랐다가 빠르게 사라졌다.

10. ✦ 기사의 명예와 중년의 낭만

"공작님과 사르네즈 공녀가 에테르를 많이 필요로 하시는 체질이라고요?"

나는 날 선 말이 튀어나오려는 것을 누르고 적절한 질문을 꺼냈다. 요한 헤인스 경이 고개를 끄덕였다.

"공녀께선 신물을 흡수하셨으니, 어지간한 신관의 에테르로는 만족하지 못하실 거예요. 공작 전하께서는…"

그가 허공에 대고 작게 손짓했다. 그러자 다시 한번, 우리 넷만을 가둔 투명한 밀실이 만들어졌다. 민트색 눈동자가 예리하게 빛났다.

"그야말로 특이한 경우죠. '화성의 혜검'으로 에테르가 보충되는 듯하지만, 제가 보기엔 근본적인 고갈이 있는 것 같아요."

"…"

날카로운 지적에 일순 소름이 돋았다. 세드리크 황자를 감싼 공기가 훅 무거워지는 것이 느껴졌다. 나는 애써 헤인스 경의 시선을 피하며 쓰러진 산트를 살폈다. 뱅자맹이 급히 깔아준 매트 위에 젊은 신관을 눕히고, '심신 안정'을 위한 치유 서클을 열었다.

외우기 쉬운 기초 서클 중 하나라 실수를 하지는 않았다. 하지만 산트에게 치유력을 쓰면서도 내 머릿속은 복잡하게 돌아가고 있었다. '퇴계공'의 주인공이자 먼치킨 루트를 탄 크리스텔이, 사제급 신관의 에테르에 허기를 느끼는 건 어찌 보면 당연한 일이었다. 그러나 황자는 달랐다.

자세한 사정은 모르지만 그는 에테르가 부족하면 어린아이의 모습으로 변했다. 심지어 혜검을 얻은 뒤에도 아이가 되어 나를 찾아온 적이 있었다. 황자가 신물을 원한 건 그 증세를 고치기 위해서라고 생각했는데, 아직 완벽히 해결되지 않은 모양이었다. '근본적인 고갈'이야말로 그의 몸 상태를 정확히 표현하는 말일지도 몰랐다.

"공작님의 새로운 스승님과 신관님이 오시면, 상황이 좀 나아질까요?"

내가 물었다. 엄밀히 따지면 헤인스 경과 산트는 크리스텔의 선생님으로 온 것이지, 황자의 교육까지 담당해야 하는 사람들이 아니었다.

"교황청은 현재 인사이동을 최소화하고 있어요. 교황이 공석이라 결집이 필요한 시기거든요."

헤인스 경이 그렇게 말하며 흘러내린 머리칼을 쓸어 넘겼다.

"아마 선생이 추가 파견되지는 않을 거예요. 그리고 신관은, 글쎄요. 서임 받지 않은 성기사에게 주교급 이상의 신관을 보내는 일은 없다고 보셔야 합니다."

나는 입술을 슬쩍 물었다 놓았다. 그러니까 헤인스 경이 앞으로도 두 사람을 가르치게 될 것이고, 신관이야 또 올 수도 있지만 산트와 같은 사제급일 가능성이 크다는 뜻이었다. 그건 피해자가 한 명 늘어나는 꼴밖에 되지 않았다. 나는 고개 들어 황자를 바라보았다. 기다렸다는 듯 시선이 얽혀들었다.

그가, '세이디'가 지금껏 신관 파트너를 만들지 않은 이유는 명백했다. 그는 황자였고 훗날 황제가 될 사람이었다. 신물로도 완치할 수 없는 에테르 고갈은 너무 큰 약점이니, 섣불리 외부의 신관을 믿기 어려웠을 터였다. 부티에 추기경은 이미 황제의 종교적 반려였으므로 그에게 에테르를 건넬 수가 없었다. 괜찮은 대주교와 인연을 트고 비밀 유지 언약을 받아내는 방법도 있었겠지만…

"할 말이 있나?"

"…"

저 성격에 누굴 쉬이 곁에 들이려 했을 것 같지는 않았다.

'손대지 마.'

황궁 고해소에서 처음 만나던 날, 내게 뾰족하게 반응하던 세이디가 떠올랐다. 그는 제 고집을 못 꺾어 사서 고생하는 타입이었다. 작게 한숨이 흘러나왔다.

"…두 분께서는 이번 달 연례 기도회에 참석하시죠."

"네에."

내 말에 크리스텔이 얌전히 대답했다. 눈치 빠른 그녀는 내 분위기가 달라진 것을 느낀 듯했다.

"폐하의 명으로 그곳에서 신관 짝을 찾아보시기로 했고요."

"그렇습니다."

그녀가 고개를 주억거렸다. 헤인스 경이 우리를 흥미로운 눈으로 바라보고 있었다. 나는 잠깐 말을 쉬었다가 또박또박 선언했다.

"그럼 그때까지만, 제가 에테르 보급을 돕겠습니다."

"허억, 대박."

크리스텔이 황급히 두 손으로 자신의 입을 가렸다. 왕방울만 한 두 눈이 당장이라도 쏟아질 듯했다. 황자의 주황색 눈동자 역시 드물게 조금 커졌다. 대놓고 반색하는 두 사람을 보니 헛웃음이 나올 것 같았지만 꾹 참았다. 나는 최대한 굳은 낯으로 입을 열었다.

"대신 조건이 있습니다."

"말해."

황자가 즉각 대답했다. 나는 그제야 참아 왔던 말을 다다닥 쏘아붙였다.

"산트 사제님을 지금처럼 대우하시는 건 제가 못 참습니다. 성기사와 신관은 동등한 협력 관계이지, 한쪽이 다른 한쪽을 위해 일방적으로 희생하거나 봉사하는 관계가 아닙니다. 두 분의 행동은 분명 잘못됐어요. 사제님은 여러분을 위해 고통을 참아가며 일하고 있는데, 아무리 본인들이 힘들다지만 사람을 이렇게까지 배려하지 않을 수 있는 겁니까? 이런 식이면 어떤 신관도 두 분의 곁에 남지 않을 거예요."

"그건,"

크리스텔이 입을 벙긋거렸다. 곤란한 얼굴을 보니 자신의 죄를 알긴 아는 모양이었다.

"에테르 배가 너무 안 차서 신경이 날카로워지는 바람에… 죄송합니다."

"저에게 죄송하실 문제가 아니죠. 산트가 정신을 차리면 그때 본인에게 제대로 사과하십시오."

"넵."

그녀가 빠르게 답했다. 나는 황자에게 시선을 돌렸다.

"조금씩 양보하세요. 하실 수 있겠습니까?"

그의 눈이 가늘어졌다.

"또 무엇을 원하지?"

"…제 안전이요."

나는 차분히 대꾸했다. 문득 옆을 살피니 가나엘이 심각한 내 얼굴을 보며 빙긋 웃고 있었다. 무슨 이야기를 나누는지도 모르면서 내 편을 들어주는 듯한 그 표정에, 이상하게도 마음이 조금 가벼워졌다. 며칠 전 소년과 나누었던 대화가 머릿속을 스치고 지나갔다.

'믿고 싶은 것 같긴 한데.'

'그럼 한 번 기회를 줘보는 건 어떨까요?'

…단기간이라면. 두 사람에게 아주 작은 기회를 주는 거라면 내게 별 손해는 없을 터였다. 아마도.

"두 분의 에테르 보급을 돕는 동안 제가 어떤 식으로든, 누구에게든 위협을 받지 않을 거라고 약속해 주십시오."

"약속하지."

"왕자님을 괴롭히는 사람이 있을 리가… 아니, 저도 약속할게요!"

두 남녀가 후딱 답을 내놓았다. 이번에는 정말로 웃음이 새어 나왔다. 이건 둘을 돕는 대신 내 안전을 보장받는 '거래'였다. 내 딴에는 깊은 고민 끝에 내디딘 한 걸음이었는데, 두 주인공은 생각할 것도 없이 그러겠다고 하니 조금 허탈하기도 했다.

"재미있네요. 〈격주간 리에스테르〉에서 읽은 세 분의 이야기가 아주 허구는 아니었나 봐요."

묵묵히 우리를 구경하던 헤인스 경이 감상했다. 나는 그에게 시선을 돌리며 살짝 눈살을 찌푸렸다.

"주제넘은 말이지만, 헤인스 경도 반성하셔야 한다고 생각합니다."

"이런, 저도 예외는 아니었군요."

"사제님과 교황청에서부터 먼 길을 함께 오셨으면서, 동료를 너무 방치하시는 것 아닙니까? 공작님과 공녀의 태도가 바람직하지 않다는 걸 알고 계셨잖아요."

"인정합니다. 다만 에테르를 어느 정도로 쓰고 얼마만큼 필요로 하시는지 파악하기 위해서였으니… 한 번 봐주시죠."

그가 처진 눈꼬리를 부드럽게 휘며 웃었다. 나는 단호하게 대응했다.

"사제님께 꼭 사과해 주십시오. 혼자 얼마나 속앓이를 하셨겠습니까."

-톡톡

그때 가나엘이 부드럽게 내 손등을 건드렸다. 무슨 일인가 싶어 고개를 돌리는 순간, 확 하고 사방의 공기가 트이는 느낌이 들었다. 헤인스 경의 밀실이 사라짐과 동시에 반가운 목소리가 귓가를 울렸다.

"예서 왕자님…"

"사제님, 괜찮으십니까?"

안도의 숨이 터져 나왔다. 나는 산트의 동글동글한 얼굴을 유심히 들여다보았다. 다행히 열이나 식은땀은 없었고, 곧장 몸을 일으키는 걸 보니 어지럼증도 남지 않은 모양이었다. 치유 서클의 에테르가 푸른 입자 형태를 띤 채 그의 주변을 맴돌았다. 눈을 몇 번 끔뻑이던 산트는 당황한 낯으로 말을 꺼냈다.

"제가, 제가 또 기절을 했나요? 죄송합니다."

"아뇨, 사제님은 죄송하실 거 하나도 없습니다. 잘못한 건 여기 세 분이에요."

내가 그를 달래며 못난 성기사들을 흘겼다. 산트는 어안이 벙벙한 표정이었다.

"당분간 제가 계속 수업을 참관할 겁니다. 에테르 보급도 도와드릴 거고요."

"와, 왕자니임…"

어린 사제는 감정이 북받쳤는지 금세 울상을 했다. 나는 쓴웃음을 지으며 그의 어깨를 몇 번 두드려 주었다. 병장 때, 신병으로 들어온 스무 살짜리가 감자깡이 먹고 싶다고 해서 한 봉지 사다 준 적이 있었다.

혹시 다른 선임병이 눈치를 줄까 봐 편하게 먹으라고 옆에 있어 줬는데, 녀석이 과자를 씹다 말고 갑자기 눈물을 뚝뚝 흘렸다. 나 때문에 그러냐고 묻자, 신병은 '이렇게 잘해주실 줄 몰랐다'라면서 가족들이 보고 싶다고 펑펑 울었다. 울먹거리는 산트를 보니 왠지 그 녀석이 생각나 마음이 쓰였다. 연락 못 한 지도 오래됐는데, 잘 지내고 있으려나.

"먼저 사르네즈 공녀께서 사제님께 드릴 말씀이 있다고 합니다."

내가 말했다. 내게 빌린 손수건을 주섬주섬 꺼내던 산트는 흠칫 놀라며 그녀를 올려다보았다. 크리스텔이 엄청나게 겸연쩍은 표정으로 이쪽을 향해 다가오고 있었다. 분명 내 또래일 텐데 열아홉의 몸에 빙의해서 그런지, 그녀는 종종 아이처럼 천진한 낯을 보이곤 했다.

"저기, 사제님. 죄송합니다. 제가 예민해져서…"

크리스텔이 천천히 입을 열었다. 그래도 올곧게 용서를 비는 모습은 좋아 보였다. 북부의 상쾌한 바람이 그녀의 분홍색 머리칼과, 모두의 옷자락을 한 번 크게 휘돌고 지나갔다. 뱅자맹이 은은하게 웃으며 산트 몫의 감초차를 한 잔 따라주었다. 그의 눈물 자국이 천천히 말라갔다. 별궁에서의 여름도, 썩 괜찮았다.

* * *

프레데리크 황제와 추기경, 황자가 피서를 마치고 환궁했다. 그들과 동행했던 신국의 왕자도 함께였다.

"그렇게 좋았냐? 좋았겠지. 아주 입이 귀에 걸렸네. 누가 보면 애인 생긴 줄 알겠다."

"…"

바쁘게 황제궁 복도를 걷던 시종들이, 엘리자베트의 말에 슬며시 고개를 들고 황자를 훔쳐보았다. 그는 평소와 똑같았다. 조금의 흐트러짐도 없는 제복과 서늘하고 무감정한 옥안은, '빙점하의 귀공자'라는 수식어 그대로였다.

도대체 어딜 봐서 입이 귀에 걸렸다는 건지 알 수 없었다. 소꿉친구만이 알아보는 무언가가 있는 듯싶었다. 아랫것들은 언제 귀하신 분을 흘끔거렸냐는 듯 다시금 발을 놀렸다.

"해변까지 내려갔었다며, 응? 가나엘한테 다 들었어. 물에도 들어갔고?"

"안 들어갔으니 적당히 해."

황자가 무뚝뚝하게 대답했다. 그러나 엘리자베트는 계속해서 종잘댔다.

"재밌었겠다. 나도 크리스텔 공녀랑 예서 왕자님이랑, 우리 가나엘이랑 같이 놀고 싶었는데. 혼자 엄마한테 엄청 혼나고…"

소백작이 팔을 요리조리 뻗어 자신의 등을 어루만졌다. '소드마스터한테 등짝 맞아 봤냐? 나 황도까지 날아오는 줄 알았잖아' 하는 투덜거림이 이어졌다. 세드리크는 조용히 그녀의 불평을 들어 넘겼다. 오늘따라 말이 많은 그녀가 무엇을 염려하는지 알기 때문이었다.

이런 식의 격려가 필요한 나이는 지났다고 생각하면서도 더 제지하지 않는 건, 몇 달 새 누군가의 성정에 익숙해진 탓일지도 몰랐다. 묘한 기분에 그는 살포시 미간을 찌푸렸다. 목적지에 다다라 모퉁이를 돌려는데, 건너편에서 소란이 일었다.

"이게 말이 됩니까? 왕자는 볼모입니다. 고해 신관으로 입궁했다는 말을 믿는 사람이 세상에 어디 있습니까? 지나가는 행상도 비웃을 겁니다."

"블랑케르 소공작, 소리를 낮추세요. 황제궁입니다."

"맞는 말을 하는데 왜 눈치를 봐야 합니까?"

황자가 걸음을 멈추었다. 그러자 엘리자베트는 물론이고 둘을 따르던 다비드와 시종 일행도 일제히 자리에 섰다. 목소리는 계속해서 들려왔다. 젊은 남자 하나가 흥분해 있었고, 그를 말리는 사람이 두엇 있는 듯했다. 황자의 눈동자가 식은 용암처럼 가라앉았다.

"왕자는 신국에서도 온갖 추문을 몰고 다닌 자라고 하지 않습니까? 폐하와 부티에 전하께서 속고 계시는 겁니다."

"소공작. 우려하시는 바는 알겠지만 왕자님은 '마수 대토벌'에서도,"

"그게 계략일 수 있다는 말입니다. 황자 전하의 신임을 사서 리에스테르 황실에 잠입하려는 거지요."

남자의 말에는 거침이 없었다. 소백작이 인상을 찡그렸다. 블랑케르 망나니가 또?

"전하의 에테르 보조라니 당치도 않습니다. 아무리 국왕이 낳았다지만 왕자의 반쪽은 평민입니다. 출신도 불분명한 신관을 아비로 둔 자가 감히-"

"그만."

선득한 중저음이 내려앉았다. 황자는 망설임 없이 발을 내디뎌 그들 앞에 모습을 드러냈다. 요란을 떨던 세 남녀가 서둘러 몸을 숙이고 예를 표했다. 더듬더듬 인사를 올리는 음성이 벌벌 떨렸다.

그러나 셋 중 사색이 된 것은 둘뿐이었다. 황자는 홀로 당당한 블랑케르 공작의 아들, 로베르 블랑케르를 무심히 내려다보았다. 그러고는 검은 장갑 한쪽을 벗어 그의 발치에 내던졌다.

* * *

'저는 이제 히스클리프 대공자님의 곁을 떠나려고 합니다.'
음.
'캐서린, 내가 당신을 사랑하는 걸 알고 있잖아요.'
'네, 그러니까 함께해서는 안 돼요.'
응?
'이해할 수 없어요. 우리의 마음은 하나로 이어져 있다고요.'
'잘됐죠. 어디서든 대공자님의 온기를 느낄 수 있을 테니까요.'
"이거 뭐 어떻게 되는 거야?"
내가 중얼거렸다. 리에스테르 최고의 화제작, 《이성과 감성과 신성》의 이번 주 분량은 거기서 끝이었다. 나는 천천히 〈격주간 리에스테르〉 6월 1일 호를 덮었다. 여름별궁에는 잡지가 넉넉히 들어오지 않았던 탓에 환궁하고 나서야 읽게 된 최신호였다. 그런데 히스클리프가 여태 캐서린을 제대로 붙잡지 못하고 있었다. 못난 놈.
"두 분, 다 읽으셨어요? 저 마지막 대사 보고 울었습니다…"
응접실 소파 맞은편의 산트가 울먹거렸다. 지난 일주일간 지켜본 산트는 감수성이 풍부하고 눈물 많은 낭랑 18세였다. 그동안 고생한 것 때문에 상처를 입었을까 걱정했는데, 성기사 셋 중 두 명의 사과와 한 놈의 유감 표명을 받은 뒤로는 무척 밝아졌다. 지금처럼 나와 크리스텔에게 먼저 말을 거는 일도 많았다.

"제국에 와서 제일 좋은 건, 《이성과 감성과 신성》을 실시간으로 읽을 수 있다는 거예요."

"오타쿠였구나."

내 옆에 앉아있던 크리스텔이 중얼댔다. 나는 못 들은 척 웃었다. 〈격주간 리에스테르〉를 빙의 첫날부터 접한 사람으로서 이해 못 할 감상은 아니었다. 잡지에는 제국 사교계의 최신 소식뿐 아니라 각종 기고, 인터뷰, 화려한 삽화와 이런 연재소설까지 실려 있었다.

과월호까지 거슬러 올라가며 읽다 보면 하루가 훌쩍 지나는 것이, 제국의 넷플릭스나 마찬가지였다. 특히 《이성과 감성과 신성》은 출간물을 접하기 어려운 평민들 사이에서도 핫이슈라고 들었다.

"주인공들이 대화를 너무 안 합니다."

"저도 그 생각 했습니다! 진짜 미치겠어. 히스클리프 멱살 잡고 싶어요."

내가 최신화의 감상을 읊자 크리스텔이 격하게 동의했다. 산트는 조금 억울하다는 표정으로 우리를 바라보았다. 내 차를 우려 주던 뱅자맹이 빙그레 웃었다.

"큼, 그래도 히스클리프 대공자의 진짜 사랑은 캐서린뿐이니까요. 저는 둘이 잘될 거라고 믿습니다."

"결국 그렇게 될 것 같긴 하지만, 대공자가 제인과 캐서린 사이에서 헷갈리게 행동하는 것 같습니다. 캐서린에게 진심이라면 제인과의 약혼을 깨야 하지 않을까요? 제인의 반응도 이해가 갑니다."

내 말에 산트가 듬직한 어깨를 조금 수그렸다.

"그건, 그건 그렇습니다… 그래도! 제인이 캐서린에게 모욕을 주는 걸 대공자가 직접 봤으니까요. 다음 화에는 어떻게든 결판을 내지 싶습니다!"

그걸 모욕이라고 할 수 있나? 그냥 팩트만 말하던데. 하긴 사실 적시도 명예훼손이 될 수 있었다. 나는 고개를 주억거리며 뱅자맹이 건네주는 모링가 차를 받아마셨다. 언뜻 녹차와 비슷한 맑은 맛이 입안을 부드럽게 감쌌다. 크리스텔은 '그냥 제인이랑 캐서린이 사귀는 게 낫겠다'라며 툴툴거렸다.

《이성과 감성과 신성》은, 히스클리프 대공자가 정치적 반려인 제인 공녀와 종교적 반려인 캐서린 사제 사이에서 갈등을 겪는 사랑 이야기였다. 제인과는 아직 약혼 단계이고 캐서린과는 성약을 통해 정신적으로 하나가 되었는데, 최근 둘 사이에 연애 감정이 있다는 것을 알게 된 제인이 이별을 요구하고 있었다.

캐서린에게 '당신은 평민이니 대공자님의 정치적 필요를 만족시킬 수 없습니다. 그분의 종교적 수양에만 전념할 게 아니라면 떠나주세요'라고 말하는 그녀의 태도는 놀랍도록 침착했다. 과연 '이성'을 담당하고 있다는 캐릭터다웠다. 픽션에서 흔히 볼 수 있는 삼각관계인데도 작가의 필력이 좋아서인지 술술 읽혔다.

빙의 전엔 동생이 그렇게 홍보한 '퇴계공'도 읽지 못했는데, 여기서는 로맨스 소설을 챙겨보고 있다는 게 조금 웃프긴 했다.

"후속작에는 성기사도 나왔으면 좋겠네요."

가만히 듣고 있던 요한 헤인스 경이 말했다. 그는 한 시간 전부터 종이접기에 몰두하고 있었다.

"신관의 에테르에 사로잡힌 성기사와, 그런 성기사를 사랑하게 되는 신관의 이야기는 신국에서도 잘 팔렸거든요. 물론 이감신에는 이감신만의 매력이 있지만요."

'이감신'이 뭔가 했더니 '이성과 감성과 신성'이었다. 별걸 다 줄이네.

"와, 선생님. 종이접기도 잘하신다."

크리스텔이 그의 손놀림을 보며 감탄했다. 헤인스 경은 부드럽게 웃으며 그녀에게 완성작을 내밀었다. 우리가 '마수 대토벌' 때 잡았던 '폭군 전룡', 그러니까 티라노사우루스였다.

"공녀께서도 부지런히 손을 움직여 보세요. 성기사에게 에테르만큼 중요한 게 바로 상상력이에요. 다양한 모양과 형태를 머릿속으로 빠르게 그려낼 수 있어야, 실전에서도 감을 잃지 않죠."

그의 설명에 크리스텔이 고개를 끄덕이며 자신의 색종이로 손을 옮겼다. 아까부터 학과 동서남북밖에 못 접고 있지만, 이번에는 다른 걸 시도해 볼 모양이었다. 내가 두 주인공의 수업을 참관하기 시작하면서 헤인스 경의 교육 노선에도 큰 변화가 있었다.

대련은 확실히 횟수가 줄었다. 대신 성기사의 특수 에테르 순환과 명상 시간이 생겼고, 오늘처럼 상상력을 키우기 위한 활동이 추가되기도 했다. 오페라를 보러 가자는 크리스텔의 의견도 있었지만 내 바깥출입이 어려워 무산됐다. 그냥 셋이 가면 될 텐데.

"왕자님, 다음 호에 이감신 작가님의 인터뷰가 실린답니다."

무릎으로 올라온 데미에게 색종이 한 장을 쥐여주는데, 산트가 들뜬 목소리로 말했다.

"독자들이 보낸 질문도 추려서 답해준다고 합니다. 너무 기대돼요!"

"그건 궁금하네요. 다들 제인 공녀 편을 들지 않을까요?"

"아이, 왕자니임…"

사실 나도 제인 편인데. 나는 씩 웃으며 종이접기를 시작했다. 오늘은 세드리크 황자가 일정이 있어 우리끼리만 시간을 보내고 있었다. 열풍이 지나간 황도는 가나엘의 말대로 봄가을과 비슷한 날씨여서, 실내에서든 실외에서든 상쾌한 컨디션을 유지할 수 있었다. 오전엔 부티에 추기경과 짧은 수업도 했다. 아직 성소가 진화할 때는 아닌 것 같다는 평을 들었다.

'알을 깨고 나와야 한단다, 왕자님.'

이건 달걀도 《데미안》도 아닌데. 감이 잡힐 듯 잡히지 않는 가르침이었다.

-똑똑

"들어오세요."

그때 누군가가 응접실 문을 두드렸다. 시선을 드니, 희게 질린 가나엘이 다급히 방 안으로 들어오고 있었다.

"왜 그래, 가나엘? 무슨 일 났어?"

"전하께서, 황자 전하께서요… 헉."

멀리서부터 뛰어왔는지, 소년의 이마에 식은땀이 맺혀있었다. 뱅자맹이 그에게 손수건을 내밀었다. 설마 황자가 다쳤나?

"감사합니다. 그, 결투를 신청하셨어요. 황자 전하께서 블랑케르 소공작과 결투를 하게 됐다고, 지금 온 황궁이 난리예요!"

남을 다치게 할 생각이구나. 그러자 크리스텔이 쥐고 있던 색종이를 집어 던졌다. 뭘 그렇게 꼬물꼬물 접나 했는데 결과물은 비행기였다.

"세상에, 수업 땡땡이치시더니 더 재미있는 일을 하러 가셨군요. 좋겠다!"

"그런데 그게…"

진심으로 부러워하는 눈빛의 크리스텔을 보며, 가나엘이 한껏 곤란한 얼굴을 했다. 이어 금색 눈동자가 조심스럽게 나를 향했다.

"전하께서 결투를 신청하신 이유가, 예서 왕자님 때문이라고 합니다."

"뭐?"

"자세히 설명해 보거라."

뱅자맹이 점잖게 재촉했다. 소년은 마른침을 삼키며 입을 뗐다.

"블랑케르 소공작이 황제궁에서 공개적으로, 왕자님에 관해 질 나쁜 말을 했답니다. 지나가던 전하께서 그걸 듣고 바로 장갑을 던지셨대요. 옆에 있던 무테 소백작은 입회인으로 나섰고요. 소공작이 장갑을 주워 드는 걸 황제궁 시종 여럿이 봤는데, 얼굴만 멀쩡했지 손은 덜덜 떨렸다고 합니다."

"무슨…"

어안이 벙벙했다. 한동안 조용했는데 이게 웬 난리인지 모르겠다.

"로메로 궁 시종들 말로는, '감히 황족의 손님을 모욕한 죄'를 물으신 거라고…"

손님? 나는 가만히 황자의 논리를 되짚었다. 분명 쥘리에트 궁의 책임자는 내가 아닌 로메로 궁의 주인이었다. 이곳에 머무는 내가 황자의 손님으로 인식되는 것도 무리는 아니었다. 소공작이 무슨 말을 했든 나는 별 상관없는데, 황자가 그렇게 나섰다니 기분이 묘했다. 조금 고마웠다. 고맙다고 생각해도 되는 건가?

"전하께선 좋은 학생이시네요. 하나를 가르치니까 열을 아십니다."

크리스텔이 뿌듯하게 웃었다. 둘만 아는 뭔가가 있는 듯싶, 잠깐만.

"블랑케르라면 국서 전하의 본가 아니야?"

내가 급히 물었다. 내 기억이 정확하다면, 알렉상드르 국서는 유서 깊은 마법사 가문이라는 블랑케르 공작가의 맏이였다. 뱅자맹이 심란한 눈빛으로 내 말을 받았다.

"그렇습니다, 왕자님. 현 블랑케르 공작은 돌아가신 국서 전하의 동생입니다. 블랑케르 소공작은 공작의 아들로, 황자 전하와는 사촌지간이지요."

아니… 그렇다고 친척이랑 싸우면 어떡하냐.

　　　　　　　　＊＊＊

"귀족원이 소집되는 날 사촌에게 결투 신청을 하다니, 내 대자도 참 다혈질이구나."

"…"

"왕자님과는 많이 친해진 듯하고. 기쁘네."

오렐리 부티에가 나긋하게 말하며 커피를 마셨다. 세드리크 리에스테르는 자신의 커피에 손도 대지 않은 채 그녀의 이야기를 듣고만 있었다. 장갑을 던진 일을 후회하진 않았다. 그것은 그가 황자이기 이전에 기사로서 움직인 결과였다.

자신이 아닌 누구라도 그렇게 행동했을 터였다. 자리에 있던 엘리자베트 역시 분노를 감추지 못했고, 소공작을 말리던 귀족들 또한 올 것이 왔다는 태도를 보였으니까. 다만 대모와의 면담은 피할 수 없었다.

"네 책봉식 이야기는 귀족원에서 예정대로 진행할 거란다. 걱정하지 마."

황자가 턱을 작게 까닥였다. 리에스테르 대귀족의 자문 회의가 열리기 직전, 그와 블랑케르 소공작의 대치로 인해 황제궁에는 작은 소동이 일었다. 다행히 일정은 다른 날이 아닌 오늘 저녁으로 미뤄졌다. 조금 전 엘리자베트가 유독 말이 많았던 건, 혹여 친구가 귀족원과의 대면을 앞두고 긴장하지 않길 바라서였다.

리에스테르의 황위는 견고했고 누구도 황자의 정통성을 의심하지 않았다. 그의 황태자 책봉이 귀족원의 승인을 받는 것조차 명목상의 절차였다. 세드리크는 아주 어릴 적부터 '완벽한 황자'를 연기하는 데 이골이 난 사내였다. 그러나 그런 점들이 그가 느끼는 부담을 줄여주지는 않았다. 오렐리는 이제 겨우 스물넷인 청년을 가만 들여다보았다.

"블랑케르 소공작은 너와 상성이 맞지 않을 텐데, 괜찮겠니?"

다소 걱정 섞인 목소리였다. 로베르 블랑케르는, 사교계에서 종종 망나니 소리를 듣긴 해도 뛰어난 마법사였다. 7급 마법사인 세드리크보다 한 단계 높은 8급인 데다 황자는 속성 면에서 그에게 절대적으로 불리했다. 그가 뚝뚝하게 입을 열었다.

"목숨은 붙여 두겠습니다."

"역시 네 엄마의 아들이구나."

오렐리가 소리 내어 웃었다. 이렇게 된 이상 결투는 이제 두 사람만의 일이었다. 그녀는 다른 말을 얹지 않고 화제를 돌렸다.

"몸은 좀 어때?"

"…혜검으로는 완전해질 수 없습니다."

추기경이 천천히 고개를 끄덕였다. 역시 '그릇' 자체의 균열은 신물로도 깨끗이 덮기 어려운 모양이었다. 황자는 혜검을 얻은 뒤 에테르 고갈에 시달리는 일이 드물었지만, 그렇다고 해서 최상의 컨디션을 누리지도 못했다.

혜검이 그에게 보충해 주는 것은 순수한 에테르가 아닌 불 속성의 에테르였다. 성기사의 원초적 기갈은 본인의 힘으로는 결코 해소되지 않았다. 그가 신관에게서 얻는 순수 에테르를 우선하는 것도 당연했다.

"그간 '세이디'로 변하지도 않았고?"

의미심장한 물음에 황자가 미간을 살짝 찌푸렸다. 그의 어린 모습을 세이디라고 구별해 부르는 건 한 사람뿐이었다. 그런데 방금…

"나도 왕자님의 오해에 관해서는 알고 있었거든. 정말 재미있는 아이야. 지금은 잘 풀렸니?"

황자는 입을 다물었다. 당사자가 '우승 축하연' 이후로 줄곧 모른 척을 하고 있기에, 오해는 풀리지 않은 것이나 마찬가지라는 이야기를 어디서부터 어떻게 하면 좋을지 알 수 없었다. 그는 결국 필요한 정보를 전달하는 쪽으로 방향을 틀었다.

"고의로 체내의 에테르를 바닥낸 뒤, 혜검을 제게서 떨어뜨리는 실험을 했습니다."

"응."

"그러자 아이로 변하더군요."

"어머."

추기경의 베이지색 눈동자가 동그랗게 변했다. 그녀는 잠깐 무언가를 생각하더니, 그를 보며 목을 갸웃했다.

"그 말은, 네가 뜻대로 아이의 모습을 취할 수 있게 되었다는 의미구나. 혜검을 잡으면 몸이 줄어들지 않으니까. 그렇지?"

황자는 새카만 자신의 커피에 묵묵히 입술을 묻었다. 그렇게까지 생각해 본 적은 없었다. 하지만 그 모습의 이용 가치를 고려하긴 했으니 반박하기도 어려웠다.

* * *

'퇴계공' 이대로 괜찮은 거냐?

"뱅자맹 님, 여기 우편물이에요. 요즘 많이 받으시네요."

"고맙구나. 앉아서 주스 좀 들거라."

"감사합니다. 혹시 연애하시는 거 아니에요?"

내가 걱정에 빠져있는 동안, 뱅자맹과 가나엘은 실내 연무장 한

편에서 즐겁게 대화를 나누고 있었다. 나는 색색의 편지 봉투를 뜯는 뱅자맹을 바라보며 생각을 정리했다.

그러니까 어제, 세드리크 황자가 자신의 사촌인 로베르 블랑케르 소공작에게 결투를 신청했다. 소공작이 내 뒷담화를 했다는 이유에서였다. 오늘도 요한 헤인스 경의 수업이 있으니, 나는 이왕이면 황자와 직접 이야기를 해보고 싶었다.

나를 생각해서 나서준 건 고마운 일이지만 친척과의 싸움은 마음에 걸렸다. 아무리 남보다 못한 사이라 해도, 국서가 가문에서 쫓겨난 뒤로 교류가 없었다 해도 일단은 피가 섞인 상대 아닌가. 그런데 황자가 또 수업에 불참했다. 어제의 이슈는 그것뿐만이 아니었기 때문이다.

-삐르르르

"뚝심, 답답해? 밖에 내보내 줄까?"

내 무릎 위에 앉아있던 굴뚝새가 포르르 날아올랐다. 실내라서 답답해하는 것 같지는 않았다. 녀석은 내 가슴팍 위를 작은 부리로 콕콕 찍으며 날갯짓했다. 고개를 이리 기웃 저리 기웃 하는 게, 안에 든 걸 내놓아 보라는 뜻 같았다. 조금 전에 가나엘이 내게 건네는 걸 보고 호기심이 동한 모양이었다.

"초대장이야. 황태자 책봉식 초대장."

내가 피식 웃으며 대답했다. 품에 넣어두었던 카드를 꺼내자, 뚝심이는 해바라기씨 초콜릿 같은 눈을 반짝거리며 당장 열어보라고 뻑뻑거렸다. 화려한 황실 문장과 금박으로 섬세하게 장식한 카드에는 책봉식 날짜와 인사말이 적혀있었다.

리에스테르 대귀족의 자문 회의인 '귀족원' 소집이 어제였다. 그리고 그 자리에서, 황자의 황태자 책봉이 만장일치로 가결됐다. 그는 다가오는 자신의 생일에 태자가 될 예정이었다.

"초대장을 미리 만들어 둔 걸 보면, 황자 전하의 지위가 무척 굳건한 모양이네요."

어느새 다가온 헤인스 경이 말했다. 그는 언제부턴가 면도를 하고 하얀 머리도 깔끔하게 묶어 내린 모습이었다. 그의 뒤편을 살피자, 멀찍이서 산트와 손을 맞잡고 '우정 테스트'를 하고 있는 크리스텔이 보였다.

정은서도 고1 때 이후로 한 적 없는 손장난을 열심히 가르치는 모습을 보니 웃음이 났다. 저렇게 짧은 접촉으로 에테르를 받으면, 중간중간 여유가 생겨 산트의 부담이 적어진다는 듯했다. 아무리 봐도 그냥 재밌어서 하는 것 같지만.

"황자님은 유일한 황손이시니까요. 이렇다 할 흠도 없는 분이고요."

나는 그렇게 대답하며 '세이디'를 떠올렸다. 아마 지금까지 태자 위에 오르지 못했던 건 어린아이가 되는 문제 때문이었을 텐데, 현재는 상태가 어떤지 알 수 없었다. 이제 혜검도 있고 할만하니까 하는 거겠지 싶었다.

"그렇겠죠. 옆에 앉아도 될까요?"

"그럼요."

어차피 내 연무장도 아니었다. 헤인스 경은 오닉스를 깎아 만든 연보랏빛 소파에 몸을 앉혔다. 동시에 사방이 훅, 하고 막히는 듯한 느낌이 들었다. 나는 조금 놀라서 그를 바라보았다. 크리스텔과 뱅자맹, 가나엘이 모두 나와 떨어져 있는 상태였다. 내가 긴장한 걸 느꼈는지 레서판다 세 마리가 후다닥 허벅지 위로 올라왔다.

"헤인스 경."

"안심하세요. 여쭤보고 싶은 게 있는 것뿐이에요."

뚝심이가 빠르게 날아올라 헤인스 경의 손등을 부리로 쪼아댔다. 성기사는 아프지도 않은지, 나른한 얼굴로 나를 눈에 담았다.

"제가 전해드린 편지도 잘 받으셨는지 궁금해서요."

"무슨… 설마."

헤인스 경이 나에게 직접적으로 무언가를 전달한 적은 없었다. 하지만 그의 말을 듣자 대번에 떠오른 것이 있었다. 나는 슬쩍 손을 들어 가슴팍 위에 얹었다. 품에 든 크리스털 종과, '위실'의 수상한 쪽지가 느껴졌다.

"헤인스 경이 넣어두셨던 겁니까?"

"네. 엘리서 왕세녀 전하의 의뢰였습니다. 확인하셨군요."

민트색 눈동자가 살짝 휘어졌다. 나는 숨이 턱 막히는 것을 겨우 참아냈다. 교황청에서 온 성기사가, 엘리서 페네티안의 사람이었다. '위실'은 왕세녀가 맞았다. 수많은 질문과 가정이 머릿속에서 동시에 휘몰아쳤다. 나는 침착한 목소리로 첫 문장을 꺼냈다.

"명령이 아니라 의뢰입니까?"

"날카로우시네요."

"대답부터 해주십시오."

내 말에 그가 즐거운 표정을 했다.

"네, 의뢰입니다. 저는 왕세녀 전하께 충성하는 것이 아니라, 그분이 지불하신 돈에 충성하니까요."

"성기사인데 용병 노릇을 한다는 겁니까?"

그러자 그의 목소리가 낮아졌다.

"기사의 명예 같은 것을 추구하지는 않거든요. 저는 이런 쪽으로 물밑에서 꽤 유명하기도 하고요."

잠깐의 침묵이 흘렀다. 이름 있는 용병. 그가 엘리서의 충직한 부하가 아니라 그저 돈으로 얽힌 관계라는 것이, 어쩌면 내게는 유리한 정황이었다. 그는 진짜 예서 왕자가 어떤 사람인지 모를 테니까.

"그게 답니까? 편지를 전해주는 게 의뢰의 전부였나요?"

"내용은 두 가지였습니다. 하나는 누구도 알아차리지 못하게 편지를 전하는 것이고…"

헤인스 경이 미풍처럼 움직여 탁자 위의 찻주전자를 들어올렸다. 그는 빈 찻잔에 자신 몫의 노니 차를 따르며, 한 손으로는 내 찻잔을 쓰다듬었다. 이상한 행동이었다.

"당연하지만, 독은 없네요. 왕자 전하를 지키는 게 저의 일입니다."

"…"

성기사가 자신의 손끝을 확인하며 산뜻하게 말했다. 나는 그의 차에 꿀이 들어가는 것을 지켜보다가 단호히 입을 열었다.

"전하께 답장을 할 수는 없습니다."

"다행이군요. 저도 그런 의뢰는 받지 않았습니다."

그는 그림처럼 미소하며 차를 마셨다. 동시에 귀가 뻥, 뚫리는 느낌과 함께 주변 공기가 트였다. 밀실이 사라진 것이었다. 데미가 곧장 낑낑거리며 내 품을 파고들었다. 나는 녀석의 등을 천천히 쓰다듬어 주었다. 레아와 페리까지 잔뜩 안고 있으니 심란함이 가라앉는 것도 같았다.

나는 황자에게, 신국과 연락하지 않겠다는 언약을 했다. 어떤 식으로든 약속을 깰 일은 없을 것 같아 안심이었다. 그렇다면 확인해야 할 것은 하나뿐이었다. 곧장 몸속의 에테르를 끌어모으자, 소매 위로 날아온 뚝심이가 카운트다운을 하듯 울어댔다.

"성소는 통하지 않습니다."

그때, 내 의도를 읽은 헤인스 경이 말했다. 흐름이 뚝 끊겼다.

"저는 대주교급 성기사니까요. 죄송하지만 왕자 전하의 현재 신력으로는 제 말의 진위를 파악하실 수 없을 거예요."

나와 마주친 눈이 난감하게 웃고 있었다. 그에겐 고해 성사를 통한 거짓말 탐지가 통하지 않는다는 뜻이었다. 나는 살짝 허탈해져서 헛숨을 뱉었다. 무의식중에 시선을 돌리자, 이쪽을 보고 있던 크리스텔과 눈이 마주쳤다. 환하게 웃는 낯이 다 괜찮을 거라고 말하는 것만 같았다. 곤란했다.

* * *

그리고 주인공의 눈치는 진짜, 기가 막혔다. 이쯤 되면 황도 중앙 시장에 나가서 돗자리를 깔아도 될 성싶었다.

"왕자님, 헤인스 경하고 싸우셨어요?"

"네? 아뇨."

싸운 적은 없었으니 나는 즉각 그녀의 말을 부정했다. 마차 맞은편 좌석의 분홍색 머리칼이 수상쩍다는 듯 흔들거렸다. 청회색 눈동자도 가늘어졌다. 다각, 다각 하는 말발굽 소리만 속없이 경쾌했다.

"어제오늘 묘하게 어색하신 것 같던데."

"가까운 사이는 아니니까요."

 내가 쓴웃음을 지었다. 사실, 전날의 대화 이후 헤인스 경을 어떻게 대해야 할지 아직 결정하지 못했다. 크리스텔의 어깨 위에 앉은 뚝심이가 '삐뽀삐뽀' 하는 소리를 냈다. 대충 '너 거짓말 더럽게 못한다, 인간아' 하는 느낌이었다. 자격지심인가.

"왕자님은 사람을 좀 가리시는 성격 같아서 이해는 됩니다. 저나 황자 전하랑 친해지는 데도 오래 걸리셨으니까요."

 다행히 크리스텔은 내 변명을 곧이곧대로 받아들인 표정이었다. 우리가 친하다는 명제엔 논란의 여지가 있다고 생각하지만, 뱅자맹이나 가나엘도 최근에 그런 식으로 말하긴 했다.

 게다가 나는 지금 크리스텔과 함께 황궁 외곽으로 향하는 길이었다. 곧 황자와 블랑케르 소공작의 결투가 시작되기 때문이었다. 명예를 위해 대신 싸우기도 하고, 서로 비밀도 하나씩 공유하고 있고. 진짜 친구 비슷한 게 되어버린 건가.

"좀 기대되네요. 전하께서 그분을 어떻게 혼내주실지."

"공녀."

"목숨은 붙여둔다고 하셨다는데, 사지를 붙여둔다는 말씀은 안 하셨대요."

미친. 내 턱이 벌어지자 그녀가 소리 내어 웃었다. 나는 오늘까지도 황자의 얼굴을 보지 못해 마음이 편치 않았다. 본인도 생각이 있으니 그렇게 행동했겠지만, 평생을 보통의 한국인으로 살다가 대뜸 황족의 결투 사유가 되는 건 꽤 다이내믹한 사건이었다. 나까지 긴장이 됐다.

"그러고 보니 요즘 뱅자맹 님도 수상합니다."

"뱅자맹이요?"

눈을 깜빡이자 크리스텔이 혀를 찼다. 나를 위해 화제를 돌리고자 했던 것 같은데, 내가 듣기에도 내 반응이 시원찮았다.

"우편물을 많이 받으시더라고요. 사귀는 분이라도 생기신 게 아닐까요?"

"뱅자맹은 제가 입궁했을 때부터 꾸준히 누군가와 서신을 주고받긴 했습니다. 저는 가족분들께 보내는 게 아닐까 생각했는데요."

"흐음."

그녀가 고개를 갸웃거렸다. '분위기가 묘했는데' 하는 말이 이어졌다. 어저께 본 봉투가 꽤 예쁘긴 했지만, 그걸로 짐작할 건 아니라고 생각했기에 나는 입을 다물었다. 뒤따라오는 마차에는 뱅자맹과 가나엘, 헤인스 경이 타고 있었다. 만약 뱅자맹이 연애를 하는 거라면 나도 궁금한 게 무척 많았다. 다만 사생활을 먼저 묻기는 조금 그랬다.

사생활… 사생활이라. 나는 창밖을 구경하는 크리스텔을 가만히 바라보았다. 결투 장소에는 귀족들도 잔뜩 구경을 온다고 들었다. 하지만 누구도 그녀의 존재감을 이기지는 못할 것 같았다. 풍성하고 화려한 스타일의 바지와 하얀 부츠, 호사스러운 크라바트와 번쩍이는 브로치는 언뜻 봐도 최고급품이었다. 머리에 앙증맞은 모자를 얹고 손에는 오페라글라스를 든 크리스텔은 완벽한 관객 차림이었다. 빙의 후의 삶에 적응하다 못해 아주 행복해 보였다.

 나는 그녀가 무슨 생각을 하고 있는지 궁금했다. 내 앞에 헤인스 경이 나타나고 황자가 친척에게 결투 신청을 하고, 태자 책봉일이 정해지는 동안 주인공은 무엇을 목표로 움직이고 있는지. 그녀가 나를 친구로 여기고 있는 지금이라면, 물어봐도 괜찮을 것 같았다. 어쩌면 미래에 관한 힌트를 얻을 수 있을지도 몰랐다.

 "공녀, 장래 희망이 어떻게 되십니까?"

 아니, 말이 왜 이렇게 튀어나왔지. 느닷없이 진지한 질문을 하려니 문장에 너무 힘이 들어갔다. 크리스텔이 눈을 동그랗게 뜨며 내게 시선을 돌렸다. 나는 애매하게 웃어 보였다.

 "갑자기요?"

 "그게 아니라, 음. 황자님과는 잘 지내고 계십니까?"

 하, 이것도 아닌데⋯ 코끝으로 긴 숨이 흘러나왔다. 크리스텔이 원작대로 그에게 호감을 갖게 됐는지 궁금하긴 했다. 많은 변화에도 퇴계공이 제대로 흘러가고 있는지 알고 싶은 건 사실이었다. 이렇게까지 직구를 던질 생각은 없었지만.

 "뜬금없이 재미있는 질문을 하시네요, 왕자님. 매력덩어리셔."

 크리스텔이 몹시 즐겁다는 투로 대답했다. 민망해서 귀 끝이 화끈거렸다. 그녀는 오페라글라스를 톡톡 두드리며 말을 이었다.

 "황자 전하와는⋯ 처음에는 죽지 못해 동문수학하는 느낌이었는데, 지금은 그럭저럭 괜찮습니다. 편하진 않지만 익숙해지기는 했거든요. 이제는 왕자님도 계시고요."

나는 고개를 끄덕였다. 청첩장이 머지않은 듯했다.

"장래 희망은 아직 모르겠습니다. 기억이 돌아오기 전까지는 후회 없이 많은 걸 해보고 싶어요. 그때 가서 곤란하면 안 되니까, 범죄나 악행을 저지를 생각은 없지만요."

돌려 말하고 있지만 무슨 뜻인지 이해가 됐다. 그녀는 자신의 빙의가 풀리고 '진짜' 크리스텔이 돌아올 때를 대비하고 있었다. 지금의 부와 힘과 자유를 마음껏 누리되, 아이에게 폐를 끼치지 않기 위해 어느 정도의 선은 지키려는 모양이었다. 그런 것치고는 해적선도 납치하던데. 엄밀히 따지면 정의로운 일이니까 괜찮나?

"맞다. 남은 신물 하나도 구경하고 싶습니다. 저한테 하나 있고 전하께도 하나 있고, 이블린에서 '비렴의 방주'도 만져봤으니까요."

"그렇군요."

신물이라. 이것이야말로 내가 바라던 힌트일 수 있었다. 나는 조용히 생각에 잠겼다. 주인공이 드래곤볼 모으듯 신물을 수집하며 전개되는 스토리도, 작가 입장에서는 나쁘지 않을 듯싶었다. 독자들이 이해하기 쉬운 데다 능력을 얻는 과정도 직관적인-

"아! 예서 왕자님의 마차가 도착했군요!"

너무나도 익숙한 목소리가 귓전을 때렸다. 나는 머리를 반짝 들어올렸다. 동시에 마차가 천천히 정지했다.

"방금 그거,"

"국민 MC다, 국민 MC!"

크리스텔이 창밖을 보며 신난 얼굴로 외쳤다. 어이가 없어서 웃음이 터졌다. 뒤엠 후작은 그냥 본인 영지 버린 거야?

*　*　*

마차에서 내리자마자 정신이 하나도 없었다. 눈에 들어온 인파는 100여 명에 가까워 보였다. 나는 사람들의 웅성거림을 뚫고 프랑수아 뒤엠 후작과 인사를 나누었다.

"안녕하세요, 후작."

"왕자님! 잘 지내고 계셨군요. 현재 심경이 어떠십니까?"

일단은 그가 나를 놔줬으면 좋겠다는 심경이었다. 결투는 아직 시작하지도 않았는데 후작의 연분홍색 눈동자가 흥분과 희열로 번쩍거렸다. 남부의 영지를 돌봐야 할 사람이 왜 또 황도에 와있는지 모를 노릇이었다.

"글쎄요. 큰 사고는 없었으면 좋겠습니다."

"과연 왕족 신관다운 태도이십니다. 하지만 황자 전하의 명예를 욕보인 대가는 가볍지 않겠지요! 어서 오십시오, 크리스텔 공녀. 모자가 근사하군요."

"고맙습니다, 후작님. 후작님 쥐스토코르도 탐나는걸요. 오늘 사회를 보시나요?"

"그럼요! 이런 기회를 놓칠 수야 없지요."

후작씩이나 되는 사람이 왜 제국의 모든 행사를 뛰려고 하는 거야? 술친구인 두 사람이 화기애애하게 대화하는 사이, 뒤쪽 마차에서 내린 뱅자맹과 가나엘이 내게 다가왔다. 요한 헤인스 경도 함께였다.

계단식 좌석에 앉은 귀족들은 끊임없이 부채를 팔랑거리며 나를 살폈고, 나는 그들을 의식하지 않기 위해 애썼다. '마수 대토벌 우승 축하연'에서 만난 대귀족도 여럿 있었지만 다수는 처음 보는 사람들이었다.

"여기는 결투 전용 공간입니까?"

내가 묻자, 뱅자맹이 고개를 끄덕였다.

"정확히는 황족의 결투 장소입니다. 황궁은 연무장을 제외하면 마법을 사용할 수 없으니 외곽에 이런 곳을 마련한 것이지요. 연무장이 황실 전용이기도 하고, 황궁에서 결투를 하는 것이 상대방에게는 큰 위협으로 느껴질 수 있기 때문입니다."

"맞는 말이네요."

나 같아도 그러지 싶었다. 황족과 겨루게 된 것부터 부담스러운데, 경기장이 황족의 홈그라운드라면 싸움을 시작하기도 전에 기가 죽을 것 같았다. 나는 찬찬히 결투 장소를 눈에 담았다. 싸움터는 황궁의 북서쪽, 그러니까 쥘리에트 궁 뒷산의 한 자락이 뻗어 나온 곳이었다.

잎이 잔뜩 우거진 커다란 나무들이 후방에 적당한 그늘과 벽을 만들고 있었다. 왼쪽으로는 거대한 계단식 좌석이 있었는데, 값비싼 모자이크로 장식되어 있어 귀족이 아니면 앉기 어려운 분위기였다. 우측은 곧장 황궁 외벽이었다. '네가 그렇게 싸움을 잘해? 옥상으로 따라와'의 '옥상'이 황궁으로 치면 이곳인 듯했다.

"가시죠, 왕자님! 자리까지 직접 모시겠습니다."

"고맙습니다."

황궁에서 나온 시종들이 있는데도 후작은 한사코 자신이 에스코트하겠다며 나섰다. 파워 연예인을 이기고 싶은 생각조차 들지 않아, 나와 일행은 묵묵히 그의 뒤를 따랐다. 자세히 보니 좌석 한가운데의 VIP석이 비어있었다. 받아들이기 싫지만 저게 아마 우리 자리인 것 같았다.

"후작, 제국의 결투는 원래 이렇게 구경꾼이 많습니까?"

내가 물었다. 지금껏 책이나 영화에서 본 결투는 당사자 둘과 입회인 몇이면 충분했던 것 같은데, 오늘은 관객이 많아도 너무 많았다.

"황족의 결투는 20여 년 만에 처음 있는 일입니다. 구경을 오려고 새벽부터 시종을 시켜 줄 선 귀족이 대부분이지요."

난리 났구나. 나는 그렇게 생각하며 주억거렸다. 이렇게 산만하고 무서운 곳에 레서판다들을 데려오지 않아 다행이었다. 뚝심이는 신출귀몰해서 막을 수가 없었지만.

"블랑케르 소공작은 강합니까?"

"네, 8급이니 제국 최고 수준입니다. 블랑케르 핏줄이 어디 가겠습니까? 하지만 황자 전하를 이길 순 없을 겁니다."

그가 윙크하며 손가락을 까딱까딱해 보였다. 드라마틱한 제스처는 여전했다.

"물론 죽지는 않겠지요. 전하께서 사촌의 목숨을 거두실 분은 아닌 데다, 블랑케르 소공작은 대대로 신물의 은혜를 받았으니까요.

장수하는 게 저 집안 특징입니다."

뭐?

"신물이라고요?"

나는 귀를 의심하며 되물었다. 제국의 신물은 총 네 개이고, 그중 두 개는 크리스텔과 세드릭 황자가 하나씩 갖고 있었다. 이블린에 있는 '비렴의 방주'는 주인을 택하지 않고 종탑에 남았다. 그렇다면 하나가 남는데,

'제국 북부와 동부에도 신물이 있단다.'

부티에 추기경의 목소리가 머릿속을 스치고 지나갔다. 그중 북부는 이블린이었다.

'블랑케르 공작가는 제국 동부의 유서 깊은 마법사 가문이지.'

…그리고 공작가의 영지는 동부에 자리했다. 일이 이렇게 된다고?

"블랑케르 공작가에서 신물을 수호하고 있다는 말씀이십니까?"

"그렇습니다, 왕자님. '수목의 신궁'이라고 합니다. 자신을 섬기는 자에게 긴 수명을 내리는 능력으로 유명하지요."

그거야 이블린 대공, 즉 알렉상드르 국서가 쓴 동화책을 읽어 알고 있었다. 하지만 신물이 그의 본가인 블랑케르 가문 영지에 있다는 설명은 어디에도 없었다. 신물 지도책 역시 신물의 위치만을 삽화로 표시하기에 별 도움이 되지 않았다. '사르네즈'는 공작의 성이기 이전에 지명地名이라 큼직하게 글자가 박혀있지만, 다른 영지는 아니었다. 젠장. 그런 집안하고 안 좋게 엮여도 되는 거야? 전개 괜찮아?

"그럼, 즐겁게 관람하시기를 바랍니다."

빈자리로 우리를 안내한 뒤엠 후작이, 화사하게 웃으며 다시 계단을 내려갔다. 뱅자맹과 가나엘이 주섬주섬 피크닉 바구니를 열기 시작했다. 크리스텔은 두 사람에게서 간식을 받다 말고 나를 살폈다.

"왕자님, 표정이 많이 심각하시네요. 걱정 마세요. 아무도 죽지 않을 겁니다."

그녀가 나를 달래듯 웃으며 손바닥만 한 바구니를 쥐여주었다. 고소한 팝콘 냄새가 올라왔다. 옥수수 알갱이를 깨물자 눈앞이 더욱 또렷해졌다. 크리스텔과 조금 전에 마차에서 나눈 대화가 떠올랐다.

'맞다. 남은 신물 하나도 구경하고 싶습니다.'

…우연일까? 이걸 그냥 넘겨도 되나? 주인공이 나머지 신물에 호기심을 갖는 시점에, 그걸 수호하는 가문의 후계자와 '메인 남주'가 부딪히는 게 긍정적인 흐름인가?

"주요 손님이 모두 도착하셨군요. 그럼, 신성한 결투를 시작하겠습니다!"

뒤엠 후작의 말이 떨어지기 무섭게, 점잖은 박수 소리와 부채 두드리는 소리가 울렸다. 마수 대토벌 때처럼 격렬한 반응은 아니었다. 그러나 공간을 감싼 분위기만큼은 금방이라도 찢어질 듯 팽팽했다. 이내 싸움터의 좌측에서 사내 한 명이 걸어 나왔다. 누가 봐도 그가 로베르 블랑케르 소공작이었다. 나는 남자를 유심히 관찰했다. 언젠가 은서가, 그런 이야기를 한 적이 있었다.

'작은오빠, 잘생기면 중요한 역할인 거야. 읽을 때 잘 봐야 돼.'

'좀 못나도 중요한 역할일 수 있잖아.'

'아냐, 못생긴 사람은 엑스트라일 때도 많잖아.'

'그렇지.'

'근데 잘생긴 애는 엑스트라일 수가 없어. 걔는 뭐라도 하는 놈이야.'

아주 틀린 가설 같지는 않았다. 내 양옆에 앉은 크리스텔과 헤인스 경만 봐도 그랬다. 크리스텔은 '퇴계공'의 주인공이었고, 헤인스 경은 왕세녀의 의뢰를 받아 움직이는 용병이었다. 내가 인상을 찌푸렸다.

"…잘생겼잖아."

블랑케르 소공작은 황자 또래 같았는데, 키가 크고 늘씬한 데다 얼굴도 반반했다. 정은서가 봤다면 '그래서 이름이 뭔데, 어디 살아?' 했을 법한 낯이었다. 적어도 이런 데서 중상을 입거나 로그아웃할 상은 아니었다. 내가 고뇌에 잠겨있는 사이 객석이 술렁였다.

"맙소사, 황자 전하께선 오늘도 황홀하시군요."

"태양이 남쪽에서 뜬 줄 알았어요. 황자 전하셨네요."

부채 뒤편에서 온갖 찬사가 쏟아졌다. 이어 우측으로 문제의 남자가 등장했다. 여명 직전의 새벽처럼 새카만 머리칼이 바람에 흔들리고 있었다. 보석같이 빛나는 주황색 눈동자는 또렷이 정면만을 응시했다. 클래스가 다른 얼굴이나 풍기는 위압감만 봐도 벌써 이놈이 이긴 것 같았다. 허리춤에 찬 검이 하나, 둘, 셋…

"아니, 검이 왜 네 자루나 있어."

"저걸로 팔다리를 하나씩 베시겠다는 게 아닐까요, 왕자님?"

내 뒷자리에 앉아있던 귀족 하나가 속삭였다. 나는 쓴웃음을 지으며 뒤를 돌았다.

"설명 고맙습니다, 마담."

"무한한 영광입니다. 여기서 뵙는군요."

"…벨리아르 경?"

내 눈이 커졌다. 흰머리를 우아하게 세팅하고, 진한 옥빛의 드레스를 차려입은 노인은 분명 〈격주간 리에스테르〉의 편집장 사라 벨리아르였다. 약 두 달 만의 재회였다. 내 반응에 일행이 고개 돌려 이쪽을 바라보았다. 뱅자맹을 제외한 모두가 조금씩 놀란 낯빛이었다.

"이런 귀한 결투는 직접 봐야 하니까요."

"기사를 쓰시겠군요."

"아무렴요. 마수 대토벌 때는 세 분께서 곧장 황도로 떠나버리시지 않았습니까? 얼마나 아쉬웠던지요."

그녀가 오페라글라스를 휘저으며 대답했다. 그때 토벌이 끝나자마자 황도로 올라온 건, 분명 그녀의 집요한 취재 요청을 피하기 위함이었다. 당시 벨리아르 경이 직접 뒤엠 후작령까지 내려왔다는 걸 모르는 자가 없을 정도였으니까. 나는 조용히 마른침을 삼켰다.

언론계의 거물이 보고 있고, 황자는 누구 하날 초주검 만들 기세고, 상대는 제국의 마지막 신물을 지닌 가문이었다. 게다가 주인공은 지금껏 착실하게 신물과의 인연을 쌓아왔다. 그녀는 모르지만, 나 역시 '경계의 신전'에 있는 신물을 흡수한 상태였다.

"입회인들이 들어오는군요. 소문대로 전하의 입회인은 무테 경이네요."

 벨리아르 경이 재미있다는 듯 말하며 몸을 뒤로 물렸다. 나는 다시 정면을 바라보았다. 황실 근위대의 제복이 아닌, 자신의 정장을 차려입은 엘리자베트 경이 황자의 옆에 서있었다. 차분하게 가라앉은 낯빛이었다.

 로판을 읽어본 적은 없지만, 이건 누가 봐도 조짐이 좋지 않았다. 결투를 중단시킬 순 없더라도 황자에게 언질을 줄 필요는 있었다. 소공작에게 중상이라도 입혔다간 뭔가가 크게 틀어질 것 같았다.

 "어머나, 저쪽은 누구죠? 치유 신관?"

 "소공작의 동생인 에바 블랑케르 공녀예요. 다음 주에 주교 서품을 받는다더군요."

 앞에 앉은 귀족들이 쑥덕거렸다. 나는 그들의 시선을 좇아 눈을 돌렸다. 아직 10대로 보이는 사제복 차림의 여성이, 소공작의 칼자루에 자신의 스카프를 매어주고 있었다. 저거다.

 "사르네즈 공녀, 저 손수건 좀 빌려주십시오."

 "또요?"

 크리스텔이 눈을 댕그랗게 뜨면서도 하늘빛 행커치프를 꺼내 건넸다. 그러고 보니 저번에 황실 서고에서 빌린 것도 있었다. 세이디가 홀라당 태워 먹었는데.

 "감사합니다. 두 장 다 황자님께 청구해 주세요."

 내가 자리에서 일어났다. 주변의 시선이 모이는 게 느껴졌지만, 크게 심호흡을 하며 모른 척했다.

 "그렇게 하겠습니다."

내 의도를 읽었는지, 주인공이 씩 웃으며 답했다. 나는 고개를 한 번 주억이곤 빠르게 계단을 내려갔다. 또 괜히 나대는 거 아닌가 하는 생각이 불쑥 솟았다. 하지만 불길한 예감은 틀리지 않는 법이었다. 조심해서 나쁠 건 전혀 없었다.

* * *

"…뭐 하는 거지?"

"격려 차원입니다."

나는 황자 놈의 검대에 매달린 검들을 빤히 노려보다가, 개중 자주 봐서 정이 붙은 '화성의 혜검'에 행커치프를 묶기 시작했다. 시간을 벌기 위해 손은 최대한 느릿느릿 움직였다. 머리 위에서 황자가 어처구니없어하는 것이 느껴졌다. 개의치 않고 바로 본론을 꺼냈다.

"소공작에게 중상을 입히시면 안 됩니다."

"이유는?"

"아실지 모르겠지만, 벨리아르 경이 와있습니다."

"나는 그자의 눈치를 볼 필요가 없어."

황자가 날카롭게 대꾸했다. 우리 옆을 지키듯이 선 엘리자베트 경이, 흥미롭다는 얼굴로 나를 보고 있었다.

"압니다. 하지만 블랑케르 공작가는 제국 동부에서 신국과 국경을 맞대고 있지 않습니까. 언젠간 소공작이 그 중역을 맡을 거고요. 굳이 돌이킬 수 없는 상처를 입힐 필요가 있습니까?"

'제국의 손실입니다' 하고 덧붙이자, 그의 눈이 가늘어졌다.

"꼭 리에스테르 사람이라도 된 것처럼 말하는군."

솔직히 틀린 말도 아니라고 생각했다.

"소공작은 그대와 그대의 아버지를 모욕했어."

중저음이 나직하게 내려앉았다. 나는 슬쩍 미간을 찌푸렸다. 내 아버지가 아니긴 하지만, 그건 확실히 소공작이 잘못했다. 혼은 나야겠네.

"로메로의 주인으로서 그냥 넘어가진 않아."

"괴롭히지 않고 빨리 끝내실 수 있잖습니까. 압도적으로 강하시다면서요."

내가 말했다. 아무리 느리게 묶으려고 해도, 아침마다 꼬마 정은서의 머리를 담당한 짬밥 덕에 손이 절대 미끄러지지 않았다. 행커치프에 박힌 크리스텔의 머리글자 'C. S.'가 선명하게 보였다. 완벽했다.

"저를 대신해서 결투를 신청해 주신 건, 고맙습니다. 하지만 훗날을 고려해 적당히 상대하셨으면 합니다. 두 분을 위해 말씀드리는 겁니다."

"두 분?"

그가 귀신같이 추궁했다. 아차, 여기서 크리스텔 이야기가 나오면 안 되는데. 나는 곧장 변명을 끄집어냈다.

"소공작은 국경을 지킬 사람이고, 황자님은 제 친구니까요. 모쪼록 뒤탈이 없었으면 한다는 뜻입니다."

* * *

 할 얘긴 다 하고 올라왔는데, 세드리크 황자가 내 말대로 행동할지는 미지수였다. 그는 낮게 코웃음을 쳤을 뿐 이렇다 할 반응을 보이지 않았다. 귀족들이 나를 보며 끊임없이 수군거렸다. 나는 열심히 그들을 무시하며 가나엘이 건네주는 유리병을 받았다. 레몬 조각을 띄운 석류에이드를 보자 벌써 속이 좀 뚫리는 것 같았다. 크리스텔이 눈을 반짝이며 나를 맞았다.
 "왕자님, 전하께 뭐라고 하셨습니까?"
 "살살하시라고 말씀드렸습니다."
 "어쩜. 저 같으면 제대로 조져달라고 했을 거예요."
 나는 에이드를 마시며 난감하게 웃었다. 어지간하면 나도 황자가 하고 싶은 대로 하게 뒀겠지만, 이번만큼은 영 불안했기에 어쩔 수가 없었다. 혜검의 칼자루에 묶인 물색 행커치프가 여기서도 똑똑히 보였다.
 "이번 결투는, 두 명의 입회인이 지켜보는 가운데 한쪽이 항복을 선언할 때까지 진행합니다. 세드리크 황자 전하께서는 7급 마법사이자 8급 검사이시며, 불 속성의 견습 성기사이십니다. 상대인 로베르 블랑케르 소공작은 8급 마법사입니다!"
 프랑수아 뒤엠 후작이, 객석 앞에 서서 혀도 한 번 깨물지 않고 해설을 시작했다. 이렇게 들으니 확실히 황자의 무력이 압도적이었다. 누가 '메인 남주' 아니랄까 봐 못하는 게 없는 사기 캐릭터였다.
 마력으로는 좀 밀릴 수 있어도, 소공작이 검에 재능이 없는 이상

이미 끝난 게임 같았다. 나는 소공작의 상태를 슬쩍 살폈다. 50센티쯤 돼 보이는 나무 지팡이를 오른손에 들었고, 허리춤의 검은 장식인 것 같았다. 표정이 까불까불했다. 음.

"5초 만에 끝나고 그러는 건 아니겠죠?"

크리스텔이 속삭였다. 내내 조용하던 헤인스 경이 말을 받았다.

"성기사도 그렇지만, 마법사 역시 상성이 중요해요. 만약 전하와 소공작의 마나 속성이 맞지 않는다면 까다로울 수 있어요."

그때, 엘리자베트 경이 자신의 검을 뽑아 땅에 꽂았다. 푹!

"시작합니다!"

-지이잉-!

뒤엠 후작의 말과 동시에 소공작이 '마나 서클', 마법식을 열었다. 새빨간 정방형이 그의 발밑에 떠오르기 무섭게 시계방향으로 회전하더니, 여덟 개의 동일한 형태로 자가 복제되기 시작했다.

-챙, 챙, 챙, 차르륵!

"오오…!"

부채처럼 전개된 마법식이 위아래로 포개어지자 객석에서 탄성이 터져 나왔다. 그간 포털 마법식만 봐온 나에게도 마법사가 직접 펼친 마법식은 신기한 구경거리였다. '특기'를 쓸 때는 마법식이 필요하지 않기에, 황자는 내 앞에서 저런 볼거리를 선사한 적이 없었다.

마수 대토벌 때 다른 마법사를 구경할 틈이 나지 않았다. 언뜻 신관의 '에테르 서클'과 같은 원형으로 보였지만, 자세히 살피면 여덟 개의 정사각형이 정교하게 맞물려 있는 모습이었다. 여덟 개의 마법식, 그래서 8급.

"마나 흐름이 상당히 안정적이에요. 과연 블랑케르 혈통은 다르군요."

헤인스 경이 말했다. 기선 제압을 마친 소공작은 서클을 해제하더니, 망설임 없이 지팡이를 휘둘렀다. 그러자 흙바닥에서 먼지가 솟구쳤다. 아니-

"저게 뭐야."

"와!"

내 중얼거림이 귀족들의 감탄에 묻혔다. 그건 티끌도, 안개도 아니었다. 차르르…! 우아한 회오리를 일으키며 떠오른 까만 입자들이 간간이 햇빛을 반사하고 있었다. 황자는 검조차 뽑지 않은 채 고요히 그 모습을 바라볼 뿐이었다. 짧은 깨달음이 머리를 강타했다.

"자력磁力."

소공작의 마나는 자력을 띠고 있었다. 모래 속의 철광석 가루 따위가 그의 지휘에 맞춰 한데 뭉쳤다가 흩어지기를 반복했다. 잠깐. 황자의 마나는 금속에 반응하잖아.

-휘우우…!

블랑케르 소공작이 씩 웃으며 지팡이를 더욱 세게 내둘렀다. 그러자 철가루들이 '차르르!' 소리를 내며 황자에게 쇄도했다. 순간 그의 모습이 촛불처럼 깜빡였다.

-콰아앙-!

순식간에 뻗어 나온 검기가 철의 베일을 산산이 갈랐다. 깜빡였다고 생각한 건 그의 동작이 너무 빨라서였다. 눈으로 따라잡을 수조차 없는 속도였다. 황자는 지체 없이 전방으로 쏘아져 나갔다. 손에 쥔 것은 혜검이 아닌 다른 검이었다. 그는 즉시 소공작의 코앞에 도달했다.

-우우웅!

이어 공기 우는 소리가 났다. 후드득! 새카만 가루가 황자의 검에 벌레처럼 다닥다닥 달라붙었다. 장갑을 낀 왼손이 못 박힌 듯 허공에 정지했다. 검 끝이 바들바들 떨리는 것이 보였다. 예상치 못한 전개에 입이 벌어졌다. 구경꾼들은 급히 숨을 삼켰다. 8급 마법사의 마력이, 8급 검사의 무기를 지배하고 있었다.

"황자님의 마력이 상대적으로 약하기 때문입니까?"

내가 다급히 물었다. 헤인스 경이 침착하게 대답했다.

"그것도 그렇겠지만, 보아하니 소공작의 특기가 더 섬세하군요. 황자 전하께선 금속을 움직이시는 데 그치니까요. 그건 일종의 염력에 가깝죠."

분명 그렇긴 했다. 마수 대토벌 때도 황자는 단검을 날리거나 자신에게 날아오게 했을 뿐, 그보다 복잡한 능력은 쓰지 않았다. 그것도 충분히 대단하다고 생각했는데 더한 놈이 있었다. 소공작은 금속에 자력을 부여하는 데다, 모래 속에 숨은 쇳가루까지 조종할 정도로 감응력이 뛰어났다. 이렇게 되면 황자의 특기는 봉인 당한 것과 마찬가지였다.

-챙그랑-!

황자가 미련 없이 첫 번째 검을 버리고 몸을 물렸다. 검은 분진을 뒤집어쓴 칼이 소공작의 발치에 나뒹굴었다. 저래서 검을 여럿 챙긴 거였구나.

-스릉!

두 번째 검이 뽑혀 나오자마자 황자의 그림자가 사라졌다.

-쿠우웅-!

굉음과 함께, 공중에 떠있던 철가루가 후드득 추락했다. 두 번째 검 역시 허공에 멈췄지만 이번에는 자력 때문이 아니었다. 황자의 공격이 너무 빨랐던 탓에, 소공작이 특기를 거두고 방어 마법식을 전개한 것이었다. 황자의 검신에서 붉은 마나가 뿜어져 나왔다. 우우웅…!

"다중 발진은 못 하네요."

크리스텔이 분석했다. 내가 고개를 끄덕였다. 다중 발진은 말 그대로, 마법사가 두 가지 이상의 마법을 동시에 사용하는 것을 뜻했다. 고위 마법사 중 극소수만이 가진 능력이라고 하니 소공작이 쓰지 못하는 게 놀랍진 않았다. 그는 자신의 특기와 방어 마법을 한꺼번에 구사할 수 없었다.

-까가가각…!

소공작의 부츠가 뒤로 밀렸다. 갈색 머리카락과 지팡이 끝이 부들부들 떨렸다. 황자의 마력과 물리력이 그를 강하게 압박하고 있었다. 두 사내의 붉은 마나가 연기처럼 피어올랐다.

-카드드득!

"맙소사…!"

객석 여기저기서 감탄사가 튀어나왔다. 황자의 검이 마나 방어막을 베고 있었다. 나는 놀라서 주먹을 꽉 쥐었다. 그의 주황색 눈동자에 불티가 튀는 것 같았다. 그러나 표정 자체는 놀랍도록 평온했다.

"큭."

소공작이 잇새로 숨을 뱉으며 빈손을 뻗었다. 그러더니 황자의 검을 콱 움켜쥐었다. 앞자리의 가나엘이 황급히 입을 막았다. 피…!

-쩍!

"어어!"

-챙그랑-!

마법식이 꺼짐과 동시에 두 번째 검이 두 동강 났다. 귀족들이 경악에 찬 소리를 내질렀다. 황자는 예상했다는 듯 칼자루를 버렸다. 오페라글라스 따윈 진작 내던진 크리스텔이 내 팔뚝을 아프지 않게 때렸다.

"저거 그거다, 그죠. 자석!"

"네, 하나의 검에 같은 극의 자력을 불어넣어서…"

쪼갠 모양이었다. 아무리 특기에 자신이 있어도 그렇지, 황자의 검을 눈앞에 두고 방어 마법식을 깨뜨리다니. 배짱이며 능력이 만만치 않은 자였다. 황자는 몸을 물리지 않은 채 번갯불처럼 세 번째 검을 빼 들었다. 여전히 혜검을 쓸 마음은 없어 보였다. 무슨 생각을 하는 거야?

-파밧-!

-채챙!

순간, 소공작의 재킷에서 날아든 브로치 핀이 황자의 단검에 막했다. 공중에서 바르르 떨던 두 금속이 결국 와그작! 한 덩어리로 구겨져 바닥을 나뒹굴었다. 그사이 소공작이 허리춤의 검을 빼 들어 황자를 향해 내질렀다.

-우웅!

두 검이 맞붙지 못하고 같은 극의 자석처럼 허공에서 파들파들 떨며 대치했다. 황자는 세게 밀어붙였다. 그럴 수밖에 없는 상대였다. 이를 악문 채 왼손에서 피를 뚝뚝 흘리는 소공작과 달리, 청년의 그린 듯한 얼굴에는 약간의 균열도 없었다.

"어딜!"

소공작이 악을 쓰듯 외치며 오른손의 지팡이를 휘둘렀다.

-우우우웅!

공기가 거세게 울부짖고, 자력을 이기지 못한 두 남자의 몸이 양방향으로 홱 튕겨 나갔다. 소공작의 검이 날아가 흙바닥에 푹 박혔다. 황자의 검은 그대로 손아귀를 벗어났다. 마치 보이지 않는 무언가가 날붙이를 빼앗은 듯했다.

-홰애액-!

"으아악!"

사람들의 비명이 터졌다. 휘리릭! 기다란 검이 프로펠러처럼 회전하며 빠른 속도로 구경꾼들을 향해 날아들었다. 눈이 튀어나올 것 같았다. 그건 정확히 내 쪽을 향하고 있었다.

-콰아앙-!

성소를 열자마자 결계가 발동했다! 마수 대토벌 때처럼, 이곳에도 관객을 보호하기 위해 걸어둔 마법이 있었던 모양이었다. 방어

막에 막힌 검이 느릿느릿 미끄러져 내 발아래 쨍그랑 떨어졌다. 나는 가쁘게 숨을 내쉬며 싸움터를 바라보았다.

"저 새끼 저거 관 짜야 돼. 100프로 고의야."

크리스텔이 살벌하게 읊조렸다. 이곳에 모인 모든 사람이, 그리고 가볍게 착지한 황자가 이쪽을 바라보고 있었다. 상황을 파악한 그의 눈이 어둡게 가라앉았다. 어… 이거 좀 위험,

-스릉!

혜검이 뽑혀 나왔다. 마음을 가라앉힐 새도 없었다. 황자가 먹빛 칼자루를 고쳐 쥐고 소공작을 향해 칼을 던졌, 어!?

-쌔애애앵!

-우웅-!

자력이 움직이는 기괴한 소음이 났다. 혜검 또한 날붙이였다. 신이 내린 무기라고 해도 8급 마법사의 힘에서 벗어날 순 없는 듯했다. 소공작은 비릿하게 웃으며 왼손에 지팡이를 옮겨 쥐었다. 이어 의기양양한 얼굴로 오른손을 뻗었다. 행커치프가 하늘빛 선을 그렸다.

-쌔애액!

"주시니 갖겠습니다!"

'척' 하고 그가 칼자루를 쥔 순간,

-화르르륵…!

"아아아악!"

혜검이 불타올랐다. 소공작은 고통에 찬 비명을 지르며 신물을 떨어뜨렸다. 크리스텔의 행커치프가 재로 화했다. 대경한 관객들

이 자리에서 우르르 일어났다.

"감히."

황자의 낮은 목소리가 들렸다. 시야가 막힌 탓에 우리도 몸을 일으킬 수밖에 없었다. '삐삐삐!' 나는 격렬하게 날갯짓하는 뚝심이를 달래며 고개를 들었다. 소공작의 손바닥이, 타다 못해 녹아내리고 있었다.

"크으으, 흐아악…!"

일반적인 화상이 아닌 듯했다. 그는 왼손으로 자신의 오른 손목을 붙든 채 우짖고 있었다. 사방에 흩어진 쇳가루들이 그의 감각에 반응해 꿈틀거렸다. 황자가 그를 향해 뚜벅뚜벅 걸음을 옮겼다. 잠시도 눈을 뗄 수가 없었다.

-휘이익!

그가 왼팔을 뻗자, 혜검이 부드럽게 날아 그의 손에 안착했다. 흑색의 자태는 언제 달아올랐냐는 듯 매끈했다. 어느새 사내의 오른손 장갑이 벗겨져 있었다. 황자는 오연한 눈빛으로 허공에 손가락을 튕겼다.

-딱!

-콰아앙-!

"아아악!"

소공작의 신체가 총알처럼 튕겨 나갔다. 관객 중 일부가 기절했다. 나는 식겁해서 방금 폭파된 것을 빠르게 눈으로 훑었다. 부서진 검의 파편들이, 유월의 햇살에 잔혹하게 빛나고 있었다. 바닥에 처박힌 것은 그나마 나았다. 날붙이가 박힌 소공작의 몸 여기저기에서 피가 줄줄 흘렀다. 나는 입을 벙긋거렸다.

그러니까, 철가루를 뒤집어쓴 채 버려졌던 첫 번째 검. 황자가 그것에 불꽃을 불어넣어 폭탄처럼 터뜨린 모양이었다. 시뻘겋게 달아오른 쇳가루들이 '치익' 하며 소공작의 옷깃을 태우고 구멍 냈다.

나는 서둘러 황자를 살폈다. 강력한 불 속성 에테르의 가호로, 그는 조금의 화상도 입지 않은 채였다. 날아드는 쇳조각은 마력으로 막아낸 듯싶었다. 답답했던 가슴이 탁 트였다. 이어 꺼질 듯한 소공작의 목소리가 들렸다.

"잠깐만요, 전하… 하, 항복,"

"후회조차 후회하게 될 것이다."

-딱!

-콰아앙-!

황자가 손가락을 한 번 더 튕기자, 소공작의 머리맡까지 굴러갔던 쇳덩어리가 폭발했다. 나는 깜짝 놀라 소리쳤다.

[황자님, 그만!]

-구우우웅-!

그리고 시간이 멎었다.

"…"

"세상에…"

누군가의 탄식 같은 중얼거림이 들렸다. 나는 빠르게 호흡하며 황자를 바라보았다. 그의 불꽃으로 폭발하던 브로치와 단검 뭉치가, 태양처럼 새빨간 구체가 되어 그 자리에 멈춰있었다. 꼭 CG로 만든 화면 같았다. 소공작은 목전의 무시무시한 열기를 버티지 못

하고 신음하며 몸을 뒤로 굴렸다. 그는 죽지 않았다. 황자가 폭발을 도중에 멈춘 것이다.

[…수고하셨습니다.]

나는 떠오르는 대로 내뱉었다. 다리에 힘이 풀리고 등엔 식은땀이 흘렀지만 그대로 주저앉을 순 없었다. 아직 정신을 놓지 않은 귀족들이 나와 황자를 지켜보고 있었다. 얼음물을 끼얹은 듯한 침묵을 깬 건, 고맙게도 뒤엠 후작이었다. 그의 음성 또한 얕게 떨렸다.

"…블랑케르 소공작이 항복을 선언했습니다. 결투의 승자는 세드리크 황자 전하이십니다!"

기다렸다는 듯 박수가 터져 나왔다. 이내 사람들 사이에서 뜨거운 웅성거림이 쏟아졌다. 나는 검지 끝으로 뚝심이의 작은 머리를 맹렬히 쓰다듬었다. 괜찮아. 괜찮게 끝난 것 같았다. 소공작 팔다리 붙어있고, 두 눈 멀쩡하고, 피는 좀 나지만 의식도 있고. 정신적인 충격은… 그건 본인이 알아서 하겠지. 자초한 일이니까. 응.

* * *

폭발하던 구체는, 꽃잎 같은 재가 되어 흩날렸다.

-휘우우우…

"속이 다 시원하네요!"

"블랑케르 망나니가 결국 저런 꼴이 됐군요."

"오, 폐하께서 상대하셨다면 살려두지 않으셨겠죠."

"전하께선 과연 강하신 분이에요. 말 그대로 제국의 작은 태양이십니다."

 기립 박수를 보내는 귀족들의 수다가 똑똑히 들렸다. 치유 신관 몇몇이 블랑케르 소공작을 향해 달려 나갔다. 엘리자베트 경은 바닥에 꽂힌 자신의 검을 거두며 세드리크 황자에게 다가가고 있었다.

 황자는 멀쩡했지만 혹시 모르니까 상태 확인은 해봐야 할 것 같았다. 가나엘과 뱅자맹이 빠르게 짐을 쌌고, 크리스텔은 치유 신관들을 돕겠다며 먼저 자리를 떴다. 깨끗한 물이 필요한 경우를 대비한 듯했다. 관객들은 부채를 팔랑이며 하나둘 시종을 불렀다.

 "두 분도 먼저 내려가세요."

 내가 뱅자맹과 가나엘에게 말했다. 두 사람이 고개를 끄덕이며 계단식 좌석을 떠나는 것을 보고, 나는 뒤를 돌았다. 요한 헤인스 경은 꼭 자리에 없는 사람처럼 내 옆에 조용히 서있었다.

 "사라 벨리아르 경."

 "'석류 잼과 레몬 조각을 넣은 한 잔의 탄산수처럼, 속이 뻥 뚫리는 결투였다' 기삿거리가 많았어요. 오늘 있었던 일로 한 달 치는 뽑을 것 같더군요."

 뒷자리의 노인이 수첩을 '탁' 소리 나게 덮고는 씩 웃었다. 그새 내가 마시던 음료까지 파악해 둔 모양이었다. 나는 쓰게 웃으며 〈격주간 리에스테르〉의 편집장에게 팔을 내밀었다. 그녀는 작게 감탄하더니 흔쾌히 내 에스코트를 받았다. 옥빛 드레스 자락이 사부작사부작 움직이기 시작했다. 헤인스 경 또한 소리 없이 뒤를 따랐다.

 "손자분은 좀 어떻습니까?"

 내가 조심스럽게 물었다. 접때 황궁 신전에서 들은 이야기에 따르면, 벨리아르 경에게는 의식을 잃고 쓰러져 눈을 뜨지 못하는 어린 손자가 있었다. 그녀의 녹색 눈동자가 나를 보며 조금 커졌다. 의외라는 눈빛이었다.

"그걸 궁금해하실 줄은 몰랐습니다."

"지난 인터뷰 때는 여쭈지 못했으니까요."

내 대답에 그녀가 묘한 표정을 했다. 주름진 입술이 신중하게 말을 고르는 듯했다.

"평소와 똑같습니다. 하지만 왕족 신관께서 이리 직접 챙겨주시니…"

목소리가 작아졌고 뒷말은 이어지지 않았다. 나 또한 더 캐묻지 않고 그녀와 함께 계단을 걸었다. 모시는 주인을 에스코트하기 위해 급히 다가온 하인들, 기절한 귀족을 돌보는 시종들과 결투 이야기를 하는 이들로 장내가 무척 소란스러웠다.

나를 관찰하며 수군대는 시선들이 느껴졌지만 꿋꿋이 무시했다. 결투가 벌어진 곳으로 눈을 돌리니, 석류석처럼 단단한 주황색 눈동자가 나를 보고 있었다. 참 잘했어요. 대충 웃어 보이자 놈이 시선을 홱 돌렸다.

"황자 전하께서 왕자님의 말씀을 들으시더군요."

벨리아르 경이 수첩을 품에 넣으며 화제를 바꿨다. 나는 열심히 답을 쥐어짰다.

"…현명하신 분입니다. 불필요한 살인을 할 필요가 없다는 걸 아셨던 거죠."

"글쎄요. 소공작의 태도를 보면 오늘 죽어도 이상하지 않았습니다. 망나니인 건 익히 알았지만, 황족 앞에서도 그렇게 안하무인일 줄은 몰랐지요. 영지에서 자신이 황자인 양 군다는 소문이 사실인 모양입니다."

금세 평소의 목소리를 되찾은 그녀가 신랄하게 말을 이었다. 짧은 계단이 끝나가고 있었다.

"이번 기사는 노선을 양자택일해 써보려고 합니다. 저희 잡지의 지면은 한정되어 있으니까요. 하나는 황자 전하께서 주목받으실 만한 내용이고, 다른 하나는 예서 왕자님이 주목받으실 만한 내용이 되겠군요."

"…"

"왕자님께선 어느 쪽이 좋으십니까?"

노인이 입꼬리를 싱긋 올리며 나를 바라보았다. 콧잔등에 얹은 작은 안경은 그녀가 여전히 '기자 모드'임을 알리고 있었다. 그녀를 회유하거나 이길 생각은 처음부터 하지 않았기에 나는 그저 마주 미소했다. 여기서 그녀를 설득해 내게 유리한 쪽으로 기사를 쓰게 한다 해도, 그건 일방적인 호의가 아니라 결국 거래일 터였다. 언론인과 그런 까다로운 관계를 트고 싶지는 않았다.

"저야 관심에서 멀어지고 싶지만… 그건 벨리아르 경이 결정하실 일입니다. 저는 구독자로서 기다려야죠."

나는 땅을 딛고 서서 그녀가 마지막 계단을 내려오기를 기다렸다. 벨리아르 경이 빙글빙글하며 나를 바라보았다. 어린놈이 참 재밌다는 표정 같기도 하고.

"그럼, 조심해서 들어가세요. 손주분이 쾌차하길 빌겠습니다."

"감사합니다. 왕자님께서도 축복받으시기를."

곧 벨리아르 경의 시종이 다가와 그녀를 맞았다. 두 사람은 정중하게 인사를 올리고 멀어졌다. 나와 헤인스 경은 그제야 빠르게 현장으로 걸음을 옮겼다.

"황자님, 괜찮으십니까?"

놈은 당연하다는 듯 대꾸하지 않았다. 잘난 얼굴이며 손등이 긁힌 상처 하나 없이 매끈했다. 그래, 내가 누굴 걱정하냐. 줄곧 내 어깨 위에 있던 뚝심이가 그의 어깨로 날아가 앉았다.

"예서 왕자님이야말로 다치지 않으셨습니까?"

"네, 저는 괜찮습니다. 결계도 있었고요."

엘리자베트 경의 물음에 내가 곧장 답했다. 가나엘은 마차로 먼저 가지 않고 그녀의 옆에 서있었는데, 이제 보니 결투 시작 전보다 해쓱한 얼굴이었다. 많이 놀란 소년을 소백작이 직접 달래주고 있었다.

"소공작의 상태는-"

"너 이 새끼, 너는 차라리 오늘 죽을 걸 후회하면서 살게 될 거야."

나는 입을 열다 말고 식겁해서 숨을 삼켰다. 우리의 주인공이, 치유 신관들의 돌봄을 받는 블랑케르 소공작 옆에 앉아 8비트 공갈을 속삭이고 있었다. 보아하니 치유를 거들기 위해서가 아니라 한껏 늦추기 위해 발 벗고 나선 듯했다.

오페라글라스로 삿대질하는 손길조차 몹시 불량했다. 황자가 대놓고 묵인하고 있으니 누구도 나서서 크리스텔을 막지 못하는 분위기였다. 게다가 그녀는 황제의 총신인 사르네즈 공작의 외동딸이었다. 흙바닥에 누운 피투성이 소공작이 끙끙거리며 입을 열었다.

"으윽, 큭… 사르네즈, 공녀…"

"아프냐? 나도 아프다. 너 같은 걸 보니까 나라 걱정에 골이 아파요. 머리에 피도 안 마른 새끼가 어디서 싸가지 탈부착하는 법만 배워 가지고. 너 때문에 엘리자베트 경 예랑이는 기절할 뻔했대. 엉?"

예랑이?

"사르네즈 공녀, 그 정도면 됐습니다."

내가 그녀의 어깨에 가볍게 손을 얹었다. 그제야 고개를 든 크리스텔이 나를 보고는 눈부시게 웃었다.

"어머, 왕자님 오셨어요! 댁까지 잘 들어가시라고 소공작께 인사나 드리던 건데."

댁이 아니고 저승까지 배웅할 기세던데…

"마차로 가시죠. 더 있다간 귀족들의 다과회 간식에다 저녁 술안주까지 될 것 같네요."

"네, 알겠습니다."

그녀가 가뿐하게 몸을 일으켰다. 황자 역시 떠날 기미를 보이자 치유 신관들이 우르르 일어나 인사했다. 그러다 어느 신관과 나의 시선이 마주친 건, 분명 우연이었다.

"…"

"…"

불타는 듯한 적색의 곱슬머리가 로브 아래에서 찰랑거렸다. 나를 원망스럽게 노려보는 눈동자는 선명한 세피아였다. 나는 여인이 내비치는 강렬한 감정에 순간 당황해 말을 잇지 못했다. 한두 박자를 놓치고 나서야 그녀가 누구인지를 기억해 낼 수 있었다.

"블랑케르 공녀. 조심해서 들어가십시오."

"…또 뵙겠습니다, 에서 왕자님."

소공작의 칼자루에 스카프를 묶어주던 동생, 에바 블랑케르였다. 그녀는 누가 봐도 놀랄 만한 미인이었으나, 나를 향한 눈빛은 어떤 말로도 포장할 수 없을 만큼 살벌했다. 역시 오빠가 이런 꼴이 된 게 많이 속상하겠지 싶었다. 물론 내가 보기에는 자업자득이지만, 가족으로서 이런 상황을 좋다고 받아들일 수는 없을 터였다. …또 뵙자는 게 설마 중의적인 표현은 아니겠지?

"그럼."

나는 온몸에서 피를 흘리는 소공작에게 한 번 묵례한 뒤 걸음을 돌렸다. 내게 칼을 던진 자에게 연민을 느끼진 않았지만, 크리스텔과 황자의 앞날이 저놈 때문에 꼬이는 것도 사양이었으므로 속으로만 쾌유를 빌어주었다. 어느새 황자가 시종 다비드와 함께 앞서 걷고 있었다. 크리스텔, 가나엘, 엘리자베트 경과 헤인스 경이 나와 동행했다.

"…사이이신 겁니까?"

응? 나는 잠깐 발을 멈췄다. 이상한 질문이 날아온 것 같아 뒤를 돌아보자, 에바가 미련 없이 내게서 고개를 돌리고 있었다. 그녀는 다시 몸을 숙이고 앉아 오빠를 살피기 시작했다. 잘못 들었나.

"소공작의 오른손은 평생 감각을 못 느낄 거랍니다. 성화聖火가 신경까지 싹 태워서, 치유력으로도 재생할 수가 없다고 하네요."

크리스텔이 대단히 만족스러운 목소리로 설명했다. 우리가 마차로 향하는 동안 귀족들은 황자의 앞에 서서 한 번씩 예를 차리고 물러갔다. 혜검이 그렇게까지 사람을 가릴 줄은 몰랐다. 내가 칼자루에 행커치프를 묶어줄 때는 얌전하던데, 거의 에고 소드네.

"몸에 박힌 칼날이 전부 불에 달군 것들이라 흉과 화상도 남을 거라고 합니다. 운이 나쁘면 다리를 절게 될지도 모른대요."

"정말 기뻐하시네요, 공녀."

"티 났습니까? 저 지금 웃는 낯인가요?"

"네, 세상에서 제일 행복해 보입니다."

내 말에 크리스텔이 까르르 소리 내어 웃었다. 황자의 등짝을 보는 눈에 약간의 호감이 섞인 것도 같았다. 어느덧 우리가 타고 온 두 대의 마차 앞에 도착한 엘리자베트 경이, 가나엘의 관자놀이에 뽀뽀하고 문을 열어주었다. 둘이 진짜 친하구나.

"허억!"

그때, 마차 안을 들여다본 가나엘이 깜짝 놀라 한 걸음 물러섰다. 소년의 반응에 덩달아 내부를 살핀 엘리자베트 경도 경악한 낯빛이었다. 나는 무슨 일인가 싶어 빠르게 발을 놀렸다.

"왜 그러시는, 벨리아르 경?!"

머리보다 몸이 먼저 움직여 한 발짝 물러났다. 우리를 그대로 지나치려던 황자도 멈칫했다. 조금 전에 나와 헤어진 사라 벨리아르 경이, 쥘리에트 궁의 마차에서 내리고 있었다.

"경이 왜 거기서 나오시는…"

"후후후, 중년의 낭만이랄까요. 이제 정말로 물러가 보겠습니다. 전하, 왕자님."

하얀 머리칼을 흔들거리며, 노령의 여인이 우아하게 인사를 올리고는 총총 사라졌다. 나는 잠깐 멍해져서 그녀의 뒷모습을 바라보았다. 태도며 움직임이 어찌나 자연스러웠는지, 수많은 귀족 중 이쪽을 수상쩍게 보는 이가 한 명도 없었다. 아니, 황실 마차에서 무슨 짓을 한 건데? 저 사람 잡아야 하는 거 아니야? 그런 생각을 하고 있는데, 가나엘이 마차 문을 꼭 붙든 채로 안쪽을 바라보며 이렇게 말했다.

"…뱅자맹 님, 벨리아르 경과 무슨 대화를 하신 거예요?"

누구?

* * *

"진짜 대박 사건. 황실 마차에 외부인을 태우셨으니, 하나도 빠짐없이 다 얘기해 주셔야 해요!"

-삐삐삐삐!

내 오른편에 앉은 크리스텔이 다다닥 쏘았다. 그녀 무릎 위의 뚝심이가 동조하며 큰 소리를 냈다. 맞은편 좌석의 뱅자맹이 왼쪽에는 엘리자베트 경, 오른쪽에는 가나엘을 낀 채 곤란하다는 듯 미소 지었다. 그의 손에는 내가 며칠 전에도 보았던 알록달록하고 예쁜 봉투가 들려있었다. 와, '중년의 낭만'이라는 게 설마 진짜로…

"나는 이곳에 있을 필요가 없을 텐데."

"황자님, 저도 그렇게 생각하지만 이제 와서 나가시긴 너무 힘들 것 같습니다."

내 왼쪽에 자리한 황자 놈이 창틀에 팔을 짚은 채 불만을 터뜨렸다. 그야 4인용 마차에 여섯 명이 타서 비좁은 데다, 황자는 키가 크고 다리도 길어서 더 불편할 터였다. 하지만 창가 쪽에 앉은 사람은 원래 드나들기가 힘든 법이었다. 황자는 몸에 열이 많고 크리스텔은 몸이 서늘해, 중간에 끼인 나 역시 체온이 좌우 갈등을 빚는 중이었다.

대략 2분 전.

크리스텔과 엘리자베트 경은 어마어마한 떡밥을 물었다는 표정으로 나와 가나엘, 황자를 납치해 문제의 마차에 태웠다. 정신을 차려보니 지금 같은 상황이었다. 중년인을 가운데 앉히고 다섯 명과 한 마리가 둘러싼 압박 진형에, 마차는 제자리에서 취조실 역할을 하고 있었다. 창밖에 허탈한 낯을 하고 선 다비드와 헤인스 경이 보였다.

"혹시 벨리아르 경과 그렇고 그런 사이이신 거면, 저희도 그쪽으로는 더 묻지 않고…"

"사르네즈 공녀, 그건 아닙니다."

뱅자맹이 부드럽게 말을 끊었다. 늘 인자하던 얼굴이 난감한 빛을 띠다가, 이내 포기한 듯 다시 풀어졌다. 그는 들고 있던 봉투를 천천히 내게 건넸다.

"뱅자맹?"

"열어보십시오, 왕자님."

그가 자상하게 말했다. 나는 마른침을 꿀꺽 삼켰다. 이걸 함부로 뜯어도 되나 싶은 마음과, 그래도 본인이 열어보라고 하는데 괜찮지 않을까 하는 반론이 머릿속에서 마구 충돌했다. 하지만 이대로 들고만 있으면 크리스텔의 초롱초롱한 눈에서 라이트세이버가 나올 것 같았다. 나는 손끝을 괜히 한 번 꽉 쥐었다가, 침착하게 내용물을 꺼냈다. 이내 가지런히 인쇄된 글자들이 모습을 드러냈다.

'《이성과 감성과 신성》 작가님께 보내는 독자들의 질문'

…어?

11. 악녀라고 하기엔

"어?"

"미쳤다, 진짜 미쳤다!"

내가 고장 난 사이 크리스텔이 옆으로 훅 치고 들어왔다. 봉투 하나를 두고 세 사람이, 콩!

"아!"

"악!"

"…"

머리를 부딪쳤다. 세드리크 황자가 미미하게 인상을 썼고 크리스텔과 나는 이마를 마구 문질렀다. 귓가에 종이 울리는 것 같았다. 너희는 나하고만 박았지만 나는 너희 둘하고 충돌해서 너무 아프,

"《이성과 감성과 신성》 작가님이 뱅자맹 님이세요?! 진짜로!?"

몸을 한껏 내밀어 상황을 파악한 가나엘이 큰 소리로 외쳤다. 엘리자베트 경의 입이 떡 벌어졌다. 크리스텔은 '웬일이야', '어떡해'를 연발하며 내 어깨를 살살 때리기 시작했다. 그 뒤로 뭐, 마차 안

은 아수라장이었다.

* * *

"뱅자맹 님, 그럼 매주 어딘가로 우편물을 보내시던 게 혹시 원고인가요?"

"히스클리프 대공자 멱살 잡고 싶다고 해서 죄송합니다. 그냥 대공자 얼굴에 물이라도 끼얹어주시면 안 될까요?"

"저는 사실 연애 소설에 관심이 없었는데… 집에 가면 과월호부터 읽어보겠습니다. 근위대 녀석들이 요즘 '이감신' 때문에 난리입니다."

가나엘, 크리스텔, 엘리자베트 경이 차례대로 말했다. 지금까지 각자 떠든 문장이 100줄은 넘어갈 듯했다. 뱅자맹은 조금 쑥스러운 낯으로 웃으며 앉아있었는데, 그의 그런 표정은 처음 봐서 새로웠다. 내 시중을 들고 쥘리에트 궁을 총괄하는 것도 보통 일이 아닐 터였다. 그사이에 꾸준히 격주로 원고를 써서 보냈다니 대단했다.

문득 집에 있을 형이 떠올라 내 입가에도 웃음이 번졌다. 정현서 씨(32세, 웹소설 작가)는 주 7일 연재에 무협을 쓰니 뱅자맹하고는 조건이 많이 다르지만, 빙의를 했는데도 주변에 작가가 있는 게 신기하고 즐거웠다.

"깜짝 놀랐습니다, 뱅자맹. 미리 알려주셨으면 집필할 시간을 따로 드렸을 텐데요."

"그래서 말씀드리지 않았습니다. 예서 왕자님께선 분명 저를 배려하려고 하셨겠지요."

내 말에 중년인이 잔잔하게 미소했다.

"취미 생활이니 너무 마음 쓰지 않으셔도 괜찮습니다. 오히려, 황실 마차에 외부인을 태운 죄로 벌을 받아야겠지요. 뭐라 드릴 말씀이 없습니다. 송구합니다, 전하. 왕자님."

뱅자맹이 아주 정중한 태도로 황자와 나에게 사과했다. 나는 그제야 황자를 돌아보았다. 조금 긴장이 됐다. 평범한 귀족도 아니고 사라 벨리아르 같은 언론인에게 잠깐이나마 황실을 노출한 데다, 나로서는 황궁 시종이 겸직을 해도 되는지 알 수 없었다. 크리스텔과 가나엘, 엘리자베트 경의 시선도 황자에게 쏠렸다. 그는 표정 없는 얼굴을 창가로 돌리며 짧게 대답했다.

"그대의 시종이니 그대가 결정하도록."

"제가요?"

의외의 답에 눈을 깜빡였다. 아니, 쥘리에트 궁 책임자는 내가 아니라 너잖아.

"잘됐다, 뱅자맹 님!"

크리스텔이 활짝 웃으며 좋아했다. 일단 일이 잘 풀리기는 한 것 같아 내 표정도 덩달아 밝아졌다.

"저는 괜찮습니다, 뱅자맹. 벨리아르 경이 조금 막무가내인 건 아니까요. 하지만 다음부터는 같은 일이 벌어지지 않도록 조심해 주십시오. 응원하겠습니다."

"…감사합니다, 왕자님."

뱅자맹이 다시 한번 고개를 숙였다. 나와 황자를 제외한 세 남녀가 그를 붙들고 재차 질문을 퍼붓기 시작했다.

"어떻게 글을 쓰시게 된 거예요? 계기가 있었습니까?"

"어릴 때부터 글짓기에 관심이 있었습니다. 《이성과 감성과 신성》은 제 큰조카를 위해 쓰기 시작한 겁니다. 사랑 이야기를 좋아하는 아이지요."

"우와! 그럼 이감신이 데뷔작인 거예요?"

"데뷔작은… 수필을 쓴 적이 있단다."

"제목이 궁금합니다."

"《주신께서 내게 주신》이라고 합니다, 소백작님."

응?

"그거, 입궁 첫날에 가나엘이 제게 가져다준 책입니다."

내가 슬쩍 끼어들었다. 제목에 일부러 라임을 넣은 건지 궁금했던, 신앙 고백으로 가득한 유명 수필집이 뱅자맹의 작품이었다니. 내 반응에 가나엘도 놀라서 입을 가렸다. 뱅자맹의 필명이 하나가 아니었던 것이다.

"그게 저의 첫 책이었습니다. 쓰고 싶은 내용을 쓰는데도 쉽지 않더군요."

뱅자맹이 차분하게 말했다. 나는 고개를 끄덕였다. 그거야 형도 똑같았으니 이해할 수 있었다. 대여점 시절부터 무협에 푹 빠져있었던 형은 회사를 다니면서도 무협에 대한 미련을 놓지 못했다. 처음에는 겸업이었다가 결국 전업 작가가 되었는데, 자신이 보고 싶은 내용만 써도 글쓰기가 막막하다며 힘들어하곤 했다. 그래도 장기 연재에 돌입한 후로는 상태가 꽤 안정적이었다.

"다른 사람을 위해 쓰는 글은 어떤가요?"

내가 물었다. 뱅자맹은 잠깐 생각에 잠겨있다가 말했다.

"똑같이 어렵습니다. 다만,"

-똑똑

그때 누군가가 마차 문을 두드렸다. 손잡이 쪽에 앉은 엘리자베트 경이, 우리의 얼굴을 한 번씩 살핀 뒤 문을 열었다. 너무나도 익숙한 미남자가 모습을 드러냈다.

"맙소사, 여기 다들 모여 계셨군요!"

"후작, 무슨 일 있습니까?"

"아, 왕자님. 별건 아닙니다만. 괜찮으시다면 차 좀 빼주시겠습니까?"

기어코 웃음이 터졌다. 소백작이 뒤엠 후작에게 발길질하려는 것을 뱅자맹이 뜯어말렸다. 황자가 낮게 한숨을 쉬는 타이밍에 크리스텔은 와르르 대소했다.

"엘리자베트, 진심이다! 내 마차는 폭이 넓어서 나가기가 힘들어!"

황실 마차 차주 찾는 인간이 세상에 어디 있냐고.

* * *

"뱅자맹 님, 진짜 다들 난리예요! 어떻게 그런 전개를…"

"쉿."

황궁 신전으로 향하는 길에, 가나엘은 열기를 가라앉히지 못하고 조잘거렸다. 뱅자맹이 그런 소년의 입을 점잖게 막았다. 나는 빙그레 웃으며 앞서 걸었다. 뱅자맹이 겸업을 하고 있다는 사실을 우리에게 밝힌 지도 벌써 일주일이 지났다.

그날 마차에 없었던 헤인스 경이나 산트에게는 당연히 비밀이었다. 그런데 산트가 이번 주 〈격주간 리에스테르〉를 보고 흥분을 참지 못했다. 뱅자맹의 필명인 '디디에 위르미크' 작가의 Q&A도 흥미로웠지만…

'히스클리프 대공자가 제인에게 결투를 신청했어요! 세상에, 파국인가 봅니다아!'

대공자가, 사랑하는 캐서린을 모욕한 제인에게 결투를 신청했다는 최신화 내용 때문이었다. 제인은 약혼자의 결투 신청에 평정을 유지하지 못하고, 결국 그의 낯짝에 마시던 물을 끼얹었다. 다음 화는 같은 6급 검사인 두 남녀의 싸움을 기약했다. 크리스텔은 해당 에피소드를 읽고 난 뒤 이렇게 평했다.

'진짜 역사적인 막장이다. 근데 너무 재밌어요. 심지어 작가님이 제 의견을 반영해 주셨잖아요. 후원금 보내야지.'

뱅자맹이 지인의 피드백을 곧장 글에 반영할 수 있다는 점, 즉 라이브 연재를 하고 있다는 사실에 놀란 건 나뿐인 듯했다. 나는 신전 문을 열어주는 기사들에게 묵례하며 발걸음을 옮겼다. 하긴, 우리 형도 비축분이 별로 없긴 했다.

"다음에, 수필집에 사인 한 번 부탁드립니다."

내가 뱅자맹을 향해 속삭였다. 그는 빙긋 웃으며 그러겠다고 했다.

"데미, 형 일하고 올게. 얌전히 기다려."

-끼이잉

고해소로 들어가기 전, 나는 품 안의 데미를 가나엘에게 넘겨주었다. 그랬더니 데미가 웬일로 발버둥을 치며 온몸으로 '싫어'를 표현했다. 황자가 결투를 벌이던 날, 피를 보이고 싶지 않아 궁에 두고 간 게 서운했던 모양이었다. 레아와 페리는 지금도 내 방에서 꼬리를 끌어안고 자는 중인데 요 녀석이 유독 바깥 활동을 좋아했다. 뚝심인 아침부터 어딜 갔는지 보이지 않았다. 또 황자 침대에서 깃털 정리하는 건 아니겠지.

"왜? 같이 들어가고 싶어?"

-끼이

"착하게 있을 수 있어? 손님 들어왔을 땐 아무 말도 하면 안 돼."

-끼이이

데미가 또박또박 대답했다. 두 앞발을 쭉 뻗는 모양이 너무 절박해, 나는 결국 항복하고 녀석을 다시 받아 안았다. 가나엘이 주는 간식 바구니를 챙겨 고해소에 들어서니 깔끔한 나무창과 싹둑 잘린 장식 줄이 보였다. 이건 언제쯤 교체되려나.

"데미는 여기 처음이겠네."

-끼이잉!

내부가 조금 어둑한데도, 데미는 씩씩하게 입을 벌렸다. 나는 피식 웃으며 녀석의 등을 토닥여 주었다. 오전에 추기경의 수업을 받고, 점심 먹고 황자와 크리스텔의 수업까지 참관한 뒤 황궁 사람들의 고해를 받으러 온 참이었다. 그간 시간이 날 때마다 꼬박꼬박 성사를 진행해서인지 최근에는 고백자가 많이 줄었다. 8월에 있을 황태자 책봉식 때문에 벌써부터 바쁜 인력도 상당수라고 들었다.

"손님 올 때까지 책 읽을까? 뱅자맹 삼촌이 쓴 소설도 있어."

-끼으

데미가 작게 답하며 무릎 위에 몸을 말았다. 나는 아직 완독하지 못한 〈격주간 리에스테르〉를 펼쳐 들었다. 조명 대신 에테르 서클을 전개하니, 레서판다는 무척 만족한 듯 꼬리 끝에서 초롱꽃을 피워 흔들었다. 어디 보자.

'…로베르 블랑케르 소공작의 화려한 외출은 그렇게 막을 내렸다. 동부 소식통에 따르면, 소공작의 부상은 영구적이기는 해도 중상은 아니라고. 그의 본가인 블랑케르 공작가에서는 본지의 입장 요청에 특별한 논평을 내놓지 않았다. 단, 블랑케르 공작은 후계자의 방정하지 못한 처신을 몹시 수치스럽게 여긴 것으로 알려졌다. 공작의 남편 또한 아들에게 '황자 전하의 자비에 감사하라'는 내용의 서신을 보냈다는 후문이다.'

나는 황자와 소공작의 결투를 다룬 벨리아르 경의 글을 꼼꼼히 읽었다. 다행히, 황자가 내 말을 듣고 그를 죽이지 않았다는 식의 표현은 없었다. 기사는 전체적으로 황자의 미모와 관용, 그가 황도 귀족들 앞에서 보인 성기사의 능력 등에 초점을 맞추고 있었다. 벨리아르 경이 이번에도 내게 유리한 기사를 실어준 것이다. 그녀 나름의 계산이 있었겠지만.

"후유."

'한편 '세 귀인'의 활약이 단연 눈에 띈다. 세드리크 황자 전하와 크리스텔 드 사르네즈 공녀, 페네티안 신국의 예서 왕자는 이번 결

투에서도 모두의 시선을 끌어모으는 데 성공했다. 향후 이들의…'

그런 거 없다. 둘과 함께하는 향후 계획 같은 건 없다고. 아마도. 나는 인상을 조금 찡그리며 가슴팍을 문질렀다. 작은 크리스털 종의 존재감이 느껴졌다. '위실', 그러니까 엘리서 왕세녀가 보낸 쪽지는 얼마 전 수첩에 내용을 옮겨 적은 뒤 불태웠다. 누가 어떤 목적으로 보냈는지 확실해진 마당에, 더 갖고 있어 봐야 분실 위험만 커질 것 같아서였다.

-달칵

정신이 번쩍 들었다. 기사 내용에 집중하는 사이 옆 칸에 고백자가 들어온 듯했다. 나는 옷자락이 스치는 소음을 들으며 자연스럽게 성소를 해제하고 책을 덮었다. 낯선 이를 감지한 데미가 꼬리를 슬쩍 들어 올렸지만, 영리하게도 소리를 내진 않았다.

"어서 오십시오, 신자님. 마지막 고해는 언제 하셨습니까?"

"저, 고해하러 온 것이 아닙니다."

당당한 음성에 나는 반사적으로 혀를 찼다. 첫 손님부터 이래 가지고 오늘 장사는 텄네, 텄어.

"고해를 하러 오신 게 아니라면, 죄송하지만 떠나주십시오. 저는 다른 신자님들의 이야기를 들어드려야 합니다."

"대신 질문이 있습니다. 왕자님께서는 황자 전하와 사르네즈 공녀를 양손에 끼고 희롱하실 셈인가요?"

"아, 뭐래."

너무 어이가 없어서 반말이 나왔다. 나는 급히 마른세수하며 고개를 몇 번 내저었다. 고해소에서 진상 한두 번 보냐, 정에서. 흔들리지 마라.

"신자님, 성스러운 신전입니다. 허언은 자제해 주십시오."

"그렇지 않고서야 짝이 없는 공녀가 대주교와의 면담을 거절하고, 전하께서 왕자님의 말 한마디에 공격을 멈추실 수 있나요? 저는 왕자님의 저의가 의심스럽습니다."

"더는 답하지 않겠습니다. 지금 스스로 나가지 않으신다면 신전 기사들을 호출하겠습니다."

"하!"

어리고 얇은 목소리가 바들바들 떨렸다. 어디서 들어본 것 같은 음색이었는데, 그간 내게 고해한 신자가 많아서 기억이 확실치 않았다. 그래도 제 발로 나갈 생각이긴 한지 여인이 자리에서 일어나는 기적이 났다. 괜히 목이 탔다. 나는 가나엘이 챙겨준 유리병을 꺼내 시원한 옥수수차를 꿀꺽꿀꺽 들이켰다. 데미에겐 장미꽃 설탕 절임 한 조각을 건넸-

-벌컥!

고해소 문이 활짝 열렸다. 그새 옆 칸에서 나온 신자가, 내 자리로 쳐들어온 것이었다. 나는 끔쩍 놀라 눈을 크게 떴다. 라면처럼 곱슬거리는 빨간 머리, 화를 이기지 못해 같은 색으로 달아오른 뺨과 옅게 눈물 맺힌 흑갈색의 눈동자가 보였다.

"…에바 블랑케르 공녀?"

블랑케르 소공작의 동생이잖아?

"저는 공작이 될 수 없고 황자 전하와 결혼도 못 하는데, 왕자님 때문에 나머지 출셋길까지 막혔습니다. 밉습니다!"

소녀가 바들바들 떨며 말했다. 나는 할 말을 찾지 못해 입을 벙긋거렸다.

"저기, 일단."

"이거 드시고 전하와 공녀에게서 떨어지세요!"

에바가 손에 들고 있던 물병을 내 쪽으로 거세게 쏟았다. 너도 이 감신 최신화 읽었냐?!

-철썩-!

-끼이이!

근데 그걸 또, 데미가 거대한 잎사귀로 막아냈다!

* * *

"신수…"

데미를 발견한 에바의 눈이 접시만 해졌다. 레서판다가 입을 위협적으로 크게 벌렸다 닫았다 하자, 그녀는 당황한 듯 두어 걸음 물러섰다. 나는 서둘러 자리에서 일어났다.

"데미, 형은 괜찮아. 블랑케르 공녀, 신전에서 신관을 대상으로 난동을 피우시다니요. 불경한 처사입니다."

내가 침착하게 말했다. 에바는 흠칫 고개를 들어 나를 보더니 다시 분한 표정으로 돌아왔다.

"저도 압니다. 이제 왕자님과 같은 주교인걸요. 저도… 제가 꼭 왕자님을 빼앗을 거예요!"

"대사가 잘못 나온 것 같은데요."

"아. 황자 전하와 공녀를 빼앗을 거예요!"

"왕자님?"

소란을 들었는지, 신관실에 있던 뱅자맹과 가나엘이 급히 문을 열고 나왔다. 나는 쓴웃음을 지으며 그쪽을 바라보았다. 괜한 걱정을 시키게 생겼다.

-타닥!

에바 역시 남에게 들킬 생각은 없었는지, 후다닥 로브를 뒤집어 쓰고 정문을 향해 달리기 시작했다. 이제 보니 그녀는 묵직하고 호사스러운 주교의 정복 차림이었다. 저 옷은 어지간한 행사가 아니면 입을 일이 없을…

'소공작의 동생인 에바 블랑케르 공녀예요. 다음 주에 주교 서품을 받는다더군요.'

결투 장소에서 들었던 어느 귀족의 목소리가 머릿속을 스쳤다. 그로부터 일주일이 지났으니, 어쩌면 에바는 오늘 주교가 된 것일지도 몰랐다. 그렇게 경사스러운 날에 혼자 황궁 신전에 와서 날 만났다고?

"으앗!"

에바가 결국 정복에 걸려 넘어졌다! 나는 잽싸게 발을 놀렸-

-탁!

"…블랑케르 공녀? 무슨 짓을 하신 겁니까?"

듬직한 음성이 울렸다. 에바가 깜짝 놀라 고개를 들었다. 소녀보다 훌쩍 크고 어른스러운 여성이, 바닥으로 쓰러지던 그녀의 몸을 단단히 받치고 있었다. 암녹색 단발이 짧게 찰랑거렸다.

"무테 소백작님, 어떻게 여기에…"

"왕자님께서 위급 상황임을 알리셨습니다."

엘리자베트 경이 씩 웃고는 나와 시선을 마주했다. 나는 가볍게 손을 흔들며 미소했다. 에바가 홱 고개를 돌려 나를 쏘아보았다. 고해소의 장식 줄을 실제로 당겨본 건 처음이었다. 이런 꼬마 아가씨가 잡힐 줄은 몰랐지만.

* * *

"에바 블랑케르 공녀. 공녀의 행동이 리에스테르 황족에 대한 공격으로 간주될 수 있음을 알고 계셨습니까?"

엘리자베트 경의 담담한 물음에 에바의 얼굴이 하얗게 질렸다. 우리는 텅 빈 신자석 한편에 앉아 대화를 나누고 있었다. 정확히는 황실 부근위대장인 엘리자베트 경이 '용의자'인 에바를 심문하는 모양새였다.

신전은 폐쇄됐고, 기사들과 근위대원들이 실내로 들어와 입구에 번질렀다. 뱅자맹과 가나엘은 내가 무사한 것을 두 번이나 확인한 뒤 다시 신관실로 들어갔다. 나는 뱅자맹이 따로 챙겨준 올리브잎 차를 세 개의 찻잔에 나누어 따랐다. 고소하고 은은한 향이 올라왔다.

"저는, 그게, 그게 왜…!"

"예서 왕자님께서는 황족의 고해를 받기 위해 입궁하신 왕족 신관이며, 쥘리에트 궁에 머무르는 로메로의 손님이십니다. 왕자님에 대한 무례가 세드리크 황자 전하에 대한 모욕임은 인지하셨을 것입니다. 최근 소공작의 일도 있지 않았습니까."

소백작의 회색 눈동자가 무겁게 가라앉았다. 오빠인 로베르 블랑케르 소공작의 이야기가 나오자, 에바는 기어코 딸꾹질을 시작했다. 아이고.

"히끅! 이건 이상합니다. 왕자님은 볼모잖아요. 히끅. 오빠가 말하길, 왕자님이 마음먹고 황족분들과 대귀족을 홀리고 있다고, 히끅. 했습니다."

그런 재주가 있었으면 내가 진작 제국 접수했다.

"블랑케르 공녀, 실례지만 나이를 물어봐도 되겠습니까?"

나는 최대한 부드럽게 말하며 에바에게 찻잔을 건넸다. 그녀가 급하게 올리브잎 차를 들이켰다. '일어나서 허리를 깊게 숙이고 찻물을 삼켜보라'라고 조언하자, 소녀는 순순히 내 말을 따랐다. 천성이 나쁜 것 같진 않은데.

"이제 딸꾹질이 멎었죠?"

"신기해… 아니, 저는 열여섯입니다. 지난주에 성인식을 했습니다."

에바가 천진하게 중얼거리다가, 다시 뾰족한 얼굴로 말했다. 지난주에 열여섯이 됐다면 가나엘과 손잡고 어제 태어난 수준이었다. 게다가 오냐오냐 귀하게 자라서인지 또래보다 훨씬 어리게 행동하는 듯했다. 나는 짧게 한탄하며 엘리자베트 경과 시선을 교환했다.

"엘리자베트 경, 가능하다면 공녀의 일은 제 선에서 처리하고 싶습니다."

"괜찮으시겠습니까? 폐하께 고하고 정식으로 문초를 하시는 것이."

"아뇨, 너무 어려서요."

"어리지 않습니다, 어른입니다. 오빠처럼 말씀하지 마십시오!"

에바가 흑갈색의 눈동자를 가늘게 뜨고 나를 째려보았다. 참, 빙의한 뒤로 별일을 다 겪는다. 은서는 순해서 사춘기도 조용히 지나갔었는데.

"나이로는 성인이죠. 하지만 공녀의 마음은 미성숙한 듯해 드리는 말씀입니다. 아직 자신의 행동을 책임질 수 없는 것 같아서요."

"…"

내가 입구 쪽을 향해 눈짓했다. 덩치 좋은 청년들이 저승사자처럼 우뚝 서있었다. 아이가 황급히 얼굴을 돌렸다.

"왜 그런 행동을 했습니까? 이유를 들을 권리는 있다고 생각합니다."

조곤조곤 묻자, 에바는 손에 든 찻잔을 터뜨릴 것처럼 꾹 쥐었다. 빨간 곱슬머리가 바닥을 향해 후드득 기울어졌다.

"…이미 말씀드렸습니다. 왕자님이 미워서 그랬어요. 전 둘째라 소공작이 될 수 없고, 황자 전하와는 사촌이니 국혼도 못 합니다. 그런데…"

"그런데?"

"전하와 사르네즈 공녀의 종교적 반려 자리도 힘들어 보이니까요."

나는 잠깐 입을 다물었다. 한꺼번에 너무 많은 생각이 머릿속을 꽉 채웠다. 지적할 말이 혀끝에 100마디쯤 맺혔다가 몇 문장만을 남기고 꿀꺽 내려갔다.

"일단 황자님은 스물넷입니다. 곧 스물다섯이 되죠. 사촌이 아니더라도 열여섯이 스물넷하고 결혼하는 건, 제가 보기에 좀 그렇습니다."

내가 대답했다. 크리스텔도 열아홉이지만, 그녀의 몸엔 퇴사한 직장인이 들어가 있으니 예외로 치기로 했다. 황자와는 공식 커플이기도 하고.

"신국에서도 열여섯이면 성인 아닌가요?"

"그래도 안 됩니다. 스물넷이 열여섯을? 그건 쓰레기입니다."

내 말에 에바가 눈을 똥그랗게 떴다. 묵묵히 차를 마시던 엘리자베트 경이 그대로 찻물을 뱉어냈다.

"엘리자베트 경, 입에서 폭포가 흐르는데요."

"커흡. 죄, 죄송합니다. 제가…"

소백작이 횡설수설하며 손수건을 꺼내 입가와 제복을 닦았다. 다행히 어디가 불편해서 그런 것 같지는 않았다. '저는 청혼 받은 입장인데' 하는 말이 이어졌다. 갑자기 무슨 소리인지 알 수가 없었다. 나는 다시 에바를 타이르기 시작했다.

"그리고 저는 황자님이나 사르네즈 공녀의 종교적 반려 자리에는 관심이 없습니다."

"거짓말."

"정말입니다. 애초에 현실성이 있지도 않습니다. 공녀의 말대로 저는 볼모인데, 어느 황족이 적국의 사람과 그런 인연을 맺고 싶어 하겠습니까. 사르네즈 가문 입장에서도 마찬가지입니다. 그만한 권력가에서 골칫덩이를 끌어안을 이유가 없죠. 제국에는 유능한 대주교님도 많이 계시고요."

"…그럼. 그럼 지금은요? 왕자님이 폐하와 두 분 전하를 모시고 여름별궁에 간 걸 황도에 모르는 이가 없습니다. 두 성기사님의 에테르 보조까지 맡으셨다지요."

에바가 작은 목소리로 따져 물었다. 으음.

"그건… 제가 두 분의 친구라서 그렇습니다. 하지만 임시니까,"

"이럴 줄 알았습니다. 다 친구로 시작한다고 했습니다. 그러다가 반려 되는 거라고요!"

소공녀가 다시 울상 지으며 화를 냈다. 전부 그렇진 않다고 반박해야 하는데, 내가 아는 경우라곤 추기경과 황제, 앙투아네트 뒤엠 공녀와 신관 마리엘밖에 없었다. 둘 다 절친에서 종교적 반려가 된 케이스였다. 젠장.

"그, 흠. 블랑케르 공녀. 출세를 원하시는 특별한 이유가 있습니까?"

그때, 흘린 찻물을 훌륭히 수습한 엘리자베트 경이 물었다. 나와 에바의 시선이 동시에 그녀에게 향했다.

"블랑케르 공작가는 부유한 가문이지 않습니까. 작위를 물려받지 않아 편한 점도 상당히 많을 겁니다. 황족이나 대귀족의 종교적 반려도 결코 쉬운 자리가 아닐 테고요. 저는 소백작으로서의 삶에 아주 만족하지만, 모든 후계자가 저와 같진 않습니다."

차분하고 성숙한 말투였다. 나는 가만히 에바를 들여다보았다. 에바는 잠깐 침묵하더니, 입술을 한 번 앙다물고는 운을 뗐다.

"저는 권력을 갖고 싶습니다."

오.

"그냥, 어릴 때부터 좋아 보였습니다. 어머니는 높은 자리일수록 힘들다고 하셨지만 저는 최대한 높이 올라가 보고 싶습니다. 잘 해내고픈 마음도 있어요. 그런데 오빠가 있으니까, 저는 소공작이 될 수 없어서…"

소녀가 인상을 마구 찡그렸다. 나와 엘리자베트 경의 눈빛이 의미심장하게 얽혔다.

"공녀, 혹시 저번 결투가 끝나고 저를 노려본 게…"

"네?"

"황자님께서 소공작을 죽일 수도 있었는데 제가 막아서. 오빠를 밀어낼 기회를 놓쳐서 화가 났던 겁니까?"

"저, 저 그렇게 사악한 애는 아닙니다!"

에바의 목청이 커졌다. 엄청나게 억울한 낯빛이었다. 엘리자베트 경과 나는 분위기에 휩쓸려 즉각 사과했다. 미안하다, 내가 사내 정치의 민낯을 너무 많이 봤어.

"오빠가 절 괴롭히기는 해도, 그래도 오빠입니다. 창피하고 수치스러울 때도 많지만요. 곧 영지로 돌아가면 부모님께 크게 혼날 겁니다."

"오빠가 괴롭힌다고요?"

내가 곧장 되물었다. 소공녀는 이곳에 온 뒤 처음으로 곤란한 낯을 했다.

"별거 아닙니다."

"아뇨, 말씀해 보세요. 누설하지 않겠습니다."

-끼이

그때, 묵묵히 바닥에 누워 있던 데미가 꼬리를 살랑이며 일어나 내 다리를 짚었다. 심심한 모양이었다. 번쩍 들어 무릎 위에 올려주자 에바가 녀석을 빤히 쳐다보았다. 귀족이기 이전에 신관이라 신수가 신기한 듯싶었다. 데미는 무지 귀여우니 호감도 샘솟겠지.

"에테르를 주면 좋아합니다. 손끝에 꽃봉오리를 틔운다고 상상해 보세요."

내 말에, 에바가 우물쭈물하며 작은 손을 내밀었다. 분명 데미와 소통해 보고 싶었을 텐데 자존심 때문에 먼저 말을 못 한 듯했다.

-샤아아…

-끼이이

소공녀의 손톱 근처에서, 사탕만 한 에테르 구슬이 솟아올랐다. 나는 몸을 일으키는 데미의 따뜻한 배를 받쳐주었다. 녀석이 금빛으로 물든 에바의 손가락을 앞발로 꾹꾹 눌렀다.

"깜찍하죠? 과일이나 꽃도 먹습니다."

"세상에."

에바가 순수하게 감탄했다. 권력을 원한다고 말할 때와는 달리 무구하기 짝이 없는 표정이었다. 내가 살며시 웃자, 아이는 나와 데미를 번갈아 쳐다보더니 입술을 꾹 깨물었다.

"정말 별거 아닙니다. 그저… 오빠가 저를 못됐다고 놀리는 게 전부입니다."

"소공작이 공녀를 그렇게 말한다고요?"

"제가 네 살 때부터 그랬습니다. 너는 못됐으니까 하인들한테 막 대해도 돼. 너는 못됐으니까 사과할 필요 없어. 너는 못됐으니까 소리 지르면 다 들어줄 거야. 그런 식으로요."

"…"

나는 뒤로 슬쩍 손을 뻗어 엘리자베트 경의 팔을 붙들었다. 그녀는 당장이라도 검을 뽑아 소공작을 베러 갈 기세였다.

"부모님께서 소공작에게 뭐라고 하시진 않던가요?"

겨우 평정을 가장하고 말을 꺼냈다.

"부모님은 늘 바쁘셔서 저희 남매와 그렇게 가깝지 않으십니다. 하지만 오빠는 저보다 아홉 살이나 많으니까, 제대로 봤을 거라 생각합니다."

에바가 약간 기운 없는 목소리로 말했다. 아이는, 조금 전 내게 끼얹어 텅 빈 물병을 바라보고 있었다.

"제가 생각해도 저는 못된 것 같습니다."

나는 이를 악물었다. 그 새끼는 애를 도대체 얼마나 오래 세뇌한 거야?

* * *

그 시각, 세드리크 리에스테르와 크리스텔 드 사르네즈가 로메로 궁 응접실에 마주 앉았다. 한 줄의 문장은 순식간에 황궁 곳곳으로 들불처럼 번져나갔다. 황자는 자신의 궁에 낯선 귀족을 들인 역사가 전무했다.

그의 성기사 선생인 요한 헤인스 경과 신관 산트는 물론이고, 황자가 친히 나서 명예를 지켜주었다는 에서 페네티안 왕자조차 로메로에 초대받은 적이 없었다.

이에 로메로 궁 시종들은 몹시 흥분했다. 시종 총괄인 다비드는 헛소리 말고 꿈 깨라며 근엄하게 꾸짖었지만, 이들은 먼발치에서 벌써부터 국경國慶과 예식 따위를 논하고 있었다. 전부, 두 남녀의 관계를 알지 못하기에 할 수 있는 언사였다.

"할 말이라는 게 뭐지?"

황자가 낮게 물었다. 마실 것을 내주겠다는 의례적인 인사조차 없었으나 크리스텔은 눈 하나 깜짝하지 않았다. 다비드는 눈치껏, 그녀의 '얼음 넣고 연하게 내린 커피'와 황자의 뜨겁고 새카만 커피를 대령했다. 크리스텔이 덤덤하게 입을 열었다.

"손수건 받으러 왔다고 말씀드렸습니다."

"본론."

"연례 기도회."

맞은편의 주황색 눈동자가 날카롭게 빛났다. 주인공은 산뜻하게 입꼬리를 끌어올렸다.

"가기 전에, 저와 합의부터 보시는 게 어떻습니까?"

* * *

세드리크 리에스테르가 소파에 몸을 묻었다. 계속해 보라는 태도였으므로 크리스텔은 망설임 없이 말을 이어갔다.

"공부를 좀 했습니다. 아시다시피 제 기억이 온전치 않아서, 배움에 시간이 걸렸지만요."

청회색 눈이 영리하게 반짝였다. 물론 본인의 힘만으로 공부한 건 아니었다. 예서 왕자는 사람 부리는 일을 몹시 어색해했고 책 읽는 걸 좋아하는 눈치였지만 그녀는 달랐다. 크리스텔은 사르네즈 공작가의 가정교사와 시종들을 달달 볶아, 자신에게 필요한 정보를 찾아내게 하는 데 성공했다. 온종일 도서관에 앉아 책을 뒤지는 건 사양이었다.

"종교적 반려는 한 명의 황족과 한 명의 신관이 '쌍성의 맹약'을 맺어 성립되는 관계입니다. 이건 리에스테르에만 있는 관습이죠. 일단 계약이 성사되면 수성守星은 맹주盟主가 아닌 자와 영혼을 공유할 수 없고요. 즉, 다른 사람에겐 에테르를 나눠주지 못하게 됩니다."

"내가 그걸 모를 거라 생각하는 건가?"

"그런데 성기사와 신관이 짝을 이루는 건, 사실상 인원 제한이 없습니다."

황자의 노을빛 눈동자가 설핏 가늘어졌다. 그의 태양 같은 시선이 맞은편의 공녀를 끓여버릴 듯 응시했다. 크리스텔은 생긋하며 시종 다비드가 가져다준 아이스 아메리카노로 입을 적셨다. 과연 로메로 궁의 커피는 끝내주게 맛있었다. 에스프레소에 꽂힌 남자가 사는 곳이기 때문일까.

"…"

"…"

질식할 것 같은 침묵이 응접실을 짓눌렀다. 크리스텔은 속으로만 한숨을 내쉬었다. 빨리 말해보라고 독촉하는 건 바라지도 않았으나, 저렇게까지 고자세를 꺾지 않는 게 새삼 놀라웠다. 사내의 불속성 에테르는 언제나처럼 사나웠지만 아직 그녀를 찍어 누르려는 기미는 없었다. 크리스텔은 웃음기를 유지한 채 다시 운을 뗐다.

"전쟁 시대의 사료史料를 찾아봤습니다. 그런 기록이 드물게 나오더군요. 페네티안 신국의 성기사가, 두 명의 신관을 짝으로 삼아 다니곤 했다고요."

황자가 천천히 자신의 커피를 마시기 시작했다.

"보통은 두 사람이 한 쌍이지만 상황이 급할 땐 바뀔 수도 있는 겁니다. 짝이 되는 데는 특별한 계약이나 영혼 구속이 필요하지 않으니까요. 실용성이 최우선인 관계잖아요."

"성기사와 신관은 입장이 달라."

세드리크가 날카롭게 지적했다. 그의 말에 일리가 있었다. 전장의 성기사는 언제든 에테르가 고갈될 위험이 있었고, 따라서 신관 짝을 둘씩 두는 것도 이상하지 않았다. 그러나 한 명의 신관이 두 명 이상의 성기사와 짝을 맺는 경우는…

"율리터."

크리스텔의 낭랑한 목소리가 실내를 울렸다. 커피잔에 입술을 묻던 황자의 몸놀림이 우뚝 멎었다. 그는 눈동자만을 들어 그녀를 바라보았다. 크리스텔 드 사르네즈는 로메로 궁에 들어온 뒤 처음으로 그의 '에테르 위압'을 느꼈다.

보이지 않는 불꽃이 주변을 에두른 듯 공기가 뜨거워졌다. 그나

마 그것도 아주 절제한 수준이었다. 그녀는 손끝에 하얀 서리를 내리며 압박을 버텼다. 지금 맞섰다간 두 사람이 궁의 일부를 부수게 될지도 몰랐다.

"로메로 선황 폐하를 배신하고 황궁에 신국의 군대를 들였다는 연인 말입니다. 쥘리에트 궁의 주인이었던 신관. 제국에서는 희대의 악녀라고 한다면서요?"

"…"

"기록을 보니 율리터가 황궁 포털을 타고 넘어올 때, 양옆에 성기사를 거느리고 있었다더군요. 그녀가 둘에게 에테르를 나눠주는 걸 봤다는 어느 기사의 진술도 있었습니다. 세 사람이 짝이었던 거겠죠."

"단 한 명의 진술일 텐데."

"맞습니다. 하지만 황자 전하와 제 입장에선 없는 것보다 낫지 않나요?"

하나의 선례라도 있다면 두 번째를 만드는 건 쉬웠다. 황자는 대답이 없었다. 크리스텔이 얼음을 와드득 깨물었다. 이 화제에 관해서만큼은 여느 귀족처럼 진심을 숨기며 배배 꼬아 말하고 싶지 않았다. 그건 그녀의 '전생'에서도 충분히 겪은 일이었다. 또랑또랑한 눈망울이 황자를 직시했다.

"솔직히 말씀드리면, 저는 예서 왕자님이 제 신관 짝이 되어주셨으면 좋겠습니다. 그분은 아무 욕심 없이 저를 대해주시거든요. 착한 사람이고 좋은 친구예요."

묵묵부답.

"게다가 에테르가, 진짜 대단하니까요. 대주교님들도 그렇게 맑고 고운 기운을 갖고 있진 않았습니다."

"…"

"전하께서도 그렇게 느끼시는 거죠?"

"왕자는 종달새처럼 시끄럽고 다람쥐처럼 먹어대지. 달가운 상대는 아니야."

뭐라는 거냐? 크리스텔이 인상을 찌푸렸다. 어느새 남자의 에테르가 가라앉아 있었다.

"그럼 제가 왕자님께 짝꿍 신청을 해도 괜찮다는 말씀이세, 아!"

크리스텔이 왈칵 신경질을 부렸다. 그녀는 정말, 황자에게 대놓고 화를 낼 생각은 없었다. 하지만 이건 너무하지 않은가!

-화르륵…!

"벌써 세 장째입니다, 손수건. 어떻게 갚으실 거예요?"

크리스텔이 자신의 재킷 주머니에 꽂힌 행커치프의 잔해를 건져 올렸다. 얼음꽃이 핀 손가락은 붉은 열기와 그을음에도 멀쩡했다. 그녀가 눈을 예리하게 떴다.

"왕자님하고 제가 짝지 되는 건 싫으시다는 거네요."

그리고 그건, 황자 역시 예서 왕자를 파트너로 고려하고 있다는 뜻이었다. 크리스텔은 이놈의 대화 방식을 어느 정도 파악한 자신을 불쌍하게 여겨야 할지 기특하게 여겨야 할지 혼란스러웠다. 그래서 그냥 할 말이나 하기로 했다.

"그러면 연례 기도회는 형식적으로만 참여하는 걸로 알겠습니다. 왕자님께 짝지 하자고 할 땐, 꼭 둘이 같이 말하기예요. 따로 불러내서 부탁하기 없기."

어차피 황자는 왕자에게 먼저 굽히고 들어갈 놈도 아니었다. 하지만 경쟁자보다는 같은 편이 되는 게 훨씬 나았다. 크리스텔은 스스로를 꾸역꾸역 납득시키며 오른손을 뻗었다. 손가락 걸고 하는 약속은 과하고, 악수는… 접촉 면적이 커서 짜증 나는데. 고민 끝에, 그녀는 작게 주먹을 쥐어 그에게 내밀었다. 의미를 파악하지 못한 황자가 미간을 찌푸렸다.

* * *

"…블랑케르 공녀, 그런 생각은 하지 마십시오."

나는 거기까지 말하고 입을 닫았다. 조심스러웠다. 에바는 네 살 때부터 오빠라는 인간의 질 나쁜 세뇌에 시달린 아이였다. 보아하니 그게 세뇌라는 사실조차 깨닫지 못한 것 같았다. 한 문장이라도 잘못 꺼냈다가 상처를 줄까 봐 긴장이 됐다. 데미를 끌어안고 머릿속을 정리하는데, 나와 에바의 대화를 듣고 있던 엘리자베트 경이 예사롭게 말했다.

"공녀, 혹시 독립하실 생각은 없습니까?"

"독립이요?"

"저택을 얻어 황도에서 지내는 것도 좋을 듯해서 말입니다. 영지는 아무래도 답답하지 않습니까."

나는 고개를 반짝 들었다. 엘리자베트 경의 말이 옳았다. 일단은 쓰레기 같은 소공작 놈의 손아귀에서 어린 공녀를 빼내고, 그녀를 자유로운 환경에 풀어주는 게 순서였다. 나는 에바의 얼굴을 살폈다. 조금 시무룩했던 아이의 낯이 금세 밝아져 있었다.

"저택이라면 이미 있습니다!"

"네?"

엘리자베트 경의 목소리가 삐끗했다.

"황도에 있는 블랑케르 공작저가 제 겁니다. 원래는 오빠에게 갈 거였는데, 저는 소공작이 못 되니까 집이라도 달라고 떼를 써서 받았습니다."

"와."

나는 짧게 감탄했다. 나와 슬쩍 시선을 마주한 엘리자베트 경도 혀를 내둘렀다. 악역의 세뇌에 들볶이면서도, 권력욕 있는 소공녀는 그간 야무지게 자신의 몫을 챙겨온 모양이었다. 아주 신통방통하고 장했다. 소백작이 칭찬하듯 어깨를 두드려 주자, 에바가 씩 웃으며 다리를 달랑거렸다.

"소공작이 영지로 돌아갈 때, 공녀도 동행합니까?"

"네, 늘 그랬습니다. 부모님께서 미성년인 저를 공작저에 혼자 두길 꺼리셨어요. 시종과 기사도 있는데."

내 물음에 소녀가 입술을 비죽였다. 나는 조용히 앞뒤를 짜맞췄다. 블랑케르 공작 부부는 자녀들과 친하진 않지만, 기본적인 부분은 챙기는 듯했다. 딸의 생떼에 곧장 황도 저택을 내줄 만큼 씀씀이도 큰 편이었다. 아홉 살이나 어린 동생을 보듬어 주기는커녕 못된 말만 퍼붓는 소공작만 떨어뜨려 놓으면, 상황이 많이 나아질 것도 같았다.

"지난주에 성인이 됐으니 앞으론 달라질 수도 있겠네요."

내가 말했다. 에바는 나를 보며 눈을 깜빡였다.

"권력을 원한다고 했죠, 공녀. 황도야말로 권력의 중심지입니다. 이곳에 있으면 황도에 상주하는 귀족들의 소식이 실시간으로 들어오고, 황실의 동향과 최신 유행까지 접할 수 있어요. 사교계 활동도 훨씬 쉬울 겁니다."

소녀의 입이 동그랗게 벌어졌다.

"저도, 그런 생각을 하긴 했습니다. 하지만… 오빠가 저를 두고 떠날 것 같지가 않습니다. '너 같은 게 혼자 있으면 다른 귀족들이 비웃는다'라고 했거든요."

엘리자베트 경이 벌떡 일어났다. 나는 후다닥 그녀의 팔을 붙들었다. 그녀와 나 사이에 빠른 속삭임이 오갔다.

'한 번만 찌르고 오겠습니다.'

'참아주십시오.'

'그럼 두 번만 찌르고 오겠습니다.'

'숫자가 늘었는데요.'

겨우겨우 엘리자베트 경을 자리에 앉히며, 나는 언젠가 크리스텔이 했던 말을 떠올렸다.

'저는 제가 얻은 새 인생을, 뤼카 마을 분들도 얻게 해주고 싶습니다. 이왕이면 스스로 일어나는 방식으로요.'

나라고 소공작 놈이 예뻐서 엘리자베트 경을 말리는 게 아니었다. 결투가 벌어지던 날에, 황자가 그를 죽이도록 내버려둘 걸 그랬나 하는 생각마저 들었으니까. 하지만 지금 누군가가 나서면 살인이나 폭행죄를 쓰게 될 뿐이었다.

크리스텔의 말이 옳았다. 에바의 상처는, 에바가 직접 갚게 해주어야만 했다. 지금은 자신이 무슨 짓을 당했는지도 모르고 있지만 언젠가는 모든 것을 깨닫게 될 터였다. 그때까지 아이를 보살펴 주는 건 볼모인 나라도 할 수 있을 것 같았다.

게다가 나는 혼자가 아니었다. 엘리자베트 경이 있고, 가나엘과 뱅자맹, 부티에 추기경도 있었다. …크리스텔과 황자 또한 사정을 알게 되면 그냥 넘어가지 않겠지. 절로 미소가 떠올랐다. 나는 입을 뗐다.

"아무도 비웃지 않습니다. 공녀를 못됐다고 생각하는 사람도 없어요. 공녀가 먼저 나쁜 짓을 하지 않는 이상, 그런 마음을 품을 리 없습니다."

"하지만 오빠는…"

"소공작이 그런 말을 하는 건 자신이 그런 사람이기 때문입니다."

그때쯤 데미가 내 품을 깊게 파고들었다. 나는 녀석의 등허리를 살살 쓸어주었다.

"자신의 부족함을 알고도, 그걸 고치려는 노력 없이 주변에 화살을 돌리는 자는 많습니다. 남을 깎아내리고 조종하며 자존감을 채우는 거죠."

"…무슨 말인지 모르겠습니다. 어렵습니다."

에바가 인상을 잔뜩 찡그렸다. 나와 엘리자베트 경은 결국 소리 내어 웃었다.

"천천히 알아가도 됩니다. 공녀는 아직 어리고, 당분간은 황도에 머무르면서 새로운 친구를 사귈 테니까요."

"제가요?"

아이는 영문을 모르겠다는 표정으로 나를 보았다. 내가 입꼬리를 가볍게 끌어올렸다.

"제게 행패를 부렸으니 벌은 받아야죠. 설마 이대로 은근슬쩍 넘어갈 줄 알았습니까?"

"이이익…"

빨갛고 풍성한 곱슬머리가 축 처지는 듯했다. 나는 기분 좋게 말을 이었다.

"황도의 공작저에 머무르면서 황궁으로 출근하세요. 부모님께는 추기경 전하와 저를 돕게 되었다고 서신을 드리면 될 겁니다. 얼마간 신전의 청소를 맡아주셔야겠습니다."

"청소요? 그런 건 태어나서 한 번도 안 해봤는걸요!"

"모든 일에는 처음이 있는 법입니다. 바닥에 저렇게 물을 쏟았으니, 닦는 사람의 입장이 되어 봐야죠."

"…미워요. 왕자님은 얼굴만 천사지, 폭군이십니다!"

소공녀가 어깨를 한껏 늘어뜨리며 죽상을 했다. 그래도 안 하겠다는 소린 하지 않으니 착했다. 엘리자베트 경이 나를 보며 '아이 다루는 데 선수시네요' 하고 속닥였다. 나는 힘겹게 웃음을 참아냈다.

"또 잘하는 게 있습니까? 아니면 황도에서 하고 싶은 거요."

내가 놀리듯 물었다. 에바는 흑갈색 홍채를 이리저리 굴리며 고민에 빠졌다.

"잘하는 거 많습니다. 비올라를 곧잘 켜고 춤도 제법 춥니다. 마법엔 소질이 없지만… 에테르는 제가 집안에서 최고입니다."

나는 고개를 끄덕였다. 겨우 열여섯에 주교 서품을 받을 정도면 분명 천재적인 재능이었다. 유명 마법사 가문인 블랑케르의 핏줄이 마력에 서투른 건 의외였지만, 유전자가 항상 열일하란 법은 없으니.

"네 살 때는 영지의 밀림에서 '수목의 신궁'을 직접 봤습니다. 신물이요. 오빠가 만졌을 때는 아무런 반응이 없었는데, 제가 활을 쓰다듬으니까 환한 빛이 났습니다!"

"…뭐라고요?"

"오빠가 얼굴이 파래져서 길길이 날뛰었던 기억이 납니다. 아무한테도 말하지 말라고, 말하면 가만히 안 둔다고 막 소리를 질렀습니다. 시끄럽게."

나는 곧장 시선을 들었다. 엘리자베트 경의 회색 눈동자 역시 복잡하게 물결치고 있었다.

12.　　　　　　　　　✦ 파드트루아의 유령

"그럼 그 녀석이 소공작이군. 오라비 놈이 아니라."

프레데리크 황제가 시크하게 말했다. 나는 입을 쩍 벌렸다. 설마 설마했는데, 진짜로?

"방금 에바 블랑케르 공녀가 소공작이라고 하신 겁니까?"

"그래. 수목의 신궁이 빛을 낸다는 건, 자신을 섬길 자를 선택했다는 뜻이다. 그때 꼬마에게 장수의 축복을 내린 거야."

황제는 대수롭지 않게 설명하며 커피를 들이켰다. '뜨거워' 하며 미간을 찌푸리는 얼굴이 얼핏 그녀의 아들과 닮아있었다. 나는 집게를 쥐고, 내 몫으로 나온 얼음 그릇에서 작은 조각 하나를 들어 그녀의 잔에 넣어주었다. 부티에 추기경이 나를 향해 미소를 보냈다. 내 머릿속은 그간 주워들은 정보를 끼워 맞추느라 분주해졌다.

'블랑케르 소공작은 대대로 신물의 은혜를 받았으니까요. 장수하는 게 저 집안 특징입니다.'

프랑수아 뒤엠 후작의 목소리가 바로 옆에서 들리는 듯했다. 블랑케르 공작가에서 수호하는 신물 '수목의 수궁'은, 미래의 가주가 될 사람에게 만수萬壽를 내린다고 했다. 나는 당연히, 큰아이가 소가주가 되고 나면 신물이 애프터서비스로 은총을 주는 것이라 짐작했다.

그런데 순서가 뒤바뀔 수도 있는 모양이었다. 에바는 우연히 신물을 접촉한 자리에서 단번에 선택을 받은 것이다. 그렇다면 블랑케르의 식솔을 책임질 사람은 응당 에바가 되어야 했다.

"로베르 블랑케르 소공작은, 자신이 선택받지 못했다는 사실을 숨기기 위해 동생의 입을 막은 거군요. 이후에도 아이가 자신감을 갖고 나설까 봐 줄곧 괴롭혔고요."

"앞뒤 정황을 보면 그런 것 같구나. 자리를 빼앗기기 싫었겠지. 강대한 마력도 타고났으니, 공녀만 조용히 있으면 그대로 작위를 물려받을 거라 생각했을 거야."

"놈의 평판을 생각하면 놀랍지도 않군."

추기경과 황제가 차례로 대답했다. 그간 혼자 속앓이했을 아이를 생각하니 화가 나서 양손에 열이 올랐다. 나는 차가운 유리잔을 꾹 붙들었다. 어두운 오렌지빛의 금목서꽃이 얼음과 함께 수면을 장식하고 있었다. 에바의 붉은 곱슬머리가 떠올라 절로 마음이 내려앉았다.

"왜. 에바 블랑케르를 공작으로 세우고 뒤에서 권력 놀음이라도 해볼 심산인가?"

그때 황제가 무시무시한 질문을 던졌다. 나는 깜짝 놀라 얼굴을 들었다. 그녀의 체리색 눈동자가 어둡게 침잠하고 있었다.

"내가 적국의 왕자를 코앞에 두고 너무 방심한 건가 싶은데."

"아뇨, 아닙니다. 저는 단지 에바를 도와주고 싶어서 여쭤본 것뿐입니다."

"프레데리크, 적당히. 왕자님을 놀리는 건 별궁에서 끝내기로 했잖아."

추기경이 그녀의 팔을 가볍게 잡았다 뗐다. 황제가 코웃음 치며 커피에 입술을 묻었다. 그제야 나는 그것이 그녀 특유의 농담이었음을 깨달았다. 등줄기에 오소소 돋았던 소름이 천천히 가라앉았다. 장난 두 번 했다간 사람 잡겠네…

"답변 감사드립니다. 다망하신 폐하께 직접 여쭐 생각은 없었습니다. 폐를 끼쳐 송구합니다."

나는 최대한 침착한 말투로 인사를 건넸다. 맞은편 소파에 앉은 황제는 그저 턱을 한 번 까닥일 뿐이었다. 추기경이 반려를 대신해 다정하게 웃었다. 생각해 보면, 지금의 상황은 그녀가 만든 것이나 마찬가지였다.

악녀라고 하기엔 98%쯤 부족한 에바를 만난 게 벌써 이틀 전이었다. 소공녀는 그날 신전에서 엘리자베트 경의 초대를 받았고, 이후 줄곧 황도의 무테 백작저에 머물고 있었다. 소공작 놈이 황도를 떠나기 전까지 소백작의 보호를 받게 된 것이다.

어제부터는 신전에 와서 한 시간씩 청소를 하기 시작했는데, 걸레와 수건을 구별하지 못해 하인의 도움을 받았다. 오늘은 황궁 산지기 아녜스가, 내게 이팝나무꽃을 자랑하러 왔다 잘못 걸려 에바의 선생님 노릇을 하는 중이었다.

나는 나대로 머리가 복잡했다. 소녀의 이야기를 들은 뒤 알렉상드르 국서가 쓴 《와장창! 이브의 대모험》을 재차 훑었지만, 책은 묘하게 불친절했다. 국서는 자신의 영지인 이블린을 '우리 집 뒷마당'이라 표현했고, 수목의 신궁을 설명하면서도 본가의 이야기는 일절 써놓지 않았다.

어린 아들을 위해 집필한 동화이기에 사실보다 판타지적 요소가 많기도 했다. '화성의 혜검'이 등장하는 에피소드엔, '혜검을 뽑으려면 불같은 성품을 지녀야 한다'라는 엉뚱한 해설이 쓰여있었다. …세드리크 황자를 보면 아주 틀린 설명은 아닌 것 같지만.

아무튼, 신물이나 신수처럼 수수께끼에 싸인 존재는 아무리 책을 파도 명확한 답을 찾기가 힘들었다. 하긴 그런 게 있었다면 대륙의 신물은 전부 주인을 찾았을 것이다. 신수도 지금처럼 보기 힘들지는 않았겠지.

'전하. 시작하기 전에 질문드릴 게 하나 있습니다.'

'눈빛이 진지하구나. 재미있을 것 같아.'

그래서 나는 추기경의 수업 시간이 되자마자 그녀에게 도움을 청했다. 연례 기도회 준비로 바쁜 와중에도 매번 짬을 내고 있는 그녀는, 에바의 사연을 듣고 무척 흥미롭다는 얼굴을 했다. 이어,

'나도 신궁神弓을 직접 본 적은 없단다. 블랑케르 가문은 아주 폐쇄적이거든. 하지만 그 집안에 관해 조금은 아는 사람이 있어.'

하고 천연스럽게 말했다. 그러고는 시종 나탈리를 부르더니,

'프레데리크에게 잠깐 와달라고 해주련? 아주 급한 일이라고도

전하고.'

 …라는 엄청난 대사를 내뱉었다. 이것이, 내가 제국의 황제를 네이버 지식인처럼 쓰게 된 경위였다. 알렉상드르 국서는 블랑케르 소공작이 되기 하루 전, 사랑의 도피를 하고 가문에서 쫓겨났다. 황제의 말에 따르면, 국서가 그런 결정을 내릴 수 있었던 건 그때까지 신궁과 접촉한 적이 없었기 때문이었다.

 "알렉상드르는 우리 셋 중 가장 책임감 있는 사람이었으니까. 장수의 축복을 받았다면 아마 국혼을 포기했겠지?"

 추기경이 그렇게 물으며 따뜻한 커피를 머금었다. 황제는 대충 고개를 끄덕였다. 난데없이 추기경 집무실에 불려왔는데도, 심지어 급한 일이 아니었는데도 전혀 불쾌해 보이지 않았다.

 "블랑케르 꼬마가 소공작이 되는 건 본인의 심지心志에 달렸다."

 그녀가 나를 똑바로 보며 말했다. 나는 고개를 끄덕이곤 시원한 금목서 차로 목을 축였다. 짙은 꽃 내음이 뇌를 콕콕 찌르는 듯했다. 대륙의 작위와 재산 상속은 맏이 '우선'이었다. 다시 말해 맏이에게 문제가 있거나, 맏이가 상속을 원하지 않을 때는 그다음에 태어난 아이에게 차례가 돌아갔다.

 소가주의 결격 여부는 보통 부모가 직접 판단하지만, 다른 형제자매가 이의를 제기하는 경우도 있기는 했다. 즉, 에바는 언제든 블랑케르 공작 부부에게 자신의 정당성을 알릴 수 있었다. 수업 끝나자마자 가서 얘기해 줘야겠군.

 "마침 내 아들을 모욕하기도 했으니 더 끌어내리기 수월할 거고."
 "그러네. 소공녀가 훗날 공작이 되면 세드리크도 조금은 덕을 보려나?"

황자의 엄마와 대모가 벌써부터 지분 주장을 하고 있었다. 나는 애매하게 웃으며 눈길을 돌렸다. 정치하는 사람들은 무섭다니까.

"손에 들고 계신 게 무엇인지 여쭤도 되겠습니까?"

그래서 아무 말이나 했다. 황제가 대답하지 않아도 좋고, 답을 들으면 사소한 궁금증을 해결할 수 있으니 좋았다.

"그러고 보니 이게 있었군."

황제가 중얼거리며 금빛 카드를 추기경에게 건넸다. 단안경 아래의 눈이 동그랗게 변했다.

"이게 뭔데?"

"오페라 개막 공연 초대장. 모레 시간 있나?"

"있을 리가."

뭔가 했더니 공연 티켓이었다. 두 사람이 두런두런 이야기를 나누기 시작했다. 여름별궁에서도 느낀 거지만, 이럴 때의 둘은 황제나 추기경 같은 대단한 분들이 아니라 그냥 자매 같았다. 나는 살짝 미소를 띠며 나탈리가 두고 간 테이블 위의 디저트를 살폈다. 황제가 나가면 다시 혹독한 수업을 하게 될 테니, 그전에 간식 배를 채워놓을 계획이었다.

"얼굴은 비추는 게 좋겠지. 황실에서 후원하니까."

"로라 편에 일찍 전달하지 그랬어."

"직접 얘기하려다 바빠서 잊었어. 유월은 늘 정신이 없다고."

포도 퓌레를 넣고 통통하게 부풀린 보랏빛 수플레. 노릇노릇한 캐러멜 아래 큼직한 사과 조각들이 포개어 있는 타르트 타탱. 딸기와 망고 조각을 얹은 일 플로탕트…

"그렇게 잊어버릴 정도면 중요한 일정은 아니네."

"그래. 하지만 모른 척하기엔 규모가 제법 커."

커? 여기서 제일 큰 건 타르트지. 너로 정했다. 나는 고개를 주억거리며 나이프로 디저트를 살살 자르기 시작했다. 새콤달콤한 향이 벌써부터 코끝을 자극했다.

"어쩔 수 없네. 세드리크를 보내자."

"그래야겠군. 기도회 외엔 이달 일정이 없을 테니."

"잠깐만, 프레데리크. 표가 두 장이잖아."

나는 한 입 크기로 썬 사과파이를 가득 물었다. 쫀득쫀득하고 꾸덕꾸덕한 사과가 혀 위에서 가장 먼저 녹아내렸다. 그냥 구운 게 아닌 건지, 아삭거리는 식감이 남아있어 무척 만족스러웠다. 바닥의 페이스트리가 바삭바삭 부서지며 양볼을 가득 채웠다. 진하고 고소한 버터의 풍미엔 은은한 향이 섞여있었고, 이내 쌉싸름한 캐러멜 맛이 마무리를 깔끔하게 장식했다. 너무 맛있어서 절로 입꼬리가 올라갔다. 이거 포장되나.

"왕자님."

"네, 전하."

"원하니? 줄까?"

"그럼 저야 좋죠. 감사합니다."

내가 활짝 웃으며 대답했다. 추기경이 '다행이야' 하고 말을 받았다. 그러자 황제가 의외라는 듯 한쪽 눈썹을 들어올렸다.

"잘됐군. 황제를 오라 가라 했으니, 밥값 해라."

…잠깐만요. 뭔 소립니까?

* * *

먹을 것에 눈이 돌아가서 메인 남주 놈과 엮였다. 쪽팔려서 어디다가 말도 못 한다.

"〈파드트루아의 유령〉이라니, 요즘 난리잖아요!"

가나엘이 엄청나게 흥분한 얼굴로 말했다. 동글한 황금색 눈동자가 샹들리에처럼 반짝거렸다. 나는 쓴웃음을 지으며 의상실 사람들의 예복 시중을 받았다. 화장은 필요 없고 제일 무난한 옷이면 된다고 말을 해놨더니, 무난한 '예복' 일곱 벌을 가져와서 대보는 바람에 난감했다.

"왕자님, 잘 드신다더니 살이 안 붙습니다. 품이 남아요!"

"죄송합니다."

이게 죄송할 일인지 모르겠지만 나는 일단 사과했다. 실장님이 혀를 끌끌 차며 인간 재봉틀처럼 옷핀을 꽂았다. 내가 어정쩡하게 서있는 동안, 뱅자맹은 소책자 하나를 들고 내 옆으로 와서 읽어주기 시작했다. 레서판다 세 마리가 로봇청소기처럼 바닥을 빨빨거리며 관심을 호소했다. 뚝심이는 나 대신 의자에 퍼질러 앉아있었다.

"〈파드트루아의 유령〉은, 황실의 후원을 받는 아탈 오페라단의 대표 레퍼토리입니다. 매년 이맘때쯤 개막을 하지요. 파드트루아 극장의 코르 드 발레였던 다프니스가, 지하에 숨어 사는 유령 작곡가 클로에의 지도를 받아 유명 발레리노로 성장하는 내용입니다. 다프니스의 포로가 된 클로에를, 그녀의 옛 친구인 지젤이 구출하면서 이야기가 끝나지요."

"…"

나는 입을 딱 다물었다. '코르 드 발레'가 뭔지는 모르겠지만 대충 흐름만 들어도 느낌이 싸했다. 이거 그거잖아. 아니, 제목부터 진짜 그거잖아.

"혹시 유령 작곡가가… 하얀 반가면을 쓰고 나옵니까?"

"그렇습니다. 왕자님께서도 아시는군요."

모를 수가 없는데요. 저희 집에 정은서가 사다놓은 〈오페라의 유령〉 25주년 기념 라이브 공연 블루레이가 있습니다.

"매년 모든 공연이 매진이라, 4층 좌석을 구하기도 하늘의 별 따기입니다. 그런데 최근 며칠 사이에 큰일이 터져서 더 화제예요."

그렇게 말한 가나엘이 데미를 조심스럽게 들어 올려 길을 텄다. 힘겹게 오가던 시종들이 신수를 보고 절했다. 나는 '퇴계공' 작가의 거침없는 패러디에 속으로 놀라움을 금치 못하고 있었다. 은서가 재밌게 읽는 데는 다 이유가 있을 거라 생각했지만, 이건 조금… 성의가 부족한 거 아닌가? 괜찮나?

"큰일이라니?"

"예행연습 때마다 진짜 유령이 나타나서, 배우들의 영혼을 쏙쏙 빼먹었답니다."

"가나엘."

"그치만요, 뱅자맹 님. 하마터면 공연을 취소할 뻔했대요!"

뱅자맹이 소년을 말렸고, 나는 뱅자맹을 돌아보았다. 황제와 추기경이 자리할 뻔한 곳인데 설마 그런 위험을 감수하며 막을 올리겠나 싶었다. 아니다, 황족이 오니까 꾸역꾸역 공연을 강행하는 건가?

"뜬소문입니다. 황도 수비대가 나서서 수색했지만 마수의 기운은 찾을 수 없었다고 하더군요. 아마 공연 홍보의 일환이 아닐까 합니다."

중년인이 차분하게 답했다. 그럼 그렇지. 나는 턱을 끄덕이며 소매 속의 종이를 만지작거렸다. 엊그제 내 이야기를 들은 에바가 블랑케르 공작 부부에게 쓴 편지였다. 먼저 읽어보라고 내게 찔러준 건데, 꼭 상소를 첨삭하는 것 같아 기분이 묘했다. 인터미션도 있을 테니 그때 각 잡고 읽어보면 될 듯싶었다. 박스석은 혼자 앉나? 그럼 황자 놈 얼굴 안 봐도 되겠네.

* * *

"오페라는 처음인데, 엄청 기대됩니다."

마차의 맞은편 좌석에 앉은 크리스텔 드 사르네즈가 밝게 말했다. 요한 헤인스는 턱을 한 번 끄덕이며 그린 듯 미소했다. 앓아눕기 전의 그녀였다면 오페라를 영주성에서도 볼 수 있었을 텐데, 기억을 잃은 뒤로는 처음인 모양이었다. 그녀는 황도의 공작저에 날아온 두 장의 티켓 중 하나를 기꺼이 자신의 스승에게 선물했다. 요한이 입을 열었다.

"저를 초대해 주신 건 의외예요."

"예서 왕자님은 황궁 밖으로 나오기 어려우시고, 엘리자베트 경은 호위 때문에 정신이 없을 테니까요."

크리스텔이 직설적으로 말하며 생긋 웃었다. 요컨대 요한은 3순위였으나 그로서는 이것도 상당히 놀라웠다. 그와 크리스텔은 알고 지낸 지 겨우 한 달이 넘었을 뿐이었다. 그런데 그녀는 사르네즈 공작령에 있을 부모에게도 관람을 권하지 않았다. 가족과 사이가 나쁘다는 소문은 못 들었는데. 요한이 교황청에서부터 수집했던 정보를 떠올렸다. 기억이 온전치 않아 데면데면해진 건가. 그럴 수도 있었다.

-다각, 다각, 다각…

잠시간 말발굽 소리가 침묵을 가로질렀다. 요한은 창밖을 향해있던 민트색 눈동자를 굴려 크리스텔을 살폈다. 언뜻 피곤해 보이던 그의 눈매가 예리해졌다. 여인의 맑은 시선은 바깥을 구경하느라 바쁘게 움직이고 있었다. 그녀가 자신을 다소 경계한다고 생각했는데, 이제 보니 그것은 교황청의 외국인을 수상쩍게 여겨서가 아니었다.

예서 왕자 앞에 또 다른 성기사가 나타난 것이 불편했던 모양이었다. 사내의 처진 눈꼬리가 슬쩍 휘어졌다. 본격적인 교육에 앞서, 오렐리 부티에 추기경이 크리스텔의 상태에 관해 귀띔했던 바가 떠올랐다.

신물 '창해의 축복'을 흡수한 자. 즉, 크리스텔은 신국에서 나고 자란 물 속성 성기사들보다 훨씬 순수한 물의 힘을 지니고 있었다. 불 속성의 세드리크 황자와 사사건건 부딪치는 것도 당연했다. 황자를 견제하느라 바쁜 와중에 자신까지 신경을 썼던 듯싶었다. 왕자와 짝이 되고 싶을 테니까.

용병은 손끝에 작은 실바람을 일으켰다. 두 남녀가 에서 왕자에게 이끌리는 건 충분히 납득할 만했다. 그러나 요한은 아주 어릴 적부터 손에 무언가를 쥐어본 적이 없었고, 교황청의 성기사가 되고 난 뒤에는 자의 반 타의 반으로 절제하는 삶을 살았다. 왕자의 에테르가 깨끗하고 귀함을 알면서도 자제할 수 있는 것은 그래서였다. 에서 왕자라.

-휘이이…

몇 가닥 흘러내린 요한의 백발이 부드럽게 흔들렸다. 자신이 받은 '의뢰'를 완수하려면, 왕자뿐 아니라 황자나 공녀와 가까워지는 일도 중요했다. 단지 선생으로서가 아니라 인간으로서 신뢰를 얻어야 했다.

"거의 다 왔나 봐요! 극장 진짜 크다. 너무 예뻐요."

크리스텔이 화다닥 마차 문 쪽으로 몸을 기울였다. 귀한 것만 보고 자랐으면서 무엇이 그리 신기한지, 그녀는 창밖을 보며 연신 감탄을 뱉어냈다. 요한은 피식 웃고는 무심히 반대편 유리 너머로 눈길을 던졌다. 여덟 시에 가까운 시각인데도 해가 길어 거리가 밝았다.

그때, 그는 아주 이상한 장면을 목격했다. 오페라 극장의 사환 차림을 한 청년이, 어느 여인과 함께 좁은 골목으로 숨어들고 있었다. 두 사람은 서로를 마주 보며 환히 웃더니 입을 맞추었다.

이내 사환의 표정이 딱딱하게 굳었다. 그는 창백해진 낯으로 눈을 번쩍 떴으나, 곧 의식을 잃고는 바닥에 쓰러졌다. 이어 사환에게 키스한 여인의 모습이 바뀌었다. 사환과 똑같은 얼굴이었다. 마수였다.

"…"

요한은 소름이 돋는 것을 느끼며 허리를 세웠다. 그는 반사적으로 고개 돌려 마수의 움직임을 좇았으나, 마차가 끊임없이 움직이는 데다 사람이 너무 많았다. 놈은 순식간에 인파 속으로 모습을 감추었다. 비명이나 고함이 들리지 않는 걸 보니 당장 사고를 친 건 아닌 듯싶었다. 그의 눈이 가늘어졌다.

"재미있을 것 같아요. 그죠?"

크리스텔이 요한에게 의견을 구했다. 그는 흠칫 얼굴을 돌렸다. 어느새 마차가 거대한 오페라 극장 앞에 서 있었다.

"제목이 〈파드트루아의 유령〉이라는데, '파드트루아'가 무슨 뜻인지 모르겠습니다. 그냥 고유명사일까요?"

그녀가 중얼거리며 작은 손가방을 챙겼다. 대로변의 휘황한 건물을 훑느라 자신이 본 것을 보지 못한 듯했다. 요한은 잠깐 무언가를 생각하다가 입꼬리를 올렸다. 과연, 재미있을 것 같았다. 그가 대답했다.

"'세 사람이 하나가 되어 추는 춤'. 그게 파드트루아예요."

* * *

"신국의 달이신 예서 페네티안 왕자님을 뵙습니다. 2층의 5번 박스석으로 모시겠습니다."

극장주라는 사람이 직접 우리를 안내했다. 황제궁에 비하면 덜 화려했지만, 황도 오페라 극장에는 오페라 극장만의 아름다움이 있었다. 나는 뱅자맹, 가나엘과 함께 둥근 복도를 걸었다. 황실 근위대원들이 일정한 간격을 두고 조각처럼 서있었다.

황족이 드나드는 입구는 따로 있는 건지, 우리는 로비를 통과하지 않았고 오는 길에 다른 귀족을 마주치지도 않았다. 내 복식이나 눈동자 색을 본 직원들이 기절할 듯 놀라며 절을 올렸다. 황궁 밖으로 나오기만 하면 이런 반응이었다. 진짜 적응 안 되네.

"필요한 게 있으시면 언제든 사환을 불러주십시오."

"네, 고맙습니다."

내가 대답하자, 극장주는 5번 팻말 앞에서 문을 똑똑 두드렸다. 그러고는 손잡이를 잡고 조심스럽게 돌렸다. 곧장 좌석이 보일 줄 알았는데 붉은 휘장이 시야를 가리고 있었다. 그녀는 천을 걷고, 안쪽에 있는 사람에게 '예서 페네티안 왕자님께서 오셨습니다' 하고 속삭였다. 그러자 박스석에서 낯익은 중년인이 걸어 나왔다.

"예서 왕자님, 어서 오십시오."

…결국 이렇게 됐구나.

"안녕하세요, 다비드. 안에 황자님이 계십니까?"

"그렇습니다. 드시지요."

시종이 웃으며 손짓했다. 나는 겨우 미소를 만들어 냈다. 그래, 놀랄 일도 아니었다. 애초에 황제에게 보낸 초청장인데 박스석을 따로 줄 리가 없었다. 그녀라면 분명 자신의 파트너나 아들과 동행했을 테니까. 우리는 그를 따라 박스석 안으로 들어섰다.

"와…"

입이 절로 떡 벌어졌다. 나는 곧장 발코니의 난간을 잡고 극장의 전경에 넋을 놓았다. 드높은 천장과, 객석의 층을 나누는 칸칸이 전부 번쩍이는 금색이었다. 커튼의 술부터 역대 황제를 조각한 장식까지도 모조리 황금으로 빛났다. 꼭대기에 매달린 샹들리에는 과장 좀 보태 집채만 했다.

암적색 벨벳이 모든 좌석과 무대를 감싸고 있었고, 1층은 이미 착석한 귀족들로 발 디딜 틈도 없었다. 2층과 3층의 박스석 또한 전부 만원이었다. 목을 조금 드니 마찬가지로 꽉 찬 4층이 보였다. 쉴 새 없이 웅성이는 목소리 사이로, 악기를 조율하는 오케스트라 소리가 간간이 들려왔다. 우와…

"동네 사람 다 나왔네."

"황족에겐 불손한 표현이군."

낮은 음성이 귓전을 울렸다. 나는 그제야 퍼뜩 뒤를 돌았다. 5번 박스석의 선객이 의자에 앉아 나를 올려보고 있었다. 흑발 아래 빛나는 두 눈동자는 마치 밤하늘의 알데바란 같았다. 타르트 타탱만 아니었으면 이놈과 함께 오페라를 구경할 일은 없었을 텐데.

하지만 시간을 돌린다고 해도 나는 그날의 타르트를 포기하지 못할 테니, 현실을 받아들이기로 했다. 게다가 이건 밥값이었다. 황제를 통해 에바가 정당한 소공작이라는 사실을 알아낸 대신, 오늘 그녀의 자리를 채워주기로 했으니까.

"언제 오셨습니까? 황궁에서 출발할 때는 제 마차밖에 없었는데요."

"내 일정은 다비드와 논의하도록."

아니, 네 스케줄에 간섭하려는 게 아니라… 나는 작게 한숨을 삼킨 뒤 그와 한 칸을 띄우고 착석했다. 박스석에는 총 여섯 개의 의자가 놓여있었다. 세 시종까지 자리하니 제법 북적한 느낌이었다.

"식사는 하셨습니까?"

내가 황자에게 물었다. 배고픈지 말을 잘 씹었다.

-툭!

그 순간, 차가운 물이 내 뺨에 닿았다. 나는 깜짝 놀라 고개를 들었다. 여기 지붕 새냐?

-찰랑, 찰랑

"…크리스텔."

내가 중얼거렸다. 멀리, 건너편 박스석에서 팔을 흔들고 있는 사람이 보였다. 높이 틀어 올린 분홍색 머리칼과 푸른 재킷, 코앞에서 춤추는 물방울은 명백한 주인공의 증거였다.

나는 얼떨떨하게 손을 저어 인사했다. 그녀의 옆에 선 사람은 SRT 타고 가면서 봐도 헤인스 경이었다. 같이 오페라 관람을 하자더니, 〈파드트루아의 유령〉 개막 공연을 이야기한 거였나 싶었다. 이런 데서 둘을 만난 게 재미있어 설핏 웃음이 나왔다.

"이쪽으로 와도 되냐고요?"

내가 말했다. 정확히는 크리스텔이 그렇게 말하고 있는 듯했다. 그녀는 손가락으로 자신을 가리키더니, 다시 나를 향해 콕콕 찔렀다. 나야 대환영이었다. 어두운 박스석에서 여주와 남주가 나란히 앉아 오페라를 본다? 그야말로 극상의 전개였다.

"에테르."

그때 황자가 바닥을 뚫고 들어갈 듯한 목소리로 중얼거렸다. 나는 그를 바라보았다.

"뭐라고 하셨습니까?"

"부족해."

어둡게 가라앉은 홍채와 짜증이 깃든 얼굴을 보니, 그의 컨디션이 순식간에 바닥을 친 것 같기는 했다. 갑자기 왜 이러는지 알 수가 없었다. 보통 이러다가 '세이디'로 변했던 건가? 워낙 종잡을 수 없는 인간이고 본인 얘기를 안 하는지라 상황을 파악하기 힘들었다. 그가 한쪽 벽에 세워둔 검이 보였다.

"혜검은 도움이 안 되는 겁니까?"

-사아아…

나는 그렇게 말하며 작은 성소를 전개했다. 그나마 공연이 시작되기 전이어서 다행이었다. 노란빛이 동글게 박스석을 감쌌다. 황자는 대답 없이 에테르를 흡수할 뿐이었다. 지 필요한 말만 하고 남의 말엔 대꾸를 안 하니까 정은서가 그렇게 욕을 하지.

-똑똑

"제가 나가보겠습니다."

누군가의 노크에 가나엘이 자리에서 일어났다. 나는 고개를 주억거리며 정면을 흘끗했다. 반대편의 크리스텔이 보이지 않았다. 잠깐, 진짜로? 벌써?

"사르네즈 공녀. 안녕하세요."

"안녕, 예랑이. 맛있는 거 가져왔어요. 왕자님이랑 다 같이 먹으려고요."

문가에서 가나엘과 크리스텔의 목소리가 들렸다. 나는 실소를 흘리며 목을 빼고 상황을 살폈다. 그래도 황자가 허락하지 않으면 곤란할 텐데. 다비드와 뱅자맹이 황자의 답을 청하듯 이쪽을 바라보았다. 나는 황자와 시선이 마주치자마자 그에게 간절한 시그널을 쏘아 보냈다. 찌릿찌릿. 정신 차려라, 인마. 들여보내 줘. 지금부터 잘하자. 네 미래의 여친이야. 와이프라고.

"…"

"…"

그는 먼저 눈을 떼고 정면을 바라보았다. 눈썹이 슬쩍 구겨져 있긴 했지만, 나도 이제 이쯤은 해석할 수 있었다. 오케이였다!

"들어오십시오, 공녀."

다비드가 그녀를 맞았다. 크리스텔이 샹들리에보다 밝게 웃으며 박스석으로 입성했다. 아까부터 어마어마한 냄새가 난다 싶더니, 그녀의 손에는 감자튀김 상자가 들려있었다. 주인공력 미쳤다…

"황자 전하를 뵙습니다."

"안녕하세요, 공녀. 오페라 극장에서 이런 걸 먹어도 되는 겁니까?"

"안녕하세요, 왕자님. 그런가 봅니다. 1층에서 애들이 팔던데요."

픽션 만세였다. 나는 크리스텔로부터 기쁘게 종이 상자를 건네받았다. 아직 따끈따끈한 감자튀김이 수북이 쌓여있었다. 정신을 차리고 보니 내가 또 눈치 없이 둘 사이에 끼어 앉은 채였다. 이따가 화장실 가는 척하고 나갔다 들어와서, 옆으로 한 칸만 가달라고 하면 되려나. 그런 생각을 하고 있는데 황자가 입을 열었다.

"왜 소스가 뿌려져 있지?"

"일일이 찍어 먹는 것보다 편하지 않습니까. 좀 있으면 어두워서 잘 보이지도 않을 테니까요."

"눅눅한 튀김을 좋아하는지 몰랐군."

크리스텔이 똑 부러지게 답하자 황자가 비아냥거렸다. 먹을 거 갖고 싸우지 마라.

-끼이익… 달칵!

그때, 극장의 입구가 닫히고 조명이 어두워졌다. 사환들이 벽과 기둥 사이로 뿔뿔이 흩어지는 것이 보였다. 드디어 공연이 시작되려는 모양이었다. 나는 성소를 부드럽게 해제하며, 황자와 크리스텔에게 포크를 하나씩 건네주었다.

"공녀가 소스 뿌려진 윗부분을 먼저 드시고, 황자님은 이따가 아래에 있는 걸 드시면…"

-딸랑

어디선가 풍경 소리 비슷한 것이 났다. 나는 잘못 들었나 싶어 슬쩍 귀를 기울였다. 극장 내부는 이제 완전히 컴컴해졌다. 수런대던 관객들도 어느새 쥐 죽은 듯 조용했다. 공연 시작한다는 알림 같은 거였나?

-딸랑, 딸랑…

맑은 울림이 5번 박스석을 은은히 채웠다. 내 착각이 아니었다. 게다가 소음의 근원지는 나와 아주 가까웠다. 크리스텔과 황자도 내게 시선을 두었다. 나는 영화관에서 벨 소리를 울린 사람의 죄책감을 느끼며 사방을 두리번거렸다.

-딸랑, 딸랑

"뭐지?"

이어 급하게 품을 뒤적였다. 폰이 있는 것도 아닌데 왜 몸에서 소리가-

"…이거."

나는 손에 잡힌 것을 서둘러 꺼냈다. 작고 아름다운 크리스털 종이, 새하얀 빛을 뿌리며 소리를 내고 있었다. 곧 황자의 중저음이 나와 크리스텔의 귓가를 파고들었다.

"마수가 있어."

* * *

-딸랑!

"마수가 여기 왜 있습니까. 아니, 그전에 이거…"

"마수의 마나를 감지하는 마도구야."

세드리크 황자가 낮게 속삭였다. 그는 내가 쥐고 있는 종을 향해 손을 뻗더니, 장갑을 낀 채로 붉은 마나를 얕게 흩뿌렸다. 나와 크리스텔은 숨소리도 내지 않고 그 광경을 바라보았다. 우우웅… 이내 황자의 힘이 마도구에 깃들었다. 그러자 하얀빛을 뿜던 종은 무슨 일이 있었냐는 듯 잠잠해졌다. 더는 소리를 내거나 빛나지 않았다. 나는 놀라서 황자에게 눈을 돌렸다. 상황에 맞지 않게 웃음이 났다.

"고맙습니다."

"…"

"이렇게 좋은 걸 주셨는지 몰랐네요. 잘 쓰겠습니다."

언젠가는 꼭 감사를 표해야겠다고 생각하고 있었는데, 상상 이상으로 귀한 아이템이었다. 마나 감응력이 바닥인 내게는 반드시 필요한 마도구였다.

"생일 선물로 받으신 겁니까?"

크리스텔이 어둠 속에서 눈을 반짝이며 속닥였다. 나는 고개를 끄덕이곤 화제를 돌렸다. 지금은 그것보다 더 중요한 일이 있었다.

"황도 수비대가 극장을 수색했지만, 마수의 흔적은 찾을 수 없었다고 했습니다. 지금도 이렇게 조용한걸요."

내가 살짝 턱짓했다. 어느새 막이 오르고, 오페라 극장의 무대가 환하게 밝아져 있었다. 섬세한 배경을 그려 넣은 판자들이 양옆에서 밀물처럼 들어왔다. 장내는 아무 소란 없이 평화로웠다.

"수상한 마나는 느껴지지 않아."

"저도요. 마수가 있었다면 진작 알았을 겁니다."

두 남녀가 차례로 대답했다. 나는 살포시 인상을 찡그렸다. 황궁에 결계가 있어 마수가 침입하지 못하는 것처럼, 황도의 외곽은 황도 수비대가 지키고 있었다. 어지간한 마수는 경계를 통과하기 전에 전부 사살된다고 했다. 그럼…

"전하, 이거 어디서 사셨습니까? 혹시 사기당하신 거 아닐까요?"

크리스텔이 진지하게 소곤거렸다. 그녀는 내 손 안의 종을 가리키며 '원하시면 같이 가서 환불받아 드리겠다'라고 제안했다. 황자가 이글거리는 눈빛으로 그녀를 노려보았다.

"내 아버지께서 만드신 거야."

"정말 사기네요. 사기적인 능력을 지닌 마도구."

그녀가 표정 하나 바꾸지 않고 유턴했다. 나는 두 사람을 번갈아 살폈다. 마수의 마나에 반응해 작게 울던 종과, 마수의 존재를 감지하지 못하는 주인공들. 그러나 마도구가 '전율의 대마법사' 알렉상드르 국서의 수제품인 이상, 불량을 일으켰다고 보기는 어려웠다. 나는 서늘한 수정의 촉감을 느끼며 입을 뗐다.

"마수가 너무 약한 거 아닐까요?"

"네?"

종은 다시 소중히 품에 넣었다. 부친의 유품이라니까 앞으로는 훨씬 잘 챙겨야 할 것 같았다. 아무리 친구라지만 이런 걸 받아도 되나 싶고.

"황도 수비대의 눈에 띄지 않고 도심까지 들어온 데다, 두 분의 마나 감응력에도 걸리지 않는다면 답은 하나 아니겠습니까. 아주 적은 마나를 지닌 개체겠죠."

세 개의 시선이 빠르게 얽혔다. 최근 황도에서 마수 관련해 있었던 소동이라고는 극장에 유령이 나타난다는 루머가 전부였다. 즉, 마수 녀석은 인명을 위협하며 큰 사고를 칠 정도로 강력하지 못했다. 나는 흘끔 뒤를 돌아보았다. 뱅자맹, 가나엘, 다비드의 눈길이 무대가 아닌 우리에게 꽂혀있었다. 우리가 머리를 맞대고 자꾸 속살거리니 사정이 궁금한 모양이었다.

"일단 관객을 대피시키는 게,"

"반갑습니다! 〈파드트루아의 유령〉 개막 공연에 와주신 관객 여러분을 진심으로 환영합니다."

그때, 한 중년인이 무대 위로 난입했다. 나는 말을 하다 말고 그녀를 바라보았다. 나를 5번 박스석까지 안내했던 오페라 극장의 주인, 앙드레 자작이었다. 심각한 나와 달리 그녀의 표정은 무척 밝았다.

"아탈 오페라단은 여러분의 고결한 눈과 귀를 만족시키기 위해 오늘도 최선을 다하고 있습니다. 너무 긴장을 했는지 배우의 절반은 여태 화장실에 있답니다. 아, 나머지 절반은 아직 기절한 상태지요. 이렇게 깨우기 어려워서야!"

"하하하하!"

귀족들이 부채를 팔랑이며 와르르 웃음을 터뜨렸다. 나는 저 말의 어디까지가 농담일지 궁금했다. 자작이 말을 이었다.

"그럼, 다프니스와 클로에를 만나보기 전에 저희 무용수들의 근사한 춤부터 감상하시죠. 3막에 나오는…"

그녀가 챙겨 온 대본을 팔랑팔랑 넘기며 활짝 웃었다. 얇은 입꼬리와 목소리 끝이 미묘하게 떨리는 것 같았다. 명백한 시간 끌기였다.

"코르 드 발레의 군무입니다. 전부 공짜랍니다!"

우레와 같은 박수와 함께 오케스트라가 음악을 연주하기 시작했다. 동시에 발레복을 차려입은 무용수들이 무대 위로 올라왔고, 황자가 자리에서 일어났으며, 우연처럼 누군가 박스석의 문을 두드렸다. 상황이 이상하다는 걸 눈치챈 다비드가 빠르게 손님을 맞았다. 복도의 불빛이 박스석을 비추었다. 문가에는 머리가 희끗한 직원 하나가 서있-

-스릉!

"황자님."

나는 식겁해서 의자를 박차고 일어났다. 혜검을 뽑은 황자가 곧장 낯선 이의 목을 겨누었다!

"황족을 농락한 네놈들의 죄를 알 것이다."

"저, 전하. 그것이, 그것이…"

남자는 새파랗게 질린 얼굴로 바닥에 주저앉았다. 크리스텔은 어느새 감자튀김을 끌어안고 열심히 소스 발린 부분을 먹어 치우고 있었다. 말릴 생각이라곤 뚝심이 뱃살만큼도 없어 보였다. 결국 내가 나섰다.

"황자님, 진정하십시오. 일단 극장 측 이야기를 들어보긴 해야 합니다. 죄가 밝혀지면 그때 처벌해도 늦지 않습니다."

화를 내는 것도 이해가 됐다. 만약 마수의 존재를 알면서도 공연을 강행하고 황족까지 초청한 거라면 죄질이 너무 나빴다. 하지만 지금은 아무것도 알 수 없는 데다, 저 남자는 이곳의 책임자가 아니었다.

"밖에는 엘리자베트 경도 있습니다. 근위대가 근위대의 일을 할 수 있게 해주세요."

내가 말했다. 황자는 직원을 즉석에서 태워버릴 듯이 쏘아보더니, 천천히 검을 거두었다. 나는 작게 숨을 돌렸다. 그때였다.

-똑똑

 열린 문에 노크한 또 다른 손님이, 머리 숙여 박스석 안쪽을 살폈다. 민트색 눈동자와 시선이 마주쳤다.

"헤인스 경?"

"안녕하세요, 왕자님. 전하. 크리스텔 공녀의 가방을 가져다주러 왔어요."

 하얀 머리칼이 산들거렸다. 그가 미소하며 작은 손가방을 흔들어 보였다. 감튀를 삼킨 크리스텔이 그제야 '맞다!' 하는 소리를 냈. …이 멤버로 마수 잡을 수 있겠지?

* * *

 당연하지. 나는 그렇게 생각하며 고개를 주억거렸다. 전언을 듣고 급히 극장으로 들어온 엘리자베트 경이, 데려온 근위대원 대부분을 객석에 투입했다. 어차피 우리에겐 호위가 필요 없었다. 관객들은 깔깔대며 무용수들의 춤을 감상하느라 무슨 일이 벌어지는지 전혀 알아차리지 못했다. 프레데리크 황제 치세가 태평성대라더니, 걱정 없어서 좋겠다.

"전부 저의 죄입니다, 전하."

 극장의 뒤편, 널찍한 사무실 바닥에 극장주가 한쪽 무릎을 꿇었다. 나비 모양으로 접은 흰색 크라바트가 파르르 떨렸다. 황자 대신 입을 연 것은 부근위대장인 엘리자베트 경이었다.

"쥐디트 앙드레 자작님. 극장 안에 마수가 있다는 게 사실입니까?"

"그것은… 저희도 잘 모르겠습니다."

중년인이 허리를 살짝 세우며 대답했다. 자작은 식은땀을 흘리고 있긴 했으나 무척 침착했다. 극장을 운영하며 다양한 사건 사고를 겪은 연륜이 느껴졌다. 물론, 오늘처럼 황공한 경우는 그녀로서도 처음이겠지만.

"공연 시작을 미룬 것은 주연배우 두 명이 모두 의식을 잃었기 때문입니다. 하지만 그게 마수 탓인지는…"

둘 다? 이거 진짜 수상한데.

"그런 말이 있지 않았습니까. 유령이 나타나서 배우들의 영혼을 빼먹었다는 소문요."

내가 물었다. 앙드레 자작은 나를 보며 마른침을 삼켰다.

"왕자님의 지적은 타당하십니다. 실제로 예행연습 중 몇몇 배우가 의식을 잃곤 했습니다. 하지만 저희는 그저, 건강 관리에 실패한 이들이 기절한 것으로만 여겼습니다. 압박감이 심하면 그럴 수 있으니까요. 나중에 정신을 차리면 모두 아픈 곳 없이 멀쩡했습니다."

극장주가 설명했다. 크리스텔이 말을 받았다.

"그럼 왜 유령이 있다는 소문이 돈 거죠? 그냥 홍보였습니까? 그런 것 없이도 공연은 매년 매진이라고 들었는데요."

"그건…"

자작이 검은 재킷 주머니에서 행커치프를 꺼내 이마를 닦았다.

"배우들이 의식을 잃을 당시, 항상 목격자가 없었습니다. 그래서 그런 헛소문이 돌지 않았을까 합니다."

"자작님. 그때 꼬마 하나가,"

"에리크!"

조금 전 박스석에서 황자 앞에 무너졌던 중년 남성이, 조심스레 끼어들었다가 자작에게 호통을 들었다. 나는 눈을 기름하게 떴다. 뭐가 있긴 있네.

"에리크라고 했습니까? 무슨 일이 있었는지 설명해 보십시오."

엘리자베트 경이 덤덤하게 말했다. 부근위대장 모드가 켜진 그녀는 눈매가 날카롭게 서고 목소리는 반 톤 정도 낮아져서, 아주 근엄한 분위기를 풍겼다. 남성이 그녀의 앞에 허리를 숙였다.

"예, 그… 예행연습 중 세 번인가, 배우가 실신하는 사건이 있었습니다. 그중 두 번은 목격자가 없었고 한 번은… 새로 들어온 사환 아이 하나가 무서운 광경을 보았다고 하더군요."

"계속하세요."

"분장실에 의상을 가져다주러 갔다가, 두 남녀가 입을 맞추는 걸 봤답니다. 너무 사적인 분위기라 서둘러 문을 닫았는데… 문틈으로, 여자 배우가 쓰러지고 남자 배우가 변신하는 것을 보았다고 했습니다."

"그게 무슨 말입니까?"

추임새를 넣던 내가 갸웃했다. 에리크가 우물쭈물했다.

"…말도 안 되는 소리로 들릴 것은 압니다만. 여배우에게 입 맞춘 남배우가, 여배우와 똑같은 모습으로 변했다고 합니다. 사환 꼬마는 소리소리 지르며 복도를 내달려 제게 왔지요."

"그 애는 지금 어디 있습니까?"

"사흘 후에 그만두고 고향으로 내려갔습니다, 왕자님."

듣고 있던 자작이 한숨을 푹 내쉬었다. 확실히 극장의 이미지에 좋을 것 없는 비화이긴 했다. 황자의 얼굴을 살핀 엘리자베트 경이 손짓하자, 근위대원들이 앙드레 자작과 에리크를 데리고 사무실 밖으로 나갔다. 시종 세 사람은 슬며시 소파에 자리 잡았다. 우리의 대화가 길어질 것을 직감한 듯했다. 나, 크리스텔, 황자, 엘리자베트 경과 헤인스 경이 원을 그리고 섰다.

"마수가 있다고 상정하는 편이 좋겠습니다."

엘리자베트 경이 말했다. 나는 고개를 끄덕이며 동의했다.

"여러분은 느끼지 못하고 마도구만이 겨우 감지할 정도로 약한 놈입니다. 입맞춤을 하고 모습을 바꾸었다는 걸로 봐선, 마나를 빨아들여 제 것으로 삼는 듯싶고요."

에테르는 아닐 것이다. 마수에게 신성한 에테르는 독과 같으니까. 하지만 목적이 뭐든, 마법사가 아닌 일반인 체내의 마나로는 턱없이 부족할 터였다.

"굶주린 것일 수도 있겠어요. 아니면 다쳤거나, 어리거나."

나는 크리스텔의 추측을 들으며 골똘히 생각에 잠겼다. 최근에 《마수 대백과》에서 이와 비슷한 마수를 본 적이 있었다. 혹시나 뚝심이가 둔갑한 마수인가 싶어 책을 뒤지던 시점이었다. 외형을 바꿀 수 있는 마수는 극히 적었는데, 그중 포켓몬을 닮은 녀석 하나가 이놈과 얼추 비슷했다.

"기억이 날 듯 말 듯 하네요. 까맣고 동그랗고, 허공에 둥둥 떠다니는 마수인데 생명체의 마나를 흡수합니다. 숲속 깊은 곳에 산다고 읽었습니다."

그게 이름이 뭐더라. 상태창이나 기억 스킬이 없는 게 오랜만에 엄청 답답했다. 저자 선생, 왕자를 진심으로 돕고 싶으면 나도 뭐 하나 달라고!

"'에스프리'로군요. 신국의 산골에서도 종종 발견되는 마수예요. 본체는 아주 취약해서 일반인도 잡을 수 있죠."

헤인스 경이 상냥하게 말했다. 나는 눈을 크게 떴다.

"맞아요. 제가 본 게 그거였습니다. 다른 마수가 남긴 먹이나, 마수의 사체를 먹기도 한다고 했습니다."

"깊은 숲에 사는 마수가 왜 황도에 있지?"

묵묵히 있던 황자가 입을 열었다. 너도 모르는데 난들 알겠냐.

"서식지가 파괴되었거나 무리를 잃었을 가능성이 커요. 최근에 산에서 큰 토벌이 있진 않았나요?"

그렇게 말하며 헤인스 경이 빙그레 웃었다. 네 쌍의 눈빛이 동시에 황자를 향했다. 주황색 눈동자가 가늘어졌다.

"내 과실이라는 거군."

나는 쓴웃음을 지었다. 황자가 마수 대토벌에서 남부의 산등성이를 초토화한 건 분명 잘한 일이었는데, 이런 후폭풍이 생길 줄은 몰랐다. 살아남은 마수가 거기서 홀로 상경할 줄이야.

"사람을 해치진 않는다니 다행인데, 그럼 어떻게 잡을 수 있습니까?"

엘리자베트 경이 물었다. 우리 넷의 시선이 이번에는 헤인스 경에게 모였다. 그가 눈을 휘며 답변을 내놓을 때만 해도, 나는 30분 뒤의 미래를 전혀 예상치 못했다. 그러니까 황자와 크리스텔이 키스 직전까지 가거나, 드디어 진도를 왕창 빼리라고는 조금도 짐작하지 못했다. 카메라가 있었어야 하는 건데! 정은서!

* * *

"'에스프리'는 마수답게 어둠을 좋아해요. 주식은 마수의 사체이지만, 소음과 마나를 먹기도 하죠."

헤인스 경이 설명했다. 나는 그의 설명을 들으며 고개를 끄덕였다.

"어둠과 소음이라면, 오페라 극장보다 나은 곳이 없었겠군요. 관객석에 숨어 음악과 갈채를 흡수할 수 있으니까요."

"네. 황도에선 마수의 사체를 찾기 어려우니 이곳에 피신한 게 아닐까 싶어요. 정 급할 땐 배우들의 마나를 취했겠죠."

나와 헤인스 경의 대화를 듣고 있던 크리스텔이 눈을 빛냈다.

"그냥 쓸어버릴까요? 극장 전체를 물청소하면 될 것 같습니다. 전하께서 불을 지르셔도 되고요. 왕자님이 계시니 에테르는 충분합니다."

"크리스텔 공녀, 그건 조금 어렵겠습니다."

답을 내놓은 건 엘리자베트 경이었다. 그녀가 친구를 보며 곤란한 듯 미소했다.

"이곳은 황도니까요. 마수를 사냥하기 위해 본격적으로 판을 벌이는 '마수 대토벌'과는 다릅니다. 많은 이가 보는 앞에서 위대한 능력으로 마수를 잡으면, 황도 백성들의 불안감을 조성하게 될 겁니다. 상대는 하급이니 과잉 대응은 권해드리지 않습니다."

"끙."

크리스텔이 턱을 짚었다.

"또한 전하께서는 다다음 달이면 태자 위에 오르시게 됩니다. 그 전까진 어떤 식으로든 귀족들의 입에 오르내리지 않는 게 가장 좋습니다."

과연, 평생을 황자의 절친으로 살아온 백작가 후계자다웠다. 나는 조각상처럼 서있는 세드리크 황자를 흘끔 바라보았다. 제국에 나타난 성기사는 분명 축복이다. 하지만 그가 성스러운 힘으로 망나니를 때려눕히고 스프라이트 샤워를 뿌리는 것과, 수도 한복판에서 극장에 불을 지르는 건 많이 다른 문제였다. 다수는 그를 영웅이라 칭송하겠지만 일부는 그에게 공포심을 느낄 터였다. 아무리 황제가 될 사람이어도 그런 건 싫겠지.

"관람객을 미리 대피시킬 수는 없습니까?"

내가 물었다. 네 사람이 이번에는 나를 빤히 바라보았다.

"놈이 인간으로 변신할 수 있다는 건 압니다. 섣불리 인파를 이동시켰다간 그 틈에 섞여 도망갈 공산이 크겠죠. 그런데 정말로 녀석을 특정할 방법이 없나요?"

극장에 가둬두고 잡는 것이 가장 확실하다. 하지만 놈이 누구로 변했는지 모르는데 어떻게 찾는단 말인가? 게다가 아무리 '살금살금' 노선을 탄다고 해도, 작전지에 일반인을 저렇게 많이 앉혀둘 순 없었다. 골치 아프게 됐다.

"일단 마수니까 사람 말은 못하겠네요."

가라앉아 있던 크리스텔의 정수리가 다시 불쑥 솟아났다. 나와 엘리자베트 경이 입을 동그랗게 모았다. 그러네. 놈은 신체 조건을 복사할 뿐이라 언어 능력까지 가질 순 없다. 우리가 말을 걸어도 대답하지 못할 터였다. 음, 이것만으로는 부족한데.

"확실히 알아보는 법이 있기는 해요."

가만히 우리를 구경하던 헤인스 경이 입을 열었다. 처진 눈꼬리에 은근한 장난기가 맺혔다. 그는 크리스텔과 황자를 번갈아 보며 선들바람처럼 부드럽게 말했다.

"좀 까다롭지만, 제가 가르치는 분들이라면 찾으실 수 있겠죠."

* * *

"긴장되네요."

"진정하세요, 전하. 다들 잘 해낼 거예요."

헤인스 경이 달래듯 말했다. 그는 나와 둘만 있을 때면 꼭 나를 '전하'라고 높이곤 했다. 국적을 포기하고 교황청 소속이 됐어도 출신은 페네티안 신국이라는 건가. 나는 애써 딴생각을 하며 무대를 뚫어져라 노려보았다. 나와 헤인스 경은 1층 관객석의 맨 뒤, 누구도 살피지 않는 벽에 붙어 서서 숨소리만 내고 있었다.

이윽고 오케스트라의 화려한 연주가 끝나자, 무용수들이 동동걸음으로 퇴장하기 시작했다. 붉은 휘장이 느릿느릿 무대를 가렸다가 다시 순식간에 좌우로 벌어졌다. 드디어 1막이 오르고 있었. 나는 눈앞에 펼쳐진 광경에 웃음이 터지려는 것을 겨우 참아냈다.

"큭."

아니, 결국 못 참았다. 그도 그럴 것이 무대 위의 배우는…

"오! 나의 아름다운 다프니스. 이토록 죽은 듯 잠들어 있는 건 내게 깨워달라고 조르기 위해서야? 아니면 진정으로 저 야속한 주신이, 뭐냐. 너를 내 품에서 빼앗아 가신 걸까?"

절로 입이 떡 벌어졌다. 그걸 그새 다 외웠어? 하얀 반가면으로 얼굴을 가린 우리의 주인공이, 미친 연기력을 자랑하고 있었다. 중간에 살짝 삐끗하긴 했지만 초보라고 믿기 힘들 만큼 뛰어난 퍼포먼스였다. 이내 슬픔을 가누지 못하며 바닥에 주저앉은 크리스텔은, 새카만 관에 누운 '다프니스'를 들여다보았다. 손바닥에 땀이 배어났다.

〈파드트루아의 유령〉 1막은, 다프니스와 클로에의 극적인 결별을 먼저 보여주며 시작한다고 했다. 어릴 때부터 자신을 지도하며 곡을 써준 클로에를 완전한 포로로 만들고자, 발레리노인 다프니스는 본인의 목숨까지 인질로 잡는다.

그는 죽음을 가장하게 해주는 묘약을 먹고 잠드는데, 클로에는 그런 다프니스가 정말로 자신 때문에 죽었다고 믿게 된다. 〈오페라의 유령〉과 셰익스피어를 절묘하게 짬뽕한 결과였다.

—짝!

크리스텔이 관 안에 누워있는 남자의 뺨을 세게 잡았다. 나는 흠칫했다. 살살 쓰다듬어야지!

"너무 차가워. 북해의 빙하 같구나! 아니야, 믿을 수 없어!"

절대다수의 관객은 그녀의 연기에 푹 빠져 눈치채지 못한 듯했지만, 나는 분명히 봤다. 꽃에 파묻힌 다프니스가, 그러니까 황자가 주먹을 불끈 쥐었다!

"아아. 짜증, 아니. 화가 난다. 너를 앗아간 운명의 수레바퀴를 부수고 싶다! 허나 그러자면 나부터 파괴해야 하는 것을…"

크리스텔이 황자의 두 뺨을 쥐고 부들부들 떨었다. 일부 관람객이 벌써부터 안타까운 신음을 흘렸다. 그러나 내가 보기에 그녀는 다음 대사와 행동을 앞두고 몹시 힘겨워하는 기색이었다. 그 정도인가? 저렇게 잘생겼는데?

"마지막… 이것이 마지막이라면 너에게 최후의… 읍므츠를…"

그녀가 잘근잘근 씹어 뱉은 단어는 '입맞춤을'이었다. 이후로도 입술을 달싹거렸지만 무슨 말인지는 들리지 않았다. 이내 크리스텔이 천천히 관 위로 얼굴을 숙였다. 황자의 그림 같은 옆모습이 보였지만, 설마 그게 진짜 황자일 거라 믿는 사람은 아무도 없는 듯했다. 분홍색 머리칼이 흘러내려 칠흑의 머리칼과 섞였다. 나는 서둘러 두 손으로 입을 막았다. 정은서, 보고 있냐!

"악!"

코끝이 닿기 직전, 크리스텔이 소리 지르며 벌떡 몸을 일으켰다. 관객들이 탄식을 토했다. 아깝다!

"음. 이것으로 되었다. 이제, 노래를. 너와 나의 사… 사건이 새겨진 운율을."

사랑 아니야? 내가 의아해하든 말든 크리스텔은 빠르게 박자를 탔다. 대사는 아무래도 좋으니 후딱 아리아로 넘어갈 생각인 듯했다. 하긴, 마수를 찾으려면 그게 가장 급했다. 귀를 찢는 소음과 마법사의 강력한 마나, 그리고 마수의 공격성을 끌어낼 수 있는 신물.

둘은 모든 미끼를 완벽히 갖춘 페어였다.

- ♩ ♪ ♬ …

오케스트라의 비극적이고 애달픈 선율이 울려 퍼졌다. 두 사람이 이별의 키스를 하지 않았음에도, 관람객들은 극에 쉽게 몰입하고 흐름을 납득했다. 다행이긴 한데…

"흠, 흠."

크리스텔이 무대 전방으로 나와 목을 가다듬었다. 그게 신호였다. 헤인스 경과 나는 고개를 돌려 눈빛을 주고받았다. 이어-

"이제에! 가며헌! 언제, 오? 나아아?"

잠깐, 그거 아니지 않아?! 나는 눈을 커다랗게 떴다. '퇴계공' 세계관에는 너무나도 낯선 가사와 정서였다. 주인공 클로에가, 다프니스를 위한 연가 대신 상엿소리를 독창하고 있었다. 오케스트라 연주와는 완전히 따로 노는 음정과 박자에 귀족들이 웅성거렸다. 그래도 와중에 성량은 좋아서 다행이었다. 마수가 본격적인 반응을 보일 테니까!

"오실 날? 이나! 일! 러! 주게에?"

주인공은 또박또박 가사를 읊으며, 커다란 눈동자로 어둑한 객석을 훑었다. 4층은 없고, 3층, 2층… 옆에 선 헤인스 경의 상완이 긴장으로 부푸는 게 느껴졌다. 크리스텔의 목소리가 우렁차게 극장을 채웠다.

"저승! 길이이? 멀다더! 니! 1층 A구역! H열 13번이로구나!"

-콰아앙-!

그녀의 말과 동시에 헤인스 경이 좌표로 튀어 나갔다. 하얀 바람이 쌔앵 내 머리칼을 쓸어 넘겼다. 나는 빠르게 성소를 전개하며 걸어 나갔다. 직경 30미터의 원이 수십 명의 관람객을 감싸고 찬란한 금빛을 뿌렸다. 지금부터는 시간 싸움이다!

  [모두 얌전히 일어나서, 질서정연하게 정문으로 나가십시오. 이후 귀가하실 때까지는 근위대의 안내에 따르세요!]

  "네, 네!"

  "알겠습니다, 왕자님!"

  귀족들이 고개를 주억거리며 우르르 일어났다. 신탁의 힘은 강력했다. 성소 바깥에 있던 자들은 무척 혼란스러워했지만, 내 말을 들은 관객들이 차분하게 줄을 서니 덩달아 침착해지고 있었다.

  -콰앙!

  "황실 근위대입니다. 모두 피신하십시오!"

  "하급 마수가 나타났습니다! 조치 중이니 대피하십시오!"

  2층과 3층 박스석, 4층 객석에서도 차례로 문이 열렸다. 멀리서 인파를 이끄는 엘리자베트 경의 목소리가 들렸다. 나는 어린아이들이 보이는 곳을 중점적으로 훑으며 계속해서 신탁을 내렸다.

  [걱정 마십시오. 다들 무사할 겁니다. 차례대로 차근차근 빠져나가세요!]

  "으아앙!"

  [아이고, 무서워. 괜찮아. 아무 일 없을 거야.]

  나는 놀라서 우는 아이를 살살 안아 올리며 미소 지었다. 내 에테르를 느낀 꼬마가 금세 눈물을 그쳤다. 부모는 황급히 허리를 숙이며 감사를 표했다. 아이를 부드럽게 넘겨주고 시선을 돌리니, 어느새 무대가 코앞이었다. 썰물처럼 빠져나가는 인파를 내려다보며 크리스텔이 가면을 벗어던졌다.

"선생님!"

그녀가 A구역 쪽을 보며 크게 외쳤다. 그런데 헤인스 경이-

"복제했군."

둘이었다! 관 밖으로 걸어 나온 황자가 즉시 혜검을 뽑아 들었다. 나는 하얀 머리칼을 흩날리며 싸우는 두 남자를 보고 경악했다. 정말 한 치의 오차도 없이 똑같은 생김새였다. 신체 조건을 복사한 탓에 놈은 헤인스 경만큼이나 빠르고 단단했다. 하지만,

-쿠우웅!

황자의 그림자가 총알처럼 쏘아져 나갔다. 극장 바닥이 움푹 팼다. 객석에도 환히 불이 들어오고 있었으나, 황자는 이미 마수를 구별하는 힌트를 알고 있었다. 크리스텔이 놈의 좌표를 알아챈 방법과 동일했다.

"큿!"

-콰아앙!

-하아악…!

헤인스 경이 빠르게 몸을 날려 벗어난 자리에, 황자의 검이 깊게 박혔다. 마수 역시 순식간에 그의 공격을 피하며 위협적인 소리를 냈다. 대주교급 성기사 카피의 속도는 어마어마했다. 놈의 눈이 야광 스티커처럼 번쩍거렸다. 저거였다. 먹이에 반응해 어둠 속에서 빛을 발하는 존재. 에스프리 ^{esprit}, 즉 '유령'이라는 이름이 붙은 건 그래서였다.

-후욱-!

놈이 보이지도 않는 움직임으로 황자에게 돌진했다. 끝이다. 에테르나 마나를 쓰지 못하고 사람의 '몸'만 베껴오는 이상, 혜검을 맨주먹으로 상대할 수는… 그때, 마수가 나를 발견했다.

-싸아아…!

"저게!"

내가 소리쳤다. 놈은 빠르게 나의 형태를 취하며 싱긋 웃고 있었다. 찰나 황자의 움직임이 흐트러졌다. 그는 주먹을 흘려내곤 답지 않게 검집으로 놈을 후려쳤다. 바보냐!

-퍼억!

"그럼 제 차례!"

'왕자님이라면 쉽죠!' 크리스텔이 슬픈 소리를 유쾌하게 내뱉으며 바닥을 뒹구는 마수를 덮쳤다. 나는 눈을 질끈 감으며 의자 아래로 허리를 숙였다. 맡은 일이나 완수해야지 싶었다. 혹시 관객석에 남은 사람이 있는지 확인해야-

"아오, 이 새끼가!"

그런데 크리스텔이 큰 소리로 성질을 냈다. 나는 놀라서 다시 상체를 세웠다. 곧장 보이는 광경에 턱이 저절로 벌어졌다. 황자가 한 팔로 크리스텔의 허리를 끌어안고, 다른 팔로는 그녀의 한쪽 손목을 잡은 채 입술을 가까이…

"와. 표지랑 거의 똑같,"

-빠악!

주인공이 그의 하관에 박치기했다. 수박 깨지는 소리가 났다!

-하악, 하아악…!

 황자의 모습을 하고 있던 마수가 고통에 몸부림치며 물러났다. 놈의 모습이 신기루처럼 흐려졌다가 진해지기를 반복했다. 비틀거리는 순간은 길지 않았다. 제대로 빡친 크리스텔이 곧장 손에서 기다란 얼음 창을 뽑아내더니-

 -푸욱!

 -콰아악!

 놈의 왼쪽 눈을 깊게 찔렀다. 동시에 오른쪽 눈에서 시커먼 검 끝이 튀어나왔다. 그녀와 비슷하게 열받은 흑발의 사내가, 뒤에서 헤검을 꽂아 넣은 것이었다!

 -카아아악-!

 마수가 비명을 질렀다. 황자가 무자비하게 검을 뽑아내자, 그간 복사했던 이들의 모습이 TV 채널 돌아가듯 놈의 위로 마구 떠올랐다. 나는 1층의 마지막 좌석을 살피며 마른침을 삼켰다. 이제 다 됐다. 형광빛을 내는 에스프리의 눈동자는 급소 중의 급소라고 했다. 곧 취약한 본체가 드러나면…

 -퍼어엉!

 애니메이션 같은 효과음과 함께, 까만 도깨비불이 두 남녀 앞에 나타났다. 크리스텔은 참지 않았다.

 -스걱!

 날카로운 얼음 칼이 유령을 직선으로 갈랐다. 분홍빛 앞머리가 물결쳤다. 그 순간,

 -핑-!

총알 튀는 소리가 났다. 작고 하얀 무언가가 내 심장께로 쇄도했다.

《서브 남주가 파업하면 생기는 일》 3권에 계속

서브 남주가 파업하면 생기는 일 2

초판 1쇄 인쇄 2025년 3월 10일
초판 1쇄 발행 2025년 3월 31일

지은이 | 숙임
발행인 | 강봉자, 김은경

펴낸곳 | (주)문학수첩
주소 | 경기도 파주시 회동길 503-1(문발동633-4) 출판문화단지
전화 | 031-955-9088(대표번호), 9534(편집부)
팩스 | 031-955-9066
등록 | 1991년 11월 27일 제16-482호

ISBN 979-11-93790-94-6 04810
(세트) 979-11-93790-92-2

* 파본은 구매처에서 바꾸어 드립니다.